A toda mi familia, a las gentes de esas queridas tierras y a tod@s l@s que hacen crecer nuestro espíritu.

Acisclo Luís Martínez

Espigas en mi memoria

Del pasado al futuro y más allá

Ilustraciones: Esther Ruíz Chércoles

© Acisclo Luís Martínez Pérez, 2023

© De ilustraciones: Esther Ruiz Chércoles, 2023

Reservados todos los derechos. El contenido de esta obra está protegido por la Ley.

Impresión y editorial: BoD – Books on Demand

info@bod.com.es - www.bod.com.es

Impreso en Alemania – Printed in Germany

ISBN: 978-84-117-4081-4

Depósito Legal: M-12250-2023

Índice

Prólogo 6
La siega 9
Tocar a cabras 38
La guerra 54
La sinrazón 78
La siembra 141
La matanza 171
La muletada 216
El espíritu de Aurelio 232
La tormenta 261
La fiesta 305
El molino 342
Relación de las ilustraciones 414

__Prólogo__

Este libro, que está formado por una serie de relatos cortos, pretende, en primer lugar, recoger la esencia de determinadas experiencias vividas durante mi infancia y adolescencia en unos pueblecitos del norte de Guadalajara, justo en la raya divisoria con la provincia de Soria. Allí nacieron mis padres y allí iba yo al llegar las vacaciones de verano y en alguna otra temporada del año, ya que teníamos familiares muy cercanos y, además, su aire seco y limpio era un reconstituyente siempre eficaz, recomendado por cualquier médico de entonces contra los malos humos de la gran ciudad.

Era tal la diferencia de aquel entorno rural, en las décadas de los sesenta y setenta del siglo XX, respecto de la vida en las grandes urbes, como en la que yo vivía, que la impresión que dejaron aquellas vivencias en mi memoria quedó grabada para siempre. No obstante, el "siempre" de una cabeza humana dura poco, y más si se va deteriorando, como la mía, así que decidí escribirlo, por si ello contribuyese a perpetuar aquellas emociones y enseñanzas que fueron tan importantes para mí y que creo que forman parte de la cultura de muchos de nosotros, en definitiva, de lo que hoy somos.

Aquellas tareas agrícolas y ganaderas, de usos casi medievales, aquel contacto con animales domésticos y salvajes, la cercanía de las gentes, las curiosas historias que contaban y el misterio del silencio y la soledad que te imponía en ciertos momentos una naturaleza abierta y despoblada; todo era diferente e interesante. Al principio lo extrañaba, pero a los pocos días el entorno se convertía en familiar y su alma me enganchaba.

No obstante, estos relatos, a pesar de estar basados, en parte, en la memoria de mis experiencias, también se apoyan en historias y hechos contados por los abuelos y lugareños durante mis largas estancias por allí. Además, he dado paso a la imaginación y a la ficción, pretendiendo enriquecerlos para ser más atractivos al lector que una mera descripción de hechos y experiencias personales. Así, tanto los nombres que aparecen en ellos, como algunos de los hechos relatados, son invención mía y no se corresponden exactamente con nadie, ni con ningún suceso concreto acaecido.

Sí he querido, sin embargo, al menos intencionalmente, ser fiel a ciertos rasgos característicos, tanto de la idiosincrasia de la tierra en la que están situados, como de los tiempos en que sucedieron.

Estos últimos, al no ser ni mucho menos como los actuales, tanto política, como social y culturalmente, no deberían ser juzgados con los mismos criterios de hoy, sino ser entendidos en su contexto social y cultural propio.

Por último, por mi tendencia a la divagación filosófica, también me he permitido introducir algunas reflexiones, sobre todo acerca de la vida, sus propósitos, sus misterios y fundamentos, que espero no sean demasiado pesadas para el lector y que, sin embargo, estimulen algo la imaginación y el pensamiento abierto, mirando también hacia el futuro, más allá de los límites de nuestro ámbito cotidiano y de los férreos cánones de lo empírico.

La Siega

Los granos de las espigas, que se mecían suavemente con la brisa del amanecer, rebosaban de hermosura sobre los crecidos tallos de aquellos trigos. Tan henchidos como estaban de harina, tan redondos y tostados, parecían a punto de caer al suelo como frutos maduros saciados de savia y de sol. Ninguno de esos granos, disfrutando de su última mañana en el paraje conocido como Las Hormigas, sospechaba que se teñiría de sangre unas horas más tarde, por culpa de la malicia y la necedad que pueden llegar a albergar algunos seres humanos.

Subía el sol, despegándose ya un trecho de las colinas del horizonte, en su camino lento hacia el mediodía. Sus rayos abrasadores se fueron apoderando del frescor de la mañana y todo se comenzó a inundar de un calor seco y plomizo. La oscura y amplia cocina de la casa, sin embargo, conservaba una suave temperatura constante, gracias al grosor de sus paredes, que la aislaban térmicamente del exterior. Allí, entre la lumbre del hogar, que ardía tenuemente bajo una enorme chimenea, y entre paredes llenas de sartenes y cazos colgando de uno y otro sitio, yo jugaba felizmente con nuestro gato Ceniza. Mientras, mi tía terminaba de meter en una cesta de mimbre el almuerzo que yo debería llevar a los segadores un poco más tarde.

Una patada seca de zapatilla, lanzada lateralmente a la par que cubría la comida con un paño de cuadros rojos y blancos, surgió como un resorte por debajo de la falda negra de mi tía, impactando de lleno en el hocico de Ceniza y acabando con su curiosidad y posibles malas intenciones, ya que se había acercado demasiado a la cesta. Mi tía, como la mayor parte de la gente adulta que yo observaba por allí, no se andaba con tonterías en lo tocante a asegurar el poco sustento que tan duramente se conseguía.

Al salir a la calle casi me cegó el resplandor del sol, rebotando en las piedras de río blancas que conformaban la acera por la parte de la entrada a la casa. Pulidas, en los largos años de uso por hombres y caballerías pasando por ellas, y limpias como las tenían mis tíos y vecinos, reflejaban en toda su luminosidad las mañanas de verano en esta parte de la meseta.

Mi tía, que salía de la oscuridad del portal, tras de mí, me plantó el sombrero de paja en la cabeza, me dio la cesta, de la que salía un rico olor a torreznos recién fritos y a chorizos de orza, también pasados un poco por la sartén, y me indicó el camino que tenía que llevar para llegar a la parcela donde se encontraban mis tíos segando.

Además de por ellos, la faena era compartida con unos primos suyos, que se ayudaban mutuamente durante la siega y otras labores del campo. También estaban tres hermanos de una familia del pueblo, que se habían ajustado por tres celemines por día, y algún otro contratado, también a jornal, venidero de pueblos más al sur de la península, que ya habían terminado su cosecha y subían hacia el norte, más tardío en agostarse, para complementar algo sus ingresos.

Durante el trayecto, el calor y las moscas se iban sumando, en mi malestar, a la cierta congoja que me embargaba por alejarme del pueblo y no estar seguro de si acertaría con el camino bueno para llegar a la finca; así que mi caminar era cada vez más lento y la cabeza se me inclinaba hacia adelante, como en una postura de resignación y resistencia física, mientras que, por otra parte, los pensamientos volaban temerosos, de uno a otro de entre los posibles peligros que podían acecharme en medio de ese inmenso campo que, para mí, un niño de seis años, eran las tierras de nuestro pequeño pueblo.

Seguí andando durante un buen rato y al subir un repecho del camino, que era como un pasillo entre altos trigos amarillos, apareció de repente la *suerte**(1) que andaba buscando. Allí estaban, agachados, con sus sombreros de paja y sus camisas blancas, los segadores. De las mangas sobresalían fibrosos brazos oscuros por el sol y fuertes por el trabajo. Allí vi a mi tío Juan, cogiendo hábilmente manojos de trigo con la *zoqueta**(2) y el *dedil**(3) y cortán-

---

*(1) Suerte: término empleado en la zona para designar una parcela. Probablemente proveniente, por derivación, de la frase "ha tocado en suerte" al repartirse por sorteo las parcelas familiares en herencia, a la muerte de un padre o antecesor.

*(2) Zoqueta: es la protección de madera, en forma de cazoleta y con un agujero en la punta, que cubre los dedos corazón, anular y meñique de los descuidos de la otra mano, la que lleva la hoz bien afilada.

*(3) El dedil es una funda de lona que se pone en el dedo índice, para protegerlo de los pinchazos de los cardos y del roce permanente de los tallos de la misma mies.

dolos con la hoz a un palmo del suelo.

Eran movimientos rítmicos y acompañados. Después de un paso otro, y luego otro, con las mismas poses, los mismos balanceos.

El baile tenía su música, su "son" machacón, que se marcaba con el ruido de los tallos de paja al ser cortados a golpe de hoz. Era un golpe seco, tirando el brazo hacia atrás después de haber realizado un suave giro envolvente de muñeca para meter el trigo en la boca de la hoz y coger el manojo con la otra mano. Brazada, ¡Rrraas!, corte y nueva brazada, y paso y nueva zancada, así en una danza cansina, a veces alegre y llena de esperanza, a veces dolorosa y llena de resignación, según estuviera el cuerpo, la hora del día, la compañía, o a donde te llevaran en cada momento la imaginación y los recuerdos.

La siega duraba casi sin descanso hasta el día de Santiago, más o menos. No había tregua, había que darse prisa, no fuera que una mala tormenta apedreara con su granizo las espigas repletas de grano, tirando por tierra los sueños, las esperanzas y esfuerzos de todo un año. Después sí, cuando el trigo pasase a *gavillas**(4), las gavillas a fardos, éstos fueran a las eras, y de las eras a la *cámara**(5) en forma de grano, entonces sí; entonces ya se podía organizar la fiesta.

*(4) Gavilla: grupo de manojos de mies que se ataba ligeramente con un tallo del propio cereal para dejarla en el suelo y formar, junto con otros, un fardo.

*(5) Cámara: nombre que se le da por la zona a la planta que se sitúa justo debajo del tejado, la llamada buhardilla, sobrado o desván en otros.

Después de la misa y de todas las bendiciones que hicieran falta a la virgen y al santo, ya se bebía y reía, se bailaba y se cantaba hasta reventar; con la mente liberada, despejada de miedos y de nubes negras, con la comida para algún tiempo más o menos asegurada y con la alegría de haber terminado un gran esfuerzo: la alegría de una fiesta bien ganada.

¡Tío!, grité, levantando un poco la cesta con el almuerzo. Mi tío se giró y sonrió al verme. Se incorporó, estirando la dolorida espalda y quitándose el sombrero, momento que aprovechó para secarse el sudor de la frente y el cuello con un pañuelo. El sol estaba ya casi en todo lo alto y no corría una brizna de aire. El pedazo de tierra dura y paja seca en el que estaban trabajando parecía un horno a punto de echarle el pan. Corrí un poco, correspondiendo a la alegría de mi tío al verme, cuando, casi llegando a su altura, de repente, se oyó un chillido espantoso, seguido de voces duras de hombres. Miramos al otro lado de la suerte, donde estaban unos hombres segando. Vi que uno, que se levantaba del suelo, se abalanzaba sobre otro, lanzándole un golpe con la hoz que le cortaba el brazo cerca del hombro; otro, que estaba mirando a unos metros, echó a correr hacia ellos y tiró al suelo, de un empujón, al que había lanzado el golpe y tenía aún la hoz en la mano. Se tiró sobre él, sujetándole los brazos. Mi tío echó a correr hacia ellos y también los demás que estaban con él.

Yo, sobrecogido por los gritos, sin saber muy bien que hacer, me fui corriendo a unas rocas que estaban cerca y me subí a lo más alto para mirar, pues aunque tenía miedo y estaba asustado, la curiosidad me empujaba a ver lo que pasaba.

Había dos grupos de hombres, todos chillaban y gritaban a la vez. Sujetando en el suelo a su primo, estaban mis dos tíos y el hermano de aquél. En el otro grupo estaban los que habían venido a ayudar a jornal, sujetando medio en volandas y calmando a uno de ellos, que gritaba y pataleaba. Tenía medio brazo cortado que se balanceaba sin control, como la manga de una chaqueta puesta sobre los hombros. El primo de mis tíos, que bramaba como una fiera, y con el que aún forcejeaban para quitarle la hoz de la mano, tenía una herida en la pierna, por encima de la rodilla, que soltaba chorros de sangre entre una abertura del pantalón rasgado y encharcado. ¡Pedro, hostias, cálmate!, le gritaba mi tío Juan, mientras se quitaba la camisa y la rasgaba para hacerle un torniquete.

Pedro chillaba y miraba al cielo, con una mirada larga y perdida, una mirada que, después lo supe, no era larga en el espacio, sino más bien en el tiempo. A través de sus ojos desencajados y llenos de ira, abiertos como si quisieran abarcar todo el universo, se estaban proyectando hacia la pantalla inmensa que era todo el cielo despejado de esa triste mañana de verano, imágenes muy antiguas, recuerdos casi olvidados en lo más hondo de su mente que, como fotogramas de una película, se le presentaban ahora en panavisión y con una fuerza mayor que la propia realidad.

Vivencias dolorosas que habían sido, en su momento,

relegadas al plano del olvido y la subconsciencia, subían ahora ligeras, como burbujas de un vaso de gaseosa, hacia la superficie de su memoria. Toda la presión psicológica que las había reprimido y mantenido encerradas hasta ahora, ejercida, seguramente, por algún mecanismo que la evolución ha desarrollado en el cerebro humano para evitar el sufrimiento de los individuos y la destrucción de la propia especie, se liberaba ahora poco a poco, seguramente debido a la debilidad y a la pérdida de voluntad, propias del estado de delirio en el que el pobre Pedro estaba entrando.

000

Cuatro niños están agachados en la calle De la Fuente jugando al Gua. Hay otro de pié, Doro, ese que, ahora ya hombre, está gritando, herido de muerte, a pocos metros de Pedro. Éste, vestido con unos pantalones cortos de lana y poliester, recién planchados para esa mañana de domingo, con unos zapatos negros brillantes y unos calcetines blancos, se dispone a lanzar.

Con la rodilla hincada en el suelo y su pulgar tensado fuertemente contra el dedo índice, apunta para disparar su bola y empujar otra redonda y cristalina canica hacia el hoyo. Un leve movimiento del pié de Doro llama sospechosamente su atención. Pedro ve por el rabillo del ojo como su canica favorita, una bola completamente transparente que luce en su interior variados colores brillantes y llamativos, es pisada disimuladamente con la intención de ocultarla y enterrarla, seguramente para hacerla desaparecer después en el bolsillo de aquél.

-¡Eh!, ¡Dame mi bola! -le espeta rápidamente Pedro-.

-¿Qué bola, dices?, ¡mojigato!

-La que tienes bajo el zapato.

-Aquí no hay ninguna bola -dice Doro apretando y girando el pie a uno y otro lado, para hundir más la canica en la arena. Después levanta el pie y dice: - ¿Ves?, aquí no hay ninguna bola, las bolas tuyas las tienes ahí -señalándole a los genitales- ¿o no?, ¡enséñanoslas!

Pedro se queda sorprendido y mira alrededor, hacia los tres niños que han explotado en carcajadas y ahora le miran riendo, con las bocas abiertas y señalando hacia sus partes. Un sentimiento de cólera e indignación inunda todo su cuerpo, el estómago se contrae y la mirada se pierde. ¿Por qué están riéndose de él de esta manera?, ¿por qué Doro tiene que hablar de su picha o de sus pelotas?

No obstante, de repente, todo ese malestar es fuertemente superado por un golpe de hielo en la sangre, seguido de un fuerte calor y unas palpitaciones aceleradas que apenas le dejan mantenerse en pie. Entre las cabezas de dos de los niños, Pedro ha visto a Puri bajando la calle de la mano de una amiga. Esa niña tiene algo que emociona profundamente a Pedro, le acelera el corazón, le ruboriza y le hace soñar; dormido o despierto, es igual. En cualquier situación, la visión de la Puri le da a todo una dimensión extraordinaria, pero en este momento lo que provoca es casi un estado de colapso.

Doro, aprovechando el bloqueo de Pedro le pasa a uno de los niños la canica recién robada y le anima a él y a los demás a coger a Pedro y bajarle los pantalones.

-¡Vamos a ver si tienes bolitas! -grita, acercándose y contagiando a todos con sus carcajadas-.

Pedro se ve, en un momento, en "volandas", fuertemente sujetado por los brazos y con los pantalones a media pierna, que le impiden incluso dar patadas para defenderse.

-¡Mirad, chicas!, Pedro no tiene bolitas -les dice Doro a las dos niñas, que también ríen la gracia y miran de reojo, entre avergonzadas y divertidas, ajenas al dolor de Pedro y más bien interesadas en mirar sin que se note para conocer cómo será el secreto de los chicos de su edad-.

Pedro las ve alejarse por la calle arriba, caminando bastante despacio y mirando, de vez en cuando y disimuladamente, hacia ellos. Finalmente, logra zafarse de los que le sujetan propinando una patada en la tripa a uno de ellos, que lo desplaza unos metros hacia atrás y cae al suelo, permitiéndole a él apoyar las piernas y lanzar codos y puños contra el resto. Éstos aflojan en la presión y se dispersan, aunque siguen con las risas y los gritos.

Aparece el *tio**(6) Bonifacio, con su barba de tres días, gritando a dos palmos de la cara de Pedro:

-¡Chico!, ¿tú es que eres tonto, o qué?, ¿es que no tienes cojones?, ¿por qué lo has dejado escapar?

-Yo..., yo no he sido, yo no lo he visto, ¿qué es lo que pasa?

Aparecen más hombres del pueblo, todos haciendo aspavientos, gritándole y mirándole con desprecio. Doro viene con uno que grita más que ninguno. Pedro está aturdido, no comprende, mira, con rápidos movimientos de ojos a unos y otros y balbucea excusas sin saber por qué.

En un cruce de miradas, Pedro descubre una expresión extraña en la cara y los ojos de Doro. Siente un escalofrío y como si un gran peso le estuviera empujando hacia abajo todo el cuerpo. Las piernas apenas le sostienen. La confusión del principio deja paso a un sentimiento de desamparo y de temor. Se da cuenta de la trascendencia de lo que está pasando. Todo el pueblo le culpa de la escapada del lobo, al que se le tenía cercado, y él, Doro, ese enemigo que se la jugaba de vez en cuando sin saber por qué, seguro que tenía algo que ver en que se le acusara de esa manera.

*(6) *tio*: pronunciado todo seguido, sin acento que rompa el diptongo. Es una expresión común para referirse, no a un familiar directo, sino a alguien mayor y de formado carácter en el ideario colectivo del pueblo.

Los pastores habían organizado una batida para cazar a un lobo viejo y solitario que venía atacando a los rebaños de ovejas del pueblo. Reclutando a mozos como él, habían formado líneas de barrido que avanzaban a la búsqueda del animal formando un gran círculo, como queriéndole tirar una lazada al cuello y cerrarla hasta ahogarlo.

Se trataba de caminar a la par guardando una distancia de unos diez o quince metros entre unos y otros, de manera que el lobo no pudiera cruzarla, al menos sin ser visto. Arriba, en una baja *ribota**(7) pelada de vegetación, un rebaño servía de señuelo, tan sólo vigilado a cierta distancia por un pastor escondido, por si acaso la fiera atacaba y organizaba un gran destrozo. Iban con alguna escopeta, pero fundamentalmente con horcas de hierro y palos, tan apretados por la tensión y el miedo que a la mayoría le dolían las manos. El círculo se iría estrechando en torno al rebaño, y si alguien lo veía daría la voz de alarma y la línea se movería para envolver al animal.

Después de unas horas largas, lo tenían acorralado en el cerro y subían hacia él por todos los lados. Pedro llevaba los ojos bien abiertos y la noche era clara. Por su lado estaba seguro que no había pasado, se reafirmó, debía haberse escapado por otro sitio. Doro y uno de sus secuaces subían un poco más a su derecha, por un barranco. Pedro había oído ruidos por ese lado y les gritó que qué pasaba, pero no había tenido contestación. Ahora, luchando por defenderse y por

---

*(7) Ribota: cerro de no mucha altura que sobresale solitario en medio de una llanura.

recordar posibles sombras, no logra entender lo sucedido, pero tiene un fuerte y odioso presentimiento, una punzada en el corazón que le perseguirá durante mucho tiempo.

Nunca había visto un lobo a la cara, ni lo vería jamás, pero para él, aquella mirada de ojeriza y agresividad contenida tras la expresión cínica y huidiza del rostro de Doroteo estaría eternamente asociada a su idea de una fiera rabiosa y peligrosa.

000

Pedro seguía en el suelo, recostado en los brazos de su hermano y desangrándose en el rastrojo recién segado. Ya no gritaba, y su mirada, aún fija en el cielo, expresaba tristeza e incomprensión. Toda la escena parecía haber pasado de un estado de extremo dramatismo a otro de mayor tranquilidad.

La salida *a escape**(8) de un par de segadores en busca del médico, la aplicación de torniquetes con jirones de camisas en las extremidades afectadas y el propio agotamiento, producido por momentos de tanta tensión, habían dado paso a una fase de cierta calma, de tensa espera.

Ajeno a todo lo de su alrededor, Pedro estaba viendo escenas de lo más profundo de su memoria. Salían por sí solas, sin que tuviera conciencia de dirigir mínimamente su pensamiento.

*(8) A escape: expresión muy utilizada por allí para decir: corriendo, a toda prisa.

Algunos de aquellos episodios eran tan remotos y estaban tan olvidados que le sorprendían tanto como si fueran nuevos. Quizá, entre éstos, algunos ni siquiera los hubiera vivido, y fueran tan solo fruto de la imaginación en algún pasado atormentado. Unas imágenes tiraban de las otras, con una asociación que él antes nunca hubiera imaginado. Tenían tanta carga emocional que le sorprendía la tranquilidad con la que ahora se encontraba mirándolas y analizándolas. Se habían desactivado y desconectado del sufrimiento que las había siempre acompañado. Ahora las contemplaba con el único foco de la razón, como el que intenta descifrar un jeroglífico de símbolos que esconden una clave que les dará finalmente sentido.

Algo más, incluso, era como si estuviera deshaciendo nudos de una enredada madeja que conformaba su persona. Aquel hilo daba continuidad lógica a un conglomerado de deseos, ilusiones, dolores y frustraciones que habían convivido amontonados entre una compleja amalgama de recuerdos medio olvidados.

Todo aquello le había sido bastante desconocido, como nos pasa a todos con lo que realmente compone nuestra persona, sin embargo, era la esencia de su ser, casi todo lo que era, para bien o para mal. Ahí estaría lo que podría explicar los sentimientos básicos que le dominaban en cada momento; algo tan íntimo como desconocido, tan básico para las reacciones y conductas que tenía, como complejo y difícil para su entendimiento. Por desgracia, ese desconocimiento es también muy común para la mayoría de los mortales y es fuente de numerosos desatinos y conflictos en las relaciones entre los humanos.

000

Un pajar aparece en el firmamento, al que Pedro sigue mirando con los ojos vidriosos e irritados, un edificio de adobe con la puerta y las ventanas de madera vieja, agrietada y deslucida por el sol y por el tiempo. El barro de las paredes tiene ese tono rojizo y denso que sólo el sol de última hora del atardecer sabe sacar de la arcilla castellana. Es un rojo uniforme, profundo, que lo inunda todo. Son las ascuas que luchan por mantener el calor y el color del día, antes de sucumbir a la noche.

Un ruido de suspiros y quejidos parece provenir del interior y filtrarse por una de las ventanas de la planta baja. Son suspiros suaves, femeninos, que activan al instante el instinto sexual de Pedro y le atraen fuertemente para mirar de qué se trata. Se acerca lentamente y sin hacer ruido, pero por la puerta de atrás, rodeando el edificio para no hacer sombra, para no ser visto.

A través de una de las rendijas de la puerta ve unos cuerpos sobre la paja. Es una mezcla de piel desnuda, camisas sueltas y unas enaguas; unas formas indefinidas, difíciles de ser percibidas: piel, pelo, ropa y paja formando un objeto de deseo, un cuadro indescifrable que excita intensamente la curiosidad y la libido de Pedro. Súbitamente, con un golpe interno en el pecho que después le hincha el cuello, el corazón se le dispara y rompe a lanzar fuertes y rápidos latidos; la cara de Puri ha aparecido entre la amalgama de formas imprecisas para estrujarle las entrañas. Ella está recostada, descansando sobre el brazo de un hombre, éste, inclinándose de lado sobre ella, le besa los pechos. La cara de Puri refleja temor e inseguridad, a la vez que deseo; permanece inmóvil y tensa como una presa en las garras de un tigre, pero con los ojos cerrados, como queriendo entregarse, olvidarse del mundo, cerrar sus ventanas y sumergirse en las cálidas sensaciones que invaden su cuerpo; concentrarse en la excitación que le hace temblar y esperar placeres desconocidos. El hombre levanta la cabeza y mira los senos, el vientre, el pubis y las piernas con detenimiento y esmero. Ese perfil maldito se le clava en las retinas a Pedro; ¡es Doro!, siempre Doro, el que apuñala su pecho.

Nunca había podido comprender por qué ese chico un poco mayor que él le había amargado la vida de distintas formas y desde la misma infancia.

La expresión de lujuria y de triunfo chulesco que vio en aquella cara, en aquellos gestos, durante el breve rato que estuvo observando por el agujero, le acompañaría toda la vida. Se podría decir que el destino le llevó aquella tarde hacia su propio "agujero negro", que le absorbió por completo, del mismo modo como la masa y la luz del cosmos desaparecen en aquellos. El destino le llevó hacia ese pozo ciego, como un retrete, en el que tiró su vida como un desecho, pues a partir de entonces no vivió, sino que vagó tristemente por un mundo que detestaba.

Aquella expresión, y todo su incomprensible poder de fondo, le hicieron odiar para siempre, tanto al Hombre, estigmatizado en ese enemigo vil, sin sentido y sin causa, que le había perseguido desde niño, como a la Mujer. Aborrecía al Hombre, a la mayoría de los hombres, pues la irracional maldad que había experimentado en algunos de ellos le había hecho perder la inocencia y desconfiar de casi todos. Los analizaba con detalle, lo que le llevaba a descubrir sus necedades y miserias. Lo de aquel momento era el remate de la decepción: además de la herida personal que suponía el eliminar sus esperanzas con Puri, con quien había compartido lo más íntimo de sus sueños. El hombre de la escena había destrozado también su ideal del que creía el acto más sincero y más tierno que podía darse entre los seres humanos: yacer con su amante. La Mujer, por otra parte, ejemplarizada en esa muchacha que le había gustado desde siempre, idealmente pura, dulce y justa, que había adornado todas sus ilusiones, se descubría ahora sucia, débil y absurdamente ignorante.

000

Asociado a este inmenso dolor del alma, ya muy por encima del físico, el cual parecía darle un descanso, afloró a la mente de Pedro, como otra escena más de la trágica película que el destino le había programado para ese triste y caluroso día de siega, una imagen de él con la mirada fija en un vaso de vino tinto.

Estaba sentado junto a una mesa de mármol blanco, de esas que solía haber en los bares de antes, con negras y labradas patas de hierro. Los brazos y los codos, apoyados en la fría piedra, disipaban en parte el enorme calor que sentía, sobre todo en su cabeza que, inclinada hacia el vaso que sostenían sus manos, bullía de ira e indignación al oír de fondo la voz fuerte y orgullosa de Doro, junto a la barra de la taberna del pueblo.

Le llegaba con claridad, pues hablaba tan fuerte como suelen hacerlo los fanfarrones e irrespetuosos, los que necesitan alimentar constantemente su ego con la paja que quitan a los borregos que les siguen el juego. Doro se ufanaba en esa tarde de domingo, rodeado de algunos mozos del pueblo, de lo fácil y placentera que había sido la conquista de Purificación, Puri para todos, excepto para el cura del pueblo, que se empeñaba en conservar la integridad del nombre, amparado por las reseñas de los santos del día, que venían en todos los calendarios de la época. Doroteo, como estaba diciendo, Doro para todos, y en esto el cura no decía nada, aun perdiéndose una terminación que, bien mirado y sabiendo latín, como se suponía que el cura sabía, era de mayor peso que la otra, comentaba entre risotadas:

-La cogí con los dedos un pezón y la dije: o te quitas las bragas o te lo estiro hasta que lo tengas como la vaca del tío Indalecio -¡ja,ja,ja!, le acompañaron en el alborozo gran parte de los mozos- Pero después de probar mi badajo hasta escurrirlo le tuve que decir: o te pones las bragas de una vez o te estiro el otro pitorro, "pa" igualarlos los dos, rediez - ja, ja, ja, continuaron riéndole la gracia el coro que le rodeaba-

Pedro hundía la mirada en el rojo oscuro del vino de su vaso, como dejándose llevar a un mundo también rojo de sangre y entrañas, de sentimientos e instintos ancestrales en las raíces de la vida y de la muerte. Era un sumergirse a otro nivel de la consciencia, pues en él los instintos agresivos o de venganza siempre habían estado neutralizados por otros que facilitaban el perdón.

Tenía una forma de ser que conllevaba cierta resignación a padecer el sufrimiento antes de provocar algún mal irreversible. Quizá fuese algo aprendido, algo transmitido por la moral católica del entorno y de la familia, algo heredado de siglos y siglos de sermón y sentido colectivo. Quizá también fuese algo heredado por los genes de seres antepasados, algo todavía más arraigado y sólido que la propia educación. Aquellos ancestros y la selección natural y social podrían haber ido derivando sus conductas hacia algo más beneficioso para la especie humana que la agresión inmediata ante los daños causados por el prójimo, sobre todo desde que el hombre desarrolló inteligencia y habilidades para matar fácilmente a otros, lo cual se convirtió en algo extremadamente peligroso para la especie.

Esa misma inteligencia debía de servir para gestionar positivamente el dolor y no para aplacarlo ciegamente con la venganza, o infligiendo daño a cualquier otro, aunque no tuviera nada que ver con la causa. Eso era práctica habitual en algunas personas, Pedro lo sabía, pero no lo compartía.

Esos necesitaban alimentar su dolor, que nunca se saciaba, con el dolor de otros; en una espiral diabólica e irracional que crecía y crecía. En vez de eso, había que canalizar el dolor hacía espacios de claridad y lógica, donde se desenmascaran sus raíces ocultas y pierden importancia. Había que llevarlo también hacia zonas de confort y diluirlo entre esperanzas y afectos.

Esa era la dinámica general, por otra parte. El desarrollo, por parte de nuestros ancestros, en grandes poblaciones sedentarias y prósperas, mucho más confortables para la mayoría de sus componentes que la dispersión en grupos minoritarios y nómadas cazadores, sólo habría sido posible sobre nuevos valores, como la confianza, la solidaridad, la justicia y el perdón.

Pero todo tiene un límite, y en esas estaba Pedro en aquél momento, debatiéndose entre sentimientos de defensa y de venganza con otros de sociabilidad y tolerancia, sintiéndose arrastrado por un flujo de pasiones profundas y dolorosas que no parecían tener sentido. Doro, sin embargo, parecía tener todo muy claro al otro lado de la taberna. La euforia provocada por el vino y las adulaciones de algunos mozos, que le reían las groseras fantochadas con ruidosas carcajadas, le hacían sentirse bien y le reafirmaban en su conducta.

Todos aquellos otros sentimientos de angustia que en muchas ocasiones le habían hecho sentir mal sin saber por qué, se disipaban ahora entre las risotadas del grupo y el sentimiento de superioridad que en ese momento le embargaba. Ahora no le presionaban el pecho aquellos sentimientos de soledad y de resentimiento hacia los demás que le invadían frecuentemente, sino que, al contrario, sentía que todos le reconocían en su valía, que reconducía la animadversión que, según sus pensamientos, todo el mundo parecía tener contra él y, en vez de eso, se hacía con un sitio privilegiado en sus corazones. Los malos tratos generalizados y el machismo vividos en su hogar, desde la infancia, no parecían suponer ningún problema ahora que él estaba en la cúspide del poder, manejando el engaño y la violencia para someter a los demás a sus caprichos, incluso a la propia familia. Todo parecía algo natural, algo inevitable que formaba parte de la vida.

Y quizá fuera verdad que algo de su enigmática y maliciosa conducta se debiera a la propia naturaleza. Como en algunos instintos animales, su violencia y desconfianza para con el prójimo parecían tener una base muy profunda, muy ligada a algunos automatismos que marcaban su carácter o forma de ser.

Los instintos son esas determinadas pautas de conducta en las que, desde el primer momento en que se presenta el estímulo, o la situación debida, activan de inmediato una respuesta concreta, la cual ha sido asociada con aquél por haber resultado exitosa en infinidad de experiencias anteriores. Quizá esa agresividad y astucia retorcida que le surgían automáticamente a Doro, en el momento que deseaba algo que no podía conseguir de inmediato, o cuando era molestado por algo, o por alguien, fuera una herencia que, mezclada con las frustraciones de la falta de afecto y otras agresiones sufridas en la infancia, le condicionaban para actuar de la forma en que lo hacía.

Pedro y algún otro chico del pueblo le habían originado, desde siempre, unos sentimientos mezclados y contradictorios que le provocaban ganas de hacerles daño.

Por un lado, le producían una envidia injustificada de no sabía qué y, por otro, una apreciación de debilidad de la que podía aprovecharse para satisfacer sus complejos de víctima y sentirse superior a ellos.

Las relaciones sociales son como una prolongación del desarrollo físico de los individuos de una especie. En la herencia genética que determina el desarrollo físico de cada uno también va incluido un cierto comportamiento básico y los roles sociales a seguir. Determina, incluso, la composición y el tamaño de los grupos sociales que formarán los miembros de esa especie. Esos lazos son tan útiles como los órganos de sus cuerpos; cumplen funciones casi tan importantes como ellos. Les ayudan y enseñan a cazar, a cuidar de la prole, a defenderse de depredadores, a reproducirse, etc. Los roles y la organización social son un aspecto vital para la subsistencia y el progreso de una especie, son como un órgano más de su composición, como una prolongación del desarrollo de sus cuerpos. Esto es claramente palpable en el caso de las abejas de una colmena, con su complejidad de roles y funciones, o en el de las hormigas y muchas otras especies en las que un individuo aislado es totalmente inútil y casi incomprensible.

En el homo sapiens, como animal, también hay un componente genético que determina muchos aspectos de sus relaciones sociales. No obstante, con un desarrollo tan rápido en la composición de sus comunidades como el ocurrido desde el Neolítico, se han podido producir desajustes en la velocidad de evolución de las soluciones genéticas para la conducta, respecto de las necesidades que imponen las "nuevas" comunidades actuales. Soluciones válidas en un entorno cazador peligroso pueden no serlo en un contexto de sociedades sedentarias mucho más pobladas, más protegidas de depredadores, con división del trabajo y con un nivel de comunicación y de relaciones entre sus miembros mucho mayor que antes.

Las conductas más sociables han sido reforzadas por la educación y refrendadas, poco a poco, por la selección natural de la reproducción. Pero la velocidad de la evolución genética es lenta y ha podido ser superada por la aceleración de la evolución cultural, produciéndose desajustes entre el aporte natural, genético, y las nuevas necesidades. En este sentido, las sociedades orientales parecen haber evolucionado un poco más allá en determinados caracteres conductuales, estando más preparadas para el tipo de vida en comunidades altamente pobladas.

Por otra parte, también se han podido producir desfases en la velocidad de las líneas de transmisión, por lo que no todos los individuos estarían en el mismo estadio evolutivo en cuanto a instintos naturales en el ámbito de lo social, como ha ocurrido también con determinados caracteres físicos, como el pelo en determinadas zonas del cuerpo, el palmar largo u otros menos visibles, que se han ido perdiendo en los humanos, pero no en todos los individuos todavía.

Los comportamientos egoístas y violentos en las relaciones familiares y sociales son ya anacrónicos para cualquier comunidad próspera y desarrollada culturalmente.

000

Cabizbajo y resignado, sí, estaba Pedro en la taberna, pero también falsamente domado. En su naturaleza tranquila y mansa aún quemaba una llamita de rebeldía; un ardor en lo más hondo del estómago que no sabía cuánto tiempo más podría soportar.

Era el mismo dolor, la idéntica imagen que en esta misma mañana de siega en la parcela, donde ahora se encontraba, cuando, con la mirada fija en el color granate oscuro de la tierra estriada que estaba segando, sentía como si estuviera encima de una gran herida, de una piel violentamente arañada, que al ser afeitada, como ellos estaban haciendo con la mies ese día de siega, dejara al descubierto su carne viva.

Al fondo se oía, también en este momento, la voz de Doro, fanfarroneando de que sus hermanos y él les sacaban veinte pasos de ventaja segando en los surcos de al lado.

Iban segando a *rajalomo**(9), es decir, siguiendo cada grupo la dirección de las rectas hendiduras que había dejado el arado justo después de sembrarse el trigo, de manera que las semillas se enterrasen lo suficiente para estar protegidas y germinar cuando llegara el turno. Cada trío avanzaba en forma de cuña: uno abría el corte y los otros dos le escoltaban a cada lado, cubriendo cada segador unos tres surcos.

-Ya ni siquiera nos huelen el culo esos pichoncitos, Pascual, que les llevamos más de veinte varas de aire de por medio - le decía Doro a su hermano, y bien alto, para que lo oyeran todos-.

Pedro y los suyos apretaron el paso y fueron reduciendo la distancia. Al dar la vuelta los de Doro, una vez que habían llegado al límite de la finca y cogían ahora los surcos hacia arriba, ya sólo les sacaban unos ocho metros de ventaja. Todos llevaban un ritmo rápido y constante, paso a paso, brazada a brazada. Desde lejos se veían los sombreros de paja subir y bajar entre las espigas; detrás de los sombreros las camisas blancas remangadas hasta casi el codo.

*(9) *A rajalomo*: En la manera de arar y sembrar, se daban dos formas, que tenían también reflejo en los modos de segar: a *rajalomo* (surcos individualizados y de profundidad) y por *yunto* (cada surco cubría el anterior, quedando la tierra más lisa). Con la primera, los segadores encontraban mayor facilidad al dividirse el tajo. El del centro, abría corte y marcaba el ritmo, el resto de la cuadrilla, uno a cada lado, le seguían con otros tres surcos cada uno, sumando sus manojos en la misma gavilla.

Están ya cruzándose. La distancia cada vez es más corta entre las dos cuadrillas. Apenas los de Doro han doblado los surcos para cambiar el sentido de su marcha, en la siguiente vuelta, cuando se encuentran con Pedro, Herminio y un vecino, que vienen segando a todo meter. Vienen sofocados y sudorosos, pero no más que aquellos, que acusan ya el sobreesfuerzo de su fanfarronada. Todos jadean y necesitan un descanso, pero ninguno afloja.

Según se cruzan, Doro escupe mala leche, como en tantas ocasiones:

-*Mialos* como vienen, coloraos y chorreando, como el coño de su madre.

La arteria carótida del cuello de Pedro se hinchó como un globo y un resplandor le cegó la vista de repente. Dolor, ¡hijo puta!, odio, puño, hoz, aprieto, muerto, quieto, ¡se acabó!, libre, muerto. Todo un compendio de sentimientos y pensamientos pasaron inexplicablemente por el corazón y la mente de Pedro en unas pocas décimas de segundo. Como un resorte liberado de la presión de sujeción, sus piernas lanzaron hacia delante el cuerpo, y el brazo derecho que agarraba con fuerza la hoz lanzó un golpe hacia el bulto de donde había salido aquella voz. La puntiaguda y afilada cuchilla alcanzó la pierna de Doro, pero sólo para rasgarle la pernera de los *zagones**(10) de lona que llevaba para protegerse de los cardos.

*(10) Zagones: Unas telas de lona que se ponían por encima de los pantalones y servían para cubrirlos de los pinchazos que podrían producir los cardos al ir segando.

Casi sin que llegara a caer Pedro al suelo, impulsado por la inercia del salto, y desequilibrado por el golpe que había fallado, Doro le clavó la hoz en una pierna, llegando la punta hasta el hueso y arañando con la afilada cuchilla parte del fémur. El dolor del puntazo y la frustración de haber fallado el golpe arrancaron un grito bestial desde el interior de Pedro, que se levantó de un salto, sin sentir ahora ningún dolor en la pierna, sólo un intenso calor por todo el cuerpo. Según se levantaba se abalanzó sobre Doro, asestándole un golpe con la hoz en el brazo, que esta vez sí le alcanzó de lleno.

Acercándome a mi tío, un buen rato después, yo seguía sobrecogido, mirando la escena de desolación que presentaban los dos grupos de hombres que velaban a sus respectivos heridos; todos mirando hacia abajo y en silencio. Sentían perderse poco a poco el aliento de sus seres cercanos sin poder hacer nada por cambiar su destino. Los heridos ya no chillaban con cólera, ni se quejaban de dolor, tan solo asumían, agotados, estar al final de su camino.

Se paró el aire y el tiempo. Se nos olvidó toda rutina. En ese momento, a todos los presentes se nos cortó el hilo conductor que habitualmente guía los mecanismos automáticos que nos mueven sin pensar en el día a día, dejándonos ahora perdidos, desorientados, buscando el sentido de la vida. Quizá ese enorme vacío que lo inundó todo: la escena de sangre y duelo, la finca, el monte, que miraba desde lejos, incluso el cielo, que monótono y azul se alejaba por completo; quizá digo, todo ese enorme hueco en el que el universo parecía perderse, fuera la exteriorización del vacío interior que ambos moribundos sentían al concluir que habían perdido inútilmente sus vidas.

Así estuvimos un tiempo indeterminado, como paralizados todos por el peso de la tragedia. Seguramente no fuera mucho, pero la sensación de haber vuelto desde otro mundo lejano y hueco nos hizo perder la medida del tiempo que podría haber pasado. Nos mirábamos los unos a los otros, contagiándonos esa sensación de irrealidad y percepción de lo absurdo.

En un momento dado, casi a la vez, empezamos a levantar la cabeza y a mirar nerviosamente, una y otra vez, hacia el camino. Alguno se acercó a la salida de la finca, por ver si la ayuda venía. Los heridos se desangraban y el médico no aparecía.

Al fin, se oyó un gran ruido y dos mulas que tiraban a gran velocidad de un carro, con mucha gente corriendo alrededor, entraron al camino de acceso a la parcela. El médico echó un vistazo rápido a los cuerpos que aún yacían en la tierra y dió algunas instrucciones a los que estaban cuidando a cada uno de ellos. Varios hombres cogieron los cuerpos ya casi inertes de los heridos y los subieron al carro, juntos, pegados uno al lado del otro, como nunca lo habían estado. Alguien dió un buen trallazo al anca de una de las mulas y el carro y gran parte de los presentes partieron a toda prisa hacia el pueblo.

Se recoge lo que se siembra, y así, ese día se cosechó violencia y mucha nada, porque antes se sembró odio y mezquindad. Lo mejor de dos vidas, aún jóvenes, se segó sin dejar ningún pan o beneficio. Lo que tenía que haber sido un día alegre y feliz, de recompensa en forma de grano y proyectos de futuro, fue finalmente un día triste. El esfuerzo de casi un año, con sus duras labores para preparar y fertilizar la tierra, con sus preocupaciones por las amenazas de tormentas, sequías o plagas, con sus esperanzas, con sus ganas de vivir, fue, sin embargo, el día más trágico que se recuerda por estos lares, un día que nos marcó a todos los presentes, y quizá más a mí, en aquella tierna y delicada inocencia de la infancia.

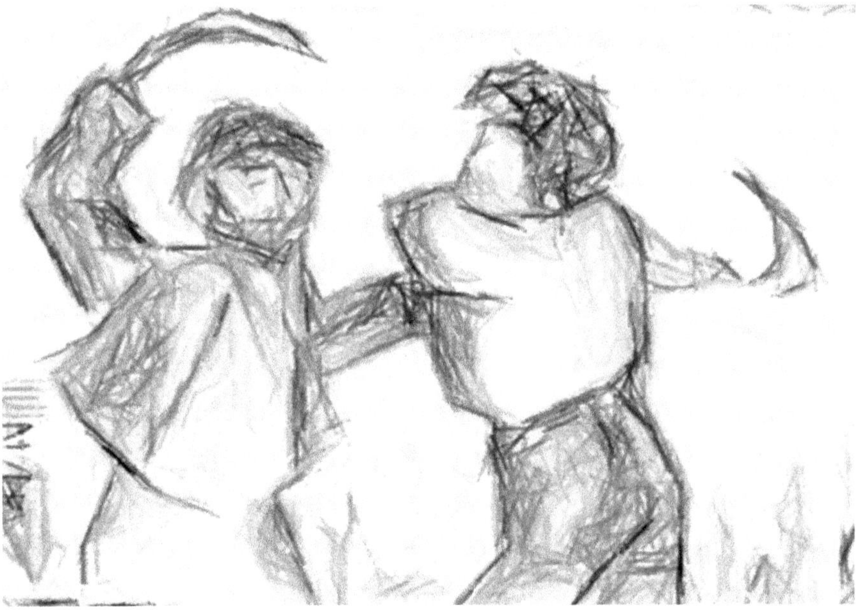

Tocar a cabras

Quería correr pero no podía. Las mandíbulas de grandes canes se abrían y cerraban enseñando sus afilados y amenazantes dientes y yo no podía huir. Cada vez estaban más cerca, pero mis piernas parecían estar clavadas a la hierba de la pequeña pradera en la que me encontraba. Todo estaba bastante oscuro y las nubes iban y venían dejando sólo pequeños claros por los que se colaba la luz de la Luna. El mundo entero era un laberinto de peligros desconocidos, de amenazas que acechaban detrás de cualquier arbusto, de cualquier esquina. Mirando hacia todos lados y luchando esforzadamente con la incomprensible gravedad que tiraba de mi cuerpo hacia abajo, como si fuera de plomo, sólo buscaba desesperadamente la puerta del hogar, unos brazos familiares que me salvaran de aquellos horrores.

-¡Vamos, levanta!, ¡hay que ir a tocar a cabras!, - se oyó de repente una voz amplificada que venía desde arriba y lo inundaba todo. La voz parecía salir de aquel cielo anubarrado que cubría el mundo con sus enigmáticos claroscuros. Su resonancia actuó como una enorme mano que desde lo alto me cogiera y me rescatara de aquél agónico momento, trasladándome en un instante a otra realidad distinta, oscura también, pero silenciosa y más agradable.

-¡Vamos, no tengas pereza! -, sonó de nuevo, y ahora sí, reconocí la voz de mi abuela, que debía de ser la que estaba también zarandeándome el hombro. ¡Es verdad!, pensé, lo dijo anoche, cuando estábamos calentándonos alrededor de la lumbre. ¡Me tocaba a mí!, salir de noche, y solo, a despertar vecinos por esas calles que no conocía apenas... Me di media vuelta, no queriendo aceptar el destino y degustando, por un rato más, el calor del colchón de lana y la suavidad de las sábanas. Qué acogedora sensación, qué placer más inmenso gozar de la blandura de ese lecho, la templada temperatura... Duró poco. Un fuerte tirón de la manta me dejó a la intemperie, sintiendo el desamparo de la desnudez y el frío de la noche. La mirada de mi abuela era inapelable ¡Tenía que levantarme!

Tengo pocos recuerdos de mi abuela Felicitas; murió siendo yo aún un niño, pero sí recuerdo cómo, con una mezcla perfecta de autoridad y cariño, sabía llevarnos por el camino recto a los tres o cuatro primos que nos juntábamos para pasar el verano con ella. Sus relatos y cuentos infantiles se enredaban cada noche en mi adormecida imaginación, del mismo modo que su pelo blanco se enroscaba en el perfecto moño sobre el que mis ojos fijaban la última mirada del día. Ese pelo recogido dejaba al descubierto unas arrugas en la frente que contenían siglos de educación en disciplina y austeridad, transmitida de madres a hijas como una herramienta indispensable para la supervivencia y la dignidad en una tierra dura, una tierra que exige sudor de duro trabajo para vencer al frío y al hambre. Mi abuela curaba heridas, asistía en partos y se las arreglaba con todo tipo de tareas. Mi abuela era fuerte y querida, de las que dejan huella.

Me vestí en silencio a la luz triste de un candil que quemaba aceite colgado en una pared de la alcoba. Una pared blanca, sin otro aderezo u ornamento. En la otra pared, la de la cabecera, un crucifijo y un pequeño cuadro de un santo. Nada más.

Un tazón grande y redondo me esperaba en la mesa de la sala, al otro lado de la cortina de ganchillo que la separaba de la alcoba donde dormía. Mi abuela echaba trozos de pan en la leche de cabra calentita, formando una sopa que, con unas cucharadas de azúcar, saboreé haciéndome el remolón y dilatando el tiempo todo lo que pude. No fue mucho. La abuela puso el cencerro en la mesa, me dio un beso y señaló la puerta.

Salí de casa encogido por el frío y la vergüenza. ¿Por qué la abuela tenía que obligarme a hacer esto?, ¿por qué a estas horas?, pensaba obcecadamente, con el ceño fruncido y el morro tan largo como el de un cochino. Con las manos en los bolsillos y los brazos muy pegados al cuerpo intentaba protegerme de un aire que se metía por todos los huecos de la ropa. Me quedé en la puerta, mirando hacia ambos lados de la calle. Todavía estaba bastante oscuro y la poca luz que venía de la Luna arrojaba sombras negras sobre el incierto empedrado de la calle. ¿No había mayores para hacer este trabajo?, seguía refunfuñando para mis adentros. Yo no podría hacerlo; con esta oscuridad, y con este frío… Pequeñas nubes cruzaban el cielo a buena velocidad y dejaban por momentos la calle casi a oscuras. Miré al cielo y me impresionó la mezcolanza de colores grises y negros que parecían retorcerse de frío y de dolor por allí arriba. Se abrió un pequeño hueco y entre los ribetes blancos de un par de nubes apareció de nuevo la Luna.

La abuela soltó la cabra del chiscón que había en el portal, debajo de la escalera. Esta salió a la calle y se quedó mirándome, quieta, inexpresiva, como miraría una muerta. En un arranque de valor comencé a caminar perezosamente hacia mi destino y a mover el *truco*, como llamaban también a ese gran cencerro, con mi mano derecha. Lo movía con tan pocas ganas que no lo oían ni los perros. No obstante, alguno de éstos empezó a ladrar en alguna calle, no muy lejos de allí: ¡lo que me faltaba para aumentar mis miedos!

El primer tramo del recorrido me obligaba a pasar por el callejón de la iglesia, quizá el sitio más siniestro que yo conociera hasta entonces. Las altas paredes de piedra de este imponente templo del siglo XVII te sometían a tu condición de insignificante y efímero ser viviente. Al abrigo de este poderío se habían arrimado casas que acompañaban a sus muros en el serpenteante perímetro de sus naves. Tenebroso, como estaba ahora el callejón, parecía un estrecho y retorcido intestino que pretendiera engullirme para siempre.

Aceleré el paso para sortear aquello cuanto antes y se dispararon también la adrenalina y las pulsaciones. Me lancé casi intuitivamente por lo que creía el centro de aquel infinito callejón, entregado a la suerte de mi destino y a la bondad de Dios. Finalmente, con gran alivio y un poco más de calor que cuando entraba, salí del corredor y doblé por la esquina del tío Antonino, un cariñoso "abuelo" que nos daba "*perotes*" de su huerta, como se llamaba por allí a una especie de pera dura y pequeña, pero que sabía muy dulce.

Me sentí algo más tranquilo y protegido por las vibraciones de este lugar que me era tan querido, por lo que mis hombros y mis brazos se relajaron un poco y empecé de nuevo a hacer sonar el cencerro. Su ruido llenaba ahora, con el silencio de la madrugada, la desierta *"calle alante"*, quizá la más larga y con más casas de entre las pocas que constituían el pueblo.

Los *tolón, tolón,* resonando por las paredes de piedra y adobe, hacían encoger mi tímido corazón, agarrotándome también el brazo, que en su rigidez no lograba un sonido rítmico del cencerro. Con el paso titubeante y cabizbajo, me sentía como acompañado por un travieso duende que, espoleado por mi mano, estuviera saltando y rebotando como una pelota loca por toda la calle, llamando escandalosamente a los durmientes vecinos, saltando de pared a pared, aporreando puertas y ventanas, maderas y cristales.

Cuando llevaba andados algunos metros de la calle, una puerta se abrió y salió una cabra. Salía como por partes, con mucha desgana. No vi a nadie en el portal, aunque aún tenía la cancela medio abierta, pero me animó este efecto. Parecía que la cosa funcionaba. Agarré con más fuerza el cencerro y lo moví con entusiasmo. Por dentro de las casas se empezaban a oír golpes de puertas, abriendo y cerrando, y de algunos portales iban saliendo otras cabras, perezosas,

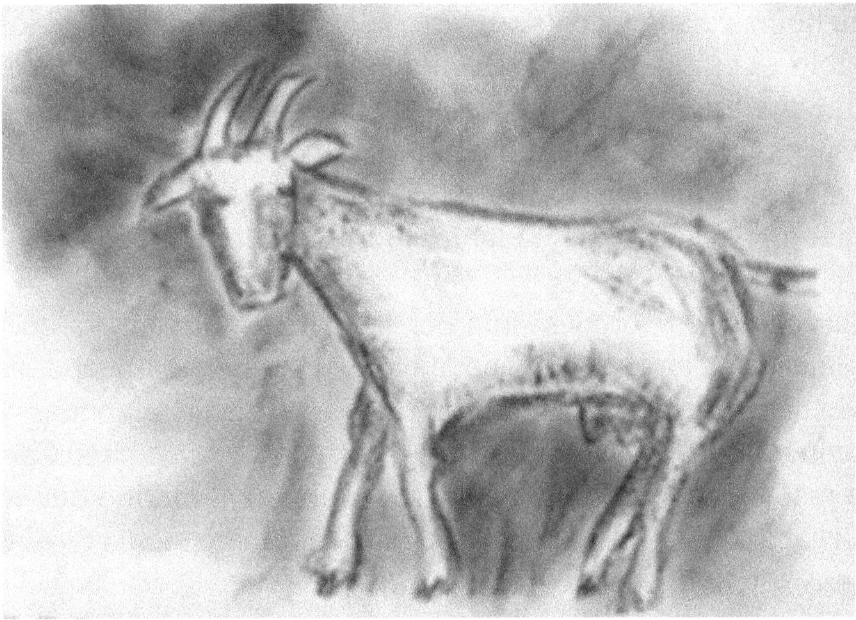

lentas, como si fueran al matadero. Se dirigían despacio, con la cabeza *gacha*, hacia la plaza del pueblo.

A mi derecha se abrió la parte superior de un portón de doble hoja, como eran todos los de allí. Esa parte permanecía abierta todo lo que restaba de día, para tener luz y ventilación, sin que salieran o entraran animales, salvo el gato, que lo hacía por la gatera. Se asomó el tío Agapito, con su boina calada y con su cigarro pegado a la comisura de los labios, como siempre. Parecía un personaje de teatrillo, del que nos montaban a veces a los niños, así, apareciendo a escena con sólo medio cuerpo, para contarnos un cuento o para soltar un chascarrillo. Me hizo un gesto cariñoso con la mano y yo sentí un agradable calorcillo por dentro.

La luz de los portales salía por las gateras, de manera que, alineadas a ambos lados de la calle, una por cada puerta, se veían como discos amarillos, como si fueran redondas y tenues bujías que alumbraban y decoraban la vía pétrea. Casi a ras del suelo, resaltaban sobre el tono azul marino que lo llenaba todo en el despuntar del día, componiendo un cuadro muy estético y acogedor.

Al pasar por las casas, a la altura de esas gateras, se escuchaban leves ruidos, se veían sombras pasajeras, salía calor de hogar y se intuían perezas mañaneras. El entorno estaba cambiando muy deprisa y mis sensaciones también tornaban hacia un estado más tranquilo.

Algo, sin embargo, se transmitió de forma muy directa y

contundente, no por su claridad o por su colorido, sino por el repugnante olor que desprendía y que luchaba por penetrar por cada poro de mi cuerpo, por cada agujero. El 'cabro', como llamaban aquí al macho cabrío, estaba guardado en un chamizo de esta calle. A pesar de ese olor fuerte e intenso a sudor, orín y semen, se le llamaba 'cabro', en vez de cabrón, ¡para que luego digan que si mal hablados son los de este pueblo!. Era un síntoma de respeto. Al fin y al cabo era el padre de muchas de nuestras cabras, y de muchos buenos cabritos, que esos si que olían bien en el horno, cuando llegaban los días de fiesta.

Al volver a recuperar la respiración, pasada esa fétida nube invisible, subí el volumen del truco. Me sentía más seguro y confiado, así que empecé a mover el brazo de arriba abajo con precisión y pulso sereno. La apariencia de normalidad cotidiana con la que los vecinos estaban soltando sus cabras, cuatro o cinco de las cuales caminaban ya por la calle en dirección a la plaza, me indicaba que todo iba bien, que no metía la pata. Giré hacia la calle Real, y de ahí bajé a la del Calderón, tomándola entera hasta la que llamaban "del Cura", es decir, el recorrido del pueblo que todo el mundo se sabía de memoria para aquellas cosas que iban por *adra**(1), o sea, en el orden de casa por casa, calle por calle.

Ese orden había sido una de mis angustias la noche anterior. Yo no conocía muy bien gran parte del itinerario, sólo tenía referencias sueltas, por eso mi abuela y yo, a la luz y el calor de la lumbre, estuvimos repasando varias veces los detalles.

*(1) Por adra: por turno regulado de casas en el recorrido del pueblo.

Ahora, salvada la parte más compleja, la más alejada de mi casa, y enfilando el camino de vuelta, me encontraba más seguro y relajado. La confianza había ido aumentando paso a paso y en los del último tramo se había acelerado.

La llamada "a cabras" sonaba ahora fuerte, rítmica, casi autoritaria. Me imaginaba estando en el campanario, marcándole el paso al pueblo a golpe de campana, o dándole cuerda al reloj del mundo, poniendo en marcha la mañana. Se asomó la tía Dionisia, y salió hasta la calle al reconocerme, -Pero si es el chico del Luís, ¡jódelo, que paso y que arte lleva!, ¡adiós!-, me dijo, medio riendo y alzando el brazo con aspavientos. Yo ya estaba muy despierto y contento; el cuerpo había entrado en calor y el alma estaba entrando por completo en 'mi' pueblo. Las casas, las calles empedradas, las parras sobre los *poyos**(2), todo me era más familiar, más propio. Lo que un día antes habían sido terrenos hostiles, inseguros para un carácter vergonzoso como el mío, ahora eran unas calles aliadas, casi como las de mi barrio, el del 'Perchel', en las que jugaba a diario.

Sombras de mi pequeña mente habían salido a la luz y en ellas reconocía a seres agradables y amigos. Aquellos laberintos peligrosos, que me agobiaban en algunos de mis sueños, se descubrían como si fueran divertidas prolongaciones del pasillo de mi casa, lugares donde poder jugar y divertirme.

*(2) poyo: asiento de piedra o cemento que se construía en la pared de las casas, cercano a la puerta, para sentarse a descansar o a realizar trabajos a la luz del día.

Pensé cómo le iba a decir a mi abuela que ese sería mi oficio de todos los días: tocar a cabras. Me parecía divertido y uno de los trabajos más importantes del mundo. Gracias a mí labor, aunque me hubiera costado pasar un poco de miedo y de frío, ese día saldrían las cabras a pastar y todos tendríamos leche caliente en el próximo desayuno.

Mi mundo más íntimo y querido se había ensanchado, y eso me producía un gran placer. Andaba como más ligero, sintiendo emociones nuevas de las que no era ni siquiera consciente. El espíritu estaba simplemente participando de un sentimiento más universal, más amplio y completo. Era algo intuitivo, sentimental, de lo que se percibe sin asociaciones racionales ni grandes pensamientos, sino con lo más básico de la experiencia y que acompaña a todas nuestras vivencias, eso que no es posible reducir a las palabras que intentan explicarlo.

Seguía caminando, ya con más tranquilidad y más despacio, mirándolo todo a mí alrededor. La relajación de las defensas psicológicas de mi mente, esas que hasta entonces habían levantado un parapeto frente a una parte del mundo externo, había permitido que lo mirara con otros ojos, que fluyera la comunicación y las ganas de integración, sintiéndome formar parte de algo más grande, o al menos más completo.

Subiendo hacia el horno, para cerrar finalmente la vuelta del recorrido, pasé por la plaza, -siempre había que pasar por la plaza para ir de un lado al otro del pueblo-. Allí estaba ya el tío Críspulo, que le debía tocar ese día cuidar de las cabras, por adra como he dicho antes, pues en esos años no hubo cabrero fijo. Estaba sentado en el borde del pilón liándose un pitillo. Al pasar yo a su lado me dijo:

-Venga chico, apura, que se me va la fresca y luego no comen.

Al entrar en casa, una vez terminado mi trabajo, me gratificó el olor a leña que venía de la cocina. Mi abuela estaba ya con la lumbre encendida y soplando con el fuelle al lado de un puchero. Nada más ver mi cara supo que la cosa había ido bien, pero no dijo nada, bajó la cara mirando a la lumbre y me pregunto:

-¿Quieres que te haga unos torreznillos?

-¡Sí! -le contesté, muy alegre- Abuela, ¿puedo ir mañana también a tocar a cabras?

-Quita, quita, ya tendrás tiempo; además, le toca al siguiente y no es bueno romper el turno. ¡A ver si estás tan dispuesto cuando te mande a otros recados!

Refunfuñé un poco, pero sabía que no había nada que hacer, así que me senté en una de esas sillitas bajas que había en la cocina, al lado de la lumbre, y miré con tranquilidad y deseo cómo se freían los torreznos en la profunda y negra sartén. No sé, era una sensación extraña, pero agradable, notaba como que había crecido.

La humanidad es, a la vez, cada uno y el conjunto de todos nosotros, y lo es dentro de nuestro entorno, por eso, la integración social y la integración en el mundo nos producen un placer más sustancial y completo que el mero placer individual y físico. También es un placer más refinado y desconocido; un placer al que la mayoría de los hombres presta menos atención, quizá por no ser de nadie, sino un bien común, que se construye entre todos y se siente compartido.

Al atardecer, mientras el grupo de amigos estábamos jugando al 'aro' en mi calle, el cencerro del "cabro" se oyó bajando por la calle del horno. Esa tarde las cabras bajaban del monte, de haber estado comiendo las finas hierbas que salen entre las piedras, por detrás de las peñas y en la umbría de los árboles, es decir, en cualquier sitio donde la humedad las mantenga verdes y tiernas. Ahora, ya de vuelta, caminaban hacia abajo ellas solas, sin que apenas el cabrero las chillara, ni encaminara con el perro, sino que relajadas y juntitas se dirigían a la plaza como siempre; y hacia allí corrimos todos los chiquillos.

Los animales formaban un abstracto cuadro de manchas blancas, marrones y negras en el cerrado espacio que formaban la pared de la iglesia, que también servía de frontón, el largo pilón de la fuente y las casas de algunos vecinos que rodeaban el recinto. Completaba ese pintoresco cuadro cuernos retorcidos y ubres hinchadas de leche recién hecha, a punto de ser ordeñada.

Algunas cabras, nada más llegar, se dirigían a sus casas, quedándose en la puerta hasta que las abrían; otras, más callejeras, se quedaban esperando, subidas en el murete del frontón, encima de los poyos de piedra, o incluso en el pilón, hasta que sus amos vinieran a por ellas. Ese era el caso de la cabra de mi abuela, esa *mocha* negra, es decir, de poco pelo, moteada de puntos blancos, que se hacía la remolona y me toreaba cuando la empujaba para que fuera hacia casa.

Estaba en esas, aburrido de corretear tras ella y harto de requiebros para un lado y para otro cuando, de repente, mis piernas se elevaron y todo dio un vuelco repentino. Vi mis alpargatas apuntando al campanario, y después al cielo, finalmente vi muchas estrellas, y eso que aún quedaba día, mezcladas con tierra y polvo en mi cabeza. Un fuerte dolor me acudió a la zona de la rabadilla y también a la testa, a la vez que un olor fuerte e intenso inundaba mi nariz. Caí enseguida, y esta vez sólo metafóricamente, en la cuenta de lo que había pasado. ¡Ese cabrón de chivo me había topado! Seguramente, celoso de que estuviera molestando a mi cabra, que el "cabro" creería suya. Me embistió por detrás y me volteó como a un muñeco. Nunca se sabían las razones, pues, a veces, topaba sin motivo. Era su condición natural: mal encarado, mal oliente y de poco fiar.

A pesar del dolor y del aturdimiento, pegué un salto y corrí a subirme a la pila de la fuente, a salvo de nuevas embestidas. Él se quedó quieto, mirando desde el centro de la plaza, con la cabeza medio agachada y apuntando con su testuz, de cuernos gruesos y retorcidos, a mi mullido cuerpo.

Después de un rato, sólo quedaban ya tres o cuatro cabras subidas al murete del frontón. El cabro se lo había llevado el tío Críspulo, dándole unos buenos palos en el lomo; alguno de ellos de más, porque le tenía mucha tirria. Se cuenta que un día casi le mata. El animal le embistió una y otra vez y no paraba de ninguna manera; se levantaba de manos y le topaba con todas sus fuerzas. El tío Críspulo intentaba levantarse, pero antes de lograrlo era topado de nuevo y rodaba con cada golpe. Menos mal que apareció el tío Epifáneo, y que llevaba en la mano una vara. La empuñó y le dio al cornudo unos buenos golpes, logrando apartarlo del todo sin que ocurriera mayor desgracia.

De aquellas tres o cuatro cabras, una era la de mi abuela, que era de las más pendonas, así que, dando un pequeño rodeo para que no me viera y pudiera evitarme, me coloqué detrás de ella y la fui empujando para casa hasta que finalmente logré meterla en el portal. Mi abuela la encerró en su chiscón y me dio el cencerro grande para que lo llevara a casa de la tía Prudencia, que era la siguiente en la vez, cosa que yo ya sabía pues le había llevado bastantes días la capillita de madera con la virgen, que también pasaba de casa en casa.

Al entregarle el cencerro y volverme para casa, no pude evitar un sentimiento de desánimo. Hasta tal punto me había identificado con el 'tocador' a cabras que, el saber que no volvería a hacerlo en mucho tiempo, y que mañana sería un niño más, con la sola tarea de jugar y de hacer algún recado, me entristeció durante un rato. Mi abuela lo notó, en la mirada desangelada que tenía mientras nos calentábamos alrededor del fuego. Quizá por eso me dijo:

-Luisito, baja conmigo a ordeñar la cabra.

Allí me hizo estirar de los pezones y aprender algunas cosas nuevas, como por ejemplo superar el asco que al principio me daba tocar aquellas ubres calentitas y llenas de rugosidades y granos. Cuando subimos de nuevo al fuego, mi ánimo se había recuperado y ahora lo que tenía era sueño. Recuerdo que esa noche dormí mejor que muchas otras y que muchos de mis miedos infantiles desaparecieron para siempre. Seguramente se los llevara el viento, o los ahuyentara el ruido del cencerro, dejando limpias las calles y rincones de lo que ahora, más que nunca, era "mi pueblo".

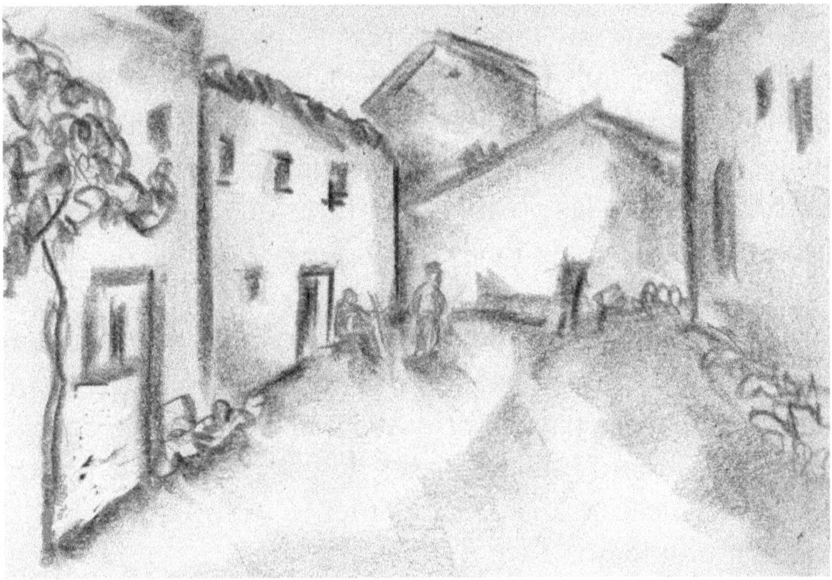

La guerra

Los fuertes golpes que aporreaban la recia puerta de la calle estremecieron el alma de Don Jacinto, que se acurrucó aún más en el reducido espacio en el que se encontraba. Era el último y más pequeño *atroje**(1) de la buhardilla, por donde caía el tejado y no dejaba más de medio metro de altura hasta el suelo de vasto yeso prensado. Allí, escondido entre los delgados y bajos tabiques que formaban ese compartimento, como otros que se repartían por la estancia y que eran construidos en todas las casas de labranza para separar el grano de trigo del de la cebada, o de algún otro cereal que se recolectaba, Don Jacinto se aflojó un poco el alzacuello y repasó, nervioso, las posibles aberturas que pudieran quedar entre los tabiques y la lona con la que se tapaba.

Por la cámara colgaban cencerros, cribas, celemines y algún apero de labranza, todos ellos con algo de polvo. Desde que una mañana de la pasada primavera el criado de la casa los dejase tal y como estaban, antes de partir sin decir por qué ni adónde, descansaban plácidamente, como sin ganas de reanudar el trabajo.

Ajos, cebollas, pellejos de vino y algún chorizo colgaban también de palos clavados a la pared junto a la escalera. Por el suelo, porque era lo mejor para su conservación, había esparcidas algunas patatas, pepinos y algo de fruta.

*(1) Atrojes: espacios contenedores para guardar el grano de los cereales, que se construían en las cámaras o buhardillas de esta región mediante tabiquillos de adobe y yeso sobre una estructura de palos finos que ayudaban a su fijación.

Todo estaba bastante mezclado y con apariencia de cierto desorden a la vista de un foráneo pero, sin embargo, obedecía a un orden muy lógico para el uso práctico de cada cosa en la vida cotidiana de los campesinos de por allí. No obstante, la *ama**(2) que, en ausencia del criado labrador, era quien solía ordenar todo aquello, también se había ido, tan sólo hacía unas pocas semanas, casi nada más empezar la guerra, a casa de una hermana que vivía en Guadalajara, por lo que sí se empezaba a notar ya cierto abandono.

Hacía ya media hora que se encontraba en esa postura incómoda y empezaban a dolerle seriamente las rodillas. Había subido a la parte alta de la casa cuando se empezaron a oír los primeros disparos, sobre el mediodía. Venían de la "Serrezuela", unos altos muy cercanos, donde se decía que estaban los rojos, y eran respondidos desde el castillo, en la atalaya que se elevaba por encima del pueblo, justo al otro lado.

Subió por curiosidad, por ver si desde el ventanuco de la cámara, que superaba la altura de los tejados de las casas vecinas, se podía divisar algo de lo que parecía un enfrentamiento de tropas. Tumbado en el suelo, se arrastró despacio hacia esa pequeña abertura en una de las paredes de la cámara. Sin hojas de madera, ni cerramiento alguno, su función, junto con otra parecida en el otro extremo, era la de mantener permanentemente ventilada la cámara y aportar algo de luz a la estancia.

*(2) Ama: Se llamaba así a la mujer que asistía al cura del pueblo, limpiando la casa, haciendo la comida y el resto de tareas domésticas.

No quería ser visto. Las noticias que llegaban desde todos los sitios eran inquietantes para un cura timorato y acomodado en un pueblo tranquilo como La Riba de Santiuste. Decían que los rojos habían asesinado al obispo y al deán de Sigüenza.

La verdad es que desde que corrió la noticia de que habían llegado columnistas de muy variadas siglas e ideas, que la gente corriente no sabía siquiera pronunciar (troskistas del POUM, anarquistas de CNT-FAI, comunistas, etc.,), no había recibido noticias del obispado, y él tampoco se había atrevido a ir a Sigüenza.

Eran los primeros días después del alzamiento militar y nadie sabía muy bien el alcance que iba a tomar el asunto. Su idea fue ir a Atienza, donde tenía un tío que era párroco de la iglesia de San Bartolomé, pero se enteró de que Atienza estaba siendo atacada esos días por los republicanos, seguramente por la posición privilegiada de su castillo, así que retrasó el viaje. Lo mejor, había pensado, ante la falta de noticias y el desconcierto, era esperar.

Aunque hasta entonces el pueblecito se había mantenido tranquilo, pues los convoyes republicanos que subían para intentar tomar Atienza se desviaban un poco antes, por el cruce de Imón, dejando esta parte como tierra de nadie y ajena a la guerra, ahora, sin embargo, se había convertido en el frente.

Los nacionales no sólo habían resistido en Atienza, gracias

a su castillo, sus empinadas calles y el valor de unos pocos militares y guardias civiles, sino que tomaban la iniciativa, en una acción metódica y programada, y presionaban cada vez más, por todos los lados, para cercar Sigüenza.

Por la carretera comarcal que pasaba por aquí, bajando desde Soria, las fuerzas sublevadas habían ido tomando pueblos para adelantar, por este lado, la línea del frente Atienza-Alcolea, la cuál iba curvándose y cerrándose muy rápidamente durante aquellos días finales de agosto, envolviendo los alrededores de aquella hermosa ciudad, donde se asentaba y resistía el grueso de las fuerzas republicanas de la zona.

También les era importante, a las fuerzas del bando sublevado, cerrar cualquier paso hacia la retaguardia del frente de Guadarrama, que acechaba Madrid por el norte, pero sobre todo, en este momento y lugar, lo primordial era proteger la pista de aterrizaje que se había habilitado en Barahona, desde donde ya estaban despegando aviones de la Legión Cóndor alemana para bombardear la *Ciudad del Doncel**(3). Camiones militares llevaban un par de semanas yendo por los pueblos de alrededor, llevándose a la fuerza a los campesinos para trabajar en allanar una pista de tierra para los aeroplanos y dejándolos de nuevo por la noche en sus casas.

---

*(3) Ciudad del Doncel: a Sigüenza se le llama la ciudad del Doncel por la artística figura de alabastro que hay en la catedral, coronando la tumba de un joven noble de la ciudad.

La avanzadilla nacional por esa carretera había sido fácil hasta llegar a los alrededores de Imón, pero fuerzas milicianas llegaron rápidamente desde Sigüenza para apoyar a los allí destacados y detener el avance de los sublevados. La línea del frente se situó durante unos días en el pueblo del cura, seguramente por la barrera que impusieron el cañón y la ametralladora situados en el castillo que coronaba la colina junto al pueblo. Un cañonazo desde allí destruyó un camión acorazado que encabezaba la columna miliciana que intentaba una incursión de contraataque, deteniendo la marcha e instalando el frente de lucha en esos parajes.

Este castillo de origen árabe, después de una larga y noble historia, había sufrido mucho durante la guerra de la Independencia, quedando reducido a unas pocas paredes.

Desde ahí, se dominaba el pueblo y el paso por la carretera hacia el norte. Al otro lado, milicianos, fundamentalmente anarquistas y troskistas, se habían apostado en las colinas para defender el paso hacia Sigüenza. Su objetivo era mantener el frente lo más alejado posible de la ciudad, hasta la llegada de tropas de mayor envergadura desde Madrid.

Un escalofrío había recorrido el cuerpo del cura al ver dos puntos oscuros bajando por una acequia que llegaba hasta el pueblo. Descendían precisamente desde el otero en el que se había dicho que se encontraban los milicianos y hacia el cuál miraba desde el ventanuco que daba hacia ese lado, allá arriba, en la cámara de su casa. Estaba tumbado y escudriñando cada palmo de aquel paisaje cuando los divisó en la lejanía.

Se movían rápidamente, uno por cada lado del reguero verde que resaltaba entre el manto amarillo de rastrojos que cubría la majada. Se paraban en cada zarza o matorral para después seguir hasta el siguiente.

Agudizando la vista, como si de unos prismáticos se tratara, comprobó que eran milicianos, con fusiles amarrados a la espalda que les sobresalían por encima de los hombros. Retrocedió deprisa, reptando como una lagartija que busca un escondite seguro. Ahora, agarrotado y aterido de frío, no porque no hiciera calor, sino porque el estado nervioso en el que se encontraba le dejaba la piel sin sangre y la concentraba toda en el estómago, rezaba deprisa y con profundidad, como no lo hacía desde sus tiempos de seminarista convencido.

-¡Abre, me *cagüen* Dios, cura de mierda! -gritó, no mucho después, uno de los milicianos, mientras golpeaba en su puerta-.

-¡Que abras, me *cagüen* el copón bendito! -gritó el otro, y se incrementaron los golpes en la puerta, haciendo rechinar las bisagras y la cerradura, que sonaron como emitiendo un quejido de última resistencia, dispuestas a ceder-.

Uno llevaba puesto un mono de trabajo azul y el otro un pantalón de pana negro y una camisa gris.

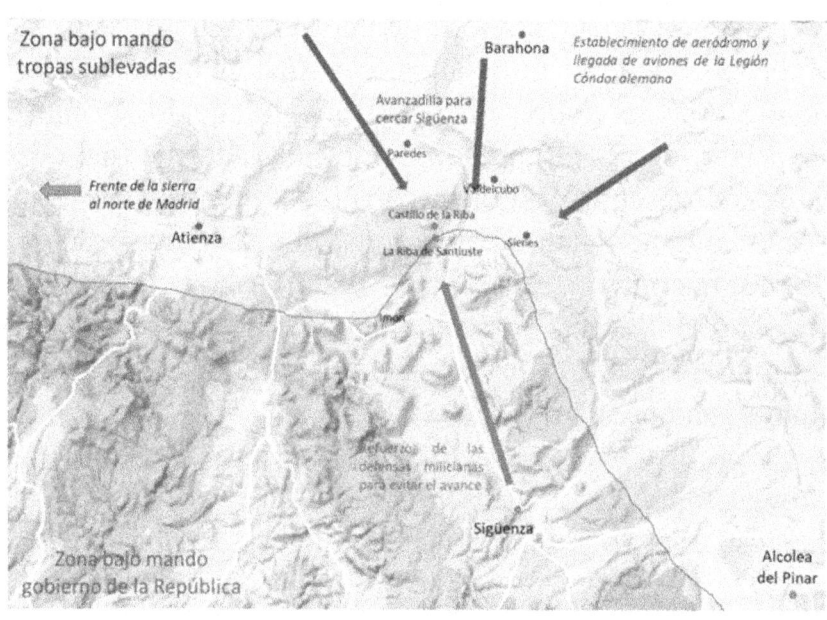

Situación aproximada del frente durante la última de semana de agosto del 36

Cuatro cartucheras de cuero le colgaban a cada uno por la cintura, sujetas por un correaje de tirantes y un cinturón del mismo material, los cuales destacaban por encima de la ropa. El del mono azul, más bajo que el otro, golpeaba la puerta con la culata del fusil, el más alto la aporreaba con el puño, pero el efecto era como si lo hiciera con una maza.

-No está en casa, salió esta mañana temprano para Atienza-, se oyó la voz de una mujer desde el interior de la casa de enfrente. La voz salió por la ventana del primer piso, pero nadie se asomó por ella.

-¿Quién eres? -, preguntó uno de los milicianos, -saca unas copas de anís, a la salud de la República, me cago en Dios-.

Los dos republicanos miraron hacia las ventanas de la casa del cura, que estaban cerradas, una de ellas incluso con las contraventanas. Golpearon un poco más la puerta, pero esta vez ya con menos intensidad.

-Será hijoputa; lo mismo se ha olido la fiesta.

-Tú -, dijo uno de ellos, apuntando con el fusil a un paisano que aguardaba unos metros más abajo de la calle, - ¿no dijiste que vivía aquí el cura?

-Dije que esa era su casa, no que estuviera en ella —contestó el paisano-.

-¡Me cagüen to la orden!, ¿sois tontos en este pueblo, o qué?

En ese momento se abrió la puerta de enfrente y salió una señora vestida de negro, en todas las prendas, incluso en el pañuelo que llevaba a la cabeza. En las manos traía una botella de anís y dos vasos.

-¡Hala majos, no os pongáis así, tomaros una copilla y tranquilizaros un poco!-, dijo la señora.

Los milicianos miraron a la botella y a la vieja. Uno de ellos se acercó a la esquina y asomó con cuidado la cabeza para mirar hacia el castillo. Nadie bajaba. Los disparos se habían callado hacía ya un tiempo y todo parecía tomarse un respiro. El miliciano volvió con paso acelerado, le cogió los vasos de la mano a la vieja y le hizo al compañero un gesto con la cabeza para que cogiera la botella y los llenara. Bebieron de un trago, con ansiedad. La excitación que llevaban desde hacía un rato y el miedo que imprimía la cercanía del enemigo, al otro lado del pueblo, les hacía necesitar más el calor del alcohol, circulando por las venas y el cerebro, que el sabor del azúcar o el deleite sereno del licor en el paladar.

-¿Quién tiene las llaves de la iglesia? -preguntó el miliciano más pequeño; un joven bajo y delgado, con barba de una semana y una mirada profunda de desconfianza y resentimiento-.

-El señor cura -respondió la señora-.

-¡Tú, tira pa la iglesia! -le dijo el miliciano al vecino que esperaba atemorizado el desenlace de los acontecimientos, deseando poder librarse de aquello cuanto antes e irse a su casa-.

El capitán Díaz Muntadas fumaba desesperado mientras intentaba descubrir con los prismáticos la procedencia de unos fuertes golpes que procedían del pueblo. Él era la vanguardia de los militares rebeldes que, al frente de una compañía y algunos guardias civiles, había tomado el día anterior, uno a uno y sin resistencia, los pueblecitos que se extendían por el valle del río Salado hasta este castillo, el cual había conseguido hacer fuerte, con dos pelotones de hombres, un cañón y una ametralladora, deteniendo en seco la avanzadilla de los refuerzos milicianos que llegaban desde Sigüenza.

Desde los primeros intercambios de disparos de esa mañana, que ellos mismos habían provocado desde el puesto de ametralladora, para ver la respuesta que tenían al otro lado, la situación se había calmado, pero la tensión era grande entre la cuarentena de hombres que se refugiaban entre aquellos vetustos muros del castillo. Enfrente de ellos se había dibujado esa mañana una línea de destellos y puntos de humo que salían de numerosos puestos medio atrincherados. Iban de un lado a otro de la carretera que conducía hacia Sigüenza. Debería haber, al menos, un par de compañías, es decir, más de doscientos hombres armados.

A la tercera embestida del arado, empujado por los dos

milicianos y el asustado paisano, la puerta de la iglesia cedió. El estruendo de las hojas de la puerta golpeando las paredes de la entrada, y del palo del arado cayendo contra el suelo, retumbaron sobre la bóveda y las altas paredes de la iglesia, devolviendo un eco hueco y frío, que perduró en el ambiente durante bastantes y largos segundos. El sonido tenía los tonos casi sagrados e imponentes que le confieren este tipo de construcciones, abriendo dimensiones por encima de los reducidos espacios domésticos de la mayoría de los hombres. En este caso, además, el estrépito removió también, por una u otra razón de su cultura y vivencias, las estructuras fundamentales de la moral de cada uno de aquellos hombres. Un estremecimiento les removió el cuerpo entero, quedando inmovilizados durante unos momentos, con la mirada fija hacia el interior oscuro e incierto del templo.

-¡No!, ¿qué vais a hacer?, ¿estáis locos?, ¡Por Dios..., por Dios...! -decía el paisano mientras corría escandalizado para huir de aquella locura, incluso a costa de ser disparado-.

El miliciano más pequeño, saliendo de la profunda abstracción que le mantenía cabizbajo con la mirada fija en las losas de la entrada a la iglesia, y quizá volviendo de un rápido viaje a algún lugar oscuro de sus recuerdos, giró bruscamente buscando al huido y echando mano al fusil que colgaba a su espalda.

-¡Cobarde!, ¡fascista!, ¡besamanos!, ¡vuelve aquí! -le gritó, pero el hombre ya doblaba la esquina de una calle aledaña y la mano del otro miliciano sujetó el brazo de éste diciéndole:

-Déjalo, no malgastes munición con un ignorante, la Revolución no va con esta gente.

Echando un rápido vistazo hacia el castillo, y viendo que la cosa parecía tranquila, los dos milicianos se adentraron en la iglesia.

Arriba, el capitán seguía mirando con sus prismáticos hacia el pueblo. No lograba saber qué estaba pasando; los golpes habían cesado y no se veía movimiento. Alzando el punto de mira enfocó hacia lo alto de la cuesta que se elevaba por detrás del pueblo, hacia La Barbolla, hacia la codiciada Sigüenza. En esas lomas, a ambos lados de la carretera, sí se movían personas; se pasaban de un lado a otro y desaparecían de repente, bajándose a una especie de trincheras. ¿Querrán pasar esta noche? - , se preguntaba, ¿tendrán fuerzas para intentar un asalto al castillo?, ¿pretenderán cogernos entre dos fuegos?... No han tirado con artillería, deben estar faltos de armas, se dijo para sí, tranquilizándose un poco.

En la iglesia, un haz de luz entraba por una alargada ventana muy próxima al altar. Desde la gran altura en la que se encontraba, en el muro del lado sur de la nave, proyectaba rayos de sol con fuerza hacia el interior, hacia el altar, el crucero y el centro de la nave. Desde la oscuridad de la entrada, la claridad del altar y de toda la zona cercana parecía la entrada a otro mundo, a un mundo con otras claves, con otros tiempos. El silencio absoluto, las imágenes y decorados de siglos y siglos de devoción llevaban al espíritu hacia la dimensión de lo eterno. La anchura y la altura de las bóvedas del templo incitaban a cualquier pensamiento a moverse hacia el espacio de lo sobrenatural. El abundante dorado del retablo tras el altar reflejaba un denso y brillante tono áureo a todo el espacio del crucero, que mezclado con la atmósfera que creaban los rayos de sol, atravesando de lado a lado todo el hueco de la cúpula, conformaba una especie de materia etérea que tenía presencia. Era como un espíritu ligero y luminoso, que flotaba sobre la tranquilidad de los bancos vacíos de madera, las frías losas de piedra, los cirios derechos e inmóviles de los candelabros y las caras impertérritas de las imágenes sagradas.

Todo transmitía paz aparentemente, pero, sin embargo, en el corazón del miliciano la cólera crecía con cada mirada, con cada paso firme que dirigía hacia el altar.

Como un reflejo condicionado que no podía dominar, el miliciano bajito se encolerizaba con el ambiente lúgubre y el olor a incienso de la iglesia. Miró el confesionario, de madera oscura y desgastada, que él asociaba, en sí mismo, a un aparato de tortura cruel, entre la oscuridad y frialdad de las piedras de la iglesia.

Ni siquiera ya recordaba, sólo reaccionaba, impulsado por un sentimiento mezclado de odio y temor, asociado a todo símbolo de ése, para él, oscuro, hipócrita y represivo poder.

No recordó, no, al menos en detalle, como solía hacerlo cuando era más joven, tan solo lanzó una patada que atravesó, haciéndola astillas, la celosía que cubría la ventana de confidente en el lateral del confesionario. También descargó un culatazo de fusil sobre la cruz que coronaba la portada del mismo. Se hubiera entretenido en romperlo entero, hasta no quedar un trozo mayor que un dedo, de no ser porque la situación era peligrosa y no disponía de mucho tiempo.

Cada golpe que asestaba, cada cosa que rompía, le hacía sentirse bien: libre y poderoso. Machacando el poder que le había machacado se sentía liberado, recompensado. Pero nunca era bastante, nunca parecían apagarse las ascuas que le quemaban por dentro. Llevaba casi un mes arrasando iglesias y no se aplacaba la fiera, más bien parecía alimentarse con cada ultraje, con cada profanación.

El odio que no se apaga mediante el olvido o el perdón sincero, se aviva con cada venganza y se extiende como el fuego. Como chispas que vuelan por el aire y encienden lugares muy distantes, el odio cae en nuevas venganzas, asociando ideas y culpables; las llamas arrasan, en su furia, incluso lo más cercano, aunque sean amistades.

Habían pasado casi diez años desde aquellas obligadas visitas a la oscura cabina del odiado párroco. Con un 'sin pecado concebida', en respuesta a su 'ave maría purísima', aquel seboso cura le cogía las manos y se las ponía entre sus piernas, manteniéndolas con fuerza mientras el miembro se agrandaba y endurecía, prolongando adrede una confesión siempre repetida, cada vez recitada más deprisa, más enfurecida.

Un día, el chaval agarró el falo con todas sus fuerzas y tiró como para arrancarlo, levantándose y echándose hacia atrás, por instinto de defensa ante un posible golpe, pero sin soltar la presa. El cura se retorció, desgarrando un grito que retumbó por todo el templo.

Tras un instante de desconcierto, pues el alarido parecía que iba a hundir el cielo, el chaval echó a correr y no paró hasta una cabaña abandonada que había lejos de su pueblo, allá por la lejana Extremadura. Allí escondido pensó en no volver jamás, en escapar de aquel calvario. Cuando su padre se enterase de lo del cura seguramente le daría una paliza, y si venía borracho, como ocurría con frecuencia, mucho peor, seguiría con su madre, por meterse por medio, o porque sí, como también era habitual.

Esta vez, además, quizá ni contase con la ayuda de su madre, pues en lo tocante al cura ella parecía tener debilidad; siempre estaba en la iglesia, y se prestaba a todo tipo de ayudas para el párroco, de las cuales, muchas le tocaba realizarlas a él, mientras los demás niños jugaban libremente en la calle.

Mientras este miliciano propinaba un par de culatazos más al confesionario, el otro, alto y delgado, salía de la sacristía con una casulla y una estola puestas encima. Se subió al altar y, juntando las manos a la altura del pecho, comenzó a sermonear hacia los vacíos bancos de la nave:

-Queridos hermanos, tontos de los cojones, estamos aquí reunidos en comunidad y fraternidad porque me sale a mí del pito, y porque el que no obedezca los santos dictados de la madre Iglesia, no solo no entrará en el reino de los tontos, por supuesto de súbdito y esclavo, que para eso es un reino inventado por nosotros, los curas, sino que, además, le apunto en mi libreta y pagará en carne, sudor y calderilla hasta por el primer pecado que Moisés apuntó en la suya.

-Venga Adrián, deprisa, no me jodas, que como bajen esos del castillo sí que nos van a aviar para la República de los Muertos -dijo el más bajito-.

-Si es que no sé cómo estos hábitos convencen tanto a la gente, ¡joder! No se dan cuenta de que es un camelo, de que el cielo es vivir en libertad aquí en la tierra, vivir sin amo y sin dictado, hombres y mujeres juntos, sin barreras de por medio, como dice el compañero Durruti ¡joder!, que no se enteran que es el momento de la revolución, ¿verdad compañero?
-Yo solo sé que todos los que los llevan son unos cabrones, así que quítatelos, a ver si se me va a escapar un tiro…; y ¡vamos a acabar con todo esto de una vez, hostias!

Quitándose la casulla, el anarquista miró hacia un altar lateral, el Altar de San Fortunato, un dorado retablo de media pared que tenía a los niños mártires Justo y Pastor, uno a cada lado del arco de coronación de la imagen policromada del santo, y dirigiéndose a él le dijo: -'y tú, ¿no te quitas tanta estola y tanta capa?, ¿eh?', entonces eres un cabrón, como dice el compañero Cipriano, ¡vas a ir a la hoguera!, como fueron muchos inocentes por la caprichosa voluntad vuestra'-, y subiendo de un salto sobre la mesa del altar tiró la estatua, los cirios y todo lo que había por allí. El otro miliciano se apresuró hacia el otro altar de enfrente y tiró una imagen de la Virgen y los candelabros que la acompañaban. Después, dirigiéndose al altar mayor rompió el sagrario, sacó el cáliz y lo tiró al montón de abalorios que se había formado en el rellano anterior al altar. Todavía destrozó algunas cosas más antes de gritar: '¡Venga, Adrián, vamos a prenderle fuego a esto!'.

Cargaron uno con cada imagen y, saliendo a la calle, las tiraron frente a la puerta. Volvieron a entrar y salieron con cirios y maderas rotas, que amontonaron sobre las imágenes. El pequeño volvió y salió con un gran libro, un cantoral, al que arrancó varias hojas y las prendió fuego colocándolas bajo las maderas y la cera del montón.

Enfrente, con la ventana medio cerrada y corriendo ligeramente un visillo, la tía Asunción miraba la estremecedora escena con cuidado de no ser vista. Una lágrima resbaló y cayó sobre la mano temblorosa que sujetaba el visillo. La mirada también lagrimosa de la virgen mirando al cielo, con la cabeza sobresaliendo entre unas maderas de la pira, que estaba empezando a arder, le produjo una pena y un horror profundos. La virgen, con quien tanto había hablado en la intimidad de la solitaria iglesia las tardes de domingo; aquella que le había concedido tantas rogatorias, como cuando enfermó extrañamente su hijo, yacía, ahora, tirada en el suelo, como un deshecho terrenal, pareciendo implorar al cielo.

Con la misma cara de bondad y sufrimiento por el prójimo con la que recogía en sí las plegarias y desdichas de los hombres y mujeres que se arrodillaban frente a su altar, la virgen parecía rogar ahora al altísimo, para que la acogiera en su morada, escapando de la barbarie de los hombres y encontrar al fin alivio.

Asunción no lograba entender por qué la virgen merecía aquel castigo; cuál habría sido su pecado; pues era la madre ejemplar de Aquél que había dado la vida por nosotros, y por tanto, era un poco madre de todos. Siempre había sido la madre omnipotente y de infinita comprensión; la que siempre te acogía cuando no quedaba nadie. No pudo reprimir el llanto. Se sentó en su butaca de mimbre y maldijo la sinrazón y crueldad de aquellos hombres.

El humo blanco que subía, en ese mediodía calmado y caluroso de verano, desde el corral de la entrada de la iglesia hacia el cielo, formaba una columna que crecía y se ensanchaba a medida que ganaba altura. Llamó la atención del capitán que dirigía la defensa del castillo, el cual se había relajado un rato, al cesar los golpes que le habían inquietado anteriormente, y se encontraba recostado sobre una de las almenas de la imponente muralla. Cogiendo de nuevo los prismáticos los dirigió hacia el origen del fuego. Al cabo de unos segundos vio cruzar la plazoleta a un hombre joven, que llevaba un fusil al hombro y vestía un mono azul.

-¡Están en el pueblo! -gritó- ¡esos hijos de puta han bajado hasta el pueblo!, ¡Pedro! -voceó el capitán, llamando al mejor tirador de la compañía- ¡cárgatelos!

Abajo, los dos milicianos estaban apoyados sobre una pared, esperando que la pira cogiera fuerza.

-Vamos a apurar la botella de anís, en aquella sombra -dijo el que se llamaba Adrián-.

En el punto de mira del tirador, arriba en el castillo, aparecieron las dos figuras cruzando la plazuela. Sólo tendría unos segundos antes de que volvieran a ocultarse detrás del siguiente tejado, así que disparó, apretando el fusil y conteniendo la respiración para mantener más firme el pulso.

-¡Ahhh! -El ruido del grito, junto con el de los cristales rotos de la botella, llenó el aire de toda la plaza-.

-¡Hostias, me han dado!, ¡corre!'-gritó el miliciano llamado Cipriano, llevándose la mano izquierda, que estaba destrozada y llena de sangre, al pecho, como para protegerla y para amortiguar el dolor-.

Los dos milicianos empezaron a correr por las calles,

pegados a las casas, buscando la salida del pueblo hacia sus líneas, hacia el lado contrario de donde venía el fuego. Llovían balas a discreción disparadas desde el castillo por varios fusiles y al menos una ametralladora. Desde el otro lado, desde las trincheras, poco profundas e improvisadas tan sólo hacía unos días, comenzaron a disparar también hacia el castillo, primero con algunos fusiles, luego con una ametralladora.

Disparaban para hacer ruido y contrarrestar los disparos del enemigo, cubriendo a los compañeros que estaban en el pueblo, porque las armas eran de poco calibre como para hacer impacto, y menos aún algún daño, en un objetivo tan lejano (entre el alto de la Serrezuela y el Castillo podría haber más de medio kilómetro).

Los sacrílegos alcanzaron la acequia por la que habían bajado una hora antes y, reptando al abrigo de los matorrales de sus orillas, fueron alejándose del fuego enemigo. Éste, estaba ahora más entretenido en demostrar fuerza que en tirar a ningún sitio. Había que aparentar potencia, mucha más de la que se tenía. El capitán Muntadas quería quitarles la idea de avanzar por la carretera, o de ir a por el castillo, por lo menos antes de que llegaran las tropas de regulares y requetés que desde Soria y Aragón venían a por Sigüenza.

Don Jacinto, al oír que los disparos se respondían desde lejos, salió de su escondite y bajó hasta la puerta, pegando la oreja a la rendija que quedaba entre las dos grandes hojas de madera.

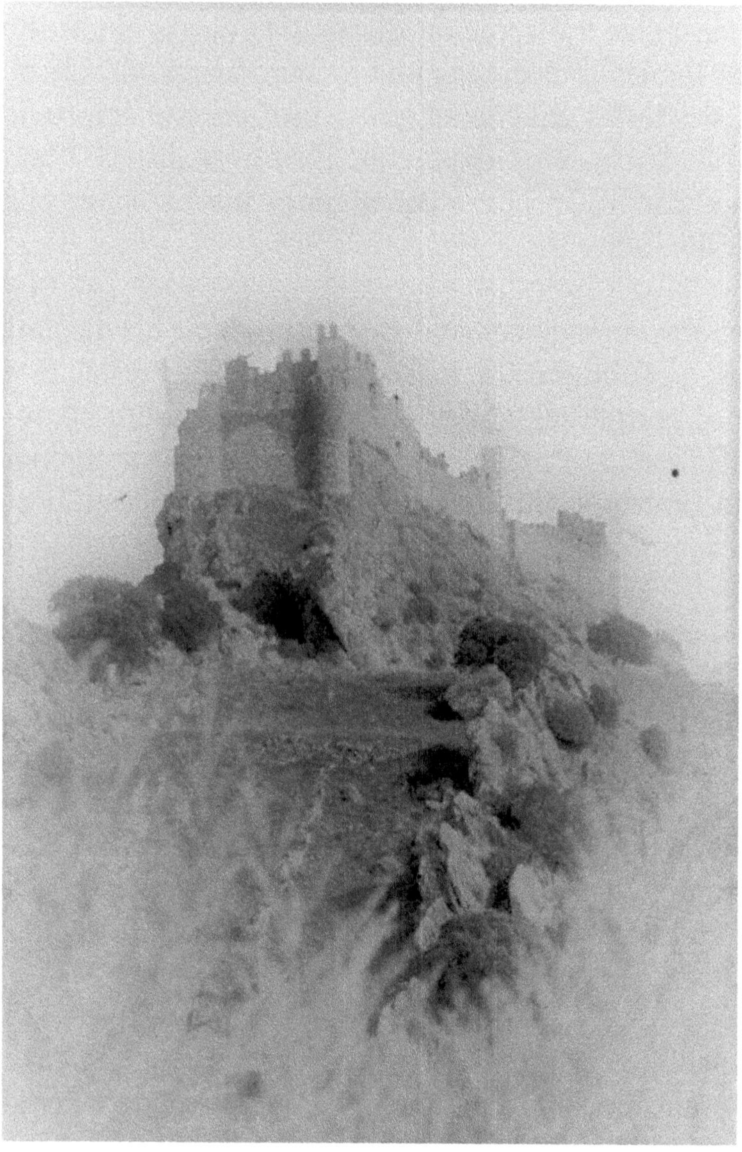

Casi le da un síncope cuando los golpes en la puerta le retumbaron en el tímpano y le lastimaron parte de la oreja. La vecina de negro, que le había salvado la vida unos momentos antes, casi se la quita en un instante al llamar precipitadamente y gritando:

-¡Don Jacinto, Don Jacinto, que están quemando los santos!

Tardó un poco en recuperarse. El corazón le latía tan deprisa que la sangre se le agolpaba en las arterias, presionándole el pecho y no dejándole respirar con normalidad. La cabeza trabajaba deprisa, intentando ordenar el estado de la situación.

-¡Don Jacinto, abra!, ¡No hay nadie!

El cura abrió y siguió, todavía un poco aturdido, a la señora, que se dirigía a la iglesia. Cuando vio la pira y el desparramo de objetos del culto, que yacían por doquier por el patio de la iglesia, sintió otro pinchazo en el corazón. - ¡Señor!, ¡Señor!, ¡qué te han hecho!, ¡Perdónalos, Señor, perdónalos!, ¡qué sacrilegio! Cogió el cáliz y algún otro utensilio que había por el suelo y se asomó a la puerta de la iglesia. De repente, se reanudaron los disparos que habían cesado por un momento y el cura tomó conciencia del peligro que corría de nuevo. Con un crucifijo en una mano y el cáliz en la otra, salió disparado hacia el puente de piedra que cruza el río y posibilita coger el camino empinado que sube hasta el castillo.

Cuando el más alto de los milicianos que habían profanado la iglesia vio un punto negro que parecía subir a toda prisa por el camino hacia el castillo, profirió un juramento blasfemo que se oyó a decenas de metros:

-¡Me cagüen to la Santa Madre Iglesia!, ¿no será el cura?, ¡se ha escapado vivo!

El otro miliciano, que estaba a pocos metros, siendo curado del disparo que había sufrido en la mano, pidió unos prismáticos.

-¡Como te coja esta noche, cuando tomemos el castillo, te voy a colgar de la cola, como la rata negra y cobarde que eres! -pronunció en voz baja y con los dientes apretados, como si la figura del clérigo, que aparecía clara y cercana a sus ojos, a través de los binoculares, pudiera oírle perfectamente-

000

Mi abuelo estiró el brazo para coger el vasito de vino que tenía sobre la mesa; acababa de contar esta larga historia y tenía la boca seca.

-Eso dicen que pasó..., que yo no lo ví -dijo, después de echar un reposado trago- Aquí, en Valdelcubo, sólo oímos algunos tiros, eso sí.

-También fue gorda por aquí la del Damián, ¿te acuerdas?

Ahí llegó lo peor de la guerra a estos pueblos -dijo el tío Pedro, que estaba sentado enfrente del abuelo, alrededor de la pequeña mesa de madera-.

-¡Shhh!, ¡calla!, más vale dejar aquello; aquello pasado y enterrado.

Los ojos de mi primo, que tendría unos quince años, seguían clavados en los labios de mi abuelo, todavía con la expresión de asombro y excitación que el relato le había dejado.

-Sí, cuéntelo abuelo, ¿qué pasó? –dijo-.

La sinrazón

El ruido lejano de un motor iba progresivamente haciéndose un hueco en el inmenso silencio que reinaba aquella noche en los altos de Alpanseque. Al principio era sólo un leve rumor muy lejano pero, poco a poco, iba ocupando protagonismo en el gran espacio que se abría al borde de ese escalón geográfico que divide las provincias de Soria y Guadalajara.

Allí arriba el cielo era enorme. Naciendo en el lejano horizonte del norte soriano, se extendía por toda la provincia, pasando después por encima de los valles y montañas de la más baja y vecina Guadalajara, cubriendo incluso parte de Segovia. En una alborada como la de aquél día, era una grandiosa bóveda, vidriosa y chispeante en sus infinitas lucecitas. Aunque estaba apuntando un nuevo amanecer, el cual se hacía notar con una creciente claridad por el Oriente, en aquel momento, la envoltura del mundo era todavía de celofán marino oscuro.

Abajo, donde empezaba la gran cuesta que partía desde Paredes, unos faros zigzagueaban lentamente siguiendo la carretera, asociados en su vaivén al quejido de un viejo motor que parecía que iba a rendirse y pararse definitivamente por el esfuerzo de la subida en cada curva.

Los ojos del reo se levantaron implorantes después de un largo rato de mirar hacia el suelo, clavándose directamente en las pupilas dilatadas del cabo que estaba sentado enfrente de él. Éste trató de esquivar la mirada dirigiendo la suya hacia arriba, a donde la lona que cubría la carroza del viejo camión estaba tableteando, por el viento y por el movimiento, contra las barras metálicas que cruzaban de lado a lado el techo. Después de un breve momento, no obstante, tuvo que volverla hacia el prisionero, cuando éste le preguntó por enésima vez:

-¿Qué vais a hacer conmigo?, ¿a dónde me lleváis?

-¡Cállate!, y reza algo, si es que sabes.

-¡Yo no he hecho nada!, tengo cuatro hijos, y aún son pequeños, ¿qué vais a hacer conmigo?

-¿Que no has hecho nada?, ¡hijoputa! -saltó como una fiera un guardia que estaba al lado del cabo- habéis matado al obispo, y a muchos otros..., y a cuatro compañeros míos en Imón, hace bien poco.

-¡Yo no he hecho nada!, ¡yo no he matado a nadie!, ¡no estaba en Sigüenza cuando lo del obispo!, ¡no he estado en el frente!

-¡Que te calles, hostias! -dijo el guardia, mientras se levantaba apuntando la culata de su fusil a la cara del prisionero-.

-¡Déjalo! -dijo el cabo- en la cárcel pagará, por asesino o por gilipollas, qué más da.

El guardia miró al cabo con extrañeza, manteniendo por unos instantes su mirada y su postura, medio agachada en el medio del camión, a la vez que buscaba el difícil equilibrio, para no caerse, entre los vaivenes y tirones que producía la combativa marcha del vehículo contra la cuesta.

No dijo nada. Tambaleándose por el movimiento de la tartana se echó para atrás y volvió a sentarse entre los compañeros que ocupaban el banco corrido de uno de los laterales del carrozado. El prisionero, aún con las manos atadas puestas sobre la cabeza, para cubrirse del golpe, comenzó a sollozar en silencio. Poco a poco las fue bajando hasta apoyar los codos sobre sus rodillas. Seguía medio llorando, con la cara oculta por las manos, pero algo más calmado, quizá por la pizca de esperanza que aquellas palabras del cabo habían insuflado en su ánimo, abriendo una posibilidad a que su vida, aunque con malas perspectivas, pasara más allá de aquella misma madrugada.

Un somnoliento pastor que guardaba un minúsculo rebaño de ovejas seguía con tensión la evolución de aquel runrún que había roto la noche. El ruido del destartalado vehículo le había despertado y esperaba, con cierta tensión y curiosidad, la presencia de aquel intruso en la intimidad de su entorno. Orientando las orejas al flujo de las ondas sonoras, que variaba de dirección a merced de los cambios del viento, e intentando calcular la proximidad del automóvil, tensó inconscientemente sus músculos, quizá llevado por el reflejo de los miedos que sobrevolaban las mentes durante aquél turbulento verano del "treintaiseis".

Las ovejas, muy juntas y quietas, apenas movían las mandíbulas lentamente, masticando o rumiando alguna fina hierba que habrían arrancado en algún momento anterior de la noche. Por fin, las luces del camión emergieron por el borde del llano. Poco a poco avanzaba también el alba y se comenzaban a distinguir con cierta claridad las figuras y los colores; lo suficiente para que el pastor identificara el camión como uno de esos militares que habían estado circulando por la carretera en las últimas semanas.

Instintivamente, se giró un poco en la piedra sobre la que estaba recostado para quitarse del campo de vista del camión. El vehículo disminuyó la marcha y se detuvo orillándose a la cuneta, a unos treinta o cuarenta metros del pastor. Una figura oscura saltó ágilmente por la parte trasera y corrió los chirriantes pasadores de la trampilla que cerraba el camión por detrás.

-¡Venga, todo el mundo abajo!, ¡deprisa! -dijo el hombre que había saltado-

-¿Qué vais a hacer?, ¿por qué hemos parado aquí? -gritaba alguien desde el interior-.

-¡Calla!, ¡hijoputa!, ¡rojo!, a los compañeros de Imón no les preguntasteis tanto, ahora te vas a enterar -se oyeron otras voces desde dentro-.

-¡Venga, me cagüen el copón, bajad de una vez!, ¡rápido! -gritaba el de fuera-.

-¡No! ¡Asesinos! ¡No!, ¡dejadme! -se oía una voz entrecortada, como si estuviera forcejeando-.

El que estaba abajo, después de un momento de batallar con las piernas de un cuerpo tumbado sobre el suelo del camión, logró cogerlas y, tirando de ellas con fuerza, expulsó del vehículo a un hombre maniatado que cayó al suelo como un fardo de paja. En ese momento saltaron fuera dos hombres más, otros dos aparecieron en el portón dispuestos a saltar también. El prisionero, aprovechando el pequeño momento de descontrol que se produjo al saltar los hombres y reorganizarse el grupo, actuó veloz y ágilmente: se puso como pudo de rodillas y después, incorporándose de un salto, cruzó la carretera y echó a correr por los rastrojos. Uno de los militares salió corriendo tras él y después otros dos uniformados de azul. Después de correr unos metros, los perseguidores se pararon y echaron los fusiles al hombro. Al menos tres disparos sonaron casi a la vez, y al cabo de un momento otros tres. Las explosiones rompieron la armonía natural de aquel paraje, tan amplio, tan elevado, casi celestial.

Sonaron tan agresivas y tan fuera de lugar para el oído sosegado de aquel pastor, que las sintió como heridas abiertas en algún lugar de su interior. El huido hizo unos movimientos bruscos, como espasmódicos, pero continuó corriendo durante algunos metros, finalmente se quebró y cayó de cabeza al suelo. Se hizo el silencio y todos quedaron como paralizados mirando hacia el cuerpo desplomado. El cabo, que había salido también en persecución, se acercó despacio al yacido. Según caminaba por el rastrojo, desenfundó su pistola y la mantuvo en la mano derecha, con el brazo estirado hacia abajo. Cuando llegó a donde estaba aquel cuerpo inmóvil se quedó un rato mirándole, apuntándole con la pistola a la cabeza.

Durante un rato todo se mantuvo estático, como congelado. Pareció detenerse el tiempo. Todas las miradas permanecían fijas en aquel cuerpo, a la vez que todas las conciencias querían huir de sus propios pensamientos. Ninguna razón, ninguna excusa, aunque se empeñara en justificarse, soportaba la trágica verdad de aquél momento. Aquellas otras, eran cosas de la vida, cosas de este mundo; ni tan sublimes ni tan transcendentales, aunque así lo parecieran apenas un instante antes. Sus viscerales conductas, que hasta hacía unos momentos parecían asentarse en los más profundos ideales, se mostraban ahora como juegos de niños, con sus arrebatos inútiles y sus altiveces banales.

Todo aquel mundo de discursos, de ofensas, de miedos e ideales, que daba vueltas vertiginosamente en sus inmóviles cabezas, quedaba tan superficial que carecía de importancia. Los cuerpos de aquellos verdugos permanecían insensiblemente tensos, mientras que sus mentes, como absorbidas por la inercia de un enorme sumidero, se vaciaban rápidamente, dejando sólo una profunda sensación contradictoria de verdad y de sinsentido, ante la visión de ese profundo abismo de la muerte en el que, en un instante, todo se acaba.

Al cabo de un rato, como certificando la muerte, el cabo enfundó la pistola y se dio la vuelta, regresando hacia el camión. Los compañeros, al verle, hicieron lo mismo, en silencio, cabizbajos. El pastor, al ver venir a los hombres armados en la dirección en la que él estaba, se hizo un ovillo, acurrucándose detrás de la roca en la que se escondía. Estaba aterrado y bloqueado por lo que acababa de ver, temiendo incluso que las fuertes y aceleradas pulsaciones que sentía contra su pecho pudieran ser oídas por los asesinos. La verdad es que el conductor, que ni siquiera se había bajado del vehículo, puso el motor en marcha y la cuadrilla se subió rápidamente, no cayendo en la cuenta ni del pastor ni de sus estáticas ovejas.

Después, cuando ya el runrún del furgón criminal había desaparecido por completo y sus pensamientos dejaron de ser como explosiones encadenadas dentro de un polvorín, el pastor recordó dónde estaba y lo que había ocurrido, asomándose de nuevo por encima de la piedra.

El cielo tenía aún un tono añil por la parte de Poniente y la luz del amanecer todavía era tenue. Un ligero viento se había levantado desde el norte. En medio del rastrojo, llano y monótono, detrás del cual se prolongaba un paisaje extenso que llegaba hasta los lejanos picos de Urbión, destacaba la irregular figura de un cuerpo que yacía boca abajo. Los movimientos esporádicos de su pelo y de su blanca camisa, a merced del viento, resaltaban, aún más, la profunda inmovilidad, el vacío y la caída en la nada del ser muerto.

000

No era un frío intenso, como el que suele hacer en invierno, pero ya refrescaba en exceso, a esas horas de la noche, en la minúscula celda de la cárcel de Sigüenza.

El prisionero, al tiempo que se levantó para echar un vistazo por la ventana enrejada del cuartucho, encendió un pitillo, quizá en parte para quitarse el fresco que le subía por la espalda, quizá, también, para ayudarse a meditar la respuesta que daría a su carcelero.

-¿Mis enemigos, dices? —comenzó- mis enemigos son muchos y de lo más variado. Son, por ejemplo, el vago que carga sus obligaciones sobre la espalda del prójimo; ése que, pudiendo hacer las cosas, se comporta tal que un parásito que chupa de la sangre y el esfuerzo de los demás, también, el ladrón que se apodera de los bienes ajenos, de las cosas que han sido ganadas con el sudor de cada uno y que le son necesarias a cada uno; el opresor que ejerce el poder doblegando las voluntades de los demás por la fuerza, o con malas artes; el envidioso, el egoísta, aquél que siempre quiere la parte ancha del embudo; el manipulador que embauca a las mentes sencillas y buenas para conseguir siempre sus banales intereses; el resentido que descarga sus frustraciones en los seres más débiles, en fin…, bastantes tipos de persona y de comportamientos. Pero mis enemigos no están todos en un bando, llevando un uniforme; no pueden, se repelen entre sí, se tienen que mezclar en todos los bandos, se dispersan. Son, como te he dicho, parásitos que necesitan de un cuerpo limpio al que chuparle la sangre, no pueden vivir juntos.

-Ah, ¿sí?, ¿entonces no somos tus enemigos? y ¿entonces tú qué hacías en el otro bando?

-¿Estaba en el otro bando por que no estaba en el tuyo? Estás equivocado. Se me olvidaba…, otro enemigo muy malo, uno del que siempre les advierto a mis alumnos, es el que está contra ti si tú no estás con él; el que no respeta ni entiende la independencia, el que somete cualquier razón a una razón mayor, que siempre es la suya, es decir, nadie fuera del rebaño.

-¡Oye!, ¿me estás llamando borrego?

-Tú sabrás. Tú sabrás por qué estás haciendo lo que haces.

-¡Mira, que te clavo la horca! Nosotros estamos luchando contra los opresores, contra los explotadores, terratenientes y enemigos de la libertad, ¡joder, que no te puedes ni tirar un pedo sin permiso del cura o del rico!, y tú, según me han dicho, estabas defendiendo a un fascista.

-No era un fascista. Era el director del colegio y era un buen hombre. A mí siempre me trató bien y respetó mis ideas y la forma de impartir mis clases a los niños.

-Pero, si creo que era de Acción Católica o algo así-, dijo el carcelero, -y estaba implicado en el asesinato del *carterillo**(1).

-No puede ser. Tenía sus creencias religiosas, pero no era un radical, y menos implicarse en un asesinato.

-No sé, yo no estaba aquí, ni quiero saber tampoco; sólo sé que son radicales los que se han levantado contra el gobierno y han preparado este lío. Yo estaba tranquilamente en mi pueblo y me he tenido que venir aquí para que no me maten. Yo sólo puse el balcón de mi casa para algún mitin porque quería que cambiasen algunas cosas que no son justas, nada más. Hace falta que cambien las cosas y que cesen las injusticias. Tenemos que pasar hambre y vender el trigo por una miseria porque los terratenientes tiran los precios a base de explotar a los jornaleros. Les pagan poco más de dos pesetas; ¡qué miseria! Esas sanguijuelas son cada vez más ricos mientras nosotros somos cada vez más pobres. Cada vez tenemos menos tierra que labrar y encima el trigo lo pagan a menos. Ya ni siquiera nos lo aceptan en las tiendas. Yo tengo mi propia tierra, sí, como casi todos los de estos pueblos de por aquí, pero de poco me sirve. El problema nuestro no son tanto los caciques que haya por aquí, sino los que hay por casi toda España. Esos cogen tanto grano y les sale tan barato que nos están ahogando. Encima no quieren cumplir las reformas que la República ha dictado para arreglar "esto" de lo agrario.

*(1) el "carterillo" era el mote del creador y presidente de la Casa del Pueblo de Sigüenza, fundador de la Agrupación Socialista y del Sindicato de Oficios Varios, también miembro de la Comisión Gestora Municipal, que fue asesinado el 13 de julio del 36.

-Ya, ya; llevas razón en eso, pero ¿tú crees que todos esos que van vestidos de revolucionarios son auténticos por dentro?, ¿tú no crees que con poder, o con dinero, no harán también lo que más le interese a cada uno? En cierto modo ya lo están haciendo y nadie les puede llevar la contraria. Se crearán élites que manejarán el poder a su antojo, como creo que ya ha pasado en Rusia.

-Ya, ¿y cómo se lucha contra eso?, ¡cuando cambien, les echaremos a ellos también!

-Es muy difícil, lo sé, pero es la única manera que da resultado a la larga. Con las ideas y el ejemplo personal, empezando por cada uno. Se lucha con la educación y el conocimiento. No hay hombres buenos y hombres malos, sino conductas humanas y sociales y conductas egoístas y regresivas. Todos tenemos que saber cuáles son unas y otras, respetar la libertad y, a la vez, exigir la justicia en el comportamiento de los demás. Por supuesto, lo principal es la libertad y la democracia para dialogar y establecer leyes justas, pero también el respeto por esas leyes y por las minorías.

Habría que empezar por uno mismo, analizando nuestro comportamiento con los demás y ver si estamos siendo justos. Hay que preocuparse en entender otros puntos de vista diferentes a los nuestros. No sé, sería mejor ir más despacio, pero con paso más firme. Ni las revoluciones populares ni los golpes de estado militares han cambiado nunca nada realmente. Ha sido cuando se han consolidado los cambios en el conocimiento y en la mentalidad de los ciudadanos, cuando se han hecho posible las mejoras en las sociedades.

Hombres nobles conseguirán tener gobernantes nobles, hombres viles y corruptos siempre tendrán gobernantes corruptos. En la política, como en la arquitectura, para lucir una bonita cúpula, alta y extensa, hay que poner primero unas robustas paredes y columnas.

-¡Joder!, ¿tú de qué lado estás? ¡No me hagas líos!..., y ¡cállate!, que como vengan los mandos me vas a buscar problemas.

-En el fondo me parece que pensamos lo mismo –continuó el maestro-. Está claro que este golpe militar es intolerable y que las soluciones tienen que venir por el mantenimiento de la República, pero no está tan claro quién es quién y qué es lo que realmente defiende. Muchos de esos que están enfrente de vosotros también creen luchar por los ideales más justos; por la paz y la tranquilidad que han vivido en sus familias tradicionales, por el orden en el que han crecido y por unos valores religiosos que también hablan de igualdad y justicia para los más pobres, en fin, por un mundo bueno y más justo, como vosotros. Otra cosa, como siempre, es el cumplimiento de esos ideales por todos, especialmente por los que dirigen. Pero, esto se ha ido de las manos de cualquiera y quién sabe cómo acabaremos cada uno.

Los dos se callaron a un tiempo, como tomando conciencia

del cariz que habían tomado los acontecimientos y del poco margen que parecía dejarles la histeria colectiva que se había desatado por todos lados para controlar el destino de sus vidas.

"Qué incómodo me siento discutiendo con este buen infeliz -pensó el profesor sin decir nada- Qué sensación más dolorosa la de desanimar a una persona que tiene esperanza en que las cosas cambien radicalmente. El campo está condenado; con cualquier gobierno. El valor está ahora en lo que se fabrica con las fuerzas del carbón y el petróleo. El peso de la agricultura en la economía será cada vez menor y aquí sobrará gente".

La intuición del maestro era ya una realidad en muchos países industrializados de Europa y estaba instalándose también en España. El crecimiento acelerado de la economía, gracias a las posibilidades que generaba el uso de las nuevas energías, hacía subir la inflación, y con ella los precios, forzando reivindicaciones salariales por parte de obreros de las fábricas y braceros del campo. No obstante, los precios de los productos agrarios no subían en igual medida que los industriales y la presión era mayor para el campo.

Para igual o menor valor de los productos agrarios tradicionales había cada vez más gente trabajándolos, lo que había hecho que se roturaran dehesas y eriales yermos que nunca se habían cultivado, en un intento de sobrevivir a la falta de tierra. Los terratenientes contenían la presión a base de reprimir los salarios, pero los asalariados y los pequeños agricultores autónomos se ahogaban en un poder adquisitivo cada vez menor.

El cereal, que incluso había sido usado tradicionalmente como moneda de cambio para el pequeño comercio, dada su importancia para la alimentación general de hombres y animales y su gran capacidad de conservación, había perdido también, en estos últimos tiempos, esa condición, debido, por una parte, a la proliferación de sistemas de refrigeración en la cadena alimentaria, además de por su pérdida paulatina de valor y por el desarrollo de las administraciones públicas, que había mejorado las garantías de la moneda oficial.

Un mundo tradicional, arcaico, que había mantenido, durante siglos y siglos, su misma forma de trabajo, sus herramientas, sus productos y, en definitiva, su forma de vida, se alejaba de forma acelerada de otro, a la sombra de la industria, que cada día cambiaba algún aspecto de su fisonomía y de su actividad. Cabalgando a lomos de hornos y motores, las ciudades se alejaban cada vez más de aquel campo anquilosado. Adornándose de luces y pedrería granítica, poblándose de útiles ingenios mecánicos y consumiendo mercancías traídas de lugares recónditos del mundo, las ciudades se transformaban y se diferenciaban cada vez más de sus ancestrales parientes del campo.

No obstante, no era un problema exclusivo del campo, sino también de transformación de las estructuras de poder de unas sociedades que cambiaban a ritmo vertiginoso. En España, particularmente, el problema llevaba enquistado desde mediados del siglo XIX, con gobiernos que se alternaban y no duraban ni cinco años en el poder. Las élites no querían ceder nada de su espacio y las nuevas economías, surgidas de la industria, no proliferaban lo suficientemente rápido para extender esa riqueza a nuevos sectores de la población, conservándose en unas pocas familias que se obstinaban en mantener condiciones de explotación extremas.

La falta de competencia, entre otras cosas por la carencia de financiación tradicional en la España católica, en la que se veía mal el préstamo con interés, ralentizaba el desarrollo económico, en general, facilitando la explotación de los obreros por la falta de trabajo. La presión social, generalizada en toda Europa, contenía reivindicaciones de reparto de la riqueza y de mejora de las condiciones de los trabajadores, incluso en los partidos de la derecha política, pero en España, además, el conflicto de clases se mezclaba con el conflicto de conservación o destrucción de valores tradicionales y religiosos, lo que mezclaba los problemas y confundía los objetivos.

Le miró de reojo. La tenue luz de la Luna que entraba por la ventana maquillaba la cara del guardián con un pálido color gris que acompañaba estéticamente a su expresión vacilante y cariacontecida. El maestro se estremeció y estuvo a punto de dirigirle alguna palabra de consuelo, pero dudó y, cuando se puso a pensar en qué iba a decirle, de inmediato su mente le introdujo en sus propias reflexiones, buscando alguna verdad en la que apoyarse, tanto para ser más convincente, como para salir de aquél mar de confusión en el que sentimientos y razones diversas chocaban como olas en medio de una terrible tormenta.

"Sigo creyendo que la utopía es necesaria" -pensaba- "que, si está inspirada en verdaderos valores y busca acabar con los males humanos, hay que perseguirla y alentarla, porque es el verdadero motor del progreso del hombre. Las ideas y los pensamientos determinan lo que hacemos, lo que hacemos con frecuencia, con repetición, determina los hábitos que adquirimos, y los hábitos forjan el carácter, que en definitiva es lo que somos cada uno. Las ideas progresistas de hoy hacen al hombre cotidiano del mañana. Lo que hoy es sólo buena voluntad, si se repite y se refuerza, puede ser mañana una conducta arraigada, fuerte como un instinto".

Para el maestro, había como una especie de transmisión desde la dimensión espiritual a la dimensión material, desde aquello que sólo se intuye hacia lo que vemos y tocamos, desde lo etéreo, fugaz y poco estructurado hacia lo fuertemente integrado. Había una fuerza o voluntad universal que luchaba por integrar entidades diversas y dispersas para conformar seres más complejos y completos, seres o sistemas con una mayor "consciencia" de sí mismos y con mayor poder para luchar contra la dispersión y la desorganización, contra la "muerte fría", aquello que los diluía en el magma del caos y la indefinición.

"De una idea y un deseo surgió la colosal estatua del David de Miguel Ángel y de unas ideas y unos deseos colectivos se construyó el Imperio Romano, por ejemplo. El querer es poder, como se dice habitualmente, y esa fuerza de voluntad, que el hombre tiene, ha de estar también en el fondo de las leyes de su evolución" -pensaba el maestro-.

Llevaba tiempo reflexionando sobre los verdaderos fundamentos de la vida y su evolución, pues para él la teoría darwiniana era demasiado mecánica y dejaba sin encaje algunos de los principales aspectos del ser humano, como eran los sentimientos, la búsqueda de la felicidad o la lucha por mejorar más allá de la supervivencia, lo cual lograba en muchos casos cambiar el destino de los hombres.

Todo esto era, para el maestro, más una intuición que un razonamiento fundado, aunque le servía como acicate permanente para seguir reflexionando e investigando. "Parece, por tanto, necesario creer en utopías que vayan en la dirección de proteger a todos y cada uno de los hombres. Es bueno y necesario creer en un mundo mejor para todos, aunque pueda parecer inalcanzable"- volvió a decirse a sí mismo, retornando de nuevo en sus pensamientos a la traumática situación política que todos estaban viviendo-. "Pero, ¿cuál es el mundo mejor que proponen todos estos contendientes tan radicales? Yo no puedo participar de esta locura. Tampoco me siento cómodo en esta especie de anarquía que parece inundarlo todo desde hace un tiempo; demasiada sinrazón, demasiado rencor y demasiada simplicidad".

Se sentía lúcido y a la vez deprimido; justo al revés de lo que habitualmente le ocurría cuando sus cavilaciones le alumbraban en sus dilemas filosóficos. Entonces se ponía de buen humor y derrochaba optimismo, ahora se sentía tremendamente solo, impotente e incomprendido.

Su razón le impedía abandonarse a la pasión de aquellos momentos y participar de la euforia colectiva de la que hacían gala los dos bandos contendientes. Sin embargo, sentía cierta envidia por el sentimiento de pertenencia al grupo, de la fe ciega y de la solidaridad que disfrutaban todos aquellos militantes. Le hubiera gustado sentirse así, luchando con convicción junto a otros que pensaran como él, con su utopía, con su manera de ver las cosas; compañeros que se comprometieran sinceramente como él y que dejaran atrás rencores y prejuicios, teniendo un enemigo claro al frente, un enemigo de verdad. Pero no lo sentía. No veía ni a los amigos ni a los enemigos, sólo ignorancia, vehemencia y oportunismo. Se sentía triste y desamparado, como intuyendo un final de tragedia absurdo y mal interpretado.

 Después de aquél rato de reflexión y aflicción que habían pasado aquellos dos hombres, sentados cada uno en un extremo del oscuro cuarto, entró un grupo de milicianos y cogieron al maestro por los brazos, un hombre por cada lado, levantándole casi en vilo y arrastrándole hacia la puerta.

-¡Vamos, se ha acabado tu estancia en este hotel de lujo! -dijo el que parecía tener el mando-.

-¿Adónde le lleváis?, ¿qué vais a hacer con él? -preguntó el que le había estado vigilando-.

-Tú no preguntes tanto y ve para la estación, que están necesitando gente. Los fascistas están intentando entrar por aquel frente.

000

La noche era bastante negra y costaba que los ojos se adaptaran a la oscuridad, pero Damián, que venía andando desde Sigüenza, con los ojos abiertos como platos para cruzar las líneas enemigas, veía como si fuera de día, con la claridad que le daba, además, el conocimiento de las calles de su pueblo, tantas veces recorridas. Caminaba confiado, pensando en la sorpresa que se llevaría su mujer. La taparía la boca nada más verla, primero con la mano, luego con sus labios bien prietes a los de ella, para que el ruido no despertara ni alertara a nadie. Después vería su tripa. "¡Ojalá haya ido todo bien en estos meses y tengamos un hermoso niño!" -pensó, casi en voz alta-.

Había sido esa llamada de la vida de familia la que le había impulsado a arriesgar la suya y venir al pueblo, en vez de huir a Madrid o seguir en la ratonera de la catedral, como habían hecho otros, al estar finalmente acorralados por la presión de las fuerzas nacionales. Él no había hecho nada malo, pensaba, ¿por qué, entonces, iba a seguir huyendo? De repente, al pasar por un corral, dos sombras le salieron al paso desde atrás.

-¡Alto!, ¿quién va? -dijo una de ellas- y los cañones de dos fusiles le empujaron en la espalda.

-¡Quietos!, soy Damián -dijo éste al reconocer la voz como la de uno de sus amigos- vengo a ver a la Felisa.

-Pero, ¿Qué haces aquí?, ¿estás loco? -le preguntaron los vigilantes-.

-Voy a mi casa; yo no he hecho nada. ¿Qué hacéis vosotros? -dijo Damián-

-Estamos de guardia -respondieron- ¡Como te vea el alcalde te mata! Y no haría mal, después de la que habéis "liao". Están matando por aquí a algunos, después de lo que dicen que se ha hecho por Sigüenza.

-¡Oye, oye, que yo no he hecho "na"! -respondió Damián, levantando la voz y ofendido-.

-Mira, más vale que te vayas -dijo el otro paisano de guardia- has tenido una hija y tu mujer está bien. ¡No seas tonto, no te la juegues! Vamos a hacer que no te hemos visto, pero como vuelvas por aquí te llevamos al alcalde, ¡y que sepas que vienen falangistas y requetés y no se andan con hostias!

Damián se alejó a buen paso, como para salir del pueblo, pero al cruzar un camino de árboles que bordeaba las casas siguiendo el arroyo, se escondió entre ellos y después de un rato de observación y reflexión volvió a entrar de nuevo.

Después de lo que había corrido y sufrido para ver a su familia, no estaba dispuesto a volver a no sabía dónde, ni para qué, sin haber abrazado, aunque fuera por un instante a su mujer y a su nueva hija.

Sin las ideas claras, como andaba desde hacía tiempo, lo único que le daba fuerzas para afrontar las dificultades de aquellos tiempos eran las ganas de volver al hogar, de sentir el calor de los suyos y la afirmación de las verdades más básicas, las que tenía grabadas con fuego en el corazón. El peligro, por otra parte, de perder la propia vida, había ido aflojando en importancia. La muerte, tan cercana para él en los últimos meses, había pasado a formar parte de lo cotidiano y de lo posible; podía ocurrirle a cualquiera en cualquier instante.

También, en muchos momentos, frente al dolor y al sufrimiento que la guerra generaba, frente al sinsentido del odio y de la crueldad que allí se daba, la muerte no le parecía ya tan mala. La muerte propia, instantánea y absoluta, como muchas veces la había pensado en aquellos días de asedio y terror, no suponía más que el fin de una existencia que, en sí misma, no era muy importante ya para él; podía darla como amortizada, con sus días felices y otros más amargos, pero vividos al fin y al cabo. Sin embargo, pensar en los pesares de su familia, en las necesidades y sufrimientos que éstos podrían estar pasando sin él, le hacía volver a valorar su propia vida. Necesitaba, por tanto, verles, sacarles del dolor de la incertidumbre que deberían tener acerca de su paradero y existencia, necesitaba fortalecer sus ánimos y los propios, necesitaba que todos se reafirmaran en el amor que se tenían.

ooo

Al ver pasar a la madre de Felisa, la mujer de Damián, a esas altas horas de la noche hacia su casa, Eugenio, el alcalde, sospechó que podía suceder algo raro en esa familia de rojos comunistas. La anciana, que todo el pueblo sabía que estaba ayudando esos días en casa de su hija parturienta, bajaba la calle con extrañas miradas, a uno y otro lado, y se metía en la suya. El alcalde se dirigió a una calle del pueblo un poco más alta que la de Damián, desde donde se veía algo de la casa de éste si las ventanas estaban abiertas. Llegó justo cuando una figura, que le pareció de hombre, desaparecía de aquél cuadro con fondo amarillo que parecía formar la ventana sobre la base gris de la pared de la casa. La luz cálida de las velas resaltaba sobre la oscuridad que la fría y tenue luz de la luna pintaba sobre las piedras. Un poco después apareció Felisa, quien agachándose un poco apagó las velas y devolvió la homogeneidad a toda la fachada del edificio. Finalmente se acercó y cerró la ventana.

-"¡Será modorro!, ¿qué hace aquí?, ¿qué se creerá, el sinvergüenza? Porque tiene que ser él, ¿quién si no? No creo que la Felisa esté encamándose con alguno -pensó con rapidez Eugenio, que había salido para hacer el relevo del retén- Si lo viera cualquiera y avisara al cabo Fernández -pensó el alcalde- ¿qué pensarían de mí, después de que he montado hasta retenes nocturnos para que estén más tranquilos?, ¿y si llegan por fin los requetés navarros y yo tengo aquí a este rojo condenado al infierno por todos los santos? ¡Si los tendríamos que haber matado antes, coño, que no respetan nada, ni autoridades, ni leyes, ni lo más sagrado!"

Eugenio fue corriendo a buscar a un amigo. Juntos, se fueron al encuentro de la guardia. Los encontraron al otro extremo, en la salida hacia otro pueblo vecino.

-¿Habéis visto entrar a alguien en el pueblo esta noche? -les preguntó Eugenio-.

-No, a nadie -le respondieron-.

-Creo que ha venido Damián a su casa, ¿no habéis visto nada raro?
-No, todo está tranquilo.

-Vamos a hacer guardia a su casa, ¡todos en completo silencio!

000

Sonó como si se estuviera hundiendo el mundo. Primero fue uno de los tantos cañonazos que venían sucediéndose aquella mañana, pero inmediatamente después de ese golpe seco, un estruendo prolongado se propagó por todas las bóvedas y capillas de la enorme catedral. Una cascada de piedras cayó como un enorme vómito, desde la torre de las campanas al empedrado del atrio, esparciéndose por delante

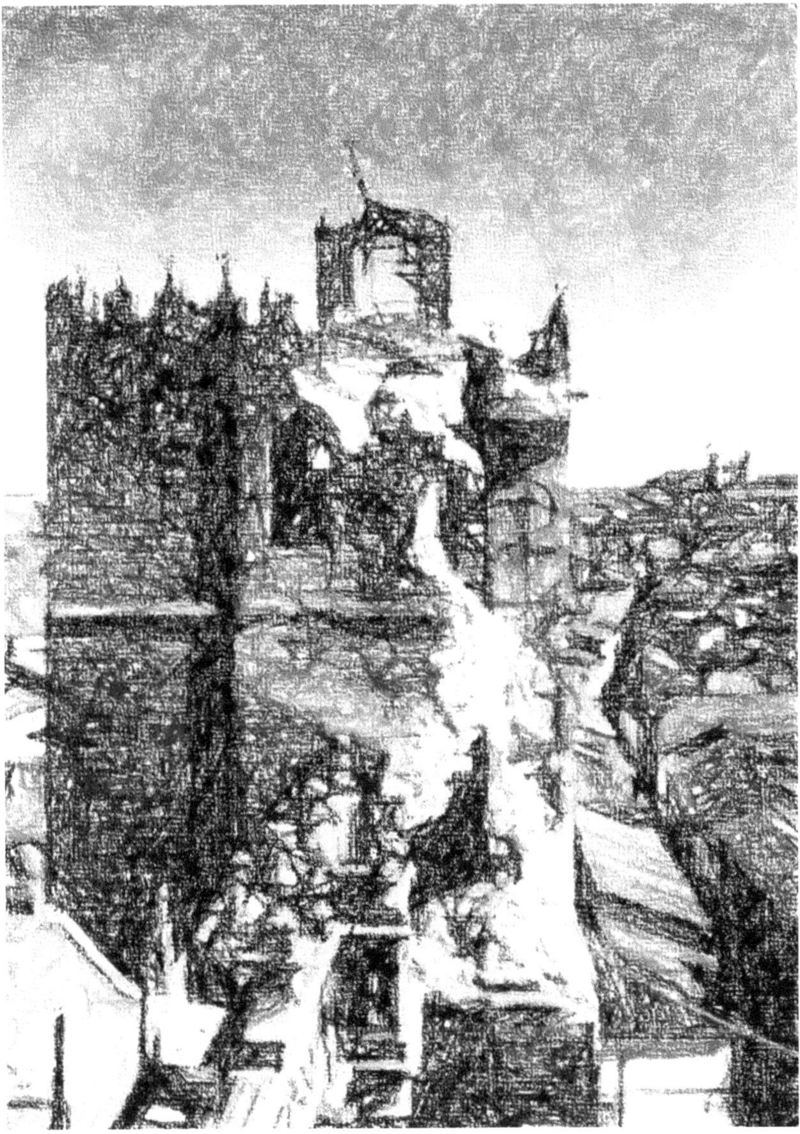

de la entrada y retumbando de tal manera y de forma tan continuada por todo el templo, que pareció que éste iba a derrumbarse y caer sobre sus cabezas.

El suelo vibró como bajo los efectos de un terremoto y una gran nube de polvo se adentró por la puerta principal, colándose por entre los huecos que dejaban los parapetos de sacos terreros y losas de enorme tamaño que los acorralados milicianos habían levantado en ésta y en todas las demás puertas de la catedral, las cuales habían sido reventadas previamente a cañonazos por el enemigo.

Damián miró, aterrorizado, hacia donde parecía el origen de aquel gran ruido y hacia la bóveda de la entrada, esperando que se viniese abajo. Después, volvió la mirada hacia los compañeros del pequeño grupo que, sobre un banco de la nave central, estaban atendiendo a una joven gravemente herida. Todos se estaban mirando unos a otros y sus caras eran de completo pánico. A la brutalidad del estrépito, se había unido el horror de la fatídica sorpresa; ninguno creía que el enemigo se atreviera a tanto, ¡el bando de La Iglesia estaba destruyendo la mismísima catedral! La guerra no había hecho más que empezar y quizá todavía no había experiencia de sus radicales consecuencias.

Damián miró, uno por uno, los rostros de aquellos compañeros de asedio. Algunos eran realmente casi unos críos, ¡qué pronto estaba la muerte llamando a las puertas de sus moradas! Estuvieron así, paralizados, durante un tiempo indefinido, mirándose unos a otros y reflejando sus expresiones de miedo en las pupilas del que tenían enfrente. Fue un tiempo, por una parte, casi eterno para ellos, por el deseo de un alivio que no llegaba. Los músculos tensos y los nervios vibrantes esperaban el final del peligro, que no terminaba de llegar. Pero a la vez, por otra parte, también les pareció instantáneo, pues la intensidad de las emociones que se agolpaban en sus corazones y la concentración de la consciencia en cada hecho, dejaba a la memoria sin referencias; y sin referencias no hay tiempo.

Les sacó de ese estado de embotamiento los gritos de un grupo de milicianos que, corriendo desde el recinto del coro hacia la puerta, gritaban: "¡defensa!, ¡defensa!, ¡a la puerta!, ¡rápido, la dinamita!" Corrieron y saltaron por entre los camiones y vehículos aparcados en el centro de la gran nave, entrando como al asalto en la espesa nube de polvo que poco a poco avanzaba hacia el interior del templo. Escalando por la enorme barricada, lanzaron cartuchos de dinamita hacia el exterior. Lo hicieron de manera organizada y con decisión. Los de abajo encendían los cartuchos y se los pasaban a los que, desde arriba del parapeto, los tiraban con fuerza hacia los puestos de tiro enemigo de las calles y las casas de alrededor. Algunos lanzaban los cartuchos hábilmente con una onda, de manera que las cargas pasaban por encima de los tejados de las casas de enfrente, entrando por sus balcones y por sus ventanas y explotando estruendosamente.

Después de un rato de incertidumbre y de desconcierto, las explosiones de la dinamita fueron acompañadas por disparos de fusil de otros defensores, que ocupaban posiciones en la balaustrada que cruza de torre a torre la fachada principal y en los tejados de la catedral. La defensa parecía temporalmente recuperada del susto que les había provocado el impacto del obús lanzado por un enorme cañón que había sido situado en la Alameda, tras una de las columnas que flanquean la entrada desde la calle Medina.

Incluso, empezó a oírse, también, el traqueteo de la ametralladora ubicada en el campanario de la catedral, que se había salvado de milagro del tremendo impacto, justo unos metros por debajo de donde estaba situada. Esta ametralladora estaba colocada en la torre del reloj, también llamada del campanario, y controlaba gran parte de los alrededores de la catedral, e incluso del propio pueblo. La altura de la torre y su situación, en una parte bastante alta del pueblo, le conferían un punto privilegiado en cuanto al campo de visión y alcance de tiro.

En realidad había sido una sorpresa el ataque de ese cañón. Debían de haberlo colocado los enemigos ocultándose a su vista tras las casas que dan al paseo de la Alameda, en la parte baja de la ciudad. Era el cuarto cañón que situaban para este duro asedio, tras el de la calle Mayor, que se ocultaba también a la línea de tiro de la torre tras las casas de esta calle y que apuntaba directamente a la puerta del Mercado, en la Plaza Mayor, desde una posición ideal por la altura que cogía la cuesta de esa calle, frente a la catedral. Este cañón estaba destrozando la secular y labrada puerta de madera, así como los parapetos que se habían instalado para reforzarla, abriendo, a su vez, numerosos agujeros en la fachada oriental del templo.

También habían apostado las tropas sublevadas otro cañón, éste más pequeño, en el balcón del primer piso de una de las casas situadas frente a la puerta principal. Lo habían subido con gran esfuerzo hasta esa vivienda y desde ahí, también ocultos al fuego de la ametralladora de la torre, batían la entrada y la fachada de poniente.

Ésta tenía, ahora, un aspecto lamentable. La torre de las campanas, o del reloj, había recibido tal bocado por la arista interior de su frontal, que parecía que iba a caer definitivamente, deshaciendo la típica estructura simétrica en forma de H: dos torres laterales, con un aspecto de fortaleza medieval, flanqueando un hermoso pórtico de ocho arquivoltas, y encima de éste un rosetón vidriado y una balaustrada que cruzaba de torre a torre toda la fachada. Todo mostraba huellas de balazos y cañonazos que amenazaban la seguridad que había transmitido hasta entonces.

La catedral fortaleza había comenzado a construirse en el siglo XII y era el orgullo de la comarca, por sus dimensiones y su calidad artística en los interiores, por eso, el estado en el que estaba quedando magnificaba el desastre al que estaba conduciendo aquella guerra.

Completando el rodeo de la artillería, un cuarto cañón había estado disparando desde el puente de San Francisco, en la parte baja del pueblo, desde donde dominaban el lado Este

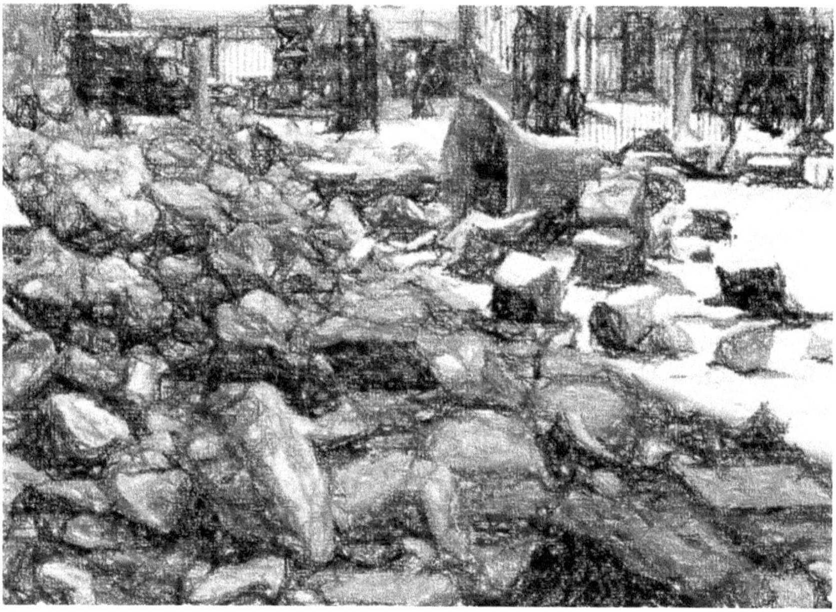

de la catedral, el ábside, el crucero y los edificios próximos al claustro.

Tras unos minutos de intercambio de explosiones y proyectiles la batalla se dio un respiro, oyéndose sólo disparos esporádicos de intimidación por uno y otro bando.

-Los hemos "asustao", ¡copón!, ¡no tendrán cojones a entrar!, ¡no nos vamos a rendir! -gritó un joven-. Todos gritaron y se jalearon, soltando la presión de los críticos momentos anteriores. La alegría de haber superado una aterradora prueba personal y colectiva les inyectaba euforia a raudales en las venas. -¡Joder, y nos han levantado una barricada de balde casi enfrente de la puerta, ja, ja, ja! -gritó, riendo, otro de ellos desde lo alto del parapeto, refiriéndose al cúmulo de piedras desprendidas de la torre por el cañonazo-

Era un grupo heterodoxo de milicianos muy jóvenes, procedentes de las distintas tendencias revolucionarias que había en la República. Damián apenas las distinguía en sus fundamentos y sólo le eran conocidas por oír sus nombres y siglas en los partes que daba la radio en la taberna, cuando algunas noches se juntaba con los amigos para tomar un vino y charlar de sus cosas, incluso a veces de política. Muchos de estos milicianos habían llegado a Sigüenza desde Guadalajara, donde habían sofocado el levantamiento de un destacamento militar. Vinieron exultantes, henchidos de orgullo guerrero y revolucionario, pensando que la sublevación sería fácilmente aplastada por el entusiasmo de los voluntarios y el apoyo mayoritario por parte del pueblo. Sin embargo, llevaban dos meses estancados en esta histórica y tradicional ciudad medieval, sin progresar en sus avanzadillas esporádicas hacia Atienza y Alcolea, sufriendo, por el contrario, bombardeos por fuerte artillería y aviación durante las últimas semanas, de manera que habían sido empujados y cercados hasta tener que correr a encerrarse en esta iglesia fortaleza.

Las dudas habían surgido ya hacía algún tiempo, y sólo estos setecientos, los más valientes y convencidos, o los que no habían podido elegir para salir de aquel frente, estaban peleando en aquella ratonera, con unos cuantos fusiles y algunos cartuchos de pólvora, esperando que su resistencia ganase tiempo para alguna operación militar en su ayuda.

Durante el resto de la tarde fue bajando poco a poco la euforia de los más luchadores y se entró en una especie de rutina tensa, en la que cada uno se centró en el papel que le había tocado jugar en la organización de la defensa, a la espera de un desenlace que cada vez se presentía más trágico. Hubo nuevos cañonazos y derrumbes, principalmente de las bóvedas de la nave central y del crucero, producidas por el cañón del puente de San Francisco; también algún disparo desde las casas que había frente al atrio.

Los grupos de civiles desarmados y desamparados, que se habían refugiado también en la catedral, fueron mudándose paulatinamente desde la nave central y las laterales hacia la sacristía y las capillas periféricas, aparentemente más protegidas que las altas pero débiles techumbres de aquellas imponentes bóvedas. Fueron trasladando sus patéticos aposentos de colchones y trapos instalados en las tarimas de los altares de las capillas, y en cualquier rincón que les protegía un poco del frío y de la vergüenza, para hacinarse en pequeños espacios que les protegían del vértigo de ser enterrados por cascotes caídos del cielo, pero, sobre todo, de su propio miedo.

Eran campesinos en su mayoría, señalados por sus ideas, o por sus actos, o simplemente por envidias y rencillas mezquinas. Habían venido huyendo desde los pueblos ocupados por las fuerzas rebeldes, pero otros eran ciudadanos de Sigüenza, familiares de políticos y milicianos, que se habían refugiado también en la catedral por miedo a las represalias, incluso algunos sólo por miedo a los bombardeos de la aviación. Los ataques de la Legión Cóndor alemana, que despegaba desde los altos de Barahona, habían destruido días antes bastantes casas, con numerosos muertos y heridos. Eran unas cuatrocientas personas, asilados pasivos, en su mayoría mujeres, ancianos y niños, con el miedo y el recelo reflejado en sus caras y en sus encorvados hombros.

En esas estancias el ambiente se fue volviendo cada vez más espeso y pestilente, cada vez más infame e indigno. Las acusaciones de unos, los lamentos en voz alta y los malos augurios estúpidamente vociferados por otros, bajaban la moral de los más optimistas, desnudando, en algunos momentos, de toda ideología las miserias de la naturaleza humana.

Damián salió de la sacristía para tomar un poco el aire. Una presión cada vez más fuerte le estaba oprimiendo el pecho y apenas podía respirar. Comenzó a vagar por las naves laterales, hinchando sus pulmones y levantando la mirada hacia los arcos de las bóvedas, hacia lo más alto de las columnas y las enormes vidrieras, -¡qué grandes cosas es capaz de hacer el ser humano!- pensó, intentando abarcar con la imaginación el enorme esfuerzo e inteligencia que habría sido necesario para levantar aquellas impresionantes estructuras, para tallar con tanta precisión aquellas piedras que sujetaban las bóvedas, para esculpir aquellas estatuas y para instalar aquellas enormes vidrieras que dibujaban con sus colores y sus perfiles de plomo unos mundos imaginarios que parecían elevarse, todavía mil veces más de la altura que ya tenían, por encima del mundo de los mortales.

Al instante un caudal de emoción le recorrió todo el cuerpo, haciéndole, por un momento, como más ligero, más alto y vigoroso, recuperando de nuevo el orgullo de ser humano.

Fue apenas un instante, pues abstraerse del caos y la destrucción, que también las manos de los hombres habían esparcido por todas partes, resultaba misión imposible. El suelo, que había sido levantado para utilizar sus losas como defensa en las entradas, hacía que el andar fuera irregular y casi peligroso. Los escombros de piedra y vidrio caídos y esparcidos por cualquier lado, las imágenes de santos y vírgenes tirados por los suelos, papeles, algunos procedentes del histórico archivo, entre los que se encontraban bulas pontificias y cartas reales, acompañados en su lecho por desperdicios de todo tipo desparramados por doquier, y polvo, sobre todo mucho polvo, transmitían decadencia y empujaban al abandono.

Pero, sobre todo era doloroso ver a las personas. Las caras tristes y demacradas de los pocos que se le cruzaban herían profundamente allí donde la estética hunde su raíz en lo carnal, donde lo feo y lo malo se identifican, donde el aspecto delata la mala situación del cuerpo, más allá de convenciones o gustos culturales.

Se dirigió al claustro, para respirar a cielo abierto. Caía una fina lluvia de otoño y Damián dio gracias por ello, levantando la cara hacia el cielo y dejando que el agua refrescara y golpeara suavemente su piel. Dio gracias por ello pero no sabía muy bien a quién. Desde luego no a ese Dios que tan opresivamente, a su juicio, le habían enseñado, desde la escuela, hasta el cura de su pueblo. Sin embargo, liberado como estaba ya desde hacía algún tiempo de esas presiones de curas o sacerdotes, sabiendo que un mundo sin esas doctrinas tan férreas podía ser posible, sentía, no obstante, que algo supremo podía haber; algo con lo que parecía comunicarse de alguna manera en el fondo de su ser.

Estaba muy confuso, necesitaba pensar mucho. Necesitaba pensar en un momento en el que nadie parecía hacerlo, ni parecía tampoco dejar que el prójimo lo hiciera. Todo urgía y nada parecía importar, salvo conservar la vida o elegir tu propia muerte.

-¿Estás pensando en escapar, Damián? -le dijo, acercándose, un paisano de un pueblo cercano al suyo- Por aquella tapia salieron ayer más de veinte; yo quizá lo haga esta noche. Esto no tiene buena pinta…, y mejor será escapar antes de que el cerco se estreche más por ahí afuera, o nos hagan rendirnos.

-¿Tú no crees, entonces, que vendrán a rescatarnos desde Madrid? -le preguntó Damián- Los de Mola creo que han rescatado a los del Alcázar de Toledo el otro día, y no veas cómo se han puesto de valientes. ¡El gobierno tiene que hacer lo mismo con nosotros!
-Sí, ese es el discurso del pánfilo de Martínez de Aragón, nuestro comandante en jefe de la plaza, pero él se fue antes de que tuviéramos que encerrarnos en esta ratonera, y Feliciano Benito, el anarquista, creo que se fugó de esta catedral la primera noche, con toda su plana mayor, dejándonos aquí para que hagamos de héroes -respondió el paisano-.

-Yo no tengo que hacer de héroe ni de nada. Yo no soy miliciano, sólo estoy aquí por circunstancias, no sé si lo sabes, yo no he hecho nada y no quiero esta guerra, así que en cuanto pueda me voy a mi casa y a trabajar mis tierras, que ya me estarán echando en falta, sin contarte a mi mujer, que la pobre estaba embarazada y lo mismo ya ha parido, que le faltaba bien poco.

-Pero Damián, ¿qué estás diciendo?; tú crees que si te cogen aquí te van a preguntar si te quieres ir a casa, o si has hecho algo malo. Estamos jodidos. Como no vengan fuerzas, de Madrid o de dónde sea, a liberarnos, nos cogerán los fascistas y nos fusilarán. Nos echarán las culpas de todas las tropelías que han hecho esos exaltados que vinieron de Madrid. De lo del obispo, del deán, de los robos, de algún ajusticiamiento que yo he oído que se ha hecho, en fin, de todo, y por ser comunistas -le dijo el conocido, en voz baja y mirando alrededor por si alguien podía oírle-.

-Pero cómo me van a fusilar a mí, si no he hecho nada. Si nos cogen, nos interrogarán, y se sabrá la verdad de lo que ha hecho cada uno. Si son militares sabrán que hay que juzgar a alguien antes de fusilarlo. En cuanto a lo de comunista, yo nunca he estado afiliado. Éramos simpatizantes, eso sí, en la familia, de los partidos de izquierdas, porque siempre hemos pensado que no es justo que algunos tengan riquezas de por siempre, porque sus antepasados han sido ricos, y otros no tengan nada porque han nacido en casa pobre, pero nada más. Yo, un poco por lo que he oído, que tampoco se mucho; en el pueblo, como tú sabes, somos todos pobres, tenemos bien poco, por eso es fácil que esté tan repartido, porque no hay nada, más que hambre y frío -dijo Damián-.

-¡Toma!, pues como en el mío. Por allí, todos igual de pobres -apostilló el paisano-.

-Allí, se tiene uno que doblar, para cavar y contar los garbanzos que se come, hasta el que se cree el más rico del pueblo; que el muy tonto a lo mejor tiene una mula más ¡ya ves tú de que le saca! Bueno, ya sabes, algunos funcionan mejor que otros, pero no para *echar plantas**(2) y dejar de sudar y pasar penas. Además, ya sabes tú, muchas cosas comunes de todos se llevan a medias, o por adra…, hoy tú, mañana el otro…, en fin, que no es como eso que dicen de los obreros de Madrid o Barcelona, que están explotados de malas maneras y apenas tienen qué comer. Otra cosa es aquí, en Sigüenza; aquí sí que los hay señoritos, que no dan un palo al agua y te miran perdonándote la vida. Da asco, cuando tienes que venir para cualquier historia, ¡cómo te tratan y te miran! Y encima, cada vez te pagan peor el trigo y te cobran más por cualquier cosa que les tengas que comprar -siguió hablando Damián, casi como reflexionando en voz alta-.

En verdad, esta era una zona pobre pero sin muchas desigualdades; era una economía agrícola de minifundios familiares y artesanos por cuenta propia, en la que cada uno trabajaba para sí mismo. El que tenía un "criado", palabra que se empleaba para calificar a un asalariado que ayudaba en las labores del campo, que en la mayoría de los casos recibía la manutención y poco más, era considerado un privilegiado y una persona casi rica, lo que realmente era una excepción.

(2) echar plantas: expresión que significaba ufanarse, fanfarronear de manera muy confiada.

-Ya lo sé, ya. Pues, sabes lo que creo, que esos mismos, como caigamos presos, si salimos vivos de aquí, nos acusarán de todo, porque encima nos conocen, y nos fusilan, ya te digo que nos fusilan-, contestó, cada vez más nervioso, el vecino del pueblo cercano. –Será mejor que intentemos escapar, como han hecho otros. Yo creo que los de fuera también quieren que vayamos saliendo, pues aquí todavía hay mucha fuerza y esto se puede prolongar más de lo que ellos quieren. No creo que quieran echar la catedral abajo, aunque por el paso que llevan ya no sé qué pensar. Seguro que el Martínez de Aragón pensó que no la bombardearían y que daría tiempo a organizar un contraataque desde Guadalajara, pero yo no sé qué estarán haciendo, y no me fío que quieran enfrentarse de verdad a lo que se ha concentrado aquí de los golpistas, que están viniendo fuerzas de ellos desde Soria y desde Zaragoza. No todos los fieles a la República son como estos chavales que están defendiendo las puertas de la catedral. Si todos fueran así, y con buenos mandos, la República podría estar tranquila, pero he visto mucho vándalo y fanfarrón que cuando se ha puesto la cosa fea temblaban como conejos -le respondió el paisano, que sólo quería llevar la conversación al tema de la fuga-.

-Quizá lleves razón, quizá haya sido un error meternos en esta encerrona, también fue un error haber venido a Sigüenza, y otros errores de antes. Yo me tenía que haber quedado en el pueblo, pasara lo que pasara. Allí está mi familia, y ahora la tengo abandonada. Si hay que pelear por algo, lo tengo claro que es por mi mujer y esas criaturas, lo demás no está tan claro, sobre todo cuando conlleva muertes y desastres tan grandes. Estuve vigilando a un maestro, allá arriba, en la cárcel, que me hizo ver muy claro lo que pasa con los bandos. A veces, tus verdaderos enemigos pueden estar en tu lado. Yo me voy a escapar de aquí y me voy a ir con mi gente, con mi familia, pase lo que pase -dijo Damián-

-Creo que eso sí que será un error, y para ti el más grande. Tu pueblo, igual que el mío, debe de estar tomado ya, desde hace algunas semanas, por los que se han levantado contra el gobierno. ¿No viste como bajaban por el Mirón y por todos los caminos que van a Soria? Los aviones del otro día venían de por allí, y también tenían cañones y morteros apostados por esa zona. Será difícil que pases, y si lo logras, quizá hayan dejado soldados en cada pueblo; no sé…, yo no lo haría, pero…, si te decides a escapar, salimos de aquí y luego, cada uno por su lado. Yo he conocido a unos milicianos anarquistas que dicen que van a salir esta noche; si quieres, les digo que te unes a nosotros. Hay que saltar la tapia que da al cementerio y lanzarse al otro lado. Van a poner cuerdas y escaleras; después, lo mejor es seguir la muralla y bajar al arroyo del Vadillo, cuando se pueda. Yo tiraré para arriba, por el pinar, para dar la vuelta al castillo, a ver si llego a Pelegrina, y de ahí a Guadalajara. Tú tira para donde quieras, pero deberías de venir conmigo; entre los dos nos podríamos echar una mano.

-No, ya te digo, no quiero seguir con esta locura sin sentido; que pase lo que tenga que pasar. No creo que dure mucho esta guerra, y después, todas las aguas volverán a su cauce-.

-Tú verás. Estate aquí a las once.

Damián se quedó un rato más en el claustro. Los caballos que había allí encerrados le hacían añorar la yunta de su casa y cada rato que pasaba sentía más ganas de volver a ella. –"¿Habrá dado a luz ya la Felisa?, ¿tendré un nuevo varón, o será una niña? Si todo va bien, pronto lo sabré"–. Al otro lado del claustro, en una de sus galerías, un grupo de cabecillas milicianos discutía sobre la conveniencia de resistir o de rendirse.

Los había partidarios de morir allí como mártires de la causa más justa, como ejemplo para generaciones venideras; los había partidarios de rendirse y no poner en peligro las vidas de las mujeres y niños que se refugiaban allí. Algunos aún creían que había que resistir, pues las fuerzas republicanas llegarían en su ayuda, y otros opinaban que todavía se podía intentar una salida masiva peleando, para alcanzar el pinar cercano e ir retirándose hacia la carretera de Guadalajara. La discusión era acalorada y las voces se oían por todo el claustro. Llegaron las amenazas y se entabló alguna que otra pelea. Damián se alejó cabizbajo; su pensamiento estaba ya en otro sitio y no se sentía partícipe de aquella disputa; tampoco le perseguía ya ese dilema, había tomado una decisión y solo tenía que cumplirla.

Caminó un poco por las naves laterales, dando la vuelta al enorme templo. En las capillas, a la pobre luz de algunas velas, se veían madres jóvenes que daban de mamar a sus pequeñas criaturas, niños asustados acurrucados al calor de sus mayores y algún herido acostado en los altares. Los lamentos de unos y otros, pero sobre todo los irreprimibles de los que habían sufrido graves heridas, impregnaban de sentimiento de dolor todos los rincones, todos los crucifijos y todos los santos del templo. Los ornamentos platerescos de los retablos de Santa Librada y Fadrique de Portugal, que tanto le gustaban a Damián, le pasaron esta vez desapercibidos, atraído, sin saber por qué, por los relieves del Calvario y de La Piedad que coronaban el mausoleo de Fadrique. Cristo crucificado y Cristo yaciente, recién desclavado, en manos de su madre, la Virgen.

El ambiente de Pasión que reflejan siempre estas imágenes estaba ahora cargado de intensidad y realismo, transmitiendo una profunda aflicción en las zonas más profundas del alma. Damián, que toda su vida se había alejado de lo que consideraba tales ñoñerías de viejas y devotos, no pudo por menos que sentir un escalofrío que le venía de dentro.

Ese sufrimiento volaba y rebotaba por todas las paredes del templo, yendo y viniendo con los ecos de los gritos y los lamentos de los heridos, tomando forma en las expresiones de dolor puro, conceptual, que los artistas habían reflejado en las tallas y pinturas que vestían cualquiera de sus naves.

Tal sufrimiento se mostraba, como nunca, víctima inocente. Recogía en sí mismo todo el dolor humano, tan bien expresado en el cristianismo. Se mostraba todo el dolor que el hombre puede sentir y de todo tipo, sin excepciones, y lo

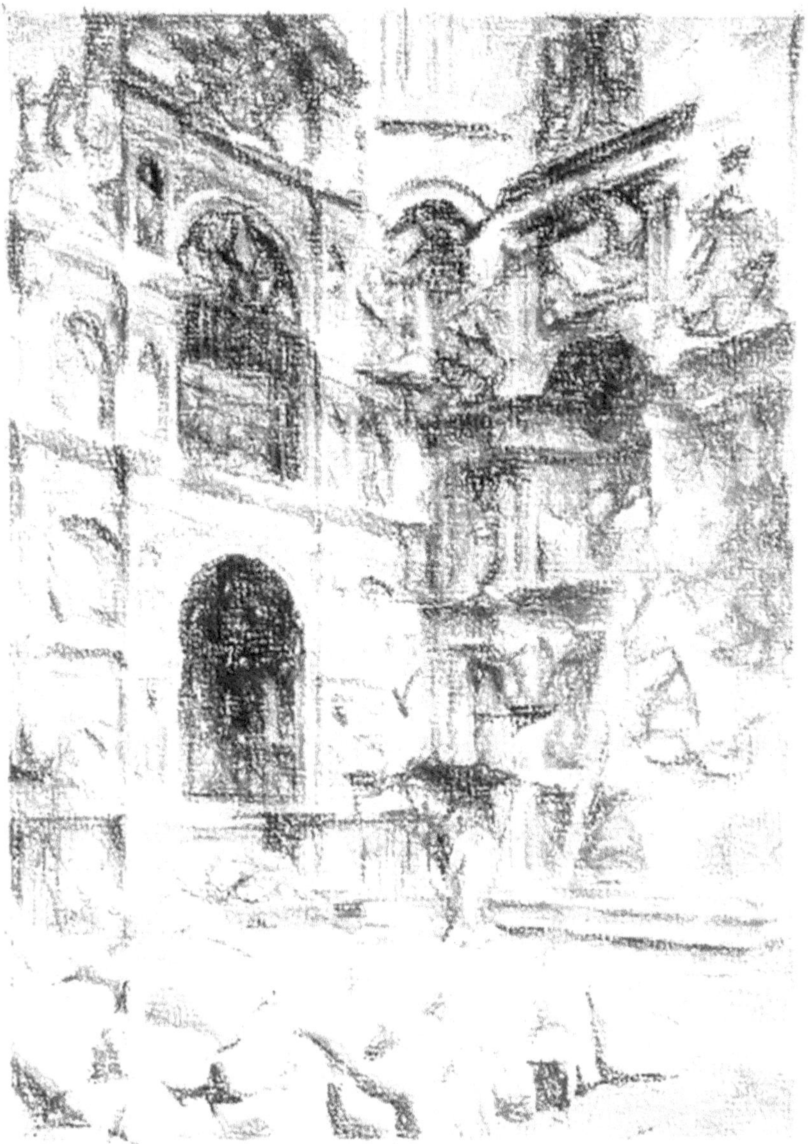

parecía exponer y poner en manos de Dios, como entregándolo. Era un llanto existencial, una herida espiritual abierta, que se ofrecía a lo más alto para superarla, para trascender este mundo temporal y doloroso a través de lo que individualmente era insoportable.

Arriba, por las estrechas ventanas de estas capillas y naves, vigilantes milicianos mantenían la guardia para evitar ataques inesperados. Eran unos centenares de buenos y disciplinados soldados; sin preparación ni instrucción previa, pero que la guerra de los últimos meses había adiestrado suficientemente. Venían de pelear en las colinas que rodeaban Sigüenza y habían sido los últimos en replegarse hacia el pueblo. Casi una excepción, por lo que había visto Damián en las semanas que con las fuerzas republicanas llevaba compartiendo. Sumido en todo tipo de reflexiones, con el alma revoloteando por las altas cúpulas y el corazón oprimido como dentro de un puño, se buscó un sitio apartado y poco concurrido para descansar un rato. Sabía que pronto necesitaría muchas fuerzas y, aunque ahora estaba bastante deprimido, se agarraba aún a la idea de volver a casa y ello le mantenía con alguna esperanza.

Sin saber por qué, mientras intentaba poner la mente en blanco y relajarse para dormir, le vino a la memoria algo que le había dicho el maestro al que estuvo vigilando en la cárcel, algo sobre la reflexión que tuvo un sabio acerca del "Hombre" actual: "la primera gran decepción del ser humano fue saber que no era el centro del Universo, como le habían dicho durante toda la Edad Media, la segunda fue cuando descubrió que procedía del "mono", en vez de directamente de Dios, y la tercera fue darse cuenta de que ese "mono" está loco, que no sabe bien lo que quiere, que no sabe qué hacer con su vida y que sus pensamientos tienen fundamentos irracionales". Sin duda, su estado de depresión le estaba llevando por los rincones más sombríos y pesimistas de su torturada mente.

Un sentimiento de decepción generalizada le había hecho aflorar aquellas frases, en principio abstractas y que iban poco con él. Cuando fue consciente de esa deriva, y de lo que aquello le estaba debilitando, dio un giro a sus pensamientos y, buscando en sus recuerdos, se recreó en escenas con su mujer, sus hijos, su yunta y sus labores en el campo en aquellas mañanas primaverales que habían quedado grabadas para siempre en su memoria. Lentamente, con la cabeza apoyada sobre los brazos y las piernas recogidas en posición fetal, se fue quedando dormido.

000

-¿Quién hostias ha hecho esta escalera?, ¡Rediez!-. Damián oía jurar y blasfemar, como en voz baja, pero con un acento inconfundible de extrema seriedad, a unos cuantos metros hacia delante de la fila que formaba con sus compañeros de fuga.

La noche era cerrada y caía una fina y fría lluvia de otoño. Estaban muy apretados los unos a los otros, agarrándose con fuerza a los brazos o los hombros del que tenían delante.

Necesitaban ese calor, tanto para guarecerse del frio de la noche, como para sentirse acompañados y algo más fuertes en ese momento de intenso pánico.

-¿Qué pasa? -preguntó susurrando a su paisano, que le llevaba delante-.

-No sé, parece que hay problemas con la escalera; se ha debido de romper. ¡La hemos "cagao"!

La fila era ahora un remolino de hombres discutiendo acaloradamente sin querer hacer ruido.
-¡Vente conmigo, Eliseo! -le dijo Damián al compañero- Vamos a por una viga de las que han caído del tejado!

-¡Aguardad aquí un momento! -les dijo Eliseo a los de delante- ¡y estaros callados joder!

Al poco rato volvieron con una viga, no muy gruesa, pero suficientemente larga para apoyarla encima de la tapia y poder gatear por ella. Al verles, otros camaradas de huida fueron a por alguna otra más.

Se estaba destrozando los brazos con aquel astillado madero, pero no dejó de trepar. Avanzaba colgado y abrazado con pies y manos como un mono en la rama de un cocotero. Cuando su cabeza dio con la piedra del borde de la alta tapia supo que había llegado la hora de la verdad. No cabían vacilaciones. El miedo aceleraba peligrosamente las pulsaciones del corazón y la cabeza no lograba visualizar cuál debería de ser el siguiente paso, pero el siguiente compañero empujaba por debajo y sólo cabía seguir adelante. Echó su brazo derecho sobre la arista de la tapia y giró todo su cuerpo, poniéndose a caballo sobre la viga.

Al otro lado, aunque la noche era oscura, medio cuerpo quedó dibujado como una silueta negra sobre la muralla. El instinto le avisó a Damián al instante, sintiendo un vértigo profundo, como si cayera al vacío. Se agachó como un felino, lanzándose a la vez y tirándose al otro lado de la valla. Todo ocurrió en un solo segundo: el seco golpe que sintió en la espalda, como un capón afilado y superficial que, con un agudo y corto silbido, hubiera alcanzado su omóplato derecho; una detonación inmediatamente después, después otra. ¡Estaban disparando! Se pegó al suelo, debajo de la tapia.

La caída había sido aparatosa, pero no sentía ningún dolor. Algún compañero cayó a su lado, un grito un poco más allá, más disparos, ahora a discreción, las balas impactaban en la piedra de la pared, haciendo un ruido duro y seco, saliendo rebotadas en direcciones incontroladas. -¡Están tirando desde el pinar de enfrente!, ¡hay que salir de aquí!, ¡hay que bajar al arroyo!- Reptando como una lagartija logró alcanzar unos arbustos que habían agarrado al borde del barranco. Allí se quedó unos segundos. Parecía que aflojaba la frecuencia de los disparos. Miró a su alrededor y vio que algunos compañeros se estaban deslizando hacia abajo, hacia el arroyo. Los siguió. Arriba, en la tapia, ya no saltaba nadie. No sabía cuántos quedarían por salir, ni cuántos habían saltado. Había que bajar deprisa, meterse entre la maleza del arroyo, y salir de allí, había que salir de allí.

Las ortigas y los juncos le lastimaban la cara, pero no podía levantar la cabeza, "-No de momento, no mientras la amenaza de los tiradores siguiera allá arriba. Quizá estén bajando a por nosotros. ¡Vamos!, ¡sigue!" -se dijo para adentro-. Delante se oían chapoteos y se movía alguna planta; -"mejor ir junto con ellos" -pensó-. Se volvieron a oír disparos. -"Es por arriba, parece que vuelven a tirar a la tapia. Quizá esto les distraiga, quizá nos de alguna tregua a los de aquí abajo"-.

Después de un gran trecho de reptar y gatear por la orilla del arroyo, tres de los compañeros se juntaron con Damián. – "Parece que han cesado los disparos, es posible que ya hayan saltado todos, o quizá ya no se atrevan" -dijo uno de ellos- "Ahora vendrán a por nosotros. Hay que salir de aquí a escape. Lo más normal es que sigan el cauce. Nos han tenido que ver bajar hacia él" -dijo otro-. Sin decir más, sin ponerse de acuerdo, salieron dos por cada lado. Unos subieron hacia la parte trasera del castillo que coronaba la ciudad y Damián y otro cruzaron el arroyo del Vadillo y subieron hacia el pinar. –"¿Qué habrá sido del Eliseo?, saltaba detrás de mí, pero después no le he vuelto a ver" –pensó-. Se oyó algún disparo dentro del pinar. Damián y su compañero se pararon y se agacharon instintivamente. –"Será mejor que paremos, que nos escondamos y escuchemos, no sea que caigamos encima de ellos" -dijo Damián-.

Al cabo de unos minutos, vieron pasar una patrulla de unos cinco o seis hombres. Eran apenas unos bultos negros en la distancia, pero por sus siluetas se apreciaba bastante claramente que llevaban los fusiles en las manos, preparados para ser disparados.

–Nos están buscando, lo mejor es no movernos de aquí hasta que todo esté más calmado

Y así permanecieron durante más de una hora, como inmóviles piedras del paisaje. A Damián le dolía por la espalda, justo donde había sentido el golpe al saltar. Se tocó con la mano; la chaqueta estaba rota por ahí, pero no parecía que hubiera herida. "Ha debido de ser el roce de una bala; si me pilla bien me mata". Después, se movieron con sigilo, mirando a su alrededor a cada instante, parándose cada pocos pasos a escuchar y continuando su camino. Se dirigieron hacia la carretera de Madrid, donde intuyeron que el camino podía estar más despejado, al menos eso era lo que se rumoreaba en la catedral; eso era lo que contaban los que estaban en las torres. Sin bajar a la carretera, pero siguiendo su trayecto, alcanzaron el alto de la carretera a Pelegrina. Habían ido en estricto silencio todo el rato, pero al llegar aquí Damián le dijo al compañero:

-Yo me quedo aquí, me voy por aquel otro lado -señalando hacia Atienza, por detrás de la colina de La Quebrada-.

-¿Estás tonto?, por allí están los fascistas -le dijo el compañero de fuga-.

-Me voy. Es donde tengo que ir. Que tengas suerte -le respondió Damián-.

-¡Adiós! Pero lleva cuidado y da un buen rodeo; creo que duermen en lo alto de las colinas.

000

Unos rápidos pero débiles golpes en la puerta de la calle sobresaltaron a Felisa, que tenía entre sus brazos un bebé de pocos días amorrado a su pecho izquierdo. Esa forma de llamar, esas prisas. No sabía, quizá una corazonada, pero con cierto nerviosismo le hizo un gesto a su madre, que estaba sentada enfrente, tejiendo unos patucos de lana. La madre se levantó y fue deprisa hacia la puerta. Al abrir se quedó petrificada, sin moverse, sin decir nada. Fue apartada de un empujón por el visitante, que entró como un tiro al portal y apagó la luz del candil de inmediato.

-¡Cierre!, ¡cierre rápido!, ¿Dónde está Felisa?

-Arriba, en la sala

Subió de dos zancadas las escaleras que conducían al piso de arriba, donde se encontraban las alcobas y una pequeña sala que hacía de distribuidor. Allí estaba Felisa, con la niña en brazos y una cara de susto, a la vez que de alegría, que la mantenía sin saber qué hacer ni qué decir. Fue él quien rompió el hielo con un caluroso beso en sus labios. El abrazo fue tan intenso que extrajo un arranque de llanto del bebé.

Damián se separó con un rápido movimiento, percatándose de su arrebato. "¡Qué maja es!" -exclamó-, acercando su cara a la de la niña, con una sonrisa que le estiró aquellos labios que llevaban tanto tiempo contraídos por el sufrimiento y la preocupación. Por un momento se relajó completamente y sin siquiera pensarlo supo que había merecido la pena venir hasta aquí.

000

Lo que quedaba de noche se hizo largo para Eugenio, que quiso quedarse personalmente de guardia vigilando la casa de Damián. Estaba seguro de que ahí pasaba algo raro y no se fiaba ni de la lealtad ni de la competencia de los componentes del retén de esa noche para un tema como éste.

Nada se movió ni nada extraño se oyó. Por fuera de la casa, porque por dentro dos cuerpos exultantes de energía y deseo de felicidad no pararon de revolotear el uno en torno al otro, de fundirse con amor el uno en el otro, de tocarse a oscuras y volverse a cortejar, de volverse a unir y de reírse y gritar en silencio. No hubo ruido, no hubo excesivo movimiento, pero en la dimensión de las ideas y del afecto no habían parado ni un momento.

Miles de imágenes y vivencias giraron en torno a la cama de Felisa y Damián. Catedrales que se derruían y se volvían a construir, cañonazos que horrorizaban a multitudes y luego se perdían dulcemente entre los pastos. Agudos pinchazos de frío en la piel que luego se perdían en el calor de un tierno

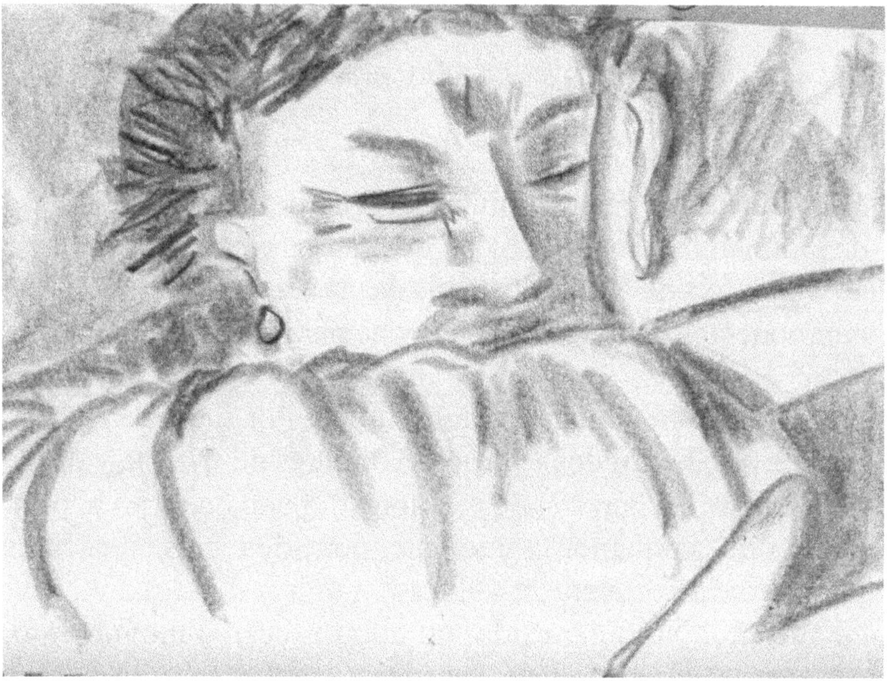

abrazo. Mundos enteros que se hundían con dramáticos sufrimientos y otros que nacían a la cálida luz de una mañana de primavera.

Las mentes y los cuerpos de Felisa y de Damián fueron durante toda la noche un eterno retorno dando vueltas al borde del abismo. Giraban entre el nihilismo y la esperanza, entre los miedos al futuro y débiles hilos de confianza, entre las dudas sobre el ser humano y la certidumbre de su amor.

Al alba, Eugenio decidió marcharse a casa para dormir un rato. Tendría vigilados los movimientos de Felisa y de toda su familia. Si Damián estaba por aquí, no tardaría en ser descubierto, y si huía, que fuera cuanto más lejos mejor. Lo que él deseaba era que no le causara ningún contratiempo con las tropas y autoridades que ocupaban el pueblo.

Un par de días más tarde, Felisa le dijo a su marido, recién retirados los labios de su boca:

-No puedes seguir aquí, Damián, el alcalde no para de pasar por nuestra puerta y ya me ha preguntado unas cuantas veces que qué tal nos va todo y cosas muy extrañas; creo que sospecha algo. Como entre y te pille te van a matar, Damián. Se oyen cosas muy malas que están pasando en otros pueblos, y por aquí cada vez hay más fuerzas nacionales -Damián vio el miedo en los ojos de Felisa. No soportaba verla sufrir-.

-Tenemos que pensar algo para esconderme –dijo-. Podemos

hacer un tabique en la cámara-.

-No sé, es muy peligroso -dijo Felisa-.

-No te preocupes, todo saldrá bien. Tú tráeme palos y yesones, que yo lo iré haciendo.

El ambiente era tenso, en general, por todo el pueblo. Pasos más apresurados de lo normal en la poca gente que salía a la calle, miradas vigilantes al horizonte, por si se veían movimientos de tropas o cualquier cosa diferente a lo habitual de las labores del campo. Miradas recelosas también entre los vecinos, que tan sólo unos meses antes habían hablado abiertamente de política en las elecciones, pero que ahora, con la escalada de violencia que se había desatado, intuían que podría ser peligroso cualquier enfrentamiento, cualquier enemistad, aunque no fuera siquiera política. Había mucha preocupación. Definitivamente, se había levantado una guerra fratricida que no se sabía lo que iba a durar, ni hasta dónde iba a llegar.

No habían pasado desapercibidos para Eugenio los trajines de Felisa con algunos palos y otras cargas que llevaba en la gran faltriquera de su falda. Cualquier tiempo que le dejaran sus obligaciones lo empleaba en pasar por los alrededores de aquella casa. Unas veces escondido tras una peña desde la que se divisaba, otras paseando por los alrededores, no había dejado de vigilar los movimientos que había en ella. Le extrañaban tantas salidas y, también, las miradas a uno y otro lado que Felisa dedicaba en sus paseos. Cada vez estaba más convencido de que ocultaba algo, y que ese inconfesable secreto era Damián.

Se oyó un fuerte ruido en la parte alta de la casa. Eugenio se detuvo y miró fijamente a los ojos de Felisa, que venía en dirección contraria por la calle para entrar en ella. La mujer reflejó el susto en su cara y miró hacia abajo para ocultar su expresión al que sabía que la estaba investigando. Sin querer aceleró un poco el paso para llegar a la puerta antes de cruzarse con el alcalde. No le hizo falta más a Eugenio. Si Felisa no era la causante del golpe, ni su madre tampoco, pues la había visto un poco antes cuidando de su bebé y los niños, sentada al abrigo del portal de su casa, quién podría ser, sino Damián. Era él, seguro, por la actitud de Felisa al oír también el golpe. Se fue rápidamente a buscar alguna ayuda.

Volvió con el cabo y un soldado de los componentes de la patrulla que había pasado allí la noche.

-¡Alto a la autoridad! -dijo el cabo según entraba, sin llamar siquiera, en el portal de la casa de Felisa-.

Ésta bajó rápidamente de la buhardilla, donde intentaba convencer a Damián de que escapase, pues intuía que vendrían a buscarle y que el escondite que había estado preparando su marido se había truncado definitivamente con la caída de los yesones que había originado el ruido delator.

-¿Qué hacéis en mi casa? ¿Por qué entráis sin permiso? -dijo

Felisa-. El cabo la apartó de un codazo que casi la tira al suelo y tomó la escalera de subida a la cámara, deteniéndose, de repente, en el primer escalón.

-¿Dónde está ese rojo fugitivo?, ¿está armado? -le preguntó a la mujer-

-¿Qué rojo?, aquí no hay nadie. Iros de mi casa-. El cabo sacó la pistola de su cartuchera y comenzó a subir mirando hacia arriba con cuidado.

-¡Subid!, aquí no hay nadie —dijo, después de un pequeño momento-¡Alcalde!, ¿dónde está su rojo?, ¡no me amuele!, ¿hemos venido aquí para nada?

Eugenio subió las escaleras de dos zancadas. Jadeando y con cara de ofuscación miró por todos lados. Si hubiera fallado en sus sospechas quedaría en ridículo ante las autoridades y los vecinos. Todo el mundo, incluso sus simpatizantes, le habrían reprochado el acoso a una madre con varios hijos, sola y con un bebé que sacar adelante. Dio una vuelta rápida a la estancia, entre los aperos de labranza y pastoreo que había por todos lados. Todavía quedaban en los atrojes parte del trigo y la cebada recogida a duras penas entre los familiares y amigos, pues Damián había tenido que dejar a medias la recolecta al final de ese conflictivo verano. Los ojos de Eugenio se detuvieron en unos trozos de yeso y unas pequeñas piedras que había en un rincón de la estancia. Aprovechando un hueco entre un atroje y una pared, alguien había intentado cerrarlo recientemente con un tabique, como lo delataban algunos trozos de yeso aún húmedo. "A esto se debió el ruido que escuché en la calle", pensó Eugenio, viendo los trozos esparcidos por el suelo, "se ha querido esconder aquí, cerrando este hueco, ¡será mamón!".

-¡Mire, mi cabo! -dijo en voz alta- Ha estado aquí; se quería esconder en este rincón.

Mirando rápidamente alrededor y por todos lados señaló hacia el hueco de una ventana.

-Ha debido escapar por ahí, bajando por el tejado del Indalecio, ¡vamos, deprisa!-

Se apresuraron todos a salir corriendo a la calle. Ya en ella y mirando hacia los tejados fueron dando la vuelta a la casa, hacia la parte adonde daba la ventana.

-Ha tenido que bajar por aquí -dijo Eugenio, señalando la parte baja del tejado colindante al que daba la ventana de la cámara de Damián. Por ahí, el tejado no quedaba más alto de tres metros. Rápidamente todos se movieron por las dos calles por las que podría haber huido el fugitivo-.

Felisa, de la que todos se habían olvidado hacía un rato, se quedó en la esquina, encogida, mirando con asombro hacia el suelo, no queriendo mirar hacia ningún otro lado, no fuera que viera a su marido y sin querer le delatara. Estaba tensa, atemorizada, pero ahora un leve aliento de esperanza le relajaba el pecho y le daba fuerzas de nuevo. Cuando habían subido los guardias a la cámara lo daba todo por perdido. No había dicho nada por inercia, por no cambiar el discurso a última hora, por no reconocer lo que había estado negando hacía sólo un momento, pero en el fondo creía que era el final de aquella aventura, de aquella locura de Damián que ella ya presentía. Sin embargo, se había quedado de piedra cuando volvieron a bajar apresuradamente aquellos uniformados de azul sin haber encontrado a su hombre. "¿Cómo habría podido escapar?", se preguntaba, "aquella ventana era apenas un poco mayor que una gatera".

No tardaron mucho en volver, también corriendo, por el mismo sitio que habían ido.

-Tiene que estar escondido por aquí. ¡Vamos a buscar bien! Si nadie le ha visto pasar por ningún lado, es que tiene que estar por aquí -dijo el cabo de la falange-. Felisa volvió a sobresaltarse, sentándose encogida contra una pared. No había escapado. No había terminado el tormento.

-Tiene que estar en este pajar -dijo el alcalde- mirad, no tiene el pestillo por fuera, ¡vamos, entra, que es tuyo! -le dijo a un vecino que se encontraba también entre el grupillo de gente que se había formado-.

-¿Cómo va a estar aquí?, no amueles; el pestillo lo he dejado yo así cuando he salido hace un rato -dijo el vecino-.

-¡Que abras te he dicho, coño! -dijo el alcalde-.

Entraron en tropel, mirando por todos los sitios. –Ves como aquí no hay nadie-, decía el vecino haciendo ademán de dirigirse de nuevo a la puerta. –Se ha podido meter entre esa paja -dijo el alcalde- ¡Coge esa horca y busca, hostias!-. El vecino cogió la horca y pinchó con cuidado por un extremo.

-¡Con más brío, joder, Utíquio!, ¿o es que no quieres cogerlo?-. El vecino Utíquio pinchó con algo más de fuerza por la parte que le indicaban, pero cambió rápidamente el sitio de búsqueda cuando notó algo duro en el extremo de la horca. –Os digo que por aquí no está; ha tenido que huir por el campo.

Damián sintió el pinchazo en la pantorrilla, pero apenas se movió y su boca permaneció fuertemente apretada sin emitir ningún sonido que pudiera delatarle. Solamente el fuerte ritmo de su corazón y de su respiración entrecortada, la cual silenciaba todo lo que podía, le diferenciaban de cualquier objeto inanimado de los que había por el pajar. Estaba aterrorizado pero tenso y concentrado, era una cuestión de supervivencia y un instante crítico para él y su familia. Estaba también decepcionado y profundamente irritado en el fondo de su alma. Estaba a escasos diez metros de su casa y tenía que estar escondido como una alimaña a la que van a dar caza. Entre los perseguidores había algún vecino con el que había jugado cuando eran niños, y con el que había compartido algunos momentos buenos cuando la vida en el pueblo era la de antaño, antes de que el ambiente se caldeara en extremo por los últimos acontecimientos políticos. Le hubiera gustado salir y gritarles ¡Ya basta!, ¡soy Damián y sabéis que no he cometido ningún delito!, pero sabía que esas podrían ser sus últimas palabras y calló, refugiándose como consuelo en los recuerdos de su familia, en el apoyo de su mujer y en algunos buenos momentos en la taberna.

-Veis como aquí no estaba; se habrá ido por otro lado -oyó que decía su vecino, ya por fuera de la puerta-.

Damián respiró profundo y relajó sus músculos doloridos. Ahora pudo percatarse del olor de la paja, de los pinchazos de algunos de sus secos y duros tallos en la piel y recordó los plácidos sueños que había tenido algunas noches en las eras, cuando se había quedado a dormir sobre la paja, para vigilar el grano cosechado, o para recoger a tiempo si se ponía de tormenta. Toda la tensión e indignación anterior se había convertido en paz envuelta de tiernos recuerdos y poco a poco cayó en un profundo sueño.

Al anochecer, el vecino Utiquio, que se había compadecido de él y no le había descubierto, se acercó al pajar. Era el único que sabía que Damián se había escondido allí, pero había pasado una tarde horrible de nervios. "Si descubren que estaba en el pajar me matan a mí", pensaba una y otra vez. "Debe irse muy lejos y no volver en mucho tiempo". Miró por todas las calles para ver si venía alguien y al encontrarlas vacías se acercó a la puerta del pajar y dijo en voz baja: -Está todo despejado, sal y no vuelvas por aquí en muchos años, que tengas suerte-. Dejó la puerta semiabierta y se metió al portal de su casa, vigilando la puerta del pajar hasta que le vio salir. Después salió de nuevo a la calle y la cerró con el pestillo, respirando aliviado.

Un poco más tarde, escondido tras la pared de unas eras, Damián esperaba que se hiciera un poco más de noche para tomar el camino hacia Imón. Su intención era ir por Santamera, seguir el rio Salado y después el Henares hasta llegar a Guadalajara. Allí se alistaría al ejército republicano o a alguna milicia, pues parecía que no tenía ninguna otra opción, salvo que encontrara un trabajo y le dejaran vivir en paz hasta que pudiera regresar.

Pensando en esto le vino a la mente los años que podría estar sin poder volver, sin ver a su Felisa ni a sus hijos. Un sentimiento de angustia y tristeza le inundó por completo. "Podría volver a despedirme de ellos en un momento. Ahora no creo que haya nadie por las calles. Ya hace frío a estas horas y todo el mundo estará en sus casas", pensó temerariamente. Se incorporó y miró por encima de la pared hacia las casas del pueblo. Sólo era un conjunto de sombras sobre las que empezaba a reflejarse un poco de luz de luna en alguno de los tejados. Silencio y quietud por todos lados. Saltó la baja pared y se dirigió de nuevo a su casa.

Felisa tenía la niña amorrada a su pecho. Sentada en una silla de anea miraba tiernamente al bebé mientras éste tomaba su ración de leche. Damián se dio cuenta, al mirar el pelo recogido de Felisa a la luz del fuego del hogar de su madre, que éste estaba ya bastante blanco de canas. No habían sido los últimos tiempos tampoco buenos para ella. A los numerosos hijos que le había tocado parir y criar, se le habían sumado ahora los disgustos de la guerra. Cuando volviera cuidaría más de ella, para que pudiera descansar y recuperarse, aunque no era una mujer débil ni mucho menos. "Qué suerte he tenido en la vida al fin y al cabo, pues encontrar una buena pareja es verdaderamente difícil", pensó para sus adentros.

Al lado, sentados alrededor de una mesa estaban sus otros tres hijos cenando. La abuela, la madre de Felisa, sacaba de una sartén algunas tortas de masa de harina fritas, poniéndolas en un plato. "Buen momento para despedirme y comer alguna de esas tortas; que ya me pide el estómago", se dijo, levantando la mano para golpear la ventana de la casa de su suegra, por donde estaba mirando.

En ese momento, dos fuertes brazos le cogieron por los sobacos, uno por cada lado y, casi en volandas, le llevaron calle abajo, hacia las afueras del pueblo. Damián quiso chillar, avisar a su familia, para al menos despedirse, pero una mano le tapó la boca y otra le metió un trapo rápidamente en ella, después le pusieron una capucha y le dieron algunos golpes en la cabeza. Oyó un ruido metálico y al poco sintió que alguien le cogía de los hombros de la chaqueta y tiraba hacia arriba; parecía que le estaban metiendo en algún carro o vehículo. Oyó también como otros hombres subían al carruaje y como le insultaban, sentándolo de un empujón en una especie de bancada. Todo fue muy rápido y violento. Apenas hubo voces ni palabras, pero cuando oyó arrancar el motor del vehículo en el que estaba subido, oyó también la voz de Eugenio, el alcalde, que decía:

-Siempre has sido muy orgulloso y tirabas más alto de donde podías, Damián; te creías que te ibas a reír de nosotros, ignorante, ¡mira que volver a casa de tu suegra, ja, ja!

-Déjelo, alcalde, nosotros le vamos a enseñar a ser más modesto. Le vamos a quitar los humos a base de hostias -dijo otra voz que Damián reconoció como la que llevaba el mando cuando le buscaron en el pajar-.

Damián quiso zafarse, pero estaba fuertemente sujeto, quiso gritar, pero solo salían ruidos sordos de su boca cerrada. No veía nada y no sabía ni dónde estaba ni con quién, sólo que el vehículo se puso en marcha con un grave ruido, como el de un camión. Al rato de rodar en silencio, alguien le quitó la capucha y se vio sentado con varios uniformados al lado y enfrente. Llevaba las manos atadas y, aunque se veía bastante poco, pudo observar, por las miradas que se concentraban en él, que ese viaje estaba especialmente dedicado para su traslado como reo, pero ¿dónde?, ¿para qué?

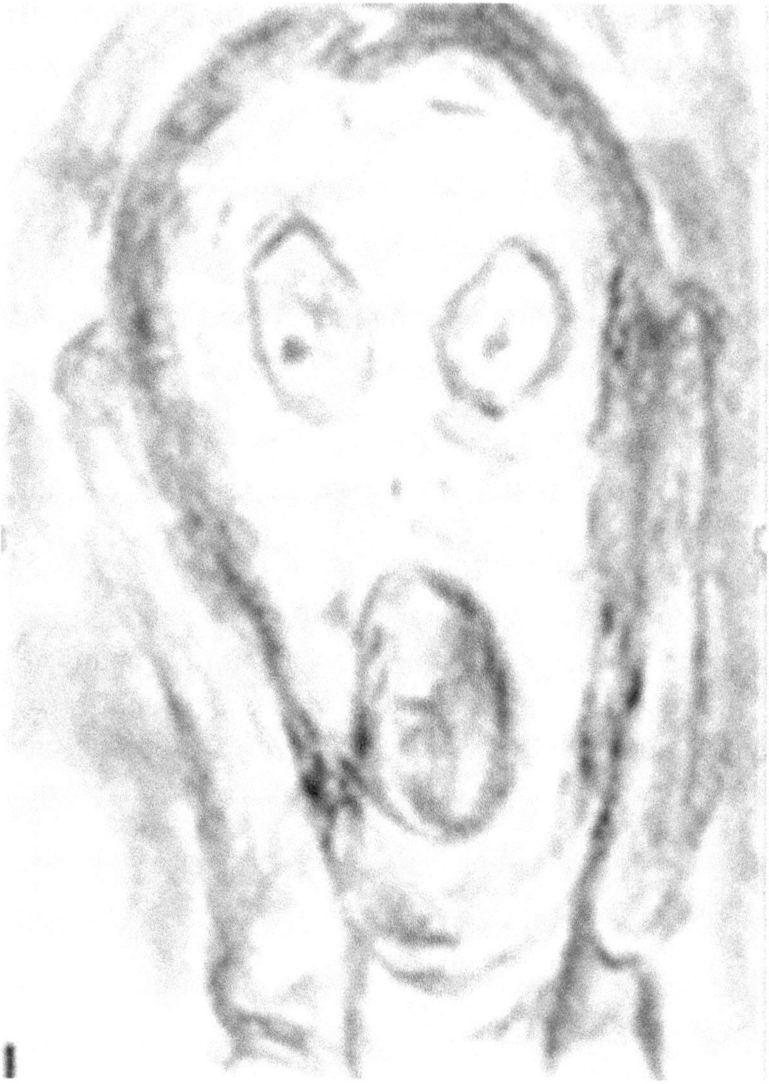

La siembra

Mi padre estaba sembrando trigo cuando miró hacia lo alto y se expandió. Fue un sentimiento nuevo, sublime, pleno de amor. Los pies medio hundidos en la húmeda tierra, las piernas tensas y ligeramente abiertas para anclarse al suelo, la cara disfrutando el aire fresco de la mañana y la frente despejada con el pelo revoloteando a merced del viento. Tenía la mano cerrada, apretando el puñado de semillas que iba a lanzar sobre la tierra abierta y la mirada fija en las grises nubes de noviembre que pasaban cercanas, terrenales, cargadas de agua a punto de descargarse. Pero la percepción de lo que estaba viendo se extendía mucho más, se había ampliado en un gran angular de ciento ochenta grados de manera que comprendía todo lo que tenía enfrente, a la vez y en el mismo plano, sin detalles ni fondos de acompañamiento, sino de una manera integrada, como un todo inseparable.

Los marrones y verdes, geométricamente combinados, componían la base, formando una alfombra de parcelas recién labradas, otras de barbecho y acequias y matorrales entrelazados. Un poco más arriba, las oscuras siluetas de las lejanas montañas, y más arriba aún, la claridad, la rica gama de azules, blancos y grises, combinaciones mutantes y luminosas que llenaban en su mayor parte el espacio percibido.

Todo ese espacio, no obstante, se había incorporado a la experiencia de sí mismo; no como algo externo, ni físico, sino psíquico, casi espiritual, como un intenso sueño del que se es plenamente consciente. La integración de la experiencia era total, anulando al sujeto, tan determinante y restrictivo siempre en el mirar de las cosas, también anulando a los objetos en sus encorsetados conceptos ancestrales. Lo que estaba viviendo era libre, universal: la vida fluía desde su mano hacia la tierra abierta que esperaba ser fecundada, y de ahí pasaba a través de las espigas que vendrían en verano con el sol, para ser alimento de los hombres, que abrirían de nuevo la tierra con sus arados para alimentar otras semillas, que se harían trigo una y otra vez, dando fuerza y esperanza a futuros seres vivos.

Toda esta cadena era visualizada en un instante, cobrando pleno sentido y vivida en todo su valor. Pero lo más sorprendente, lo que la hacía sublime, casi algo divino, era la sensación de plena conciencia, de estar a la vez dentro y fuera, de estar en un plano muy superior al habitual. Lo sintió durante un largo rato, durante el cual alcanzó otra dimensión. En un universo inmenso, pero a la vez cercano, casi familiar, se vio como un piloto que mantiene un rumbo firme, sin saber, no obstante, a dónde va. Pilotaba la vida, la vida en general.

Por la noche, junto a la chimenea, mi padre intentaba explicar a mi madre, a su manera, la importancia de conocer nuestro papel en el mundo, de saber de qué formamos parte y qué deberíamos de hacer para avanzar hacia nuestro destino. También habló entusiasmadamente y durante largo rato de lo casi milagroso que le parecía la capacidad de saber del ser humano, de ese saber extenso, reflexivo y consciente que ilumina en un momento su existencia y todo lo que le rodea.

-No es, Julia, como ese saber de otros animales, no es como la astucia del zorro, o incluso el conocimiento que parecen tener a veces los gatos, o los perros, no; es otra cosa. Ellos saben lo que hay que hacer para vivir, para luchar, para criar, y así con todo, pero no se despegan del suelo. Nosotros podemos volar, Julia, podemos ver las cosas desde mucho más arriba. Podemos saber qué sabe el zorro y conocer que conocemos, y sentir que estamos conociendo, y llegar mucho más arriba, acercarnos al cielo.

Mi madre le cogió la mano y se la puso en el vientre.

-No vueles tanto, Luis, y mira que patadas da éste que está aquí dentro. A ver si nos sale un doctor, o un maestro, o alguien que sepa, como tú dices, lo que cuentan los vientos. De momento pidamos que venga bien y que no le falte el alimento.

-Es verdad, mujer, lo importante es que salga bien, y parece que está fuerte. Si es chico me ayudará en el campo. Compraremos algunas tierras y labraremos juntos. Yo le enseñaré cómo hacer los surcos rectos, y más cosas. Le enseñaré a criar bien mulas y yeguas, y las venderemos en la feria de Atienza, o en la de Almazán, como hacemos ahora. Con el dinero compraremos muchas más, y también más tierras. Ya verás, creceremos como las espigas y tendremos grano en abundancia, como ellas.

-No "eches tantas plantas", ni vayas tan deprisa, Luis, cada cosa a su tiempo. Aunque puestos a pedir, yo pediría que estudiara y fuera un hombre de provecho, así como Don Antonio, el médico, o como el secretario de Sigüenza, no sé, que lleve su traje, su cartera, que se siente en un despacho, y que no tenga que cavar, ni segar, ni doblar tanto los riñones, como hacemos nosotros sin parar.

-Bueno, bueno, eso no estaría mal, pero aquí, como no sea "pa cura", ya me dirás cómo va a estudiar. De todos modos, no es tan malo arar la tierra, aunque nos cueste sudar; siempre se ha hecho y siempre se hará. También hay mucho que aprender en el campo, y sobre todo, a vivir como hombres, que hay muchos señoritos que de eso no saben "ni de la misa la mitad". Hay que estudiar los cielos, y las plantas, y los colores de la tierra, y los sentidos de las cosas, los profundos y verdaderos, no los de por encima, sino los que están dentro, donde nacen los sentimientos…De todos modos, estoy pensando que quizá pueda estudiar también aquí, con los libros que le traiga Don Antonio, cuando baje hasta Madrid. Si se los encargáramos, él nos los traería.

-Bueno, ya veremos, Dios dirá. Ve a dar un beso a la chica, que ya está dormida, y vamos a descansar, que mañana te harán más falta las fuerzas que todos estos conocimientos que hoy te traes.

Se fueron a la cama, una de esas camas altas que se usaban

antes, seguramente para alejarse algo más del pesado frío que, aunque revoloteaba por cualquier sitio de la casa, ya en las últimas fechas de otoño tendía a reposarse con mayor gravedad en el suelo.

000

Le extrañó a mi madre el ruido de cascos de mulo en el portal a esas horas de la mañana. Estaba en la planta de arriba, planchando unas sábanas y unos pañales. De vez en cuando movía un poco la cuna, en la que yo me revolvía inquieto, por aburrimiento o por hambre, y amenazaba con arrancar a llorar. Todo lo demás estaba tranquilo: la niña en el colegio y las calles en silencio, pues casi todo el pueblo estaba en el campo, labrando las tierras que habían quedado en barbecho, descardando las que habría que segar en el verano, o en alguna otra labor propia del momento central de la primavera.

-Luís, ¿eres tú?, -preguntó-.

Mi padre no dijo nada, no contestó. Se sentó jadeante y cabizbajo en una banqueta de la cocina. Mi madre me arropó con un sayón y cogiéndome en sus brazos bajó deprisa las escaleras.

-¿Qué pasa, Luis?, ¿cómo es que te has venido?

-Chica, yo *no valgo*. No puedo con mi alma -dijo mi padre medio llorando-. Llevo unos días muy cansado, y esta mañana no podía seguir el paso de la yunta mientras labraba. Me falta el aire, y se me pone un fuerte dolor en el pecho. No sé, Julia, no pinta bien, no es como otras veces, cuando me acatarro. Se parece, pero esto es más fuerte..., y no se me pasa.

Apoyó los codos en las rodillas y hundió la cara entre sus manos. Los dedos asomaban entre los rizados cabellos rubios de encima de la frente. No quería mostrar las lágrimas que irremediablemente afluían a sus ojos, pero los movimientos convulsos de su pecho no podían ocultar que le sobrevenía el llanto.

-No te des mal, Luis, aún no sabemos lo que es. Esta tarde vamos a Don Antonio, a ver que nos dice. -Mi madre le decía esto con voz fuerte, imponiéndole fortaleza. Era una pose, una conducta heredada de padres a hijos en estas tierras de duro sacrificio, algo así como un reflejo defensivo para evitar la caída, el desplome hasta un estado de derrota y vulnerabilidad que te deja a merced de cualquier destino. Sin embargo, sus piernas flojeaban y todo el cuerpo se sumía en una sensación punzante. Su cabeza gritaba internamente, sin contenidos claros, más bien vacía, pero con la presión intuitiva de la desgracia-.

-¿Qué va a ser de nosotros si no valgo hacer nada? - dijo mi padre-. Tenemos todo sembrado y habrá que segar, y trillar, y después subir todo el grano a la cámara. No se puede quedar en el campo, sin coger. ¿Y después, de qué vamos a comer?

-No te apures -le contestó mi madre- ya veremos qué es esto,… a ver en que para todo esto,… hay que ir a Don Antonio, ¿quién sabe?, a lo mejor no es nada. Y si no puedes trabajar, yo sí, ¿quién sabe?, ¡Dios dirá!, ¡saldremos adelante! No te des mal sin necesidad, ¡venga, vamos! - le decía, clavando una rodilla en el suelo y abrazándose a sus espaldas con un brazo-

Mientras, en el otro, entre la espalda temblorosa de mi padre y el pecho afligido de mi madre, medio estrujado por el abrazo y percibiendo la enorme tristeza del ambiente, yo arranqué a llorar, y ese llanto agudo de bebé, que le sonó cargado de responsabilidad y de futuro frustrado, se clavó como un puñal en el corazón de mi padre, que aceleró el llanto, ya incontrolado, y hundió aún más la cabeza hasta meterla entre las rodillas.

000

-¿Desde cuándo notas ese cansancio, Luís?, -preguntó Don Antonio, quitándose el fonendoscopio de los oídos-.

Mi padre, sentado en una silla, desnudo de cintura para arriba, le contestó:

-Desde hace unos años, pero sólo cuando me acatarraba. Alguna vez, de mozo, también he sentido algo parecido, pero se me pasaba enseguida.

-No sé. Tienes que ir a Sigüenza, a que te vea el especialista, pero creo que tienes una lesión en el corazón. No te funciona bien. Tienes que llevar cuidado. No te conviene hacer esfuerzos. Bueno, a ver que dice…., y después hablamos. De momento descansas del todo durante unos días. No se te ocurra ir al campo.

-¿Se me quitará, Don Antonio?, ¿Podré seguir trabajando?" -preguntó muy preocupado mi padre-.

-No sé, a ver que te dicen. Hay que ver cómo va la cosa. Depende. Tú, de momento, cuídate. No hagas el tonto, Luis, son cosas serias.

El camino de vuelta a casa fue triste y silencioso. La pareja, con el bebé que llevaba ella entre los brazos, caminaba deprisa y cabizbaja por las calles del pueblo. Evitaban pararse con la gente y saludaban deprisa, casi forzados. El ánimo y la mirada viajaban suspendidos a la ínfima altura de los zapatos, brillantes indicadores de situaciones extraordinarias, a veces buenas, a veces malas. "Mil veces más quisiera yo unas albarcas, y quitarme esta congoja que me oprime el alma", pensaba mi pobre padre, mirando los negros zapatos que había limpiado cuidadosamente antes de salir hacia la casa del médico. Tan limpios estaban, como siempre que lo requerían las contadas ceremonias o actos sociales, que se reflejaba en ellos la claridad de la impoluta camisa blanca que completaba la sencilla etiqueta. "Nunca más ir a médicos, ni a fiestas, ni zarandajas. Yo no quiero zapatos ni levitas, ni nada. Sólo mis manos fuertes, y aliento para sudarlas".

Los pensamientos se agolpaban en la cabeza, empujándose unos a otros para colocarse en el foco de la conciencia. Los traídos por el miedo por un lado, los de la esperanza por otro, la rabia, la resignación..., todos empujando, todos presionando. Le sobrevenían segundos de alivio tras momentos de vértigo y dolor. Imágenes claras y limpias seguidas de abismos oscuros, sin color. Y todo ello sobre un fondo de angustia permanente, muy sutil, sin nombre, sin imagen, imposible de definir, pero que le ahogaba y le desesperaba.

Tan sumidos estaban los dos en sus preocupaciones que no vieron la carrera que se dio la niña cuando los vio entrar en la plaza desde el otro extremo, en el que jugaba a la comba con unas amigas. Mi hermana se abrazó a la pierna derecha de mi padre, mirándolo a la cara, seguramente porque su intuición infantil notaba algo raro.

-¿Me coges a caballito, papá?

Los ojos de mi padre cambiaron radicalmente, pasando de la expresión temerosa y triste de la incertidumbre a una expresión alegre y segura. Aquí todo estaba claro. Satisfacer los deseos de la niña y procurar que estuviera feliz era una acción obligatoria, que disipaba todas las dudas…, aparcaba todas las preocupaciones. Un alivio, por el momento. No obstante, cuando se incorporó, después de recibir en cuclillas el peso de mi hermana, que se había lanzado sobre su espalda después de coger una pequeña carrerilla, volvió a sentir aquella maldita presión en el pecho y también que necesitaba mucho aire, más del que podían tomar sus pulmones.

-Lleva cuidado Luis, ya sabes lo que te ha dicho el médico.

Aquella frase, pronunciada por mi madre, la volvería a oír otras muchas veces en los años siguientes. La sintió en ese momento como una condena, como una sentencia que algún destino diabólico le dictaba para mucho tiempo. Sin embargo, de inmediato rechazó someterse mansamente a esos designios, sobre todo porque sentía la piel de la cara de su hija rozándole la nuca. Esas risas de la niña, diciéndole "venga papá hazme el caballito", mientras le rodeaba con fuerza el cuello con sus bracitos, le desconectaron de todo infortunio, y de cualquier otro pensamiento que no fuera hacer feliz a la criatura.

Con bastante cuidado, imitando más con sonidos que con movimientos bruscos la conducta de un equino, llevó a la niña hasta la casa. Mi hermana se reía y azotaba la espalda de mi padre diciendo "¡arre!, ¡arre!" sin parar, aunque él le daba a entender que ya había terminado la carrera, cerrando la puerta cuando hubimos entrado todos, incluso la hoja de arriba, que normalmente permanecía abierta hasta la hora de acostarse. Ese día no habría conversación con vecinos al caer la noche, ni paseo a casa de algún familiar o amigo.

Allí, atrincherándose los cuatro en el cálido refugio familiar, encendieron una pequeña lumbre para hacer la cena y se prepararon para pasar una larga noche. La cabeza y el corazón del matrimonio se debatieron una y otra vez entre la alegría y la esperanza que transmitían las energías infantiles y la tristeza y la incertidumbre que imponía la conciencia de la enfermedad.

000

-Tendremos que llamar al Paco, y que nos busque algo por Madrid -dijo mi madre-.

-¿Y qué hacemos nosotros en Madrid?, ¿qué sabemos de pensiones y de huéspedes, y de esas cosas?, contestó mi padre. Su mirada recorría los montes que cubrían los altos de Pozancos, la línea que dibujaban los chopos de la ribera del río Ures, los prados, los barrancos, las amarillentas vegas. Quería mirarlo todo, sin ver, no obstante, nada en particular. Quería mirar, tan sólo eso, mirar y no pensar, eludir las preguntas, eludir decisiones. Cualquier conclusión sería mala, para qué correr en alcanzarla, por qué no disfrutar de este viaje desde Sigüenza en una tarde soleada y templada.

El autocar, el "coche de línea", como todo el mundo lo llamaba, un viejo Leyland Comet atiborrado de pasajeros en el interior, y de bultos en el exterior, recorría lentamente la carretera que llevaba hasta el Burgo de Osma. Daba botes y más botes, debido a los muchos baches que había en la mal asfaltada calzada, y giraba una y otra vez a izquierda y a derecha, con más frecuencia y brusquedad de lo que el repleto pasaje quería, lo que hacía soltar, de vez en cuando, alguna broma, o algún improperio, de los que iban de pie, hacia el conductor. -¿Qué queréis?, si en estos pueblos no sabéis tirar un camino derecho- respondió desde delante el conductor.

Las maletas, sacos y petates de todo tipo, cubiertos con una lona sobre la amplia baca de barrotes que se extendía por todo el techo, identificaban al vehículo desde muy lejos, cuando era visto por los habitantes de la comarca que trabajaban por cualquier parte de aquellos campos.

Aquel carruaje motorizado y con joroba, representaba para todos el contacto con el mundo exterior. Su visión nunca dejaba a nadie totalmente indiferente, sino que traía alguna emoción a los corazones afanados en las labores rutinarias del campo. Abría las mentes en algunos jóvenes que soñaban con viajes y aventuras por otros mundos, haciendo volar su imaginación. En otros, quizá más mayores, avivaba la esperanza de que pudiera llegar algún ser querido ausente, o también, por el contrario, removía los miedos por alguna desgracia que pudiera venir de lejos, según las circunstancias y el ánimo de cada uno.

Siempre se levantaba la vista y se seguía el trayecto. Si paraba en el camino de acceso al pueblo, viéndolo allí, desde lejos, las preguntas y la inquietud podían durar hasta el anochecer, a la hora de recoger y volver a casa. Si se estaba, por el contrario, cerca de la parada, se podía dar la sorpresa, con suerte, de ver bajar de aquella nave del tiempo a algún ser querido que parecía haberse perdido para siempre.

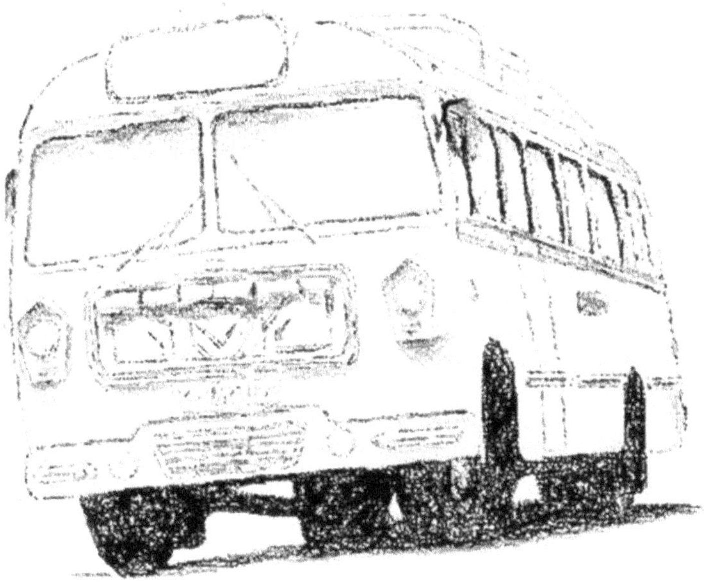

Desde dentro, el viaje se le solía hacer largo a casi todos, por las condiciones del acomodo, que no eran las más idóneas, y por la impaciencia, bien por ver a sus parientes o, simplemente, por descansar de un largo día de viaje, compras o asuntos por la ciudad.

No obstante, la congregación de paisanos que no se veían a menudo, aportaba fuerzas para pasarlo lo mejor posible. Algunos animaban, soltando gracias y bromeando con conocidos de otros pueblos, otros charlaban más seriamente sobre cualquier tema con el pasajero de al lado. El cruce de conversaciones y de carcajadas inducía a subir el volumen de cada garganta y todo ello, mezclado con el ruido del motor, hacía que cualquier pensamiento quedara envuelto en esa nebulosa acústica de fondo.

Mi padre no tenía prisa, tampoco quería pensar; aprovechaba el ruido de fondo como si fuera un mantra tibetano que le ayudara a abstraerse. Tan sólo contemplaba la belleza de aquellos paisajes que ahora le eran todavía más queridos.

-Pues a ellos no les va mal, y tampoco sabían de esas cosas; han aprendido del Toribio y de otros; nosotros aprenderemos de ellos -le interrumpió mi madre-.

-Sería mejor que yo buscara algo. Algún oficio habrá para el que yo valga. Aprenderé lo que haga falta -dijo mi padre-.

-Pero Luís, ya sabes cómo te pones cuando te acatarras, o si recaes por un largo tiempo. Ya has oído lo que acaba de decir el especialista, ¡eres un cabezota, leche! Yo sí puedo trabajar. Haría la ropa y la limpieza, y lo que haya que hacer. Tú me ayudarías en lo que pudieras. ¡Esta noche le escribes a tu cuñado y se lo cuentas todo! A ver si nos encuentra alguna pensión pequeña que podamos llevar nosotros. Tu hermana le animará; se pondrá tan contenta de tenernos allí cerca.

Mi padre no contestó, apoyó la frente en el cristal de la ventanilla del autocar y siguió mirando a los campos. Sin embargo, ahora su mirada se fijó. Ya no recorría la variedad del paisaje, tampoco apuntaba a ningún sitio concreto: los árboles, los postes del telégrafo…, todo pasaba por delante de su vista sin apenas percibirlo. Su mirada sólo era una expresión triste, un reflejo externo de imágenes y pensamientos internos que, por importantes y confusos, captaban toda su atención.

Los recuerdos de cálidos prados en las tardes de primavera, cuando después de un largo rato de bracear con la guadaña cortando hierba, echaba la vista atrás, en parte para descansar, en parte para disfrutar de la contemplación del trabajo realizado, se entremezclaban con otros recuerdos de calles sucias llenas de coches y asfalto de la visita que un día realizó a la ciudad.

La mullida alfombra de hierba que la dalla había cortado a ras, toda por igual, fresca y verde, con ciertos tonos dorados que los rayos horizontales del sol poniente ponían sobre las puntas recién talladas. Qué sensación más plena: el orgullo del trabajo y la belleza sencilla de la naturaleza.

A esta sensación, ahora tan solo apuntada y brevemente sentida en la reproducción del recuerdo, le sucedía una sensación de inseguridad, de cierto agobio, cuando se alternaba en su memoria la imagen de una céntrica calle de Madrid, la cual se le había grabado cuando visitó la gran ciudad en su viaje de novios, ya hacía más de seis años. Gente entrando y saliendo de grandes edificios, con prisa, con cierto mal genio. ¿A dónde irían?, ¿qué trabajos les esperarían?, ¿qué se podía hacer todo el día entre cuatro paredes, sin ver la luz del día?, ¿podría ser algo de provecho? Seguramente sí, –pensó- será necesario eso de mover y arreglar papeles. Ya había visto algo de eso en la unidad administrativa del cuartel, cuando hizo la mili, pero.., ¿serían asuntos de verdad tan importantes como para encerrarse como un pájaro en una jaula?

000

-¡Será imbécil! -pensó, con el corazón todavía acelerado-. Menudo susto le había propinado el claxon de aquél taxi de color negro. Sumido como iba en sus recuerdos, se había olvidado de mirar hacia el lado correcto al cruzar la calle y casi terminó por los suelos.

No había estado mal aquel rato que había pasado con su cuñado y otros conocidos de los pueblos aledaños al suyo. Habían tomado una cerveza después de salir del mercado con la compra del día y habían disfrutado de su mutua compañía. Muchos, como él mismo, habían ido abriendo pensiones con servicio completo de comidas y asumían estas tareas de suministro y acarreo de los víveres diarios.

La conversación con paisanos procedentes del mismo origen le había llevado, irremediablemente, de vuelta a sus raíces. ¿Cómo sería labrar la tierra con un tractor, como el que habían comprado entre tres vecinos del pueblo de al lado?; o eso, al menos, es lo que había dicho uno en la tertulia que habían mantenido. "Creo que puede hacer cuatro surcos a la vez, y marchando mucho más deprisa que cualquier yunta de mulos. Parece increíble. ¿Se podrán hacer -se preguntaba- igual de rectos y limpios que manteniendo el pulso del arado con las manos? No sé, no sé". Ya llevaba algún año en la ciudad y sentía que se estaba quedando un poco desfasado de las cosas del campo.

Ahora estaba en una especie de tierra de nadie que le resultaba bastante incómoda. Sentía, en las profundidades de su ser, una sensación de cierto aislamiento con el mundo exterior que le producía una mezcla de angustia y tristeza. Los asuntos de su nueva vida no terminaban de resultarle lo suficientemente interesantes como para engancharle en sus pensamientos. La rutina diaria era el trato con personas, con los proveedores del mercado, con los nuevos huéspedes, en fin, nada de contacto con la naturaleza; todo muy ligado a la vida en sociedad, con muchos horarios, con poco espacio, sin margen para sentirse libre.

Ahí, mi padre no se sentía cómodo y no tenía tampoco muchas posibilidades de éxito. A él no le gustaban las disputas con otras personas, ni siquiera las metafóricas. Era tímido y le costaba enormemente descararse para reprender o regañar a alguien. Pensaba que a buen entendedor pocas palabras bastan y que la gente debía de darse cuenta de su mal comportamiento y corregirlo por sí misma, por lo que siempre estaba dispuesto a ceder el primero y dar una segunda oportunidad al prójimo, cosa que muchos aprovechaban al máximo para sacar provecho y a él le producía cierto desánimo.

No creo que fuera ignorancia, o cobardía, sino espíritu pacífico y confianza en la buena fe de las personas. Ese mismo espíritu le había guiado también en el trato con los animales; pocas veces había golpeado gratuitamente a alguna mula, o a algún perro, tan sólo en algún caso extremo de peligrosa indisciplina.

Lo suyo era arrancarle vida a la tierra con el esfuerzo propio y generoso, hacer fértiles eriales que eran yermos, a base de ablandar y oxigenar los duros terrones, construir paredes donde sólo había un montón de piedras desperdigadas por el suelo, engordar y domesticar animales ariscos y después mirar, mirar el fruto del esfuerzo y sentir un paisaje más amable, más propio y confortable.

Aquí, por el contrario, en la jungla de cemento, muchas fuerzas se gastaban en defenderse de los demás, o en estar alerta de la picaresca, que manejaba con presteza la ignorancia y los complejos de aquellos que estaban despistados en ese juego de intereses innobles. Le costaba adaptarse a este estilo de vida, aunque sabía que debía hacerlo por necesidad. Había días que se sentía con más fuerzas para intentarlo, pero había otros que le costaba mucho contener su desesperación y no ponerse a gritar como el que se encuentra perdido en una jungla peligrosa.

La desconexión con el pasado, cuando no es buscada, sino así, de repente, arrancada, puede ser como la amputación de una parte de nuestra persona; nos impide movernos con seguridad, sin el apoyo de los hábitos básicos aprendidos desde la infancia, como si tuviéramos que aprender a caminar de nuevo, pero ahora encima, con la pesada carga de una conciencia adulta que nos reprocha constantemente tanta torpeza, y sin la energía para levantarnos que se tiene en la niñez. Puede ser algo muy duro y difícil de superar, un muro insalvable, si no lo afrontamos con voluntad firme y con un gran deseo de crearnos ese nuevo mañana.

Le había costado construir su mundo, en el que desde muy pequeño había tenido que superar penurias físicas importantes y grandes retos. Tuvo que ayudar a su padre en duros trabajos, afrontar noches de soledad al raso, con la responsabilidad de pastorear un rebaño de ovejas que podían perderse o causar algún destrozo, aprender técnicas de cultivo y, sobre todo, realizar una lectura adecuada de la naturaleza que componía su entorno, pues en ello se basaba en gran medida el éxito del esfuerzo que había que realizar cada mañana.

No había sido fácil, pero se había integrado en todo aquello y formaba parte del entorno como una pieza fundamental en él. Se encontraba en casa casi en cualquier lugar de aquellos parajes. Las plantas, los animales, los paisajes, todo le saludaba como agradecido y él les devolvía la gratitud trabajando por mejorarlos. En una naturaleza modificada para el desarrollo y la subsistencia del hombre, todo parecía, sin embargo, haber encontrado un frágil equilibrio, un mundo sostenible y armónico. Técnicas centenarias y ciclos vitales aún más antiguos le habían sido enseñados y formaban parte del engranaje de aquel mundo que ya controlaba bastante bien. Después le tocaba a él transmitirlo y enseñarlo a sus hijos pero..., el hábitat en el que estaba ahora había cambiado, ¿qué les podía enseñar de este otro mundo que desconocía?, ¿para qué quedaría todo aquello que había aprendido?

Pasaba los días haciendo tareas domésticas en un piso del centro de Madrid, preparando comidas y ayudando a mi madre en las tareas de limpieza de una pequeña pensión para estudiantes y empleados venidos de fuera. La vida quizá era más cómoda que la que había dejado atrás, en el pueblo, pero mi padre estaba habituado a las duras condiciones de la alta meseta y no valoraba mucho ese tipo de bienestar. Por lo demás, se encontraba profundamente desarraigado, como muchos otros campesinos que tuvieron que dejar, no por gusto, sino por necesidad, la vida en el campo para emigrar a las grandes ciudades industriales y administrativas del momento. Habían sido trasladados en el espacio y en el tiempo a otro mundo diferente.

Además de eso, existía el desarraigo social, la pérdida de su sitio en la comunidad en que vivían. A muchos, esa desubicación les generaba complejos que les impedían sentirse integrados en la nueva sociedad. Algo les recordaba casi constantemente que no eran de allí, que podían ser identificados en cualquier momento como seres ajenos, como huéspedes no invitados, o lo que era peor, insultados con el término "paleto"; incluso aunque nadie los increpara, ni nadie siquiera lo pensara, como era el caso, en general, en Madrid. En el fondo de muchos de esos corazones existía un complejo de ocupar un lugar prestado, algo parecido a colarse en una boda a la que no has sido invitado, lo que les impedía realizarse plenamente como personas.

Además de por las dificultades culturales que cualquier emigración conlleva, aunque ésta sea interna en el propio país, la añoranza e idealización de la *terruña*, de la *aldea*, de la *patria*, se dará siempre en cualquier corazón que haya tenido momentos de felicidad en su infancia y se encuentre fuera de ella.

Recuerdo el olor a especias que subía de la tienda de una familia marroquí que vivía debajo de nosotros en Madrid, o sus ropas y chilabas, siempre apuntando a aquél oriente del que procedían y del que se sentían orgullosos. Mantuvieron su hogar, tal y como había sido en la tierra de donde procedían, hasta que la añoranza les pudo; volviendo allí una mañana que, con caras felices como nunca las habíamos visto, se despidieron de todos los vecinos.

También recuerdo las miradas y las palabras nostálgicas de algunos jóvenes huéspedes que pasaban en nuestra pensión sus particulares destierros por motivos de estudio o de trabajo. Mi madre consolaba sus melancolías preparándoles algún café caliente, o algún bocadillo, mientras les escuchaba en la cocina.

Hay, incluso, un desarraigo local, sin salir de la tierra, un desarraigo de carácter social y personal. Únicamente con el transcurrir de los años, con el cambio de roles y lazos sociales que las distintas etapas de la vida conlleva, se podrá caer en un sentimiento de desubicación que tenderá a idealizar como muy felices los primeros años de la vida, en los que las sensaciones de afecto se imprimen profundamente en el alma desnuda. No habrá cariños más verdaderos, paisajes más amables, ni bocados más sabrosos que aquellos, como tampoco ausencias más angustiosas, dolores más insufribles, ni miedos más pavorosos.

También se tienden a añorar aquellos otros, los de la adolescencia, en los que durante el proceso de construcción de uno mismo, como individuo, se ha producido paralelamente el nacimiento como ser social. El sentimiento de amistad y de unión solidaria con otros jóvenes que luchan, como tú, por la identidad propia y la independencia, une para siempre. Las experiencias de libertad respecto de los lazos familiares y tutoriales, que conllevan la integración en nuevos grupos sociales y culturales, quedan también grabadas muy sólidamente en nuestra memoria.

Después pueden venir tiempos de añoranzas y ansiedades, como los pasados en mi caso durante multitud de noches yermas e interminables que, en edad ya más madura, trataba de ahogar en copas y más copas con algunos viejos amigos de siempre. Deseos imposibles de que volvieran unos tiempos de ilusión, amistad y adolescencia que se los había llevado el tiempo y la dinámica de la propia vida: noviazgos, matrimonios, cambios de residencia y de hábitos que habían desintegrado un mundo entrañable, pero ya pasado.

El proyectarse al futuro es siempre un esfuerzo que nos impone la vida; físico para conseguir alimentarnos y desarrollarnos, psicológico para pensar y estudiar nuevas posibilidades. Es más cómodo y deseado acurrucarse al calor de la cueva y recordar el regazo materno.

Deseos comunes, por tanto, todos esos relatados, aunque de diversos tipos, de volver a las raíces, de volver a aquél jardín en el que se dio la armonía y la fusión de los corazones, de volver a sentir la fuerza, la exuberancia y la floración de la primavera de la vida. Resistencia, también, a la reubicación, al cambio de ciclo, a la llegada del otoño, que trae la desintegración y el desprendimiento, dejando las hojas marchitas y a merced del viento.

Algunas resistencias se vuelven violentas, incluso terroristas, y apuntan sus venenos hacia quienes nada tienen en su contra, ni culpa de sus desdichas, pues, en la mayoría de los casos, los empujones de la vida, como los que se llevan los cantos de una torrentera, nos vienen de la corriente del cosmos, que nos lleva cauce abajo a golpe de temporales, y el remedio está más en nosotros mismos, que en que cambie lo de fuera, en ser cada vez más redondos, más adaptables, y rodar ligados a la corriente, por aquellas pendientes que marque la vida y hasta el lugar en que nos deje.

Para mi padre, como para la mayoría, la tabla de salvación en medio de aquél extraño océano de emociones en el que había derivado, era la conservación y desarrollo de la familia, de la propia, de la que uno personalmente genera y cuida. Es la sucesión y la evolución más natural, una vez pasada la adolescencia, del círculo íntimo de relaciones y de compromiso emocional; el nuevo hogar que ahora toca construir día a día al calor del roce, del cariño y de ese extraño goce del esfuerzo y sacrificio paternal.

Creo que en mi caso formábamos una familia unida y feliz, dentro de lo que permitían las circunstancias de vivir en una casa de huéspedes a pensión completa, con poco tiempo y poco espacio para la intimidad y para la vida puramente familiar. No obstante, más que un inconveniente, creo que esto se convertía, a veces, en una ventaja que ampliaba nuestros lazos con esta nueva sociedad a la que nos habíamos incorporado, tan diferente de la que habíamos dejado atrás, y nos daba la oportunidad de formar algo muy parecido a una familia más grande. Jóvenes llegados desde todos los rincones de España compartían, entre ellos y con nosotros, sus penas y alegrías en su experiencia con esta gran ciudad. Fue una suerte para todos, también para mi padre, tener tan cerca de nosotros esa fuente constante de humanidad y de juventud, a la vez que de información y de variada opinión sobre el nuevo mundo que nos rodeaba.

000

-Ese mismo Sol, hijo, saldrá mañana por el Este -dijo mi padre- Yo caminaba de su mano, con pasos irregulares y como cansinos, con el brazo alargado y dejándome remolcar a ratos por su potente brazo. Caminábamos con tranquilidad, aunque con cierto ritmo. Él con su zancada amplia, un poco pausada, para no acelerar mucho la mía que, dadas mis cortas piernas de niño, tenía que multiplicar en número para seguir la marcha. Los dos mirábamos al horizonte, también al cielo, dejándonos acariciar la cara por el fresco viento.

-¿Y, a dónde va ahora, papá? -El Sol estaba a punto de ponerse. Las lejanas montañas perfilaban la oscuridad en la que iba quedando la tierra sobre el fondo rojizo del cielo por el oeste. Nosotros mirábamos desde la atalaya de las ruinas del antiguo Cuartel de la Montaña de Madrid, sobrevolando, como pájaros, los pinares de la Casa de Campo y los sembrados de los pueblos aledaños. Era un paseo que repetíamos bastantes tardes, pues mi padre seguía a rajatabla esa recomendación del médico que le servía para reencontrarse con el cielo abierto. El médico se lo había prescrito para sus problemas del corazón, pero él se estaba también curando el alma durante aquellas tardes de reflexión.

Con el coraje y el trabajo de siempre fue llenando sentimientos de vacío con nuevas ilusiones, nuevos conocimientos y, también, nuevos reconocimientos de los demás a su labor. Se esforzaba día a día por mejorar las comidas, el bricolaje de la casa y todo lo que estaba en su mano. Poco a poco, fue cambiando miedos por confianzas y frustraciones por esperanzas.

-Da la vuelta a la Tierra, que es grande y redonda, por eso saldrá mañana por el otro lado-. Dijo esto y se calló un poco, mirándome para ver si comprendía bien lo que había dicho. Yo, imaginaba, o trataba de visualizar algo tan grande y redondo. ¿Cómo podía ser redonda la Tierra, si yo la veía plana?, plana e inmensa. -Lo que no me explico- siguió mi padre- es lo de esas extrañas fuerzas que mantienen unidas a la Tierra, el Sol, la Luna y creo que a todas las estrellas.

-¿Qué es eso papá?

-Pues unas fuerzas que, por ejemplo, nos mantienen pegados al suelo. Si no fuera por ello podríamos elevarnos como globos. Dicen que eso mantiene también fijas a las estrellas.

-¿Y qué hay detrás de las estrellas?

-Nada –contestó él-

-¿Cómo que nada, papá?, tiene que haber algo.

-¿Por qué tiene que haber algo?

-Sí, algo, aunque sea sólo aire, si no, no podríamos pasar allí, ni tampoco mirar siquiera.

-No sé, a lo mejor está Dios.

-Y, ¿cómo es Dios, papá?

-No sé, hijo. Los hombres realmente sabemos muy poco. De lo realmente importante sabemos muy poco, y lo peor es que muchos no quieren saber, sólo se preocupan de llenar la barriga al día y de presumir delante del vecino.

-Pero, papá, en la iglesia sí conocen a Dios, lo dice el cura.

-Bueno, hablan mucho, pero conocer, conocer…No hay que creerse todo lo que dicen. Yo creo que hay que descubrir las cosas uno mismo, poco a poco. Dios es bueno y es de todos, no sólo de unos pocos. Si quieres conocer la verdad tienes que pensar. Dios nos dio inteligencia para usarla y para acercarnos a Él.

-Papá, ya se ha quitado el color rojo del cielo. ¿Qué color habrá después de las estrellas? Las estrellas están en el aire negro, pero ¿detrás?, ¿qué color habrá detrás?
-No lo sé, porque el color está en las cosas, pero si no hay nada, ¿qué color podría tener la nada?

-¿Blanco?

-No, el blanco también es un color que está en las cosas, y

hay muchos tipos de blanco. Tiene que ser otro.

Me quedé pensando un largo rato. Mi padre había arrojado un puñado de semillas en el campo abonado de mi curiosidad infantil y había en mi cabeza un proceso de germinación y maduración que quizá diera algún fruto.

Como en sus años mozos, había seguido luchando por mejorar lo que le rodeaba en la medida que podía. No era fácil y no tenía, ni muchas fuerzas, ni mucho conocimiento del medio para que su labor prosperase mucho, pero él seguía sembrando. Aparte de su ejemplo de laboriosidad en las tareas domésticas y de reparación, sembraba paz y tranquilidad donde sólo crecían agobios y disputas, sembraba cortesía y respeto donde había grosería y desconsideración y, sobre todo, sembraba curiosidad e interés por conocer los principios esenciales de las cosas, en un tiempo y lugar donde, mayormente, se extendía la banalidad y la apatía filosófica.

Seguimos en silencio, intentando viajar con la imaginación más allá de las estrellas. Yo terminé medio dormido, dejándome llevar de la mano de mi padre, como me ocurría muchas tardes, en las que el cansancio de la caminata iba cerrando mis ojos y sólo las cosquillas de él en la palma de mi mano y algún tirón que otro para avisarme de los bordillos de las aceras, me despertaban momentáneamente de aquél plácido abandono. Las manos de aquel hombre transmitían seguridad; no porque fueran excesivamente fuertes, ni duras para luchar, sino porque eran serenas y tiernas, y firmes para guiar. En ellas se proyectaba el futuro, como lo hace en todas aquellas cosas en las que deja su fértil y pacífica huella la eternidad. Porque, aunque un día aún temprano de su vida se fue, no fue, ni todo él, ni para siempre.

Aquella mano que me sujetaba y me conducía desde mi infancia se soltó definitivamente en un sueño doloroso poco después de su muerte. Yo le veía caminando algunos metros delante de mí en un túnel del Metro de Madrid. Sólo había algunos viajeros más y podía distinguirle perfectamente. Andaba con sus largas y regulares zancadas. Sus fuertes espaldas y su cabeza cuadrada y erguida eran inconfundibles para mí. Él iba a bajar unas escaleras mecánicas al fondo del largo pasillo y la alegría de volver a verle después de su muerte me lanzó a la carrera, llamándole sin parar. Él, sin embargo, parecía no oírme y se alejaba cada vez más, de pie firme y agarrado con su mano derecha a la cinta de goma de las escaleras. Poco a poco su cuerpo iba bajando y en breve dejaría de verle. Yo corría y corría, pero no lograba avanzar para acercarme a él. Gritaba y lloraba, llamándole insistentemente pero, finalmente, se perdió en el fondo, hundiéndose lentamente en la línea del suelo en la que terminaba aquél largo pasillo. No llegué a alcanzarle y ya no le vi más en mis sueños, como si voluntariamente se hubiera despedido y sumergido en la tierra de la que algún día vino y a la que sabía que debía volver.

Se perdió ese contacto que durante algunos meses me mantuvo a su lado, como si sólo le hubiera perdido en una parte de la vida cotidiana, conservándolo aún en los momentos mágicos en los que los sueños nos llevaban libremente por el espacio y por el tiempo infinito. Desde aquél sueño se consolidó la pérdida, pero su esencia siguió en mí hasta ahora y, como aquellas semillas que lanzaba al suelo durante la siembra en su querida tierra, la fuerza de los valores que habían impregnado su vida se había arraigado en el fondo de mi ser, haciendo eterna su memoria.

La Matanza

La excitación que le producía a Félix el roce esporádico con la tierna nalga de su amada, le estaba prolongando la sensibilidad más allá del umbral habitual que alcanzaban sus sentidos. Podía sentir el calor de aquel cuerpo a bastantes centímetros de distancia del suyo, oler la fragancia de su pelo con tan solo mirar aquella sedosa melena y ver su piel blanca y fresca por encima incluso de la oscura, aunque elegante, blusa que llevaba. A la vez, por el interior de su cuerpo gozaba de un agradable cosquilleo, producido, seguramente, por la sintonía de las vibraciones de su voluntad con las de la voluntad de ella, las cuales tan fuertemente se atraían.

También había empezado a prolongarse y ensancharse su miembro viril, que le apretaba cada vez más por la entrepierna, debido a la presión que ejercía la hinchazón sobre los calzones de franela y los pantalones de pana que llevaba puestos. Todo era excitación y sensibilidad, hasta que…¡paff!, el ruido seco y cercano de una hachuela clavándose profundamente en una tabla de madera, le cortó de repente todo el riego sanguíneo que alimentaba aquella euforia. Una intuición casi animal le decía que detrás de aquel golpe de hierro afilado podría estar la intención de cortar algo muy suyo y pronunciado en aquel momento. En poco tiempo, como una cámara de caucho que hubiera recibido un pinchazo, tanto la calentura mental, como el vigor de su bragueta se fueron desinflando.

Félix se había puesto detrás de Adela para ir acercándole cebollas que tenía que cortar y picar. Aprovechando sus desplazamientos a la mesa, desde el cesto de mimbre en el que tenía las cebollas, se acercaba todo lo que podía a la mujer que amaba y deseaba. Mientras tanto, la tía Eugenia partía diestramente unas vísceras y asaduras de cerdo al otro lado de la mesa. Sus manos se movían ágiles sobre una gruesa tabla de madera, al tiempo que no dejaba de mirar, por debajo de las cejas, las evoluciones de Félix alrededor de su joven y lozana hija.

Adela también estaba excitada con aquél juego arriesgado que había emprendido Félix. Se le notaba en un cierto nerviosismo del movimiento de sus manos y la mirada esquiva que evitaba encontrarse con los ojos penetrantes de su madre. Cada vez que él la rozaba, aunque fuera simplemente con la superficie de pana del pantalón, sentía temblar todo su cuerpo.

A la excitación, además, se unían otras muchas sensaciones asociadas a la peligrosa relación que tenía con Félix. Una mezcla de sentimientos fuertes y contradictorios que la sumían en un estado de preocupación por sí misma y por las decisiones equivocadas que podría tomar en cualquier momento, en un sentido, o en otro, dado el laberinto de razones, pasiones y represiones en el que se hallaba pérdida desde hacía algún tiempo. Ese día, presentía, podían ponerse a prueba todas esas dudas e indecisiones, y eso la mantenía sumamente nerviosa y pensativa.

Aquella mañana me habían despertado las voces de unos primos de mis tíos, que habían llegado temprano a casa de la abuela, en la que yo me encontraba aquellos días de invierno porque mi madre iba a echarles una mano en sus tareas domésticas. Desayunaban todos juntos, supongo que con pan y torreznos, huevos fritos y, a lo mejor, incluso sopas de ajo calientes, como era costumbre por allí en invierno. Proferían alguna que otra voz alta y también sonoras carcajadas. Parecían muy alegres y hacían sonar los vasos de vino, chocándolos de vez en cuando. Cuando terminaron, salieron bastante deprisa y la casa quedó en rotundo silencio.

Mi madre vino, al poco rato, y me acercó la ropa a la cama, -vete vistiendo y apañando tu solo-, me dijo, -que hoy tengo bastante faena-. Hacía un frío que te encogía la voluntad y te empujaba a volver a la cama. ¡Qué duro, poner los pies desnudos sobre el helado suelo de barro cocido de la alcoba! Acababa de salir del confort de las sábanas, con el agradable calor acumulado por mi propio cuerpo, entre el colchón de lana y las tupidas y pesadas mantas, y ahora me encontraba desprotegido y helado, como un polluelo recién salido del cascarón. Tras un momento de estremecimiento y de duda, con amago de tiritera, decidí pelear y aceleré los movimientos para vestirme cuanto antes y entrar un poco en calor con el propio ejercicio.

No había terminado de tomarme el tazón de leche caliente, que me había dejado mi madre sobre la mesa del comedor, cuando un chillido agudo, desgarrador, que venía de fuera de la casa, me heló de nuevo la sangre, y esta vez no fue de frio. Le siguieron otros igual de hirientes y después un golpe fuerte de la puerta de la calle contra la pared del portal, al abrirse de par en par. Bajé, medio a oscuras, pero todo lo deprisa que pude, las escaleras de yeso y madera que conducían al portal, deteniéndome en seco cuando faltaban un par de escalones para llegar a la puerta. Los chillidos de lo que parecía un animal grande y las voces de mis tíos allí abajo me anunciaban, a mi corta edad, un drama salvaje como nunca antes había vivido. Eran unos gritos agudos, al límite de lo que los pulmones y la garganta de aquella criatura podían dar. Me quede paralizado por un momento, pero después baje y abrí un poco la puerta de la escalera, sólo una rendija, para mirar lo que estaba ocurriendo en el portal. Mi curiosidad había podido más que el miedo.

Se te encogía el alma. Viendo el final de su vida, el cochino chillaba y peleaba como la más salvaje de las fieras. El animal se había soltado del lazo de cuerda con el que lo habían conducido desde la cochinera hasta la casa y se revolvía de un lado para otro. Estaba en el centro de un corro formado por unos hombres arremangados y sudorosos, que se inclinaban hacia delante, medio agachados y con los brazos abiertos para lanzarse en cualquier momento hacia él. Todos voceaban fuertemente para avisarse y ordenarse unos a otros. Cuando alguno hacía un gesto de acercamiento para cogerle, el animal giraba su cabeza y lanzaba bocados al aire, al brazo que quería cogerle y en casi todas las direcciones, volviéndose a un lado y a otro.

En un determinado instante, con un movimiento rápido y decidido, mi tío Félix le cogió de una pata trasera y tiró fuertemente hacia arriba, de manera que el cochino perdió el equilibrio. Nada más caer al suelo, su primo Julio, desde el otro lado del corro, le lanzó un golpe certero al cuello con un garfio que llevaba en la mano. Fue un movimiento preciso, de mano diestra en estas lides. Había que meter el gancho en un determinado punto de la garganta, justo para inmovilizar al guarro pero sin causar otros daños colaterales. El punto exacto estaba en cogerle por la parte inferior de la mandíbula, no más abajo, ni más arriba, pues si se le desgarraba la piel por cualquier otra parte del cuello, el cerdo se desangraba inútilmente, perdiéndose la sangre, tan valiosa para las futuras morcillas y, además, se corría el riesgo de que el animal quedara suelto y fuera todavía mucho más peligroso.

Rápidamente, los otros dos corrieron a por un gran *gamellón**(1) y lo colocaron boca abajo en el centro del portal, haciendo las funciones de mesa de sacrificio. Después, ayudaron, cogiendo al cochino por las patas y el rabo, a ponerlo encima y a sujetarlo fuertemente para contener las patadas que soltaba. Con unas cuerdas en forma de lazada, ataron hábilmente, diestras con siniestras, las manos y las patas del animal, de manera que ya no había posibilidad de que escapara o de que lastimara a alguien.

Mi tío colocó un barreño debajo del cuello del gorrino y

---

(1)* *gamellón:* gamella grande, especie de artesa o cajón grande, que se estrechaba según iba hacia el fondo y en el que se echaba de comer a los cerdos.

hundió la ancha hoja de un gran cuchillo en él. La sangre salió primero con un gran borbotón, escupiendo una bocanada de líquido rojo hacia el exterior, pero después se estabilizó, manteniéndose con un chorro constante y controlado. Todos se movieron casi al unísono, desde sus posiciones de placaje del animal por los cuatro costados, para colocar al cerdo en una posición que facilitara lo mejor posible esa caída del fluido al barreño.

Era un espectáculo estremecedor. Tan violento para mi tierna sensibilidad que me quedé petrificado, sin mover un solo músculo de mi cuerpo, pero también, supongo que por la novedad y por la espectacularidad de la tragedia, sin dejar de mirar curiosamente por la rendija de la puerta.

En los ojos del animal se fue, poco a poco, dibujando la muerte. Los chillidos habían dejado paso a gruñidos esporádicos de baja intensidad, como ruidos quejumbrosos de un sistema que se estaba derrumbando, como señales de las disfunciones que entre sus órganos se estaban produciendo y que sonaban a despedida dolorosa y acusadora para todos los que estábamos presentes.

En algún momento ligeramente anterior, la voluntad del animal había dejado de luchar y su corto entendimiento, reflejado en la expresión de sus ojos vidriosos y vacíos, parecía estar escuchando las llamadas de socorro de su cuerpo, sin intención ya, de prestarles ninguna atención. Al cabo de un corto espacio de tiempo, que a mí, sin embargo, se me hizo eterno, el cochino dejó de moverse y de respirar.

Había cerrado los ojos y su sangre seguía cayendo lentamente al barreño, donde mi tío la movía constantemente en círculo con una larga cuchara de madera, para no dejar que se cuajase.

Los hombres permanecieron sujetándolo, aunque de manera más relajada, hasta que prácticamente se había desangrado totalmente. Uno de ellos fue a por un manojo de *aliagas**(2) que habían sido atadas en forma de escoba y, quemándolas, las empezó a pasar por la piel del cerdo, socarrando aquellos duros pelos del animal, que se quemaban de forma ruidosa y chispeante, dejando en mi nariz un olor fuerte y desconocido hasta entonces. Aquél humo y aquel olor, sirvieron, no obstante, para mí, y creo que para el resto de los allí presentes, de cortina de transición para salir del sentimiento de muerte que habíamos experimentado, justo unos momentos antes, y entrar en otro tipo de sensaciones y pensamientos menos trágicos. El magnetismo del fuego, al mirar todavía algo traumatizados y fijamente las alegres llamas que producían las aliagas, así como el olor de la madera y el pelo quemado, que traían a la memoria escenas más cercanas a la cocina que al cementerio, nos introdujeron a todos en otra dimensión más vital y cotidiana.

Después del socarrado, los hombres se pusieron a limpiar la piel del cerdo con agua muy caliente, raspándola con cepillos de cerda dura y tablas afiladas de madera.

---

(2)* *aliaga*: matorral bajo con ramas espinosas que ardía muy rápido cuando estaba seco y se utilizaba mucho para hacer fuego y mantenerlo vivo. También llamado Genista scorpius, de la familia de las fabáceas.

Yo salí de mi puesto de observación y me fui para la cocina. Allí, mi tía Sabina, que se había llevado el barreño de sangre cuando empezó la chamusquina, seguía dándole vueltas. La tarea consistía en moverla sin parar para evitar que las sustancias coagulantes la espesaran e impidieran su tratamiento posterior con el resto de ingredientes de las morcillas. Al enfriarse poco a poco, las plaquetas, responsables de esa coagulación, se fueron juntando y espesando, formando una bola dentro del barreño. Cuando mi tía entendió que estaba completa, la sacó y la lanzó hacia un rincón de la cocina, desde donde miraba muy atentamente el gato, que pegó un gran salto y, sin dejar que cayera al suelo, la engulló de inmediato.

Toda la casa estaba en movimiento como nunca antes la había visto. Había mucha actividad y alegría por todas partes. No obstante, el poso que habían dejado en mí aquellas violentas escenas me mantenía aún pensativo e impactado. ¡Qué cruel parecía todo! Para que nosotros disfrutáramos de unos exquisitos torreznos cada mañana, esos animales tenían que morir tan horriblemente.

Incluso quitándole todo el dramatismo posible, seguía pareciendo injusto y penoso que nuestra supervivencia necesitara de la muerte de otros seres vivos. ¿Por qué?, ¿por qué tenía que ser así?

En aquel momento, aquella injusticia, aquella necesidad de dolor que parecía imponer la vida a quien nada había hecho para merecerlo, me pareció incomprensible e incompatible con la utopía de un mundo feliz y justo, tal y como los sermones y las parábolas dedicadas a mi educación habían ido forjando en mi joven pensamiento. Me costó un buen rato recuperarme, yéndome cabizbajo a sentarme en una pequeña banqueta de las que había en la cocina, junto al fuego. Allí me acurruqué y me enrollé como un erizo, abrazando las rodillas que se plegaban contra mi pecho y concentrado en el vaivén constante de las enrojecidas puntas de las llamas. Un sentimiento profundo de decepción impregnaba todos mis pensamientos.

000

Aún, hoy en día, pienso frecuentemente en este dilema tan importante para la lógica de nuestra Ética: ¿Por qué la vida necesita del sacrificio de seres inocentes de otras especies? Supongo que tendrá sus claves, aunque a nosotros nos resulten incomprensibles, pero, si todos los seres vivos tenemos el mismo origen y todos buscamos el bienestar, ¿por qué tiene que ser necesario que unas especies tengamos que progresar a costa del sacrificio y el dolor de otras?, ¿por qué tenemos que mantenernos a flote sobre la sangre de nuestros parientes, aunque éstos puedan ser tan lejanos como aquel cochino? Debe ser una cuestión de prioridades que no comprendemos todavía. Debe ser que el dolor y el placer de las vidas individuales, incluidas también las nuestras, no son tan importantes.

No parece, desde una perspectiva evolutiva global, que los individuos particulares seamos algo más que expresiones efímeras e insignificantes de las múltiples caras que adoptan las especies en su lucha por la supervivencia, y éstas, a su vez, de La Vida en general, un ser superior que se ramifica y se multiplica para caminar con mayor éxito hacia su misterioso objetivo.

Mi imaginación me lleva a ver a La Vida como un gran organismo de tejidos vegetales y carnosos que, dentro de su diversidad y dispersión, mantiene una unidad de acción y de pasión. Su acción está en constante lucha contra la desorganización, contra la entropía, contra la muerte fría de sus organismos.

Es un ejercicio de superación por alcanzar sistemas biológicos cada vez más integrados y completos, sistemas que a veces incluyen otros sistemas dentro de ellos; como ocurre en el ser humano, sin ir más lejos, que incluye, por ejemplo, el sistema inmunológico, que le defiende permanentemente del exterior, matando, inconscientemente para esa persona, a multitud de bacterias u otros microorganismos que le atacan, y que son a su vez, también seres vivos. O el sistema digestivo, que dentro también de esa interrelación de sistemas que es el ser humano, metaboliza y descompone todo lo que come, transformándolo, después, en la energía que le mantiene y le desarrolla.

Sistemas, en definitiva, que progresan en medio de una lucha constante con otros, pero que no sólo destruyen, sino que evolucionan, también, integrando e incorporando, a lo que ya son, nuevas estructuras y funciones de otros, que se han decantado como exitosas para sus objetivos. La evolución parece conllevar la asociación e integración de funciones diversas para lograr individuos y especies más fuertes, independientes y duraderas, pero también, a veces, a costa de la destrucción o desintegración de otras estructuras y sistemas más débiles.

La Voluntad que empuja a todo esto parece estar en los fundamentos mismos de la Vida, ascendiéndola por el tronco de la evolución mediante una dinámica dialéctica que va del dolor al placer y del placer al dolor, moviéndola imparablemente con el ritmo misterioso que infunde en los corazones y en las chispas que descarga constantemente en los cerebros. Esa voluntad universal opera superando el ámbito de los individuos efímeros y concretos, que son sólo estados transitorios que le sirven de base, o de alimento, para que aquélla pueda seguir su esencial camino.

No obstante, por el principio de unidad de pasión de la Vida, no sólo sus múltiples partes, los individuos, persiguen el mayor bienestar posible, sino que Ella, como un Todo, también busca el Bien máximo y la Felicidad completa, que son valores en sí mismos, absolutos e universales, sin necesidad de explicaciones o interpretaciones. Se buscan y se quieren por sí mismos, independientemente de las circunstancias en las que se den. Es decir, lo que nos mueve, lo que tiene valor, es el placer, el sentimiento de bien que comporta la recompensa del logro, pero también el dolor, del que huimos, el mal que conlleva la destrucción.

Los sentimientos y sensaciones son primarios y anteriores a la interpretación del mundo por parte de nuestra mente, se dan en organismos que no tienen siquiera la capacidad de entender o reproducir sus experiencias, se dan en cualquier ser vivo, por elemental que sea.

Debido a esa unidad de pasión y, desde el punto de vista del gran sistema de la naturaleza orgánica y de sus dependencias, el dolor infligido en el sacrificio de unas especies por el progreso de otras, puede verse como un dolor no deseado, sino sobrevenido que, por poner un símil, podría parecerse al dolor que sufren los músculos de un deportista cuando entrena duramente para superar, después de ese esfuerzo, sus propias marcas y alcanzar un estado placentero superior en todo su cuerpo y alma.

Ese daño, no obstante, ese sudor y lágrimas, debe ser el justo y necesario para alcanzar el desarrollo buscado. Un dolor mayor, un sacrificio gratuito y sistemático, llevaría a la naturaleza hacia estados evolutivos inferiores.

De igual manera que una adicción, en principio placentera, se convierte después en auto-lesiva, o que un esfuerzo extremo, en principio superador, puede destruir las defensas y llevar a un individuo hacia la enfermedad o la muerte, así, un daño desmesurado y sistemático entre individuos o especies, que supere el legítimo fin de la alimentación y la supervivencia, llevaría a la involución de la Vida, a su extinción. Si los depredadores, utilizando su poder, mataran, o hicieran sufrir a sus víctimas más allá del límite de cubrir las necesidades básicas imprescindibles, la Vida se estaría suicidando.

En esa misteriosa forma de ser de la Vida, las partes y el todo se confunden. El individuo no vale mucho, es efímero y transitorio, pero cada individuo cuenta, cada individuo lleva en sí mismo, en su ADN, las claves de la energía y desarrollo de la vida en sí misma. Cada individuo puede ser, en un momento de crisis, la solución para la supervivencia y el desarrollo de su especie.

También para la Vida en general porque, precisamente, el carácter diferencial de un individuo, puede decantarse como la solución mejor adaptada en una situación de crisis en el entorno. La Vida evoluciona a través de los individuos, de manera que lo conseguido por uno es patrimonio para todos en el futuro. O sea, no hay individuos sin la especie, pero tampoco especie sin individuos. Igual podríamos decir de las especies respecto de la Vida en general.

Todo esto, también, me lleva a creer que existe una dimensión común de sensaciones y sentimientos entre todos los seres vivos; una dimensión en la que todos contactaríamos en un nivel muy básico y profundo de nuestro ser, allí donde compartimos lo esencial de la vida. De esta manera, lo conseguido en cuanto a sensaciones de Bien para la Vida, por un individuo o especie, es también un logro sentido por el "Alma Común" de la que él y todos participan.

Por tanto, aunque puedan ser necesarios para avanzar en su camino, la pérdida y el sufrimiento de cualquiera de sus partes, es a la vez, muy dolorosa para la Vida. En el estado anímico de ese Ser Universal que mi imaginación contempla, cada dolor o placer de sus múltiples individuos contribuye al estado general. El camino para todos debe ser el de procurar el bienestar propio y el de los demás y minimizar el dolor inútil. La actitud negativa para la Vida es la de generar dolor injustificado.

Así pues, aunque aquel día de matanza se nos había ido la mano, el fin parecía estar plenamente justificado, estábamos en pleno ejercicio de superación evolutiva. Siguiendo los dictados ancestrales de este mono evolucionado que hemos llegado a ser, conseguíamos las proteínas y grasas necesarias para abordar el frío y los duros trabajos que imponía la labor del campo, así como conseguíamos evolucionar hacia estados de conciencia más integradores y universales.

De aquel cochino, cuidado con cariño y engordado con esmero, no se desperdiciaría ni una libra de su apreciado cuerpo, sirviendo al desarrollo y disfrute de la especie humana y aportando, al menos eso espero, por lo que me pueda tocar, algún valor añadido al desarrollo de la Vida en la búsqueda de superiores estados de felicidad.

Aunque en algunos momentos los matarifes se debatieran entre una mezcla de sentimientos encontrados, dadas las expresiones de dolor del animal y el pensamiento de que una mayor destreza, por su parte, las podría haber evitado, el instinto y la costumbre estaban haciendo su trabajo para lograr un bienestar futuro entre los presentes, el cual ya se estaba anticipando en el ambiente festivo que se percibía desde las horas tempranas de la mañana.

000

El ajetreo en la casa era formidable. Todo el mundo iba de acá para allá y se ponía a hacer alguna cosa. Hablaban en voz alta, se llamaban unos a otros demandando ayuda y recados, o se ponían a canturrear cuando quedaban solos y concentrados en sus tareas.

Yo lo escuchaba ya casi todo desde mi recogimiento junto al fuego, pues mis pensamientos empezaban a olvidar las escenas trágicas de la matanza y se abrían a la distracción de las ocurrencias y a las gracias que se lanzaban entre ellos; o a las que eran lanzadas al aire común, para que fueran oídas por todos.

Me puse a deambular libremente por las estancias de la planta baja, fijándome en todo lo que hacían e intentando no estorbar. De vez en cuando recibía algún aviso o toque de atención: "aparta Luisito que tengo que poner esto ahí", "no toques eso, que te abrasas"-.

Cuando las mujeres salieron hacia el lavadero, para limpiar bien las vísceras y tripas que se habían sacado del interior del cerdo, yo me fui al portal para ver cómo se las apañaban los hombres para colgar aquel cuerpo inerte de diecisiete *arrobas**(3) a una viga que iba de un lado al otro del techo. Entre complicadas maniobras y resoplidos de esfuerzo, trataban de coordinarse entre todos, primero para subirse unos al gamellón y, después, para levantarlo entre todos al alimón hasta la viga.

Una soga, atada a un gancho clavado en el espinazo del cerdo, fue pasada por la argolla que había fijada en la viga del techo, a modo de polea, después, todos tiraron fuertemente hasta que quedó suspendido en el aire. Yo me fijaba en sus caras rojas y rígidas por el esfuerzo y la concentración, pero me mantenía a distancia para no distraerlos en aquellos críticos momentos.

Lo colgaron boca abajo y lo abrieron en canal, mostrando todas las costillas y las carnes interiores, ahora cada vez más blancas y alimentarias, desprovistas ya de toda la carga emocional que las pudiera relacionar con el ser vivo al que habían pertenecido unos momentos antes.

-¿Por qué lo dejáis aquí colgado, tío? -pregunté-.

-Porque tiene que escurrirse toda la sangre de la carne y airearse. Además, así lo troceamos mejor después, -me respondió mi tío-.

Se fueron a echar un trago a la cocina y a descansar un rato del esfuerzo realizado en la manipulación de aquel enorme

(3)* arroba: unidad de masa antigua usada en España, equivalente a 11,34 kilogramos.

peso.

Los cochinos que se mataban entonces por allí eran blancos y de una raza inglesa que se hacían enormes. Los llamaban "*yoris*", supongo que porque eran de la famosa raza que se originó en el condado de Yorkshire. En esos tiempos, todo estaba dirigido a sacar el máximo de provecho y a tener proteínas y grasas para la mayor parte posible del año.

Mi tío Félix se comió un trozo de queso y otro de pan, echó un trago largo de vino del porrón y me dijo: -¿Te vienes a casa del veterinario, que me está esperando para analizar este trozo de carne del cochino?-

Lo llevaba envuelto en un trozo de tela y me cogió la mano para salir deprisa hacia la calle. Hacia frio y algo de viento, pero pasada la primera impresión, agradecí el aire fresco fluyendo por la cara. Sentí como una liberación al salir a ese espacio abierto después del tiempo que había transcurrido con la presión de la concurrida y activa casa, en la que también habían sucedido tantas escenas intensas.

-Volved en un rato, que termino de almorzar y preparo el microscopio, -nos dijo el veterinario, cogiendo el trozo del cerdo-.

-No tardes mucho, que volvemos *a escape*; que si no está bueno, "pa" que vamos a trabajar de balde, -le contestó mi tío, y volviéndome a coger de la mano me dijo:- ¡Vamos a ver que hacen las mujeres ahí donde el agua!-.

Íbamos por la calle de la fuente y antes de llegar al lavadero, mi tío, que ya oía las voces de mi madre y las demás, me hizo una señal de silencio, con el dedo índice en cruz con sus labios, y se fue pegando a la pared, como para escondernos de su vista detrás de la esquina que daba a aquel recinto. Se puso a aullar como un lobo y me miraba con cara de contener la risa.

Durante un momento se callaron todas las voces del lavadero. Mi tío volvió a aullar, llevándose las manos a la boca para canalizar el sonido como si saliera de una bocina.

-¡Anda, Félix, sal de ahí y deja de hacer el tonto! -se oyó decir a su tía, la madre de Adela- ¡además, antes te salía mejor! -Doblamos la esquina y nos acercamos hacia ellas, riéndonos todos-.

-Venid y echad una mano para llevar esto, que tenemos las manos heladas y nos van a salir sabañones -dijo la tía Eugenia-

Mi tío cogió un balde de zinc lleno de tripas limpias y dijo -Que buenos chorizos van a salir cuando todo esto este bien relleeeeeeeeeee…-No pudo acabar la frase, pues Adela le había metido sus manos heladas por el cuello y la espalda, cortándole la respiración-.

-¡Chica! ¡Estate quieta! -dijo su madre, echándole una mirada fulminante-.

-Bueno, para que veas que no soy tan mala, te voy a ayudar a llevar el balde -dijo Adela, cogiendo el balde de un asa, antes de que Félix terminara tirándolo al suelo para librarse de ella-.

Mi tío sonrió y puso una cara de satisfacción como si le hubieran hecho el mejor regalo de su vida. Subimos hacia casa todos juntos, sin parar de hacer bromas, sobre todo por parte de Félix que, aunque siempre era chistoso, parecía que la cercanía de Adela le hacía superarse.

Nada más dejar la carga en nuestra casa, volvimos a la del veterinario. Por un momento, mi tío se calló y le note serio y preocupado. -Vamos a ver que nos dice-, soltó en voz bastante baja, en comparación con el tono que había estado llevando sólo unos minutos antes. Era un momento difícil, después lo supe. El trabajo y el gasto de muchos meses engordando el cerdo, podían perderse en un instante, y lo que era peor, quedarse toda la familia sin despensa durante el año, o tener que pagar un dineral por otro cerdo ya criado, en el caso de encontrarlo.

Una desgracia en forma de ínfimos gusanos blancos, llamada Triquinosis, fue la causa de numerosos padecimientos en gente que los comieron sin saberlo y, también, de numerosas lágrimas en gente que, por saberlo, no comió lo que tanto necesitaba.

-No tenéis que preocuparos, ¡Está limpio! -dijo el veterinario, según abría la puerta-.

-Menos mal -contestó mi tío aliviado- pues ¡hala! vente "pa" casa y te comes una asadura y unas gachas, que estamos a punto de prepararlas.

-Acabo de almorzar, gracias Félix, que yo no he madrugado tanto como vosotros. Luego me paso por allí, si me invitáis a un trago de vino.

-Y a dos o a tres, ¡no te amuela!, y a unas migas con mucho unte, ¡que te vas a chupar los dedos!

Cuando volvimos a casa todo el mundo estaba esperando en la cocina. Al entrar en ella, todas las cabezas se volvieron a la vez mirando a Félix fijamente. Éste levanto el brazo y señaló a su primo Julio.

-¿No te habrás comido el magro que quedaba ahí, encima de la mesa? -le preguntó, de forma muy alarmada-.

-¡Ay Dios mío!, ¡Qué mala suerte!, ¡Qué desgracia! -gritó mi abuela, llevándose las manos a la cara-.

El primo Julio movía la cabeza negativamente, con cara asustada y sin saber qué decir. Todas las caras reflejaban tristeza y seguían mirando a Félix, aunque ahora con la mirada vacía y perdida en alguna parte de sus pensamientos catastróficos. El primo Maximino dijo enseguida: -habrá que enterrarlo cuanto antes-.

-¡Que no, hombre, que no!, ¡Que está más sano que el agua

de la fuente! Con esa carita que tenía nuestro cochinico, y el porte de su trasero…-terminó de decir Felix-.

-!Serás tonto, qué susto nos has dado! -le dijo Adela, levantándose y dándole un pescozón, sin parar de reírse, como el resto de los que allí estábamos-.

Todos se levantaron y comenzaron a moverse en diferentes tareas. -Hala, vamos a preparar algo de almorzar- dijo mi abuela. -Julia, échame una mano- le dijo a mi madre, -Eugenia, tú y Adela id preparando las asaduras, Félix, trae las cebollas-, terminó de movilizar la matriarca que, aunque ya muy debilitada por una larga enfermedad, seguía siendo quien mantenía el orden y la cohesión de la familia.

Yo me quedé en la cocina, viendo como mi madre y la abuela preparaban las gachas. En el cuarto de al lado, la tía Eugenia, Adela y el tío Félix, que hacía todo lo posible para no separarse de aquella, picaban cebollas y cortaban las vísceras. Cuando las trajeron y mi madre empezó a echar trocitos de hígado, pulmón y riñones en una sartén puesta al fuego con abundante cebolla, me miró y no pudo evitar la risa, al ver la cara de asco que yo ponía al verlo.

-¡No pongas esa cara hombre, que bien rico que te va a estar dentro de un rato, ja, ja! -me dijo-.

La verdad es que todo me estuvo muy sabroso, y el remate de las gachas dulces para el postre, con un sabor suave a miel y canela, fue para que no me olvidara fácilmente de aquellos sabores especiales del día de matanza durante el resto de mi vida.

Después de haber comido y charlado un rato alegremente alrededor de la mesa, las mujeres, principalmente, se pusieron a cocer arroz y a preparar las tripas para embutir las morcillas. Los hombres se dispersaron y se dedicaron a afilar cuchillos y preparar la herramienta que necesitarían al día siguiente para el despiece y demás tareas pendientes.

-¡Chico, sube a la cámara y bájate un ovillo de *hilobala**(4) que hay nada más empezar la escalera, para atar las morcillas! -me dijo mi tía Sabina-.

Subí de mala gana, pues estaba muy entretenido viendo como cortaban el intestino grueso a la medida de cada morcilla. Cada trozo se rellenaría después con el "bodrio", la masa de arroz, sangre y cebolla que se completaba con la "fórmula mágica", esa dosis justa de cada una de las especias que aderezaba tan rico manjar. Era una mezcla de sal, canela, pimienta, clavo y otras especias, que ya estaba aromatizando el aire en ese momento y que les conferiría a las morcillas ese sabor tan "especial", nunca mejor dicho.

Superaba cada peldaño como a cámara lenta, con la cabeza baja y refunfuñando por dentro. La puerta de las escaleras que subían a la cámara estaba abierta y yo me puse a buscar en los laterales de los primeros peldaños, donde había algu-

---

(4)* *hilobala*: hilo de cáñamo, fino y muy fuerte, que se usaba para coser cuero, lona y tejidos gruesos.

nas cosas de uso corriente almacenadas.

Estaba buscando de mala gana, sin prestar mucha atención, cuando noté que arriba había presencia. Me paré en seco y escuché unos segundos. En voz muy baja, alguien estaba hablando en la parte de arriba. Subí muy despacito algunos peldaños de los que giraban en la subida hacia el otro tramo de escalera y me asomé, a la altura del suelo de la cámara, justo por debajo de la barandilla, para ver quién era.

Mi tío Félix y Adela estaban de pie un poco más allá, frente a frente, agarrados y con sus caras casi pegadas el uno al otro.

-¡No, Félix, no podemos, ya lo sabes!, mi madre nunca lo permitiría, y el señor cura tampoco -decía ella-.

-Pero, yo te quiero, y tú a mí también ¿no es así, Adela?

-Sí, pero…, no podemos…, ya lo sabes. Tenemos que dejarlo. No podemos seguir con esto. No debemos estar a solas nunca más.

-¿Por qué?, ¿por qué tienen que meterse en esto los demás? Nos queremos y eso es lo que importa. Lo que dicen son tonterías, inventos de los curas para tenernos debajo de su zapato.

-No, no, Felix, es una locura…, vamos a dejarlo…, vámonos…, -decía Adela-.

Sus labios casi se tocaban cuando hablaban y sus ojos estaban fijos en los del otro. No me hubiesen visto aunque hubiese estado delante de sus narices, pero me mantuve escondido y silencioso, asomando únicamente los ojos por encima de las escaleras. Los labios de él se posaron suavemente en los de ella que, después de cabecear negativamente un par de veces, los recibió con delicadeza, como acogiéndolos en un regazo de desnudos y blandos pechos.

Los brazos de mi tío se relajaron y su cuerpo se entregó por completo en aquél contacto. Ambos se quedaron inmóviles y con los ojos cerrados durante un tiempo, sintiendo la humedad y la tibia temperatura de sus carnosos labios. La fina piel de sus bocas dejaba traspasar, del uno al otro, las profundas sensaciones de lo más íntimo de sus cuerpos, produciéndoles un placer que estaba por encima de lo físico. Todo el deseo concentrado durante largas noches, entre ilusiones y sueños de estar una vida juntos, se "materializaba" ahora en un placer compartido que aumentaba la realidad del momento, reduciendo todo el mundo a ellos dos, a la fusión de almas y cuerpos que estaban experimentando.

Pasado un buen rato, así, inmóviles, comenzaron a mover los labios, aprisionando con los suyos los del otro y abarcando toda su boca. Movían y giraban también sus cabezas, ampliando todo lo que podían la superficie de contacto de sus labios. Lo hacían con la lentitud del disfrute profundo, dejándolo calar hasta lo más hondo de sus entrañas.

Mi tío bajo los brazos desde la cintura de ella hasta sus nalgas y apretó con fuerza su cuerpo contra el suyo. Ella le rodeó el cuello con sus brazos y relajó las caderas entregándose al empuje de las de él, que se hundían y se acomodaban como quien se acuesta sobre un lecho cálido y acolchado.

Una mano de él maniobró para levantar poco a poco la entablada y larga falda de ella, a la vez que palpaba sus eróticas piernas. Empecé a ver las elegantes pantorrillas, largas y no muy musculosas, que enlazaban mediante un suave estrechamiento con la concavidad de las corvas de sus rodillas, después sus muslos blancos, de piel fina y tersa, que contrastaban con la oscuridad del azul marino de la tela de la falda y destacaban también, por su claridad, en la penumbra de la cámara, situándose en el centro de una escena que me fascinaba.

Desde mi posición, a ras del suelo, tenía unas vistas privilegiadas. Casi podía sentir la ternura y el calor de aquella carne. Mi tío fue subiendo la falda más y más, hasta llegar a las bragas, una fina tela blanca con encaje bordado que se ajustaba a un redondo y prieto trasero. Empecé a sentir un placer como no había sentido hasta entonces, como si todo mi cuerpo desnudo se sumergiera en un líquido caliente y viscoso. Me envolvía una agradable sensación de calor y relajación de los pensamientos, a la vez que las pulsaciones del corazón aumentaban progresivamente y mis ojos parecían pegados, como una cámara fija, a aquella zona del cuerpo de Adela.

Mi tío se entretuvo en acariciar el pliegue de piel que se formaba en la zona de unión entre el muslo y la nalga, justo donde comenzaba la redondez de aquel culo suave y carnoso. Lo acariciaba tan sólo con la punta de los dedos, dulcemente. De vez en cuando, los dedos se deslizaban y subían la braga para acariciar también parte del culo. Aquellas formas desconocidas y atractivas estaban aumentando la presión de mis venas sin que pudiera evitarlo ni supiera muy bien qué me estaba pasando. Mi tío incorporó la otra mano y subió ambas hasta la cintura de Adela para bajar después lentamente las bragas hasta la mitad de los muslos y dejar al descubierto aquellas perfectas redondeces.

Yo nunca había visto algo así, pero sabía que siempre había querido verlo. Supongo que sería el instinto, pero me encontraba excitado y atraído, como nunca, hacia algo prohibido y a la vez tremendamente deseado. Las manos de mi tío empezaron a apretar y a hundirse levemente en aquella carne, descubriendo, con sus movimientos, el placer escondido en su ternura, en su textura y en la calidez que transmitía su leve color sonrosado.

La atracción se intensificaba y me llevaba la mirada hacia aquella hendidura que separaba los dos glúteos, aquella ranura que se abría y cerraba intrigantemente con el manoseo de aquellas manos del hombre, mostrando el camino de los más profundos deseos. Mi cuerpo infantil no reaccionaba todavía como el de un hombre adulto, pero una gran excitación surgía del interior y me ardía en deseos de querer besar y hundir mi cara en aquellas mullidas nalgas. Una mano se hundía más y más hacia abajo, en dirección al vértice oscuro donde yo también intuía que se encontraba la morada del secreto mejor guardado. El instinto de la vida se abría paso buscando su destino.

Adela reaccionó apretando un poco su pubis contra el de su amante y abriendo ligeramente las piernas después, con lo que la mano maniobró con más comodidad. Sus cuerpos empezaron a frotarse y retorcerse, comiéndose ahora la boca el uno al otro con más intensidad. Subí otro escalón, para verlo desde más cerca, sin pensar ya en el riesgo de que me vieran.

Entre los estrechos espacios que dejaba la mano de mi tío en sus movimientos, cuyo dedo corazón se introducía más y más por debajo del culo, yo pude ver cavidades rosadas entremezcladas con pelo negro. No tenía ni idea de cómo podía ser aquello, pero ya veía que no tenía nada que ver con la simple raja para mear que había visto alguna vez en las niñas de mi edad. Aquello era algo muy maduro y muy serio, que estremecía todo mi cuerpo.

Ella movía sus manos masajeando la nuca de él, sin parar de besarle. A veces también las bajaba hasta su cintura y acompañaba los movimientos de aquél cuerpo hacia su vientre, fundiéndose los dos en un amasijo de brazos y trapos, de besos y abrazos. Yo estaba impresionado por aquel frenesí que, para mi desconocimiento del tema, empezaba a tomar un cariz casi violento. Me empecé a sentir incomodo, aunque seguía atrapado en aquella escena excitante y clandestina que estaba abriendo todo un mundo nuevo para mí.

Pensé, por un momento, en mi situación de intruso escondido y en la que se podía armar si era descubierto, desconcentrándome un poco de la evolución que llevaban aquellos cuerpos que seguían retorciéndose y apretándose locamente. ¡Y menos mal!, porque así pude oír con claridad la primera llamada de la madre de Adela, desde la planta baja, y tener el tiempo justo de bajar de la buhardilla para esconderme en una alcoba del primer piso, antes de que subiera.

-¡Adela!, ¿Dónde estás?, ¡Adela! -llamaba mientras subía las escaleras-.

Las manos de Adela se apresuraron a quitar las de Félix de su cuerpo y a subirse las bragas rápidamente. Yo me escondí detrás de un armario, todavía impresionado y excitado por lo que acababa de ver. Adela bajó las escaleras y se encontró con su madre que estaba ya en la planta de las alcobas.

-¿Dónde estabas?, ¿qué hacías aquí?, ¿sabes que estás haciendo falta en la cocina?

-Estaba buscando la máquina picadora, la de hacer los

chorizos; así la iba limpiando y preparando para mañana. Creo que el año pasado estaba por la cámara -contestó Adela-.

-¿En la cámara?, ¿tú qué sabes dónde puede estar?, ¿qué narices estabas haciendo?

La madre de Adela la apartó de un empujón y subió hacia la cámara. Yo había escuchado las palabras y el tono de la tía Eugenia y me encogí aún más detrás del armario de la alcoba del fondo, temiendo que algo gordo podía pasar, pues aquello que había visto unos momentos antes podría estar muy prohibido y castigado.

Adela se quedó al pie de las escaleras de la cámara, supongo que esperando también el fatal desenlace cuando su madre descubriera a Félix. Sin embargo, la madre bajó al poco rato y le dijo: -¡Venga, tira para abajo! y no te escaquees más. Si necesitas alguna cosa se la pides a tu tía y ya está.

Yo me quedé entre sorprendido y aliviado. ¿Qué habría pasado con mi tío?, ¿dónde podría haberse escondido? Me quedé todavía inmóvil donde estaba, esperando con miedo escandalosos acontecimientos; hasta que se oyó la voz de mi tía Sabina en el portal, preguntando a Adela y a su madre:

-¿Habéis visto a mi sobrino por ahí arriba? Tendría que haber bajado un ovillo hace un buen rato.

-No, por ahí arriba no hay nadie, a menos que se vuelvan

invisibles, o se los traguen las paredes -contestó la tía Eugenia, con un tono de enfado y sarcasmo-.

-El muy diablillo, ¡se habrá ido a la calle, a jugar con los amigos!...y sin decirme nada...ya verás cuando vuelva -dijo mi tía Sabina-.

Esperé todavía un rato, hasta que se fueron del portal, para no descubrir mi paradero. Después fui deprisa a coger el ovillo y eché un rápido vistazo hacia arriba, hacia la cámara, buscando a mi tío, pero nada se movía ni nada se veía. Cuando bajé corriendo, con la cuerda en la mano, y entré en la despensa, Adela me miraba fijamente desde la puerta de la cocina, sin apartar los ojos de mi rostro, con la cara rígida, como petrificada. Yo sentí su mirada interrogativa y bajé la cabeza y la mirada hacia el suelo, intentando disimular lo máximo posible mi sonrojo.

-¿Dónde te habías metido, condenado?, ¿no puedes avisar cuando te vayas a la calle?, ¡anda trae la hilobala y vamos a atar morcillas! -dijo mi tía-.

Me quedé un rato viendo cómo se hacía ese embutido que tanto me gustaba de la matanza. Adela me seguía interrogando con la mirada, supongo que sospechando, cada vez más, que yo sabía algo de su escarceo con Félix, pues en mi memoria seguían presentes las escenas de la buhardilla y no podía evitar el nerviosismo y las miradas hacia su culo o sus piernas. Finalmente, me libré de la presión diciendo:

-me voy a jugar con Rufinito a su casa, mama- y salí medio corriendo de allí.

000

Por la noche, cuando todo había vuelto a su calma habitual, con cada familia en su casa y todos deseando retirarse a descansar, pude relajarme e ir trasladando, ya con menos carga emocional, todos los sucesos de aquel intenso día a un espacio más lejano de la memoria.

Sentado junto al fuego, con la penumbra que reinaba en la estancia presionándome hacia abajo los parpados, jugueteaba monótonamente moviendo las brasas de la lumbre con un palo. Estaba cayendo en ese estado de paz y bienestar previo al profundo sueño. No obstante, para completar aquél intenso día, todavía tuvo que ocurrir algo aquella noche que me impresionó y me dolió en lo más profundo de mis sentimientos.

En un rincón de la cocina, sentados junto a la mesa, mi abuela y mi tío Félix hablaban en voz baja, aunque no tanto como para que mi fino oído y mi condición de niño, por la que todos daban por hecho que no me enteraba de casi nada, permitiese escucharles. Mi abuela le decía:

-Me ha dicho la tía Eugenia que andas tonteando con Adela. Está muy preocupada porque ve que ella, que siempre ha sido muy seria y formal, anda un poco rara y alocada, como si pudiera estar pensando y soñando fantasías. Si eso es verdad Félix, ya sabes que no puedes hacerlo, que es imposible y está muy mal. ¡Dime la verdad!

-Es verdad, madre, pero porque la quiero. Siempre me ha gustado y la quiero mucho. Desde que éramos unos críos. Tú deberías de saberlo, ha sido para mí la única chica del pueblo, la que siempre he querido.

-Pero ya sabes que sois primos hermanos y que no podéis ni ennoviaros ni casaros, que es pecado, ¿cómo se te ocurre tal cosa?, ¡Como se entere el señor cura, ya verás! Nunca se han podido tener esas relaciones, nunca, y a quien las ha tenido los ha castigado el Señor. Los que se han casado en esas condiciones han tenido hijos con faltas, han separado a las familias, en fin, un desastre, Félix. Tú no querrás esas desgracias para nosotros, ¿verdad?, Sácate esas ideas de la cabeza. Hay muchas mozas en este pueblo, y en los cercanos. Muchas que estarán deseando que las cortejes. ¡No amueles con la Adela, déjala en paz y olvídala!

-No, madre, no me gusta ninguna de esas, me gusta la Adela, y yo también a ella. ¿Qué puede haber de malo en eso? Lo demás son caprichos de los curas. ¡Que sabrán ellos de eso! Nos asustan con las maldiciones y los demonios, pero yo sé que entre la gente rica se han dado matrimonios de primos y no ha pasado nada ¡tan felices! Y la Iglesia lo ha consentido. ¡Solo quieren las *perras**(5)!

-No digas eso. No blasfemes. Que no puede ser, ¡que no!

(5)* *perras*: palabra que se usaba para referirse al dinero, a las monedas.

Además, la tía Eugenia no quiere ni pensar en ello. Me ha dicho que si esto sigue así la manda para Madrid, a servir con su cuñado, que sabes que tiene una pensión de huéspedes y no le diría que no a una buena ayuda.

Félix explotó en un par de sollozos, llenos de rabia contenida y sufrimiento. Cruzó los brazos sobre la mesa y escondió la cabeza entre ellos. Los espasmos de su pecho delataban que había roto en un llanto silencioso pero profundo y sincero. La abuela puso la mano en su cabeza y le acaricio el pelo.

-No te preocupes, hombre, ya verás cómo encuentras una chica que te guste, incluso más que ésta. Todo te parecerá una chiquillada dentro de unos años. Y a la prima también. Debe seguir su camino y abrirse al mundo. Si no es por aquí, pues en la capital, o donde sea-. Se quedó pensativa durante un rato, mirando tristemente el sufrimiento de su hijo. - Qué más me gustaría a mí que fuera dentro de la familia, como decía aquél: ¡Ay, si mis hijos se casaran con mis hijas, qué descanso sería, todo quedaba en casa! Pero no puede ser, y no debe ser, y punto, Félix.

Yo me hacía el adormilado en la banqueta junto a la chimenea, pero la verdad es que estaba ya totalmente en vigilia y muy nervioso por los llantos de mi tío favorito.

Tenía el oído en máxima atención y prácticamente había escuchado todo lo que se habían dicho. Mi cabeza iba y venía por todas las escenas que recordaba de la pareja, sobre todo, las que había visto aquella tarde en la buhardilla. En el corazón, una sensación incómoda, la de estar en el medio de una tragedia que no comprendía.

-¡Venga Félix, vamos a la cama! Ya verás cómo mañana estás mejor y las cosas se verán sin tanta importancia. Eres muy joven y tienes toda la vida por delante -le decía la abuela. En ese momento entró mi madre en la cocina-.

-¿Habéis visto al chico por aquí?-, preguntó.

-Ahí le tienes, *muertecico* que está el pobrecillo-, dijo mi abuela.

-Ya le tengo al *angelico* la cama preparada y calentita. A usted también, madre; le he puesto la bolsa de goma que traje de Madrid, con agua muy caliente. ¡Venga, todos para arriba, que mañana nos espera mucha faena! -dijo mi madre, bajando el tono repentinamente al final de la frase-.

-¿Y a éste que le pasa? -preguntó, mirando a su hermano, que seguía con la cabeza sobre la mesa-.

-Nada. Mejor ni hablarlo con nadie. ¡Qué tiene que saber la gente de estas tonterías! Mañana te cuento; pero como digo, sin más ruidos, ni más chismes por ahí, ¿entendido? -dijo la abuela-

-Bueno, bueno, pues mañana me cuenta, pero parece serio, ¿no?, dígame algo, al menos -insistía mi madre-.

-Que no, que son tonterías, cosas de la juventud. ¡Venga Félix, levanta y para la cama! Y tú Julia, coge al niño y súbelo en brazos, que parece más dormido que una piedra.

Mi madre me cogió de la banqueta con cuidado, extrañándose un poco cuando le pareció que la tensión de mis brazos no era tan relajada como la de un durmiente. No obstante, sin decir nada, me echó sobre su hombro y yo me acomodé como si simplemente hubiera cambiado de postura durante un largo sueño. Ya en la cama, sin necesidad de fingir, me costó aún dormirme de verdad, pues el recuerdo del llanto de mi tío y la angustia de no saber qué estaba realmente pasando, me mantenían en estado de nerviosismo.

000

Por la mañana, volvieron los primos Julio y Maximino, y también Adela y la tía Eugenia. Todos nos sentamos como pudimos alrededor de la mesa para desayunar. Mi madre y su hermana freían huevos para todos y terminaban unas sopas de ajo para que nos calentaran los cuerpos. Félix no estaba del mismo humor que el día anterior. Tenía mala cara y miraba hacia abajo durante largos ratos, pensativo.

En el otro lado de la mesa, casi enfrente, Adela también estaba bastante seria y enigmática, tenía oscuras ojeras alrededor de sus ojos y no llevaba ni el pelo ni las ropas tan arreglados como de costumbre. Los dos rehuían mirarse abiertamente a la cara. Parecían agotados y confundidos. Yo les acompañaba en esa confusión, evitando también sus miradas, aunque no dejaba de observarles en cuanto me sentía a salvo de sus sospechas, las cuales creo que ese día habían pasado, para ellos, al último lugar de importancia entre sus problemas.

Mi abuela, en la cabecera de la mesa, trataba de animar el momento preguntando a unos y a otros si sabían quién estaba de matanza por el pueblo, o si había noticias de fulanito o menganito, incluso de otros pueblos de alrededor, eso sí, sin dejar de controlar, también, las miradas y reacciones de Félix y Adela. En un determinado momento, en el que mi madre comentó que la semana pasada había visto a alguien conocido por Madrid, ¡qué casualidad!, pues estaba solamente de visita a un médico que le habían recomendado, la tía Eugenia soltó, como gas bajo presión que encuentra un escape, algo que debía de llevar largo rato fermentando en su interior.

-Pues Adela se va a ir a Madrid, con su tío Antonio, que le hace falta ayuda en la pensión y así se paga sus estudios de corte y confección; ya sabéis lo bien que se le da la costura, ¡Quién sabe!, lo mismo el día de mañana hace vestidos para El Corte Ingles.

Todos miraron a Adela y la vitorearon con alegría y afirmación de sus dotes con la aguja y las tijeras. Todos menos Félix, que se puso blanco y levantó la vista para fijarla en los ojos de Adela. Ésta sonreía con una mueca que me pareció un poco forzada. Miraba a todos sin fijar la vista en ninguna parte. Parecía contrariada y dubitativa, sin saber qué decir.

-Su tío dice que, a un par de calles de donde viven, hay una de las mejores academias de costura de Madrid. Van un montón de chicas de todos los lados. Alguna se ha hospedado en ocasiones en su pensión-, dijo la tía Eugenia rápidamente.

Noté un leve cambio en la forzada sonrisa de Adela, así como una ligera apertura de los ojos, que también parecieron brillar por un momento, como si hubieran visto algo querido y reconocible entre una maraña de desechos sin sentido.

-¿Y "pa" cuándo?, ¿cuándo te vas? -preguntó Felix, mirándola tristemente-

-Pronto. Antes que llegue la primavera -contestó rápidamente la madre de Adela-.

Ella no decía nada, sólo hacía esfuerzos por mantener una rígida mueca inexpresiva que tapara la ebullición interna de sus complejos sentimientos.

-Bueno, basta de cháchara y vamos a la faena -dijo mi abuela, para romper la tensión y, sobretodo, para distraer a Félix, que le veía a punto de desmoronarse de nuevo. -Félix, vosotros, los hombres, poneos a despiezar al cerdo y dadnos pronto los lomos y la carne pa los chorizos, que nosotras vamos a ir preparando el aliño y los pucheros.

El primo Maximino se levantó y le quitó la silla a Félix, que tuvo que levantarse deprisa y agarrarse a la mesa para no caerse. -¡Vamos Félix, que estas hoy medio dormido! -le dijo mientras los demás nos reíamos-.

El despiece duró media mañana. Los primos se afanaban en cortar la carne que se trituraría después para hacer los chorizos, los lomos para adobar y guardar en orzas, los jamones y las paletillas. Éstos últimos fueron rápidamente enterrados en sal dentro de unos barreños. Estarían así, metidos en sal, tantos días cada pieza como kilos pesaba, como mandaba el manual de matanza transmitido de generación en generación. También cortaron las costillas, la panceta y demás piezas que la tradición había ido clasificando y adjudicándoles una finalidad y preparación concreta.

Félix no habló casi nada en toda la mañana. Yo le miraba a veces, cuando podía apartar la vista de las maniobras que realizaban los cuchillos por las carnes y los huesos, con deslizamientos sutiles que se mezclaban con golpes duros y certeros, lo cual me tenía fascinado. Su rostro reflejaba tristeza, aunque intentaba disimular y seguir las bromas de sus primos. Tenía momentos de ausencia y desconcentración, por lo que él mismo se alejaba de las tareas finas con los cuchillos y se dedicaba a mover las pesadas piezas para que los otros las diseccionaran con mayor seguridad.

–El lunes te quiero ver más fino, ¡Eh Félix!, que matamos

en mi casa-, dijo el Maximino.

Adela, por su parte, se mantuvo todo el tiempo pegada a su madre con las tareas del adobo y el salado, y las veces que Félix intentó que se deslizara para hablar con ella fue rehusado. Yo lo sabía porque no los perdía de vista; si volvían a lo del día anterior no quería perderme ni un momento.

Por la tarde, los chorizos estaban embutidos y se colgaron junto a las morcillas en la parte interior de la gran chimenea de la cocina, donde se irían ahumando y secando para coger esos olores y sabores tan de "pueblo", procedentes del roble, de la encina, de las aliagas y de otras maderas de la zona, que tan diferentes los hacían de los que compraban mis padres en la capital. También se colgaron, aunque aparte, los lomos, las pancetas y las costillas, una vez adobados y aderezados, para secarse un poco antes de pasar al posterior tratamiento que les correspondería. Algunos se guardarían en ollas de barro selladas con manteca, otros se subirían a la cámara para terminar de curarse e irse consumiendo poco a poco, sobre todo, cuando llegaran los tiempos de la recolecta del cereal y sus grandes esfuerzos durante largas jornadas en el campo.

Por la noche se organizó una gran cena. Todo el mundo estaba de buen humor, incluso Adela y mi tío parecían haber mejorado en su estado de ánimo, sobre todo ella, que cada vez aguantaba con mejor cara las bromas que los demás le hacían sobre Madrid y su futura condición de modista.

Corría el vino y subía el volumen de las palabras y conversaciones que se cruzaban de un lado a otro de la mesa. Félix alcanzó un punto de euforia que le devolvió a su papel habitual de animador de la fiesta.

-Baja el porrón, Félix, que te duermes con el brazo "estirao" -le dijo la abuela, viendo que cogía el vidrio con más asiduidad de lo normal y que sus tragos se prolongaban más que los de nadie-.

-¡*Quiá* madre, no se apure y deme el compás, que voy a cantar una jota! - le contestó, limpiándose los labios con el antebrazo y arrancándose con esta letra, a la que le dio la entonación típica de la jota aragonesa:

> "Y ahora no sabes que decir
> Me dijiste que me querías
> Y ahora no sabes que decir
> Dices o callas, según los días
> Y eso no me gusta a mí
> Y eso no me gusta a mí
> Me dijiste que me querías"

Aplaudimos y jaleamos todos, menos la tía Eugenia y la abuela María, que se miraron de reojo con cara de preocupación. Félix aprovechó para echar otro trago de vino. No había mirado a Adela mientras cantaba, pero algunos sabíamos que su cante iba dirigido a ella directamente. En ese momento, Adela se levantó y empezó a cantar, también mirando hacia arriba o haciendo barridos generales sin centrar la vista en ninguno de nosotros.

"Y aún pueda que un poco *sées**(6)
Te crees listo y guapo maño
Y aún pueda que un poco *sées*
Pero *tiés**(7) puesta la cabeza
en vez de al derecho al *viés**(8)
En vez de al derecho al *viés*
Te crees listo y guapo maño"

Reímos y jaleamos sorprendidos, pues Adela era bastante callada y tímida y no solía exponerse de esa manera a una posible crítica del grupo. Una pena, pensé yo, pues resulta que tenía una voz muy bonita y había sacado un acento muy gracioso para cantar su jota.

Félix volvió a coger el porrón. Su madre intento quitárselo pero él se zafó y consiguió dar otro trago largo. La verdad es que ya se le veía muy acalorado y eufórico y estaba empezando a comportarse de manera bastante patosa.

Yo le veía extraño, con la mirada bastante perdida a veces y sin prestarme atención, él, que siempre estaba pendiente de mí y gastándome bromas.

(6)* *ses*: seas, eres, en voz popular, quizá proveniente de seáis (vos).
(7)* *ties*: tienes, en voz popular
(8)* *vies*: revés, en voz popular

Creo que la mayoría de los presentes, unos con más información que otros, intuíamos el motivo de ese extraño estado de Félix y por eso los mayores, sobre todo la abuela y su cuñada, trataban de distraerle y de evitar el dialogo abierto y descarnado con Adela.

La tía Eugenia, para enfriar el asunto, que veía que se iba por derroteros escandalosos, se levantó y cantó una jotica de las clásicas:

> "De una posturica "guena"
> Cuando muera que me entierren
> De una posturica "guena"
> Como no ha de ser "pa" un rato
> No es cuestión de estar con pena
> No es cuestión de estar con pena
> Cuando muera que me entierren" *(9)

Después saltó mi madre, con una jota alegre, ajena al drama soterrado que parecía influir de manera incómoda en el ánimo de todos, y para quitar las malas sensaciones que la mención a la muerte podría haber dejado la copla anterior. Esto animó a que cantaran también los primos y la abuela, con estrofas que arrancaron mi risa y que me descubrieron una faceta de la familia que desconocía hasta entonces.

Sin embargo, ni Felix ni Adela volvieron a cantar. El uno

---

(9)* Jota de Luis Sanz Ferrer, 1923. Primer premio en el Concurso del "Heraldo de Aragón". Sacado de "Pequeña antología de coplas aragonesas y algunas reflexiones previas" de José Luis Melero Rivas.

siguió bebiendo hasta que se le cerraron los ojos casi por completo, la otra volviendo a su callada y enigmática expresión.

-¡Hala chicos, venga a descansar! -dijo mi abuela- que mañana aún queda faena y ya es muy tarde. ¡Vosotros!" -dirigiéndose a los primos- ayudad a subir al Félix, que le veo un poco cargado esta noche y lo mismo se nos cae por las escaleras.

Nos fuimos todos a dormir y al día siguiente mi madre, que no podía quedarse allí por más días, y yo, salimos hasta la carretera comarcal para coger el "coche de línea", que nos llevaría de vuelta hasta Madrid.

Para mí se cerró un capítulo que no volvería a repetir, el de la matanza. No tuve oportunidad de volver al pueblo para participar en esta especie de ritual pagano del triunfo del hombre sobre la necesidad de alimentación. Un ritual cargado de proteínas y grasas, que era, a la vez, una fiesta familiar en la que se estrechaban los lazos y se afirmaban los roles de cada uno, eso sí, con duro trabajo por parte de todos y algún que otro roce no programado, como el que habíamos vivido aquel año con el amor prohibido de mi tío.

Sí que llegaron, puntualmente a Madrid, sin embargo, las morcillas de matanza que los tíos enviaban cada año, esas que me recordaban sus sabores, sus olores y aquellas otras experiencias intensas que yo había vivido entonces: la fuerza de la vida y de la muerte, con sus enormes placeres y sus punzantes sufrimientos.

La prima Adela vino alguna vez por casa y yo no pude evitar mirar lascivamente las piernas, el trasero y todo lo demás, recordando de nuevo el fuego interno y la atracción sexual que despertó en mí, por primera vez, aquel frio día de enero.

Hablaba con mi madre acerca de sus asuntos con un novio muy bueno y formal, que le había salido a través de un huésped de la pensión de su tío. A la vez que hablaba, tomaba una medida, o cogía un alfiler, para confeccionar algún vestido que mi madre le encargaba cuando había un evento ceremonial cercano.

Sin embargo, no tuvo suerte de nuevo en la vida y una enfermedad celular degenerativa, hasta entonces poco conocida, terminó con su vida en poco tiempo.

Félix se fue, unos pocos años después, a trabajar a Barcelona. Se metió con un hermano, una hermana y el marido de ésta, en un pequeño piso de las afueras. Allí se adaptó como pudo, gracias a su carácter optimista, a una vida sin casi nada de lo que le había hecho feliz hasta entonces. Sin sus amigos, sin sus primos, sin sus animales y sin su tierra, pero, sobre todo, sin la esperanza de volver a tener alguna vez consigo a su amada Adela.

La Muletada

Caía la tarde en la plaza de la iglesia, justo a la entrada del pueblo. Era un recinto abierto y grande, rodeado de casas y salidas a varias calles, que estaba presidido, en lugar preferencial, por una escalinata que subía al atrio de entrada a la iglesia, el cual se elevaba un poco por encima de esta plaza.

Cuatro viejos apuraban el tibio calor de los últimos rayos de sol. Se exponían a él entregando sus arrugadas pieles a esa agradable sensación que casi les sumía en una tardía siesta.

Sentados en el amplio poyo de la casa del tio Castillo, recostaban sus espaldas sobre la acogedora pared que daba también soporte a una enorme parra que la cruzaba de lado a lado. Aquella pared, en el subconsciente de cada uno, tenía la personalidad del regazo de una enorme madre, dando siempre cobijo frente al viento y el frío, acogiendo con pétrea ternura a todo el que se apoyaba en ella.

Mirando al sur y situada estratégicamente frente al ir y venir de la entrada al pueblo, estaba siempre acompañada de gente que buscaba distracción o que, una vez terminados los quehaceres del día, compartía con sus vecinos el descanso y la alegría.

Aquella tarde, todo el lugar parecía estar poseído de un ambiente mágico. Una leve atmósfera, formada por una mixtura de silencio profundo y tenue luz solar se posaba por todos los lugares de aquel amplio espacio. Era un momento de tregua que concedía el día, entre la radiación agresiva del sol de pleno día y el empuje ruidoso del viento que se levantaba invariablemente al entrar la noche. La procedencia de este aire variaba, según decían los paisanos. Unas veces era *el de Moncayo*, frío y seco, que entraba desde el noreste, y otras cambiaba y se ponía el de *Abrego*, más húmedo y cálido, que venía del suroeste.

En aquel momento no se movía una hoja y se podía oír hasta el vuelo de las moscas. El lejano sonido del agua del caño de la fuente, cayendo sobre el pilón, en la aledaña plaza del frontón, servía de fondo coral a aquel escenario de tranquilidad vespertina.

Unos pocos críos jugábamos a las chapas en el suelo de tierra seca y apretada cuando, de repente, un creciente ruido de cascos nos hizo volver la cabeza hacia la carretera. Dos mulas rojas, con el cuello estirado y el morro levantado, resoplando y con un trote apresurado, aparecieron las primeras por la esquina de la entrada.

-¡*Ay va de ay**(1), chicos, que viene la muletada! -oí que gritaba uno de los viejos del poyo-.

Corrí, asustado, a subir las escalinatas y escalar al pequeño muro de piedra que rodeaba el atrio, o corral de entrada a la iglesia. Me aseguré lo mejor que pude y, ya más tranquilo, me volví para ver lo que pasaba.

*(1) *Ay va de ay*: expresión típica de esta zona para expresar "quítate de ahí".

Era un espectáculo salvaje, bello y emocionante. Más de doscientas mulas y *machos**(2) entraban en la plaza, llenándolo todo de ruido y energía medio descontrolada. Las había de todos los colores y pelaje, *bayas**(3), *royas**(4), *tordas**(5), blancas y negras, formando una espectacular estampa de múltiples tonalidades. Era un amasijo de cabezas, largos cuellos y cuerpos sudorosos.

Los poderosos músculos, con el brío nerviosamente contenido, resaltaban bajo la piel y el pelo brillante de sus ancas y espaldillas. Había en el ambiente un ruido hueco, como de castañuelas, producido por las pezuñas al golpear el suelo, y un polvo ligero envolvía todo aquel hervidero de energía y vida desbordada, como una neblina fina que le confería, además de la emoción del espectáculo, cierto aire de misterio.

Sin cabezadas, totalmente desnudas, las caballerías transmitían una sensación de libertad salvaje que desafiaba el orden y la rutina del pueblo. Yo siempre las había visto atadas y aparejadas, con las cinchas, las albardas y los ramales bien sujetos. Siempre bajo la mirada diligente del dueño y sometidas a las órdenes que salían de su voz. Normalmente iban andando con aspecto cansino y aburrido, colaborando como fuerza de trabajo en las múltiples tareas de laboreo. Las había visto tirando de arados, de rodillos de

---

*(2) *Macho*: expresión para denominar al mulo.
*(3) *Baya*: de pelo blanco amarillento
*(4) *roya*: de pelo casi colorado.
*(5) *torda:* de pelo blanco y negro mezclado

piedra o de trillos, también acarreando, desde las parcelas a las eras. Enormes cantidades de fardos de mies colgaban a cada lado de las *amugas**(6) con las que las vestían. También las había visto llevando paja, desde las eras a los pajares, con los *argados**(7), o basura de las cuadras, para esparcirla por los huertos, en los pesados *serones**(8). Ahora, sin embargo, corrían sueltas y libres, sin ninguna atadura aparente, expresando la Libertad y la Belleza en estado puro; sensaciones vitales básicas y fundamentales que mi espíritu infantil, sin saber muy bien todavía lo que eran, las acariciaba y montaba, dejándome llevar, cabalgándolas sobre aquellas grupas, como una alegoría.

Trotaban, no obstante, bastante agrupadas, persiguiendo un objetivo común y conocido: el pilón. La sed acumulada después de un largo día entre tierra, cardos y rastrojos las llevaba directas a ese enorme bebedero.

Impresionado todavía por aquella avalancha ruidosa de músculos desfogados, resoplidos babosos y cascos golpeando contra el suelo, que casi se nos había venido encima, bajé de la pared y fui corriendo, como los otros niños de la pandilla, a subirme de nuevo a ella, pero por la parte que daba al otro lado, a la plaza del pilón.

---

*(6) *amugas*: aparejo de madera que se ponía por encima de la albarda para poder atar y colgar los fajos de mies para el acarreo.
*(7) *argados*: redes de cuerda para transportar la paja.
*(8) *serones*: aparejo de cuerda o cáñamo, consistente en dos grandes cavidades, una a cada lado de la mula, para acarrear basura.

La visión era excelente desde allí y todos los chiquillos nos sentíamos como si estuviéramos en un asiento de barrera en una plaza de toros. El espectáculo nos transmitía toda su fuerza en la cercanía, pero a la vez nos sentíamos seguros por la protección que nos confería la altura que el corral de la iglesia tenía por este lado respecto del pilón.

Allí abajo, un poquito sólo más allá de nuestro palco, estaban todas esas bestias luchando por hacerse con un sitio en el pilón de la fuente. El rectángulo de cemento que contenía el agua, de unos doce pasos de largo por dos de ancho, se ocupó por completo en un instante. Fue un breve combate que se celebró entre empujones, cabezazos y amenazas de mordiscos de esos brutos animales que se abalanzaban a él para coger un sitio. Quedó finalmente adornado, como si de un claustro de monasterio se tratase, por una estructura singular de arcos que paralelamente caían sobre el borde del agua. Una especie de corredor abovedado de gargantas sedientas y peludas crines rodeaba ese estanque que reflejaba el azul del cielo. Enormes y largos cuellos, apretados unos junto a otros, hundían levemente en el agua unos morros color ceniza, de los que salían cuatro pelos salteados, casi a modo de antenas.

Me llamaba la atención el tiempo que se tiraban bebiendo, inmóviles, dejando a ras del nivel del agua, para poder respirar mientras bebían, los grandes orificios que conformaban la nariz, a ambos lados del morro. Las cabezas, con esas frentes grandes y planas, flanqueadas por unas anchas mandíbulas, que les conferían una forma de prisma con ojos, estaban todas alineadas, como bases de aquellas columnas imaginarias.

Detrás de éstos, otros cuellos se estiraban, pugnando por abrirse paso entre las redondas panzas de las mulas que en primera fila estaban. Entre los morros de los animales flotaban algunas rebabas verdes que a los niños nos daban mucho asco. Eran como algas que, agarradas a los bordes del pilón, se alargaban y flotaban, con un tacto húmedo y gelatinoso, más parecido a mocos que a una planta.

Esa larga fila de cabezas inmóviles bebía sin parar a descansar, solamente sus orejas se movían repentinamente, luchando por apartar las moscas de su alrededor. De vez en cuando, un cuello se giraba bruscamente, tratando de expulsar a alguna mula que luchaba por meter su hocico también en el pilón.

Mientras bebían las bestias, aprovechando su celo por satisfacer la sed, algunos dueños se acercaban por detrás, empujando y haciéndose hueco a duras penas, entre las estrecheces de las apretadas panzas, para meterse entre medias y colocarles las cabezadas, pudiéndolas así sujetar por el ramal y llevarlas a casa sin problemas cuando terminaran de beber.

Vimos subirse al pilón a un mozalbete, seguramente enviado allí por su padre para coger la mula. Llevaba la cabezada en la mano y pasaba lentamente por el borde del pilón, sorteando las numerosas cabezas y cuellos que había de por medio hasta llegar a su animal. Seguramente pretendía ponérsela desde allí, pues pensaría que entrar por detrás estaba peligroso, viendo los poderosos traseros de estos animales, que a veces sueltan coces rápidas como balas y golpean como estacones.

El chico pasaba las piernas por encima de algunos cuellos, se agarraba a las crines de otros y apartaba los que se resistían a ser pasados, armando un cierto alboroto alrededor del abrevadero. Estaba a punto de llegar a su mula, y por ello ya más confiado, cuando, de pronto, un macho negro, que llevaba bastante tiempo bebiendo pero aún no había quedado satisfecho, se volvió a morder a otro que empujaba por detrás para hacerse paso, con tal mala fortuna para el mozo que, al girar la cabeza, el animal enganchó con el morro los cabezales que llevaba aquél en la mano, haciéndole perder el equilibrio y caer de espaldas al pilón.

Hubo una espantada general, todas las caballerías dieron un salto atrás y despejaron el pilón, haciendo un gran estruendo de cascos y herraduras al rozar con las piedras que solaban el rededor de la fuente. Todo el mundo se volvió a mirar que pasaba, entre el susto y la curiosidad.

Allí, en medio de la escena, emergió la cabeza del chico, levantándose desde dentro del pilón. Tenía la boca y los ojos abiertos al máximo, pero no parecía respirar, ni mirar a ninguna parte; era la cara del "Susto" con un cuerpo de quince años. Le colgaba alguna rebaba verde por la cabeza, que se quitó de un manotazo en cuanto pudo reaccionar, y chorreaba agua por todas partes, como si le manara desde dentro. Empezó a jurar contra la acémila, que ahora estaba, como las demás, formando grupos, más tranquila y mirando de reojo con la cabeza baja hacia el pilón. Me pareció que su expresión, como la de otras caballerías, estaba entre la desconfianza hacia el ser humano, miedo al palo, y la risa; hubo, incluso, algún relincho que pareció una risa abierta.

Los humanos que estaban por allí, por otra parte, no disimulaban en absoluto la gracia que les causaba la escena, y los niños mucho menos. Hubo, durante unos minutos, una carcajada general mientras el chico salía del pilón y juraba por lo más alto. Después, mirando al personal, que se acercaba a ayudarle y a seguir la guasa, comenzó a reírse y a cambiar la cara.

Mientras le pinchaban con sus gracias y le tomaban el pelo, que aún chorreaba agua por el flequillo, el mozo cogió una piedra e hizo una muesca en el borde del pilón, por donde había caído, que era costumbre en el pueblo y motivo de orgullo y de chanza, una vez pasado el trago, que no es frase hecha, pues no es agradable beber de donde beben las bestias, como tampoco lo había sido entrar de golpe como payaso en mitad de una comedia.

Poco a poco, los paisanos se acercaron a por sus yuntas. La *yunta* era una pareja de estos animales, la cantidad imprescindible de ellos para engancharlos al yugo, que las unía por el cuello, y éste ser unido al arado, para revolver las tierras de labranza, o al trillo, para dar vueltas alrededor de

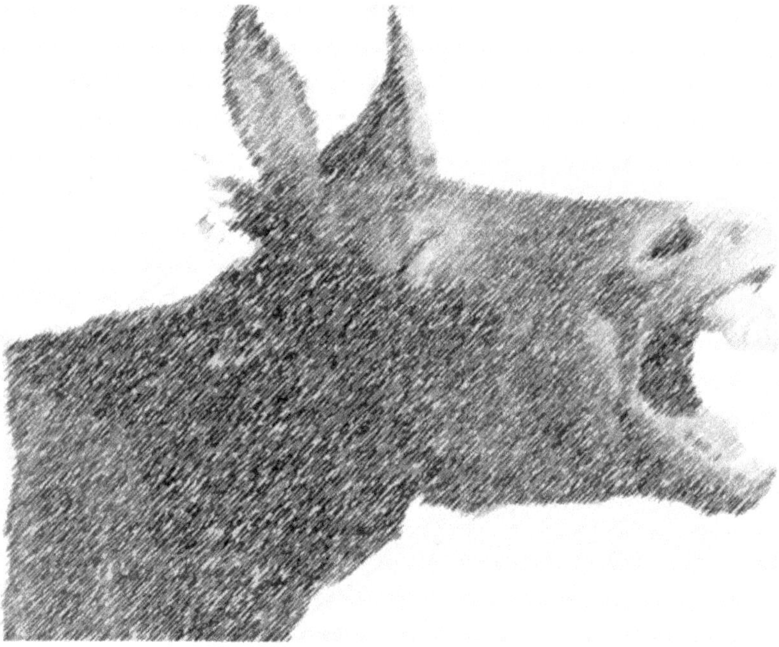

la parva de mies recién segada, allá en las eras, o bien engancharlas al carro, para transportar cualquier carga.

Las bestias, que aceptaban de mala gana ser llevadas de nuevo a sus encierros, se hacían las remolonas y algunas tenían que ser fuertemente arrastradas por los ramales para que caminaran hacia sus casas. Una vez convencidas de la inutilidad de sus esfuerzos, al cabo de poco rato, aflojaban en su resistencia y se dirigían dócilmente a las cuadras, que se encontraban habitualmente en la planta baja de las casas.

Allí, debajo de las habitaciones y alcobas, daban calor a los cuerpos de sus habitantes, pero también seguridad y tranquilidad a sus espíritus, cuando los ruidos de las herraduras y los resoplidos de sus morros acompañaban los pensamientos de las duras tareas que esperaban los días venideros. El perro sería el mejor amigo del hombre, pero los mulos eran sus mejores compañeros de trabajo, su herramienta, su fuerza. Sin yunta no había trigo, y esta tierra es cereal, siempre lo ha sido, por eso gustaba tenerlos cerca, seguros y al abrigo.

Ya no existe ese contacto, ese compañerismo, pues estos animales se han extinguido. Sólo en memorias antiguas como la mía siguen aún trotando y relinchando, gracias a la impresionante huella que su belleza y poderío dejaron en mi infantil experiencia.

La maquinaria los hizo inútiles y la economía los borró del mapa. Después, junto con ellos, borró también a muchos hombres de estos paisajes, pintándolos por otros lares, entre cemento y metales, en aquellos refugios de almas desubicadas que empezaban a ser las grandes capitales.

La Economía parece ser el pincel que dibuja dónde y cómo se encuentra la vida del hombre, y con él, también, la del resto de animales. En la prehistoria pintó paisajes de bosques tupidos y vegetación salvaje, llenos de animales fieros y algunos hombres cazadores, después, la economía sedentaria los transformó en otros cada vez más abiertos, más talados, con ganado y con muchos agricultores, más tarde pintó siluetas de fábricas y calles de cemento, llenas de gente por todas partes, y en el campo, sin embargo, sólo unas pocas naves desangeladas y tractores solitarios, pero, ¿qué pintará en el futuro, cuando la fuerza o habilidad meramente física del hombre no sea ya necesaria, sino que estorbe?, ¿pintará campos aún más despoblados, ciudades más vacías, sin transeúntes, sin atascos, sin coches…, sin hombres?

La Economía, por las ventajas de productividad y de coste, seguirá la senda del desarrollo de la robótica, lo que podría conllevar que los humanos que no se adapten a las necesidades futuras del trabajo, es decir, los que no tengan ninguna actividad o cualidad que ofrecer a los otros, los que no hagan algo que no puedan hacer las máquinas más económicamente, queden, como poco, aislados, como en las reservas de los indios americanos.

Quizá no fuera un proceso inmediato, sino que se irían agotando y diluyendo en vidas subvencionadas, como las de aquellos nativos, cada vez más ociosas y viciosas, hasta que desaparecieran por completo. Algunos llegarían a ese estado por haber elegido evitar cualquier esfuerzo para la adaptación, pero otros, se verían arrastrados a ese destino simplemente por sus herencias de clase o condición.

Sólo la Ética y la Política, debidamente fundamentadas, pueden contrarrestar la inercia que nos lleva por el camino fácil de soluciones egoístas e irracionales. La Ética y la Política hablan de lo bueno y de lo malo, de lo justo y de lo injusto, de los derechos y de las obligaciones, pero no sólo de unos pocos, sino de todos y para todos. Así deberíamos entenderlo cada uno de nosotros y organizarnos bien de cara al futuro, pues en nuestra especie, como en todas, cada individuo cuenta y cada individuo puede ser el peldaño que nos eleve a un tramo superior de la escalera evolutiva.

En la plaza del pueblo, recuerdo, seguía el jolgorio, pues el chaval que había caído al pilón señalaba con el dedo y con grandes aspavientos hacia el tío Venancio, que se encontraba al otro lado de la plaza y con los pantalones bajados a la altura de las rodillas. El chaval se reía todo lo que podía, aumentada quizá su risa por las ganas de revancha de lo que se habían reído de él, unos minutos antes.

Todo el mundo le acompañaba, con grandes risotadas y aspavientos, viendo aquella patética escena en la que el tío Venancio, que había pastoreado la muletada ese día, dejaba al aire sus calzones y sus piernecillas flacas y blancas, desgastadas ya también por los años que tenía.

Tres hombres le rodeaban y miraban hacia una parte del muslo que él señalaba. Parece que fue, según contaba, que en uno de aquellos secos rastrojos y páramos, por los que había conducido a las caballerías aquella tarde, pisó un palo, el cual saltó un poco por el aire, haciendo palanca con alguna piedra, y una mula que se encontraba a su lado se espantó, creyéndolo una culebra, de tal modo que lanzó una coz rápida de defensa que le alcanzó de lleno el muslo y le dejó un buen rato dolorido sobre la tierra. Señalaba el cardenal que se le había formado y miraba para todos los lados buscando a la jodida mula que le había hecho ver las estrellas.

Ya no estamos expuestos a sus coces, ni a las caídas de sus grupas, porque ya no están; ya no están en nuestras vidas esas imprevisibles mulas. No tenemos hoy esos peligros, pero tenemos otros, y de más complejo carácter. Como decíamos antes, el mayor peligro podemos ser nosotros mismos y nuestra forma de pensar.

En estos tiempos de aceleración cultural y progreso tecnológico, tenemos por delante tanto la posibilidad de lograr el éxito de un salto cualitativo en el desarrollo de nuestra especie, como de marrar en un fracaso monumental y estrepitoso.

La Humanidad debería cabalgar en estos momentos a lomos de la Filosofía y de la Ciencia Básica y adentrarse de manera extensiva en territorios más intelectuales y espirituales, buscando alcanzar niveles superiores de verdad y felicidad, con soluciones a largo plazo, más allá del placer inmediato de la simple distracción y de la comodidad física, pues si no, su enorme potencial evolutivo, amplificado por la Tecnología, se convertirá en su principal arma autodestructiva; cada vez más mortal, más definitiva.

Los humanos que sudaban su esfuerzo, de sol a sol, al lado de aquellas mulas, tenían poco tiempo para pensar serenamente y para formarse en materias que fueran más allá de las tareas cercanas y físicas que realizaban cada día. Muchas guerras, desgracias y calamidades varias eran propiciadas, precisamente, por esa falta de conocimientos y de miras algo más lejanas que su propia supervivencia diaria.

Los hombres y mujeres industrializados de hoy hemos alcanzado mayores cotas de producción y una vida más confortable, con mayor tiempo para el estudio y la investigación. La fuerza productiva mecánica y la técnica se han multiplicado exponencialmente, liberando a los seres humanos y a los animales de esos esfuerzos. En paralelo, la enseñanza y la formación en todas las disciplinas se ha extendido a un gran porcentaje de la población. Todo esto conlleva niveles superiores de confort con menos esfuerzo, a la vez que una mayor formación política y social. Si nos organizamos bien, es de esperar que todos podamos alcanzar una vida cómoda, larga y con mucho tiempo de ocio.

Es ahí, no obstante, donde también nos acecha otro peligro. Deberemos estar vigilantes y aprovechar ese enorme regalo de tiempo para enriquecernos también espiritualmente. Deberemos encontrar nuestro camino de superación, individual y colectiva, pues el peligro del tiempo libre puede estar en malgastarlo, en debilitar nuestra voluntad, esa que nunca descansa, que mantiene siempre activos nuestro corazón y nuestro cerebro, esa que nos integra como sujetos y que nos proyecta para seguir creciendo. Esa voluntad puede empobrecerse por relajarnos en exceso, por abandonarnos al cómodo atractivo de la distracción sin ningún esfuerzo, por dejarnos llevar por las pasiones y la pereza, terminando siendo su prisionero.

Podemos apagar la luz de la esperanza, la del horizonte que persigue el incansable caminante que llevamos dentro. Sin esa luz, podemos perdernos en laberintos cada vez más oscuros y depresivos, o bien enredarnos en bucles retorcidos y violentos. Sin ese impulso intelectual, sin esa curiosidad, nuestro descanso se prolongaría hasta alcanzar el absurdo letargo del animal saciado y repleto, de la siesta interminable del perro, de la mirada hueca e inmóvil del burro en el establo. En fin, una vida simple, estéril y aburrida, que nos retrotraería a estados casi primitivos.

Se trataría, por tanto, para evitar esa decadencia, de mirar de largo al frente, sin aflojar el paso, como la mano firme que obliga a andar al caballo. Pero también debemos mirar atrás, de vez en cuando, sin nostalgias, sin añoranzas paralizantes, pero sin olvidar el pasado, la cuna que nos crio y las enseñanzas positivas que nos ha dado.

Yo así lo haré. Seguiré recordando y añorando a aquellas acémilas de pasos cansinos y enormes grupas, sobre las que tantas veces soñé que recorría caminos desconocidos y exóticas rutas. Después, retornaré del pasado y asimilaré con resignación que la historia y el progreso radicalmente nos han separado, para, acto seguido, mirar al futuro y seguir trabajando.

Antes, cuando esos animales y el hombre compartían vida, al llegar el frío y caer la noche, fuerza bruta y mente inteligente descansaban bajo el mismo techo, al amparo del hogar y del propio pueblo, soñando en primaveras más floridas, en veranos más granados y en esfuerzos mejor recompensados.

Es difícil imaginar lo que pasaría particularmente por aquellas cabezas cuadradas, tumbadas en lechos de paja en la oscuridad de sus cuadras, pero seguramente sus sueños volarían hacia prados con buenos pastos, hacia trotes y coqueteos, quizá alguna coz, o algún escarceo, pero siempre con la manada, con la alegre sensación de un día de fiesta, de un día de muletada.

El espíritu de Aurelio

Un día, la tia Herminia salió corriendo de su casa. Estaba muy alterada y decía, entre suspiros y sollozos, que había visto el espíritu de su difunto marido; que se le había aparecido y que, incluso, le había hablado durante un rato.

En el salón, al otro lado del hueco de la puerta, por donde yo de vez en cuando miraba, mi abuela y la tía Herminia hablaban en voz baja, sentadas alrededor de una mesa camilla. La mesa estaba justamente delante del balcón, el cual se hallaba medio cerrado, como correspondía en las largas tardes de verano, para evitar la entrada del calor y de las moscas. Al ser el único punto de entrada de luz en la sala, los pocos haces que se colaban por las rendijas de las contraventanas dibujaban en el aire dos figuras negras rodeadas de un aura luminosa, una junto a la otra, sin apenas claridad entre ellas, sin apenas detalles tampoco, sólo sus siluetas delineadas, en las que se adivinaban unos hombros caídos y redondeados por los años que pesaban sobre ellos. Las cabezas de las dos ancianas, próximas, para más confidencialidad, coronaban esa composición casi simétrica, que culminaba con el adorno de sus cabelleras recogidas en perfectos moños.

Por debajo de ellas, multitud de figuras geométricas eran proyectadas en el aire por el paso de la luz a través de un mantel de ganchillo que colgaba de la mesa. Esta especie de mosaico transparente y etéreo se sostenía en el aire por el efecto de las infinitas y diminutas partículas flotantes que la luz descubría en un espacio que se creía vacío. Parecía la proyección, en holograma, de la celosía de un convento de clausura, la cual dejara sólo entrever un mundo enigmático y diferente al otro lado de ella.

Esa atmósfera cálida y densa me atraía sin saber por qué. Yo jugaba con mis soldaditos de madera, que en realidad eran unas astillas bien cortadas en forma de prisma, para alimentar la cocina "económica" de hierro fundido en la que tantos guisos deliciosos se preparaban. Mi campo de batalla era el suelo del pequeño distribuidor que conectaba la escalera que subía desde el portal con el comedor y las alcobas. Me arrastraba por los baldosines de barro rojo, limpios y brillantes de cera, como siempre los tenía mi abuela, disimulando batallar de un lado a otro, para poder asomarme, poco a poco, aunque cada vez más descaradamente, a aquella sala en penumbra, desde donde salían las graves y misteriosas voces de aquellas dos mujeres.

Ya llevaba un buen rato queriendo salir a flote de ese sentimiento plomizo y desolador que siempre, en aquella hora de la siesta, parecía inundarlo todo. Ningún ruido, ni en casa ni en la calle, ningún objeto amigable, sólo paredes blancas y algunos viejos muebles que me miraban fijamente sin llamarme.

Al fondo del pasillo, desde la puerta entreabierta, se hacía notar la estancia oscura y llena de trastos viejos que era la cámara, subiendo la escalera. Era una zona un poco inquietante para mí. Casi nunca subía, y menos sólo. Al otro lado había una alcoba sencilla, con tan solo una cama, una pequeña mesilla y un crucifijo. La cama, tan alta, limpia y aislada, me parecía en ocasiones como un sepulcro de los que colocan en las capillas de algunas iglesias. Todo parecía llevar allí un tiempo incalculable; seguramente siempre.

Un ambiente grave y circunspecto llenaba todos los oscuros y silenciosos espacios, presionando con una carga de angustia mi fondo de aburrimiento. Mi mente infantil y fresca necesitaba novedades y distracción, de manera que me arrimaba a la única fuente de calor y nueva información que había a esas horas por la casa.

-Chica, como te lo cuento -le decía la señora Herminia a mi abuela- mi Aurelio se me ha aparecido esta noche y me ha hablado. No son figuraciones mías; es tan cierto como que estoy aquí ahora mismo.

-¿Estás segura, Herminia? -le respondía mi abuela- no sé, no sé qué decirte; de todos modos, ¡menudo susto has tenido que pasar!

-Claro que sí, María. Al principio me asusté mucho; luego ya no, pues era mi Aurelio, y me decía unas cosas muy bonitas, incluso dormí plácidamente después de eso. Sin embargo, esta mañana, sólo de pensarlo, sólo de saber que puede haber espíritus por cualquier rincón de la casa, me ha entrado un pánico que "para qué" y he salido corriendo a meterme en casa de la Pili. No sé qué me ha pasado, no podía controlarlo.

-Ya lo sé. Se ha enterado todo el pueblo. Ahora, a lo mejor alguno te toma por loca.

-Es igual. Que digan lo que quieran; yo sé lo que he visto y estoy perfectamente cuerda. He estado pensando mucho rato, sabes, y se me ha quitado todo el miedo. Si mi Aurelio está conmigo, en espíritu o como sea, él me protegerá, ya sabes cómo estábamos de unidos.

-Ya lo sé Herminia. Si es el Aurelio de verdad no debes tener ningún miedo. Él era un hombre bueno, y los dos os queríais mucho.

-Y que lo digas, María. Mira, se me sentó enfrente de mí en la mesa, según estaba cenando, como siempre lo había hecho, con los codos sobre la mesa y las manos entrelazadas, mirándome sonriente mientras terminaba de comer. Él siempre terminaba antes que yo, y le hacía gracia ver lo despacio que yo masticaba. Me dijo que estaba muy guapa y que no me preocupara por el dolor que se me pone en el riñón, que no sería nada, que fuera a por agua a la fuente del Ejido, en el camino de Sienes, que es mejor para eso que ésta del pueblo, y muchas cosas más…; que esté alegre y no pierda la gana de vivir, pues sólo muere de verdad y para siempre lo que no quiere existir.

Sentí un gran escalofrío cuando la imagen del señor Aurelio, que yo vagamente había conocido, con su boina y su bastón, se presentó en mi imaginación como saliendo del cementerio, donde deberían estar todos los muertos. De un salto me levanté y bajé las escaleras corriendo. Salí a la calle a buscar amigos y estuve un buen rato como hoja que lleva el viento, de acá para allá, sin parar en ningún sitio concreto, pues no había nadie por la calle.

Más tarde, fueron saliendo niños de sus casas y me zambullí de lleno en la refriega; empujando y dejándome empujar, saltando a *La Dola**(1) y corriendo al *Tula**(2), casi sin parar. Nunca había estado tan a gusto recibiendo alguna patada o algún pellizco de los que al saltar te propinaban con cierta mala leche algunos de los chicos. Nunca me había sentido tan ligero al correr delante o detrás de otros muchachos; gastando energía a borbotones y zambulléndome en el mundo que dominaba: el de lo físico, el que aprendía día a día con mis juegos, el que entraba por los poros de la piel y sentía directamente en los huesos y en los músculos.

Aunque a veces me fascinara el misterio que se escondía tras las luces crepusculares que antecedían a la caída de la noche, o tras el tañido de las campanas de la iglesia rebotando por

---

*(1) *La Dola*: era un juego infantil que consistía en saltar, desde una raya, por encima de un compañero que se encontraba agachado, apoyando en él solamente las manos. A veces se acompañaba con una leve patada en el culo del que saltaba por encima.

*(2) *Tula*: juego infantil que consistía en que uno, que la ligaba, corría detrás de los otros hasta tocarles con la mano, a la vez que decía "tú la ligas". El tocado, ahora, corría detrás de los demás, con la misma intención.

las paredes del cementerio, la presencia, o posibilidad de ella, de fantasmas que salían de las tumbas, era demasiado para mí corta experiencia del mundo.

Era lo más somático, lo que impactaba más directamente en mi cuerpo, lo que aportaba mayor seguridad y coherencia al frágil y complejo mundo que aún estaba construyendo en mi cabeza.

000

Aquellos labios suaves y frescos, ligeramente húmedos, transmitían un placer tan profundo a la muchacha que se estremeció de arriba abajo: desde la fina piel de su entregada boca hasta lo más hondo de sus entrañas. Después del torrente inicial vino una suave corriente, un flujo que recorría todo su ser, poniendo en sintonía cada célula con las demás y proporcionando un sentimiento nuevo y agradable. El confort en el que se sumía todo su cuerpo se complementaba con una sensación añadida, algo que nunca antes había experimentado y que elevaba el nivel de bienestar por encima de lo hasta entonces conocido. Aquella corriente dulce y templada transmitía vida, el calor de un ser deseado y querido. Las sonrisas, las miradas, el color de su piel, sus misterios por descubrir, todo, todo estaba en la punta de aquellos labios y penetraba recorriendo su cuerpo y empapando su alma.

Los ojos cerrados vagaban por abstractas imágenes que acompañaban a su mente, concentrada al máximo en aquella fusión placentera de cuerpo y alma. El espíritu se sentía fuerte y seguro, anulando cualquier duda, cualquier temor. La sensación era superior a las palabras, a los pensamientos, por eso nunca supo describirla ni hablar seriamente de ello con nadie, pero intuitivamente supo que estaba ocurriendo algo grande, algo que la estaba cambiando y haciéndola crecer.

Lo que sentía era también una afirmación de lo que se venía fraguando en su mente, aunque de una manera inconsciente. Desde el día en que le conoció, él era parte de su vida, como si lo hubiera estado esperando desde siempre…; y algún día se unirían eternamente.

Caminando de regreso a casa, en un recorrido que alargó por varias sendas y calles tanto como pudo, pues su ánimo, ligero y libre como nunca, se resistía a encerrarse en ningún sitio, dejó volar sus recuerdos e imaginaciones, las cuales salían a borbotones de una mente todavía excitada y fresca.

Salían todas las imágenes del rostro hermoso de su amado, de su pelo ondulado, de sus fuertes hombros; todas las ilusiones sobre un futuro cada vez más cercano, transmitidas por sus elocuentes palabras y alojadas con cierto desorden en su cabeza; todas las acciones y reacciones que él tenía, algunas ciertamente imprevistas y graciosas, que mostraban su simpática naturaleza. Todo, todo eso había quedado fundido para siempre en su interior al calor del gozo de aquel beso.

Las venas, de un color azul oscuro, se veían cruzándose entre ellas por debajo de la piel arrugada y translúcida de las manos de Herminia. Sentada en el poyo de mi puerta las tenía entrelazadas y apoyadas sobre la corva de la garrota, que mantenía pina entre sus piernas. Su mirada fija las traspasaba como si no existieran, enfocada como estaba al infinito horizonte de sus recuerdos. Yo también miraba, callado y sentado junto a ella, hacia el mismo punto que sus ojos, como acompañándola en su viaje por el tiempo.

Herminia hablaba a ratos, otros se callaba. Saltaba de unos recuerdos a otros y cambiaba de personajes en sus ya seniles relatos. Aunque perdido en muchas ocasiones, yo apenas la interrumpía, salvo para redirigirla hacia el tema de su marido Aurelio y saber cómo podían ser las enigmáticas apariciones. Sabía que no tendría muchas ocasiones como la de aquella tarde de verano, en la que todo el mundo estaba por ahí, paseando, y parecía que Herminia tenía ganas de hablar con un joven como yo, casi extraño; aunque, a lo mejor, era precisamente por eso, por ser relativamente extraño.

Quizá sintió que sus recuerdos eran de nuevo valiosos, y con ellos su propia vida. Un joven le preguntaba interesadamente por su pasado y se sentaba a escucharla pacientemente con sus oídos abiertos y no como meros apéndices de una cara simplemente amable. Los habituales, los de los vecinos en las reuniones vespertinas solían evitar historias ya conocidas y no prestaban atención más que a lo que salía de sus propios labios, de manera que, ahora, poco a poco, su espíritu se iba cargando de energía y compartía con satisfacción los tesoros emocionales que guardaba en su sagrario.

Yo llevaba tiempo queriendo hablar con ella. Por alguna razón que desconozco, aquella impresión que me hizo salir corriendo cuando era niño, aquello que había quedado por muchos años arrinconado y olvidado en lo más recóndito de mi mente, volvía ahora a salir a la luz por mi curiosidad de adolescente.

Indagué durante algún tiempo entre mis familiares, y también con algún vecino de la tía Herminia, pero las respuestas eran pocas y siempre las mismas: -"ella dice, alguna vez, que se le sigue apareciendo; ya ves, está tan sola la pobre…"-, -"cualquiera sabe…, qué pasará por esa cabeza…, sólo el Señor sabe del alma de cada uno"-. Siempre contestaban más o menos estas palabras con aire serio y compungido, de cierto respeto hacia Herminia, pero tomándolo casi como una enfermedad y, sobre todo, pasando de largo, dejando claro que éste era un tema que mejor ni tocarlo.

-Comenzamos a hablarnos en las fiestas de Rienda – prosiguió porque yo antes casi no le había visto. Vinieron él y su familia, desde otro pueblo de más abajo, a hacerse cargo de las tierras de su abuelo. Aquel día, estábamos sentadas algunas amigas en unos bancos que habían puesto en la plaza cuando me vino directamente y me pidió que bailara con él. No recuerdo que pieza tocaban, pues me quedé un poco aturdida y los nervios me hacían estar en otra cosa. Tendría que haberle dicho que no, para no parecer una chica fácil, pero no me salió, la verdad. ¡Era tan bien "plantao"; y me habló tan amablemente!".

Estaba claro que cualquier cosa podría borrarse de su memoria antes que aquél entrañable momento. Había sido lo que llamábamos ahora un flechazo: -"y menos mal, chico, que no le dije que no –continuó- porque desde entonces, la verdad, no ha habido otro".

Yo escuchaba pacientemente, dando a la vez rienda suelta a las conjeturas de mi mente. Herminia hablaba de ella y de él, y a veces me parecía que hablaba desde "ella" y otras desde "él". Me fue calando pausadamente la idea de que, en realidad, Aurelio siempre había estado allí, en el interior de Herminia, quizá desde aquél romántico momento en el que nació siendo sólo una imagen con forma de apuesto joven que le pidió bailar en la fiesta de aquél pueblo cercano.

Esa primera presencia, maravillosa y perturbadora, que evocaba tantas sensaciones y deseos, poco a poco fue creciendo y dotándose de una personalidad propia, a través de las múltiples experiencias que después se sucedieron durante los largos paseos y conversaciones por la carretera comarcal. Los roces, las miradas, los besos robados y temerosos entre los zarzales iban entrelazándose con las ideas y las palabras, componiendo una madeja de conexiones neuronales y sentimientos que iba cobrando identidad. Aurelio, "su" Aurelio, iba creciendo en su interior, creándose un pasado, pero también un presente y un futuro, como cualquier persona. El pasado, cada vez más completo y coherente, iba creciendo con la información que Herminia recibía; bien, directamente, de la boca de Aurelio, bien de lo que hablaban familiares y vecinos.

Especial ubicación tenía en el Aurelio niño la caída que había sufrido desde el puente al río, por trasto, como él decía, por querer coger una flor para su madre; una flor que había brotado por fuera del quitamiedos de un puente. Se estiró demasiado y cayó al agua desde unos pocos metros. "Le definía tan bien en su carácter cortés y valiente…", decía Herminia. Su futuro, sin embargo, lo construían entre los dos, y era también cada vez más claro y definido. Los cuidados que le dedicaba a Herminia y las ilusiones que expresaba, cuando soñaba despierto sobre la hierba, componían un futuro de pareja en el que Aurelio aparecía como la persona que sustentaría, de una manera alegre y sencilla, toda su vida.

Con el tiempo, entre las experiencias directas y las imaginaciones que Herminia generaba en su relación con él, se fue generando una especie de personalidad paralela dentro de ella, la personalidad de Aurelio. Un conjunto inseparable de ideas y sensaciones que iba siempre acompañado de agradables emociones; "alguien" con quien Herminia tenía una relación estrecha en su interior.

-Nunca le gustaba hacer daño a nadie -me decía Herminia, que seguía con la mirada perdida entre sus manos-.

-Como le dije a la Eugenia —continuó- aquella tarde en el lavadero: a mí no me metas en esos enredos. Yo no voy a chivarme a la madre de Aurora de lo que hace con el Tomás, aunque se haya portado tan mal con nosotras. Mi Aurelio me lo decía muy claro: "el odio nos hace daño; si hacemos mal a otros nos hacemos daño a nosotros mismos". Yo estaba oyendo a Eugenia como insultaba y ponía verde a la Aurora y sentía como mi Aurelio se encogía dentro de mí. "No será para tanto", le dije. "Déjala que se vaya con él Tomás todo lo que quiera. Al final seguirá siendo amiga nuestra, ya lo verás. ¿No será que tienes un poco de envidia de ella?".

000

El sol casi deslumbraba en su matinal ascenso por encima de los verdes cerros. Sus ojos no se movían, pero tampoco posaban la mirada en nada concreto: querían captar en todo su esplendor y magnitud el tenue brillo dorado que flotaba en ese momento sobre el verde trigal. Los filamentos de las tiernas espigas que empezaban a coronar los tallos del cereal jugaban con los rayos del sol, al ir de acá para allá en su baile con el viento, reflejando tonos dorados que ondulaban por todo el campo.

Caminaba erguida, ligera, como flotando sobre esa fresca y mullida alfombra de espesa y vital piel de primavera. Su blanco vestido disfrutaba de la luz del ambiente, ofreciéndose al sol e irradiando albura a todo su alrededor. En su alegría, movía graciosamente los vuelos de sus bajos al ritmo del viento.

Alguien bajaba la loma, despacio, como disfrutando también del regalo de luz y color que ofrecía el campo esa mañana. De repente, un movimiento en aquella oscura figura, que parecía llevar tras de sí un cañón de luminosidad, el cual apenas dejaba entrever su pequeña silueta, sacudió su interior. Ella agudizó la vista y ya no la apartó de aquel punto hasta que poco a poco se confirmaron sus expectativas: era él. Bajaba con paso sereno, directo hacia ella. Las manos en los bolsillos de la chaqueta de pana, abierta al aire agradable de la mañana. La camisa blanca, desabrochada en sus botones superiores, mostraba ligeramente su pecho henchido de lozana juventud y buenos sentimientos. Estaban ya muy cerca el uno del otro, tanto que ella comenzaba a levantar sus brazos para recibirle en un intenso abrazo. Sin embargo, algo sucedió en ese momento que no podía recordar al despertarse. Todo había desaparecido y lo único que quedaba era el todavía fuerte sentimiento de su encuentro.

Había sido un sueño, pero su corazón, su ser entero, había estado a punto de abrazarle. Quizá lo hubiera hecho pero.., no podía recordarlo. Poco a poco también se estaba desvaneciendo aquel campo verde que apenas unos momentos antes tan fuertemente había vivido. Intentando volver a él y manteniendo en lo que pudo ese estado sentimental que la acercaba a su amado, se quedó de nuevo dormida.

A la mañana siguiente, mientras echaba algo de grano a las gallinas del corral, estaba todavía sumida en un sentimiento extraño, mezcla de la melancolía en la que le había dejado la conciencia de su soledad al despertarse y una especie de ilusión que empujaba desde dentro, algo inconsciente que la mantenía con un cierto nerviosismo.

Le sacó de esa especie de trance sentimental la voz de la madre de él que, desde el otro lado de la desvencijada puerta de madera, comentaba muy alegremente algo con una vecina.

-Ya te digo. ¡Menuda sorpresa! Resulta que le han dado un permiso por portarse bien. No sé qué…, que le ha hecho al capitán de la compañía en su casa. Allí lo tengo, todavía en la cama, que llegó anoche muy tarde. Vengo a por pan y algunas cosas de la tienda. Luego le despertaré y le prepararé un buen almuerzo.

Le llegaron a temblar las piernas de la emoción. Estaba detrás de la puerta y se había quedado inmóvil. Todo indicaba que él había vuelto de la "mili" y que podría verle hoy. No parecía ser un sueño esta vez. Estaba en el pueblo. No sabía cómo ni por qué, pero algo le había dicho, le había hecho sentir, de alguna manera, que él estaba muy cerca.

000

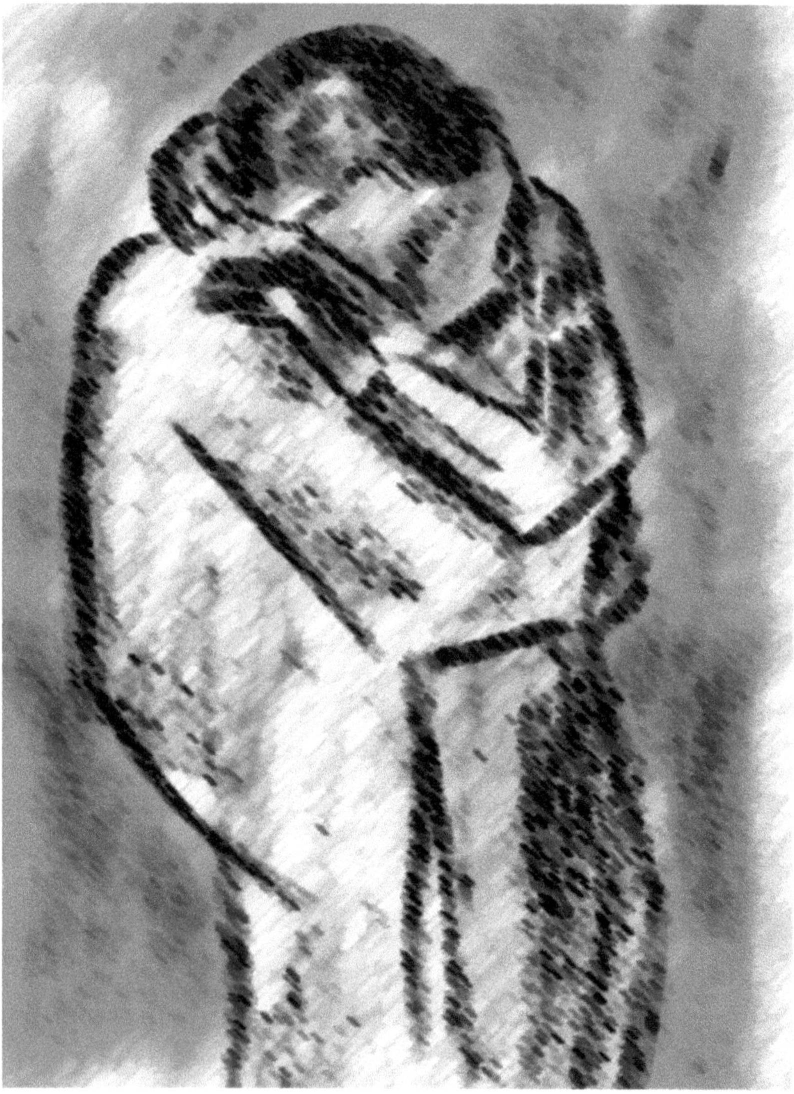

La voz de la anciana temblaba con la emoción. Casi sin descanso y como a borbotones, seguía sacando de su deteriorada memoria relatos entrecortados e inconexos que yo trataba de hilvanar de la mejor manera que podía.

Creo que le sucedía, de manera extrema, algo común en personas mayores y que pasan mucho tiempo solas, o sin hablar con nadie. La abundancia de recuerdos, por un lado, llena cualquier vacío de contenido actual que pueda ocurrir en su mente, presentándose cualquiera de ellos a la luz de la consciencia una y mil veces, mediante cualquier excusa asociativa o relación indirecta. Por otro lado, la voluntad se deja llevar por la comodidad y la monotonía de las tareas cotidianas, tendiendo a relajarse y a dejar moverse libremente a la imaginación y la memoria, sin que la mente sea capaz de mantener la concentración y la disciplina para seguir un largo discurso o razonamiento. Así, al contrario que en la juventud, donde la cabeza se muestra tan voraz de información y tan exigente de lógica y destino cierto, siendo capaz de mantener la atención durante horas sobre aquello que la seduce, la mente anciana, más lenta y apática, además, vaga libremente y sin dirección por el entramado de sus recuerdos, no sujetándose fácilmente a la voluntad, ni siguiendo por mucho tiempo los márgenes del camino que impone un discurso razonable.

Según iba deduciendo, desde los primeros días de su relación, la pareja había conectado perfectamente y sus pensamientos y deseos eran comunes y compartidos. A veces era como si hubiera una comunicación a distancia, o como si algo del uno se estuviera desarrollando dentro del otro.

En Herminia parecía ir creciendo algo casi autónomo, aunque, por su proximidad y sintonía, lo sentía como una compañía muy agradable. Igual que una semilla bien regada y nutrida por la fértil tierra que la rodea, aquel aparente brote de voluntad trasplantado a su cuerpo parecía ir creciendo en el manto de cariño, placeres y sinceridad que componía la relación entre los dos.

-Menos mal que mi padre se tomó a bien el que nos casáramos, aunque yo no había cumplido aún los veintiuno. Aurelio supo cómo decírselo para que no pareciera que teníamos mucha prisa y se pensara cosas raras. La verdad es que Aurelio sabía cómo hacer las cosas. Yo no me habría atrevido, o hubiera metido la pata. Yo me pongo tan contenta que no puedo callarme ni controlarme.

¡Chica, estas tonta!, me dijo mi padre aquel día que vino Aurelio de la mili, ¡A que no sales esta tarde! Se me cortó la risa de repente, pero al poco rato me probé otro vestido, ¡Acerté con el cuarto! Verde oscuro es que es muy bonito; ni muy serio ni muy alegre. Mira, como los pinos, ni tienen primavera ni se les nota el otoño. Ese vestido me duró a mí casi más que un pino. A lo mejor hasta anda todavía por ahí. Mi padre. ¡Huy mi padre!, me miraba sin saber que decir. "¡Loca!, ¡Qué poca cabeza tienes!" Se quedó con ganas de no dejarme salir, pero Aurelio le parecía bien, le parecía formal y trabajador. La verdad es que yo era otra, era como si hubiera nacido por segunda vez. Mis días de niñez los recuerdo un poco tristes, yo era muy tímida y temerosa de abrirme al mundo, creo que estaba como un invitado de compromiso en una boda que no conoce a nadie. Aurelio me dio fuerza. No sé, tenía ganas de vivir, de hacer de todo.

Tenía voluntad; porque…un cuerpo sin voluntad no es nada. Por muy guapa que seas, por joven y fuerte que seas, sin voluntad eres poco más que un trozo de carne muerta.

Lo decía convencida, como un mensaje que se quiere transmitir a la próxima generación; por eso volvió su mirada hacia mí, moviendo la cabeza afirmativamente. Ella era todavía una mujer activa y voluntariosa, a pesar de su edad y de su soledad.

-Le dijo que sí -continuó- cuando vino a hablar con él para que nos casáramos. Cuando salimos de casa estaba tan contenta y tenía tantas ganas de besarle que le metí en el pajar del tío Serafín, que había un poco más adelante. Nos miramos a los ojos un rato; yo estaba como hipnotizada, era feliz, hubiera estado así toda la vida. Después, nos dimos un beso que duró media tarde ¡Si nos llegan a pillar!, ¡Qué vergüenza!

Cuando se casaron y la presencia de Aurelio fue constante, "su" personalidad se forjó definitivamente en Herminia. Formaba parte de su vida, de su propio ser. Los diálogos, aunque no siempre verbales, eran constantes entre "su Aurelio" y "su ella misma", de manera que, con la corroboración y la afirmación de las experiencias en su relación diaria, cada vez conocía de mejor manera cuáles serían las reacciones, y casi las palabras. Aurelio estaba presente en todas las decisiones de su vida, aunque muchas veces esa presencia no fuera de la que llamamos física. Estaba ahí cuando planchaba sus camisas, cuando recogía las rosas del huerto o cuando conversaba con sus amigas.

-¡Cómo nos hicimos con aquella mula espantadiza que habíamos comprado en la feria de Atienza! Yo subí con ella al monte a por un poco de leña, pues él había tenido que ir a Sigüenza a comprar abono y se llevó el macho *royo*, que era más fuerte. La muy tonta de la mula se espantó con una perdiz que le salió de los pies y echó a correr un buen trecho. Yo creía que la perdía, que no la podría coger. La veía muy nerviosa; con el morro para arriba y la mirada huidiza y temerosa. Yo también estaba temblando y no sabía qué hacer. "¡Llámala con voz tranquila, no la grites!", me decía Aurelio en mis pensamientos. "Camina despacio hacia ella, no tengas prisa" La jodía de la mula pegaba un salto y echaba a correr cuando yo ya me estaba acercando para cogerla. "Siéntate en una piedra y llámala despacio". Poco a poco, la mula se fue acercando y se dejó coger. Aunque me quedé con ganas de haberle pegado unos cuantos manotazos, por el mal rato que me había hecho pasar, me salió el acariciarle suavemente detrás de las orejas. Así estuve un buen rato, viendo cómo se tranquilizaba. Cargué un poco de leña y me fui para casa. Por la noche se lo conté a Aurelio. "¡Esta jodida mula…!" me contestó, dándole a la cabeza pensativamente.

-Cuando bajó a echarles algo de comer y prepararles las camas a las caballerías, bajé yo también con él. Aurelio se fue a por la mula y acariciándole detrás de las orejas le dijo: "a ti te templo yo los nervios o te vendo en la próxima feria". Me quedé helada cuando vi que la estaba acariciando de la misma forma y en el mismo sitio que yo había hecho por la tarde sin saberlo.

Su Aurelio la condicionaba, positivamente, claro, y a ella le gustaba, porque le gustaba sentirle en su interior constantemente. También había en su interior otras personalidades, como la de su madre, pero no era lo mismo: sus futuros no estaban ligados del mismo modo, sus conexiones emocionales no vibraban con la misma fuerza. A veces, la represión que ejercía esa influencia interna de su madre, en su excesivo afán protagonista y proteccionista, le impedía a Herminia levantar el vuelo, la sentía como un lastre para tomar decisiones propias y valientes que la permitieran desarrollarse como ella misma quería.

Cada vez me costaba más mantener la atención en su relato. Mi pensamiento se soltaba y seguía su propio discurso, como un sabueso impaciente que hubiera encontrado la pista de una suculenta presa. Quería encontrarle sentido a aquella maraña de experiencias que parecían provenir de distintas voluntades. ¡Qué fuertemente arraigada parecía la personalidad de su marido en la mente de Herminia! ¿Qué compondría realmente esa personalidad? ¿Era simplemente una creación de su propia mente, una parte más de su mundo, o era algo más, algo con actividad propia? A veces parecía como si la voluntad de Aurelio se hubiera alojado en su cabeza y con los materiales que allí encontraba, con sus muchas experiencias, hubiera desarrollado un ente propio, diferente de Herminia y casi autónomo.

Seguramente en Aurelio habría habido también una "Herminia", una entidad forjada en su mente a través de la seducción de aquella mujer a la que le abrió todas las puertas. Así, igual que él vivía en su mente, ella vivía en la de él. Probablemente todos vivamos de algún modo más allá de nosotros mismos, mientras haya alguien que retenga el carácter que en nuestro trato cercano logramos transmitirle.

La cuestión parecía ser, pues, cuánto había de los otros en la vida de cada uno, y con qué grado de identidad y autonomía, lo cual ya no me parecía tan obvio ni tan sencillo como había creído hasta entonces, desde el paradigma egocéntrico y materialista en el que había sido educado. El conocimiento que se forma en nuestra mente, relativo a otras personas, como ocurre con el resto de conocimiento, se objetiva, formando entidades que somos capaces de representar y de imaginar de manera independiente de la experiencia directa y original con ellas. Así, de una persona conocida podemos prevenir reacciones, evitarlas o desearlas sin que esté ella presente. De igual modo parecen comportarse las representaciones que nos hacemos de nosotros mismos.

En los sueños, estas entidades parecen adquirir voluntad propia, e incluso, la que nos representa a nosotros mismos parece actuar de manera independiente y muchas veces sorprendente para la consciencia. ¿Qué las mueve?, ¿qué rige sus comportamientos? ¿Es la imaginación, que reparte trocitos de voluntad para darles animación propia? ¿Es una única voluntad la que imagina y representa todos los roles, como si fuera el montaje de una interminable película?, ¿hasta dónde puede llevar a sus personajes en la autonomía? Cuando llega la vigilia, o cuando las necesidades más físicas imponen su urgencia, la voluntad asociada a las funciones de supervivencia maniata a la imaginación, dándole el mando al conocimiento más racional o lógico, pero, cuando esa presión afloja, otras voluntades y entidades parecen ocupar ese espacio y vivir en nuestra mente, ya sea por la energía y la funcionalidad excedente de la imaginación o porque hay algo más que nos trasciende.

Me vino a la memoria, no sé por qué, aunque seguramente fuera por una asociación con lo que en mi mente daba vueltas en aquel momento, la historia de la "loca" de Pozancos; algo que pocas veces se había contado por allí, por estar rodeado de misterio y connotaciones diabólicas. La "loca" de Pozancos parece ser que fue una mujer que mató a su marido de una cuchillada en la garganta al sufrir un ataque de pánico.

De carácter, por lo general, introvertido y sumiso, esta mujer tenía cambios de humor en los que se mostraba atrevida y desvergonzada. Un día abandonó a su hijo pequeño y se fue a Sigüenza ofreciéndose a todos los hombres que se cruzaban por el camino. Cuando su marido se presentó en el cuartelillo de la Guardia Civil, donde terminaron recluyéndola, la mujer no le reconocía, ni reconocía tampoco tener ningún hijo. Después de dos días de tratamiento en el Hospital de San Mateo, por el que desfilaron médicos y sacerdotes que no lograban que la mujer presentara la personalidad que su marido, y otras personas que la conocían, decían que tenía, sino que se mostraba altanera y descarada, no recordando nada más que breves trazos de su infancia, de repente, al despertar de un breve sueño, volvió a su personalidad tímida y avergonzada, acurrucándose cerca del marido y huyendo de las miradas inquisidoras de los muchos que la rodeaban.

A partir de aquél suceso se volvieron a repetir otros, ahora con mayor frecuencia. Muchos fueron ocultados al principio por su marido, pues los rumores de que la mujer podría llevar al diablo dentro, le hacían temer que la encerraran y castigaran hasta quitarle la vida. Sin embargo, cuando los ataques de cambio de personalidad adoptaron un perfil asustadizo y violento, le fue difícil ocultar determinadas escenas, lo que hizo, además, que fuera empeorando la situación de ella y la de la pareja misma.

Decía llamarse de otro nombre y estar perseguida sexualmente por un hermano de su madre. Hasta la voz le salía distinta cuando discutía con voces que le venían de dentro. El niño fue llevado a criar con los padres de él y la Iglesia presionaba para que les fuera entregada al exorcismo. Finalmente, y sin saber por qué, después de un breve periodo de tranquilidad en la personalidad predominante, el fatídico día asestó un tajo en la garganta a su marido mientras éste entraba por la puerta. Presa de pánico huyó y nunca recordó lo sucedido, ni siquiera después de varios años de reclusión y de los experimentos psiquiátricos y exorcistas recibidos.

¿Eran dos personas en un mismo cuerpo, o una personalidad con dos partes diferentes e independientes? La cuestión es que parecían actuar sin relación entre ellas, de manera disociada, cada una con su bagaje de recuerdos y su sistema de acciones y reacciones propio.

¿En qué consistía, por tanto, la identidad; la tan valorada personalidad? Eso que es tantas veces casi idolatrado por cada uno de nosotros y por la sociedad. Quizá no fuera algo ni tan propio ni tan innato como creíamos. Quizá la mente, ante experiencias traumáticas prolongadas durante la edad en la que se construye el individuo, compone caracteres distintos dentro de la misma morada, pudiendo conservar algunos ocultos en el mundo de la inconsciencia, reprimidos por el dolor que su sólo recuerdo conlleva y disociados por completo del "yo" cotidiano que aparece a la consciencia.

000

Herminia seguía contando cosas de ella, de su Aurelio y de momentos mágicos en los que sus almas habían coincidido y los habían llevado a extremos de felicidad que parecían estar por encima de este mundo.

Ella "veía" a Aurelio niño cuando su imaginación componía sobre el pasado de aquél, con el material de sus relatos y las asociaciones de su mente, igual que le podía ver en cualquier situación del futuro, pues inconscientemente "su Aurelio" tenía una conducta propia que era conocida por alguna parte de su ser. La cuestión, pues, era dirimir entre recuerdos, hechos imaginados y hechos actuales reales, lo cual parece a veces ser sólo una cuestión de la intensidad con que se presentan en la propia experiencia de los mismos.

De vez en cuando, yo la miraba a la frente arrugada y a los ojos fijos, inmóviles, que apuntaban hacia el suelo, pero que en realidad estaban mirando hacia adentro. Las lágrimas que en algún momento se escapaban de ese mundo interior de Herminia me decían que, en su caso, tenía que ser algo que aglutinara mucha vida; no una simple imagen, o algún hecho inconexo, sino algo más profundo y completo, algo que estaba profundamente unido a su ser.

Me hubiera gustado tener más desarrollada la sensibilidad para las emociones, pues me daba cuenta de que los seres humanos, por lo general, nos perdíamos mucha realidad de la que podía ser transmitida por otros, si fuéramos capaces de recogerla tal y como hemos conseguido hacerlo con los sentidos tradicionales. Quizá algún día desarrollemos órganos para captar en mayor medida esas otras dimensiones.

Herminia había tenido un pequeño problema en su niñez, no cerrando bien, en esa etapa crucial del crecimiento, los huesos que forman el cráneo y que se encajan como un rompecabezas para proteger la masa gris de nuestro cerebro. Sus padres, durante toda su infancia, no la dejaron jugar a determinadas cosas con el resto de niños en la calle, ya que cualquier golpe algo fuerte en la cabeza podría tener consecuencias graves. Quizá por eso había crecido algo más delicada físicamente, no teniendo mucha fuerza ni habilidades para los trabajos del campo, pero quizá también por eso, o ¿quién sabe?, fuera que, por esas rendijas que le habían quedado abiertas hacia el exterior en su cerebro, tenía una sensibilidad especial para los sentimientos de los demás. Era como si estuviera más en contacto con ellos; como de una forma más directa.

Ahora, en la vejez, con el pelo ralo y mucho más fino que en la juventud, esas anchas *fontanelas*, que habían quedado sin cerrar del todo en algunos tramos de unión entre los huesos de su cráneo, se dejaban entrever bajo el cuero cabelludo, dibujando suaves surcos que recorrían algunas partes de la cabeza.

Cuando Aurelio murió, ella seguía sintiendo su presencia, como había sido casi siempre. Le oía como si le hablara y le sentía como si la acompañara a todas partes. Pero aquella noche, en la que se le apareció, y las que vinieron después, había sido distinto, era como si hubiese salido de su mente y hubiera recuperado su elegante cuerpo. Le había visto, no ya en imágenes tenues, propias de los recuerdos, sino con impresiones fuertes y continuas.

-Como te estoy viendo a ti ahora mismo -me dijo-.

Esta presencia imposible la había asustado al principio,

aunque después se avergonzó y arrepintió de su miedo, pues en el fondo, estar con él era lo que más había querido.

Además, el carácter de Aurelio había mejorado mucho, desde el día que dicen que lo enterraron. Ya no tenía los arrebatos de mal genio que a veces le daban durante los últimos tiempos, cuando se empezó a encontrar mal. Ahora, incluso cuando ella se sentía débil y de mal humor, el espíritu de Aurelio la animaba y la hacía sonreír, como cuando eran más jóvenes. "Chica, estira esa frente y levanta la cara, que pareces un mulo mohíno" le decía desde su interior, y ella no podía por más que sonreír con la comparación y pensar que, efectivamente, es de tontos estar tristes y de mal humor sin tener un buen motivo para ello.
Por lo que pude deducir de sus comentarios, su marido se había aparecido en otras ocasiones, pero no tantas como ella hubiese querido. Siempre venía cuando ella estaba en el comedor, o en el dormitorio, en ningún otro sitio más se le veía.

-Hay días que sé que vendrá -me dijo, volviéndose hacia mí con una chispa especial en sus ojos- Pero no es fácil; esos días veo más, siento cosas diferentes, cosas que otros días no siento; estoy como ida, se me olvida hasta comer, pero huelo el tomillo, que estará allá lejos en el monte, y me emociono mucho, con cosas sencillas, como el color de las flores, o con el piar de los pájaros. En esos días tienen menos peso los recuerdos, estoy más ligera y casi no sé dónde vivo. Si estuviera siempre así no sé qué sería de mí, pero la verdad es que me gusta y además me arreglo y pongo guapa para que venga mi Aurelio. Y sí, cuando estoy así de sensible, él viene y le veo.

La señora Herminia se quedó, después de decir esto, un rato mirándome, como para saber qué pensaba yo de ello. Yo le mantuve la mirada, esperando encontrar alguna pista más del misterio, y lo que encontré fue una transmisión tal de sensibilidad que me abrió el cerebro y me hizo sentir profundamente relajado y confiado. Sonreímos los dos, y al profundo bienestar que trajo la emocionante conexión que habíamos establecido, le acompañó la sensación de una tercera presencia. En ese mismo momento, sentí un contacto muy extraño, un cambio de sentimiento, como algo grave y permeable que recorría todo mi cuerpo. Era una sensación buena, como sentirse más lleno. Acompañando el advenimiento se asomó a mi mente la imagen vaga y totalmente olvidada que del señor Aurelio yo tuve en algún tiempo.

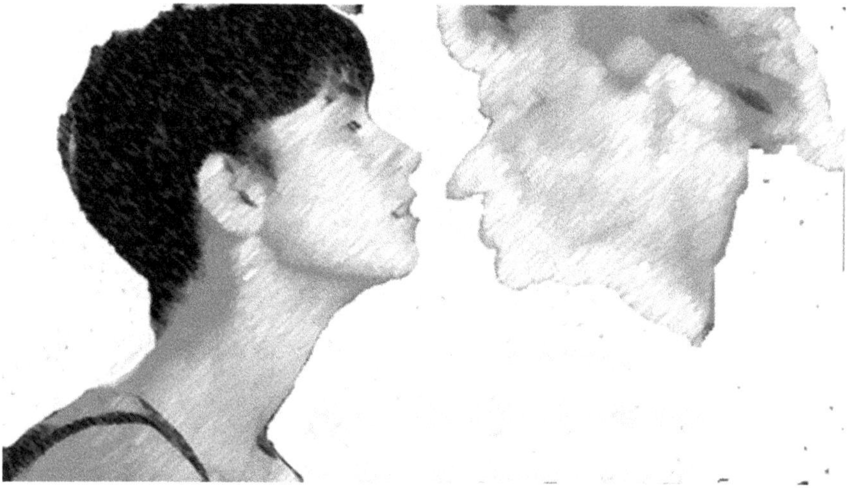

La Tormenta

Aquella era una hermosa tarde de verano. Quizá el calor había sido más intenso aún y un poco más agobiante que el de otros días, pero ahora, una vez pasadas las horas más duras del mediodía al refugio de las anchas paredes de la casa del pueblo, la tarde invitaba a dar una vuelta y buscar diversión.

Salí hacia Paredes, un pueblo vecino que estaba como a unos cinco kilómetros de distancia. En aquel tiempo, había en esa cercana aldea bastantes alicientes para mí. En Paredes nací, aunque a los pocos meses mis padres tuvieron que emigrar a Madrid y no me dio tiempo a tener experiencias recordables de los primeros años de mi vida. Allí pasé, no obstante, bastantes temporadas de mi primera infancia un poco después, huyendo de los viciados aires de la gran ciudad, como aconsejaba Don Federico, nuestro tradicional médico de cabecera. De esas estancias posteriores sí que quedaron en mi memoria muchos y agradables recuerdos, que me hacían considerar ese pueblecito como algo muy familiar y querido.

Pero, además, se daba la circunstancia de que en aquella época había allí algunas chicas muy guapas que me atraían más que a un gato un plato de sardinas, así que merendé algo, cogí la bicicleta y le pregunté a mi padre si quería que fuera a por una botella de leche a Paredes, como había hecho otros días; a casa de la Aurora, que era de las pocas que todavía tenían vacas por allí.

Mi padre me dijo que no era buen día para eso, que, con el calor que hacía y las nubes que se estaban formado, era fácil que se preparara tormenta. Le dije que no, que no había problema y, sin hacer caso a sus recomendaciones, me bajé con la bicicleta por la carretera que llegaba hasta el puente, hasta la comarcal que enlazaba el pueblo con el resto del mundo.

Iba feliz, gozando de la velocidad que se alcanzaba en la bajada de kilómetro y medio de esa carretera local que discurría entre trigales y girasoles hacia el río Salado. Las vistas de la ermita, grande y arquitectónica como ninguna otra de la comarca, aunque ahora en estado de abandono, y los perfiles del castillo de La Riba, con su medieval estampa, amenizaban el paisaje. La carretera terminaba intensamente con una fuerte pendiente que te llevaba a gran velocidad hasta el puente de piedra, flanqueado por dos tradicionales pretiles pintados de blanco. El aire refrescaba la cara y el pecho y todo el cuerpo se relajaba en el sillín de la bicicleta, acomodándose como en un sofá imaginario que volara por los campos a mi deseo y voluntad.

Al llegar al puente enfilé la comarcal que llegaba hasta el cruce de Paredes, donde se formaba el aspa de caminos que apuntaban hacia Atienza, el Burgo de Osma y Almazán, cada uno por un punto cardinal. En este cruce había hace tiempo una gran venta, lugar para el descanso y avituallamiento del viajero, de la que decían en el pueblo que tenía tantos pesebres como días trae el año. En el tiempo que estoy recordando, sin embargo, tan solo se tenían en pie unas pocas dependencias, lo justo para albergar a una familia, y no muy larga, como la de Jesús "el de la venta", uno de mis amigos de ese pueblo.

Todavía me quedaba, no obstante, un largo trecho hasta alcanzar aquellos parajes. La carretera reptaba suavemente bordeando lo que aquí llaman la "sierra", una serie de cumbres no muy altas y bastante peladas de vegetación que se encadenan como dientes de un serrucho. Las pedregosas cuestas de esa sierra, a mi izquierda, comenzaban a formar sombras frente al sol de poniente. A la derecha, la hilera de chopos que bordeaban el río Salado, paralelo a la carretera, formaba una espectacular barrera de miles de chispeantes destellos en tonos verdes y dorados, generados por las hojas de esos árboles al ser movidas por el viento. Los rayos solares, cada vez más horizontales, se reflejaban en las hojas y, su movimiento y sus tonalidades parecían la decoración gigantesca de un enorme evento festivo.

Siempre me han gustado las tardes, cuando la radiación solar pierde intensidad. Los colores se liberan de esa pátina blanquecina que todo lo inunda durante el mediodía y se presentan limpios y nítidos a los ojos de quien disfruta de mirar por mirar, por pura estética. Además, todo parece tomarse un respiro, liberarse de esa presión achicharrante de las horas de calor y prepararse para el descanso, es como si fuese la hora de beberse un refresco y disfrutar de la simple existencia.

Pedalada a pedalada, sin ser consciente de ello, me

inundaban por completo los apasionantes placeres que el cuerpo y el alma de la juventud nos ofrecen. En mi alma alegre y ligera, que revoloteaba por encima del cuerpo y de los campos cercanos, se mezclaban el placer de consumir, de manera generosa y gratuita, la energía acumulada en los músculos y el placer que proporciona la esperanza y las ilusiones depositadas en el futuro.

Eran un sinfín de motivaciones, de deseos vagos pero intensos, de esos que sólo se dan con plenitud en el esplendor de la vida. Las posibilidades de hablar, de admirar su belleza, e incluso de besar a alguna de aquellas chicas tan atractivas que podrían estar esperándome. También tiraban con fuerza otras ideas y esperanzas. Muchas de ellas tenían un carácter de intuición, sin contener imágenes o pensamientos concretamente definidos. La esperanza de grandes emociones en mi apertura al mundo, de una eternidad con mis mejores amigos, de carcajadas interminables con ellos, de besos y abrazos con la mujer de mis sueños, de formar una gran familia, de reconocimientos públicos en sociedad, de placeres físicos y estéticos empapados de belleza, de paz y amor universales que desterraran todas las tristezas. De todo eso había un poco en aquella olla de ingredientes mentales y sentimentales que ponía a hervir la sangre adolescente que corría por mis venas.

000

-¡Vete, chico, que va a haber tormenta, no tardes! -me dijo

el primo Julio cuando me vio en el pollo de su casa, junto al *juego de pelota* hablando con unos amigos y amigas, después de haber dado alguna vuelta por el pueblo-.

-Sí, voy a por la leche y me vuelvo a Valdelcubo -le respondí rápidamente, empezando a ver que la cosa se ponía oscura-.

La vuelta estaba siendo también agradable, en un sentido estético, pero se presentía la tensión que antecede a la violencia. Corría un aire fresco y el cielo ennegrecía por momentos. Una enorme mancha muy oscura le comía terreno a un cielo espectacular de variadas tonalidades blancas y grises que se perdía por el otro horizonte. Era fantástico disfrutar de aquella panorámica y sentir en la piel la suave brisa que empezaba a cargarse de humedad.

No duró mucho la agradable contemplación cromática, pues el viento se fue poniendo cada vez más agresivo. En su roce con la piel, el aire mojaba algún sentido desconocido. No se veía, no se tocaba, pero el agua ya estaba presente. Al poco rato, el fuerte olor a tierra mojada anunciaba que la tormenta ya se había desatado en algún lugar cercano. Un enorme trueno disparó el nivel de tensión que se venía acumulando en mi cuerpo y soltó una descarga de adrenalina que lo puso en estado de alerta. Todo retumbó a mi alrededor; por los lejanos montes, por la cercana sierra, por arriba, por abajo. Sentí miedo y un profundo desamparo.

La cosa estaba fea; aún quedaba un buen trecho hasta las casas del pueblo, y encima era cuesta arriba. Otro trueno, éste con largo recorrido, rodando, rodando y resonando por infinitas y oscuras alturas que yo sentía como un abismo invertido, enorme y desconocido, allá arriba, más allá del mundo.

Vi que estaba llegando al camino llamado 'Carramonte', una alternativa más corta para subir hasta el pueblo que seguir por la carretera comarcal hasta el desvío. Era un camino de arena, pero no tenía demasiadas piedras y subía paralelo al río, pasando muy cerca de altos chopos y de desahuciados molinos. El instinto me hizo girar y apostar por esta vía frente a la despejada cuneta y los campos abiertos de la carretera por la que iba. De repente, un golpe de luz blanca iluminó todo el espacio por un instante. Todo se vio de forma diferente, como si hasta entonces hubiera estado en penumbra; después, un gran estruendo, como una rápida ráfaga, como un desgarro del universo. Agarré el manillar con todas mis fuerzas, como si fuera una tabla en mitad del océano, pero resultó que el océano debía haberse puesto boca abajo, porque empezó a caer agua con muchísima fuerza. Corrí todo lo que pude para refugiarme en un antiguo molino abandonado, del que no quedaban ya más que unas pocas paredes medio hundidas.

Yo había oído historias sobre gente electrocutada por los rayos de las tormentas y toda mi preocupación no estaba tanto en cubrirme de la lluvia, que casi no me dejaba ver por dónde iba, sino en cómo escapar del goloso punto de mira que podía suponer mi cuerpo para la multitud de rayos que empezaban a caer por todas partes. Ir sobre esa bicicleta de hierro pesado, como eran las de antes, me parecía estar sentado encima de un cable de alta tensión sobre el que, en cualquier momento, alguien accionaría la palanca de corriente, así que, cuando alcancé el sendero de acceso al antiguo molino, solté el peligroso metal y salí corriendo.

Todos los techos de las estancias estaban derruidos y el antiguo molino se reducía a unas pocas paredes que rodeaban montones de escombros. El único refugio que encontré fue el hueco de una ventana que, al estar abierta en un muro de casi un metro de ancho, su cargadero, o dintel, suponía una pequeña barrera a la tromba de agua que estaba cayendo.

Allí, acurrucado, miraba con pavor la enorme tormenta que se ceñía sobre todo lo que abarcaba mi vista. Nubes negras se apretaban unas contra otras concentrándose cada vez más encima de mí. La luz se fue apagando hasta alcanzar un tono cercano al anochecer. Sin embargo, los continuos relámpagos iluminaban los alrededores con fogonazos de gran intensidad.

Era terrorífico, los rayos zigzagueaban por uno y otro lado, cada vez más cercanos, más verticales. Sentía que, en cualquier momento, alguno apuntaría hacia mi cabeza. Uno de ellos se encendió de rojo en la punta, al caer sobre algún árbol no muy lejano. El trueno que lo siguió hizo que se tensaran todos los músculos de mi cuerpo. Otro destello, éste mucho más cercano. El látigo de descarga eléctrica pareció golpear a pocos pasos y después se ramificó en hilos de energía descontrolada que corrían por los cielos. Nunca había visto y vivido una experiencia semejante. La destrucción, la reducción a cenizas de todo ser vivo parecía inminente. Lo que tanto tiempo se había estado gestando en años y años de evolución, en siglos de lucha contra la desorganización y la nada, podía quedar ahora desintegrado por un solo golpe de esa energía atronadora.

Estaba sólo y desprotegido. La furia del cielo se había desatado y se llevaba todo por delante. Yo era algo insignificante, sin ningún poder, sin ni siquiera poder huir de ese destino. Comencé a rezar como me habían enseñado cuando era pequeñito; como había rezado en alguna ocasión para pedirle a Dios, todo justo y poderoso, con todas las fuerzas y esperanza de mi alma, alguna cosa verdaderamente importante. En esos críticos momentos Él me escuchaba, Él me entendía, sabía y conocía todas mis razones.

Sentí, como había sentido en aquellas lejanas ocasiones, que no estaba sólo del todo, que había algo que me protegía. Una sensación de cierta seguridad se fue apoderando poco a poco de mi espíritu. Me acurruqué y apreté los brazos y piernas contra el cuerpo, afirmándome en mi propio ser con el calor y la energía que aquella fuerza me transmitía. Era una especie de bicho bola envuelto en un caparazón mágico. De ésta, pensé, con esperanza y convicción, no moriría.

No sé el tiempo que pasaría. La intensidad de las sensaciones y los cambios del entorno habían descontrolado mi pauta de medida. Pensé en mi padre, que estaría preocupado y maldiciendo mi cabezonería; en mi madre, ¡qué diría!, si me viera empapado, como para coger una pulmonía. Pensé muchas cosas, recordé otras y sentí en profundidad.

Así pasé un buen rato hasta que levanté la cabeza y volví de nuevo al mundo que me rodeaba, mirando al cielo, a los árboles, al interior de las ruinas. Con uno de los 'flashes' del persistente relampagueo se iluminó un hueco en la pared de enfrente. La caída de una gran viga había tirado unas cuantas piedras de la pared y había dejado al descubierto todo el lecho en el que se apoyaba. Allí blanqueaba algo que parecía papel o algo así. La curiosidad me animó a salir de mi débil cobijo, una vez controlado el miedo que me tuvo atenazado durante largo rato. Salté bajo la lluvia y trepando un poco entre las piedras caídas cogí un librillo amarillento y volví con agilidad adolescente a mi guarida del quicio de la ventana.

Eran unas cuantas hojas envejecidas, cosidas por un lateral y que en su primera página, con letra manuscrita y artística se podía leer *'Sobre esta pila apoyaré mi obra para elevar el alma que nos cobijará'*. Pasé la página, un tanto intrigado y con cuidado de no terminar de deshacer el papel que el tiempo y las inclemencias sufridas habían deteriorado enormemente, leí:

Samos era una ciudad triste y preocupada, aunque algunos jóvenes corrieran por sus calles gritando y cantando canciones de guerra que les hinchaban de valor y orgullo inconsciente.

Como todas las generaciones, y algunas varias veces, se enfrentaban a otra ciudad-estado en disputa por un territorio, una nueva vía comercial o para ayudar a algún aliado que les reportara más tarde algún beneficio. Estas guerras, además de su más visible y publicado propósito, escondían muchas veces el afán de fortalecimiento del poder de las clases dirigentes y su enriquecimiento, a costa de las vidas de muchos hijos de sus súbditos y del sufrimiento y sacrificio de las clases dominadas.

En una explanada, rodeada casi totalmente de acantilados que, como patas de una enorme mesa, la elevaban sobre el mar Mediterráneo, el rey acababa de presidir el gran acto litúrgico en el que se habían sacrificado varios animales a otros tantos dioses y en el que, con gran despliegue de sacerdotes y sacerdotisas, lujosos estandartes y adornos, se había consagrado la guerra que se emprendía, elevando cualquier propósito que la justificara, por mezquino que fuera, al carácter divino de los fines últimos del hombre.

Desde el altar que se había montado muy cerca del más extremo de los acantilados, casi sobre el mar, se abrió un pasillo entre la muchedumbre, por el que el rey, parte de la corte y todo el séquito de sacerdotes que habían celebrado aquel ritual, cruzaron la explanada y se dirigieron hacia el templo de la diosa de la guerra, situado un poco más tierra adentro, a la entrada de la ciudad.

El rey, después de haber presidido las ofrendas y haber participado en la pomposa ceremonia, había alimentado su ego con el fervor popular y el alborozo festivo de las masas, de manera que su henchido orgullo parecía levantarlo ligeramente del suelo. Caminaba estirado, la barbilla levantada y la mirada fija hacia el interior del templo, percibiendo con todos los sentidos, pero sin mirar a nadie, el clamor y la admiración de los nobles y guerreros que le vitoreaban desde ambos lados de la gran escalinata por la que subía hacia el santuario.

La subieron y atravesaron el rellano que les conducía al pórtico, flanqueado por anchas y altas columnas. Al cruzar el espacioso umbral de la puerta, su túnica blanca reflejaba los fuertes rayos del Sol e iluminaba parte de la estancia oscura en la que se adentraba. Visto desde dentro, la intensa luz reflejada, generaba una especie de aura a su alrededor. Ralentizó su paso, se dirigió al altar, con pasos lentos y medidos, encabezando una comitiva de dos filas de sacerdotes y políticos que vestían túnicas negras y rojas respectivamente.

Allí, a los pies de la estatua de la diosa, justo sobre el pebetero que se encenderá ahora y continuará flameando, como rogatoria permanente durante el conflicto que la ciudad va a emprender, se encuentra sentado Prometeo. No ha sido visto por nadie todavía, dada su pétrea inmovilidad, que le hace formar parte del conjunto ornamental del templo. No obstante, al levantarse, su figura experimenta un crecimiento progresivo que hace detenerse, con asombro y temor, al rey y a su compañía.

Desde el metro aproximado de su primera presencia, la figura alcanza hasta cerca de cuatro o cinco metros de altura. Su envergadura gigantesca contrasta, sin embargo, con la pacífica y amable pose que adopta al dirigirse a la comitiva. Alargando su brazo izquierdo, del que cuelga una parte de su toga, señala, como invitación a tomar asiento, los bancos laterales de la nave central del templo, cerca del altar. El otro brazo se encuentra recogido sobre el pecho. Sus ropas son sobrias, de color azul celeste, con apenas un ribete algo más oscuro bordeando la tela del himatión.

-Siéntate Polidoro, y vosotros, ilustres, tranquilos, no está en mi esencia castigar, sino enseñar y ayudar al hombre a recorrer sus caminos.

-¿Quién eres?, ¿qué quieres de nosotros?, ¿qué haces en el templo? –pregunto Polidoro, recuperando un poco el aire majestuoso que había llevado hacía sólo unos pocos instantes.

-Ya no me reconocéis, y eso es parte del problema. Adoráis a dioses de mármol pulido para no escucharlos, para estar a solas en vuestra conciencia. Yo soy Prometeo, el que os creó, junto con Atenea, y el que luchó por vuestro "logos", por vuestra palabra e inteligencia, dotes divinas en vuestra efímera carne de humanos, dotes divinas para que encontrarais vuestro lugar en el Olimpo.

-¡Oh, Prometeo!, nuestro más querido entre los dioses.- exclamó uno de los ancianos sacerdotes.- Te hemos sacrificado veinte reses este año, y hemos enriquecido tus arcas con seis vasijas de plata y tres de oro.

-¡Mentiras!, ¡Embustes!, ya no creéis en dioses, ni los queréis, ya ni tan siquiera me queréis a mí, que siempre os he defendido frente a los avatares de la Naturaleza y las intrigas del Olimpo. Habéis inventado miles de historias ridículas y habéis creado todas esas arcas para enriqueceros a mi cuenta. Vosotros, espíritus agotados, habéis despistado entre laberintos de absurdas palabras las mentes inquietas de los jóvenes. Vosotros, cuerpos viciosos y acomodados, habéis revestido de poder divino las leyes y normas que os mantienen en las poltronas. Habéis reprimido la libre voluntad del espíritu de la vida, que busca siempre la Verdad, para someterla bajo los dogmas que justifican vuestras doctrinas; habéis adormecido esa voluntad, que persigue la integración de todo lo que le rodea, para encerraros en vuestros egoístas y exclusivos hogares; habéis reprimido el alma, que busca siempre alcanzar mayores estados de conciencia, en pro de acomodaros en vuestros trillados y simples recuerdos.

-Pero..., Señor, Dios Prometeo...- interfirió otro sacerdote, sentado a la izquierda del rey, - si vienes del Olimpo, pregúntale a Zeus, tu padre. Somos buenos seglares, oramos y alabamos a todos los moradores de vuestro mundo. Ahora mismo acabamos de celebrar una liturgia en vuestro honor, para invocaros y pediros protección en nuestra próxima *batalla.*

-¡No habéis entendido nada! - dijo Prometeo, cuyo tamaño había ido poco a poco disminuyendo y estaba ahora casi a la altura de sus interlocutores - En vez de escuchar en vuestro interior, miráis hacia arriba, de donde nada ha salido nunca. En vez de buscar la verdad por vosotros mismos, añadís más enredo a los embrollos dejados por vuestros padres y abuelos. ¡Escuchad a los corazones de los jóvenes, en vez de enviarlos a la guerra! Ellos aún conservan el calor de la llama divina que os transmití al principio de los tiempos. Ellos escuchan la llamada en su interior y la valoran incluso por encima de su vida. Creen en el Amor y en lo Divino. No les enfrentéis, no les agotéis en infructíferas batallas. Cuidad y alimentad las mentes infantiles para que crezcan ágiles y libres, para que maduren aportando su luz al misterioso camino de la vida, aquél que persigue la integración de lo efímero en estados más sólidos y duraderos, aquél que persigue el placer de la contemplación en los niveles superiores de conciencia. En el espíritu de la juventud se encuentra la esencia de lo divino: la alegría de estar vivo, la ilusión por lo venidero, el agradecimiento por lo recibido, la llamada de la poesía y el amor por lo universal.

Vosotros, hombres viejos y agotados por no haber crecido en la verdadera sabiduría, por haberos alejado del espíritu de la especie y traicionarlo con vuestro uso egoísta y vicioso del individualismo, sólo creéis en aquello que puede haceros perdurar en una vida más cómoda para el Cuerpo.

Sólo progresáis para evitaros el esfuerzo y el dolor físico y holgazanear más confortablemente. Tenéis miedo y usáis el poder para conseguir manteneros en vuestras vidas, que no son, por otro lado, más que prematuros cadáveres.

Cuando terminó de decir esto, Prometeo bajó las cuatro escaleras que le separaban del grupo de autoridades y sacerdotes y miró detenidamente a cada uno. Algunos se habían arrodillado durante la última parte de su proclama y le miraban con los ojos todavía perdidos en reflexiones internas. Sus cristalinos tenían el brillo que les confería la emoción de una gran verdad que les dotaba de sentido y que encajaba, de una vez por todas, una multitud de piezas sueltas en sus mentes. Prometeo se acercó a éstos y les fue poniendo las manos sobre la cabeza, de uno en uno, solemnemente. Una leve llama azul flameó unos instantes en cada cabeza al retirarle las manos el divino. De pronto, un resplandor intenso iluminó todo el templo. Fue como una explosión sin ruido, que dejó aturdidos a todos los presentes. Durante unos momentos, el rey, el sumo sacerdote y todos los demás, quedaron inmóviles y despistados, con la mirada perdida, después comenzaron a mirarse los unos a los otros y hacia todas partes, queriendo entender qué había sucedido y cuál era la situación después de aquello.

No había ni rastro de Prometeo y todos tenían una extraña sensación, algo así como volver de un reciente sueño, eso sí, muy intenso y vivo en el recuerdo. El sumo sacerdote cogió de inmediato la antorcha, que había dejado en un soporte del banco cuando surgió la aparición, y se dirigió al altar, recitando oraciones litúrgicas y extendiendo los brazos hacia el pebetero. El rey reaccionó de inmediato y se puso tras él, conminando a sus ministros y prebostes, con ligeros gestos, a que le siguieran en el orden que llevaban cuando entraron; el orden establecido. La mayoría le siguieron, con la mirada baja y buscando el arrope del compañero más próximo, pero unos pocos, los que se habían arrodillado ante Prometeo y algún otro, comenzaron a gritar y a correr hacia la salida del templo.

-¡Impostores!, ¡Farsantes!, -gritaban, volviéndose hacia el altar, donde, impasible, el gran sacerdote acercaba la antorcha al pebetero, situado a los pies de la estatua de la diosa, y encendía una gran hoguera-.

El sacerdote extendió los brazos y, recitando unas loas repetitivas, alzó la voz más de lo habitual en estas ceremonias, como para apagar las exclamaciones de los que salían del templo. En lo alto de las columnas, por las bóvedas, se cruzaban las palabras como luchando por imponerse unas sobre otras.

Afuera, la muchedumbre esperaba para recibir el acto final de confirmación de la gracia otorgada por los dioses. En estos casos, el primer sacerdote lanzaba pétalos de flores desde lo alto de la escalinata hacia la masa popular congregada a sus pies y el rey se subía en una especie de podio para recibir los vítores y aclamaciones que finalizaban su presencia en la religiosa jornada. Al oír las voces de los que salían del templo, las primeras filas comenzaron a inquietarse y a preguntarse unos a otros, mirando hacia la puerta con preocupación.

-¡Son unos farsantes!, ¡Lo ha dicho Prometeo!, ¡Prometeo ha venido para desenmascararlos!, ¡Lo hemos visto con nuestros propios ojos! -gritaban los que salían por el pórtico y se acercaban a la escalinata. Hablaban todos a la vez y de forma alterada, lo que confundía a la muchedumbre, que no entendía nada, ni captaba el sentido de sus palabras-.

Según iban reconociendo amistades y conocidos, se iban separando y bajando a la explanada intentando explicar lo que habían visto y oído poco rato antes, en el interior del templo. La gente se agolpaba alrededor de ellos. Al momento, sonaron dos trompetas y apareció el séquito ceremonial saliendo por la amplia puerta del sagrado edificio. La multitud se volvió hacia la nueva escena y se acercó masivamente hasta el límite de las escaleras, rodeando la plataforma de entrada donde se solían celebrar las últimas ceremonias. Allí se desplegaron las autoridades, con más celo que nunca en cumplimentar el protocolo y el boato del acto ceremonial que tocaba. Entonces, algunos, impacientes por conocer la causa de los hechos anteriores, les preguntaron:

-¿Qué ha pasado?, ¿Por qué han salido despavoridos algunos sacerdotes y ediles?

El supremo sacerdote, manteniendo la calma y con un aire circunspecto que parecía situarle por encima de este mundo, aunque sólo fuera por la fuerza y el empeño con el que empujaba y dirigía la barbilla hacia arriba, estirando orgullosamente el cuello, se dirigió hacia una de las antorchas que circundaban el templo. Con gran majestuosidad lanzó, espolvoreándolos, unos polvos mágicos que, de manera casi explosiva y repentina, formaron unas columnas de humo de diferentes colores que se elevaron hacia el cielo, alcanzando casi la misma altura del templo. Seguidamente, se dio la vuelta y se acercó al borde de la escalinata.

-¡Se han vuelto locos!, ¡Algunas hierbas medicinales han debido enloquecerlos!, ¡Una lástima!, ¡Roguemos por sus almas! Dijo esto señalando hacia los que todavía proferían gritos contra la comitiva, aunque de manera más calmada.

Éstos miraban hacia unos y otros de los que les rodeaban, con cara de extrañeza e indignación, al ver que la mayoría de la gente empezaba a mirarlos a ellos mismos como a locos o enfermos raros y a apartarse de su lado. Poco a poco se fueron callando y acercándose entre ellos, a la vez que se alejaban del lugar de la ceremonia, la cual estaba ya llegando a su punto final. Algunos amigos y conocidos fueron tras ellos sin parar de interrogarles y de intentar apaciguar su estado de excitación. La muchedumbre, volcada ya totalmente hacia la representación última de la Victoria, se reconfortaba en la estabilidad del tradicional protocolo. Un carro, con una cabeza de toro labrada en madera, llevaba encima a unos jóvenes que simulaban los triunfadores soldados de la ciudad, a los que el rey saludaba y obsequiaba con ramas de olivo.

El vértigo sufrido por aquellas masas durante los anteriores momentos de inseguridad, en los que las más básicas estructuras de la ciudad habían sido puestas en duda, había dado paso ahora a una euforia colectiva que bebía, como con afán de emborracharse, de la necesidad de pisar suelo firme, de sentir la seguridad de la unidad y la certeza que parece emanar de la comunidad. Vitoreaban más fuerte que nunca y se arremolinaban bajo la escalinata, más apretujados que nunca, dejándose impregnar por la sensación de fuerza que les venía de fuera, de la unidad de acción de sus conciudadanos.

Es doloroso y costoso, en general, para la mayoría de los seres humanos, luchar contra el desconocimiento y la incertidumbre. El esfuerzo psicológico que requiere la búsqueda de la verdad y la toma de decisiones independientes es evitado casi siempre para seguir, de manera más cómoda, las creencias y hábitos usuales ya arraigados.

A la caída de la tarde, sin embargo, se vieron algunos grupos hablando sobre los acantilados, en las puertas de la ciudad y en otros lugares habituales de paseo y reunión de la población. Parecía que las explicaciones de algunos de los "locos" iban calando algo entre los más razonables e independientes de sus conciudadanos. Estos corrillos se sucedieron a partir de ese día, en el que, aunque aparentemente no había pasado nada transcendental, si parecía haber calado un espíritu crítico que animaba la discusión y la tertulia sobre temas antes nunca planteados. La reflexión colectiva alumbró nuevos y libres pensadores que poco a poco fueron construyendo teorías independientes de los mitos tradicionales.

En aquellos corrillos se comenzó por hablar de Prometeo y de los mensajes que decían que había difundido aquel día en el templo contra los poderes religiosos establecidos de la ciudad, pero pronto derivaron hacia otras cuestiones de calado más profundo, como la metafísica, la ética y la política, aunque evitando el enfrentamiento directo con aquella clase sacerdotal que hubiera podido destruir estos incipientes núcleos de pensamiento.

Se hablaba de los fundamentos del gobierno, de los fundamentos de la conducta de los hombres e incluso del verdadero origen del mundo y de lo que constituye el ser mismo de las cosas. Aquellos que gustaban de descubrir lo que había de verdadero por debajo de las apariencias y defendían el pensamiento independiente, poniendo en tela de juicio los mitos e historias heredadas de sus abuelos, frecuentaban aquellas charlas en las que se enseñaba y se aprendía, practicando, además, las técnicas de la oratoria y del discurso lógico, que tan necesarias eran para poder comunicar lo que la razón laboriosamente había descubierto.

No atentando contra la estabilidad de la jerarquía sacerdotal, ni contra los ejercicios de su liturgia, aquellas discusiones y planteamientos teóricos fueron permitidos. Esto les ayudó a evolucionar en muchos aspectos de la convivencia, de la actividad productiva y de la educación de la ciudad. Fue como un pacto velado, que nadie pronunció ni nadie reconoció en ningún momento, pero que funcionó entre buena parte de la clase clerical y buena parte de la clase noble. Se mantuvieron las representaciones de culto y fueron acompañadas por las autoridades de gobierno, pero sus discursos dejaron de ser alimentados por los amantes de la sabiduría y se contuvieron en el ámbito de la tradición más ancestral y plebeya. Aquellos que tenían la inquietud, la formación y el tiempo necesario para dedicarlo a la reflexión, comenzaron un largo camino de peregrinación hacia la Verdad, llevando tan sólo consigo su pensamiento independiente.

A la mañana siguiente del polémico acontecimiento en el templo de la diosa de la Guerra, los jóvenes iban saliendo de sus casas y dirigiéndose hacia la gran plaza que servía de mercado y de punto de encuentro en el centro de la ciudad. Sus frentes caminaban levantadas y sus ojos brillaban con la ilusión que les habían conferido los sueños nocturnos de gloria y reconocimiento público. La fuerza de su juventud, estimulada con la luz de la mañana y el ambiente bullicioso de las calles, espantaba las sensaciones de miedo que también les habían abordado durante la noche. Esos muchachos eran el reflejo más concreto de la energía integradora de la vida, que de una manera inconsciente para ellos estaba reproduciendo vertiginosamente sus células y coordinando todos sus órganos para ponerlos al servicio de un ser más completo y evolucionado.

Sus mentes también trabajaban intensamente para crear un mundo cada vez más coherente, más integrado, un mundo externo en el que poder desarrollarse sin dudas y sin incertidumbres y un mundo interno en el que se acoplaran sus experiencias pasadas y presentes con los ideales que marcaban su futuro, formando una entidad personal reconocida y aceptada por los propios valores que les juzgaban desde lo más profundo de sus sentimientos y mentes. Sobre esa persona que estaban componiendo proyectarían el amor propio y el orgullo que daría fuerza a sus vidas. Con el compendio de experiencias y conocimientos que adquirirían a través de la educación y de la reflexión personal, esos cerebros construirían el mundo sobre el que vivirían ellos y sobre el que nacerían las generaciones venideras.

Los hombres mayores les vitoreaban y jaleaban a medida que iban concentrándose y formando militarmente en pelotones, siguiendo las órdenes que recibían de mandos militares y de veteranos. Una buena parte de las mujeres, sin embargo, permanecía en las puertas de sus casas, mirando con tristeza a la juventud que se escapaba de sus brazos e intentando contener el llanto a los ojos de sus conciudadanos. Sonó una trompeta y……..

Ahí se acababa lo que había quedado del manuscrito. Busqué con la mirada alrededor de donde estaba, por si se hubiera caído alguna página al manipularlo, pero no vi nada. La verdad es que ya casi era de noche y se veía bastante poco; la poca luz que había procedía de los relámpagos que todavía destellaban por el cielo, aunque ahora de una manera más lejana y menos violenta que antes.

Seguí con la vista el camino que había recorrido desde el hueco de la viga en la que encontré el antiguo y amarillento grupo de hojas de papel, pero no se distinguía nada parecido a lo que buscaba. Me incorporé para acercarme de nuevo allí y tantear con la mano, por si hubiera quedado algo que estuviera suelto cuando lo cogí. Mis músculos protestaron al cambiar bruscamente de la postura que había adoptado durante la lectura. Me pareció como si hubiera estado leyendo varios días. Tenía, incluso, la sensación de haber estado allí una gran parte de mi vida. Todo lo anterior lo recordaba lejano. Lo vivido esa misma mañana había tomado distancia en el tiempo y se veía desde otra perspectiva, como desde un escalón situado bastante más arriba.

¡Nada!, en el hueco de la viga no había nada. Estuve un rato pensando en cuál podría ser el desenlace de las páginas que faltaban, en cómo podría haber acabado aquella guerra que se preparaba y si aquella aparición del dios que creció enormemente dentro del templo se repetiría. El relato me había dejado con curiosidad. Sentía que muchas preguntas fluían dentro de mí, y también que había tenido algunas respuestas, aunque no sabía con claridad cuáles, ni a qué problemas concretos responderían.

Mi rebeldía natural se reafirmaba y me sentía libre y fuerte, aunque confuso. Miré hacia fuera, hacia los campos en penumbra y hacia el nublado y relampagueante cielo, y me sentí bien; ya no había temor. La tormenta estaba pasando y yo me sentía reforzado; más valiente y confiado.

También, y no sabía por qué, me sentía en cierto modo acompañado. Aquel mundo que me rodeaba, que había crecido conmigo a lo largo de muchos veranos de vacaciones, había sufrido también el duro ataque de aquella tormenta. Los chopos y olmos que habían crecido tanto en los últimos años, hasta formar grandes y frondosas sombras a orillas del río, estaban ahora exhaustos de luchar contra el viento y el agua. Casi todos estaban heridos, con muchas hojas perdidas y múltiples ramas por el suelo. Habían sido zarandeados y golpeados durante un largo rato, que a todos nos pareció eterno.

Algunos pájaros empezaban a salir de sus nidos y revolotear de una copa a otra de los árboles, en silencio, comprobando daños y saludando a familiares, supongo. También un gato acurrucado, que parecía haber pasado la tormenta en el quicio de otra ventana cercana a la mía, me sostuvo la mirada y nos cruzamos algo parecido a una sonrisa. Todos aquellos compañeros habían resistido conmigo los envites de aquella poderosa fuerza de devastación, y esto parecía darnos cierta complicidad entre todos.

Me recordé balbuceando aquellos ruegos y oraciones hacia una entidad superior al comienzo de la tormenta. Aquello sería visto, y lo sabía, en nuestro paradigma ideológico actual, como un signo de ignorancia, un reducto cultural que se mantenía únicamente en personas influidas por la religión, como la expresión de una liturgia mecánica que se ejercía automáticamente ante situaciones de miedo, no teniendo, sin embargo, ningún receptor posible. Sin embargo, ahora pensé, empujado mi cerebro por la presión de alguna intuición subyacente, que quizá no fuera así, que podría ser racional pensar que alguien realmente me escuchaba, que quizá no era simple superstición o costumbre y que aquella sensación de presencia superior con la que hablaba podría corresponderse con algo real.

Los humanos éramos los reyes del universo a nuestro alcance. Aunque habíamos dejado de ser el centro de la creación, habíamos mantenido, en primer lugar, el poder de la Razón y, después, le habíamos añadido el poder de la Ciencia. Así estaba escrito en la historia de nuestra cultura y así nos situaba el dogma de nuestra *singular* inteligencia. Lo demás era naturaleza bruta e irracional, sujeta a leyes inexorables y más o menos mecánicas.

La distancia del hombre con el resto de seres era casi abismal y cualitativa. Hacia abajo, nuestra posición dominante apenas dejaba espacios comunes con los seres inferiores, salvando alguna complicidad sentimental y casi siempre utilitarista con animales domésticos. Hacia arriba, la ciencia había cortado cualquier posibilidad de existencia que no pudiera presentarse en la palestra del común observatorio, donde se construye la realidad que se puede poner a prueba y con las reglas que el conocimiento empírico impone, resultando que, por allí arriba, por esos mundos más espirituales, no había nada que lo cumpliera y, por tanto, nada tampoco con lo que comunicarse.

No obstante, había también tanta complejidad en cualquiera de los seres vivos que veía cada día por el campo y tanta organización en sus maneras de luchar por la supervivencia y el futuro, que mi inteligencia se mostró algo más pequeña: apenas sabía nada del porqué de todo aquello. No me parecía estar tan por encima de eso que era común a todos los seres vivos, que era capaz de resolver problemas difíciles para adaptarse y reproducirse de tan variadas y complejas formas, resistiendo constantemente a la muerte.

Me parecía que los humanos habíamos desarrollado conocimiento y tecnología importante para hacernos la vida más confortable y longeva, pero desconocíamos otras muchísimas cosas sobre los fundamentos de la propia vida. En cierto modo, la inmensa mayoría de nosotros, nos limitábamos a pasar de la mejor manera posible por este tránsito fugaz que eran nuestras vidas particulares, sin saber, ni hacer, mucho más al respecto.

Por otra parte, el resto de especies también hacían lo que podían por sobrevivir en las mejores condiciones posibles, defendiéndose con las armas a su alcance y disfrutando de sus modos de vida, aunque bajo nuestro punto de vista hubieran tenido mucho menos éxito. Por eso, me parecía necesario indagar en esas dinámicas de la evolución y en el desarrollo de todas las formas de vida, puesto que podría haber alguna estrategia común que las rigiera. No vi, en aquel momento, que mis pensamientos estuvieran esencialmente tan por encima de *aquello* como para que no pudiera haber alguna forma de entendimiento. Más bien al contrario, intuía que quizá la actividad de mi mente podía formar parte de esa estrategia global y que mi vida podía ser también la vida de esa voluntad que lo impulsaba todo, por lo que la comunicación quizá era más cercana de lo que creía.

¡No, no seas tonto!, me reproché, lo racional es pensar que no hay nada. El mundo está regido por leyes físicas que nada tienen que ver con entidades superiores como esa. Aquellos mundos del Olimpo, o los que han propuesto también otras religiones, son producciones de la imaginación para suplir la ignorancia de nuestros antepasados ante las incógnitas que nos plantea la vida y el futuro. ¡Nosotros somos inteligentes y nuestra razón nos dice que no puede haber nada así por ahí arriba, o por ahí abajo, que es una manera de hablar! Sin embargo, en vez de quedarme finalmente conforme y pasar la página que habían abierto aquellas profundas sensaciones, mis pensamientos siguieron enredándose todavía por un rato, tratando de analizar ese concepto último que había quedado dando vueltas en mi cabeza: *inteligencia*. ¿En qué consistía eso exactamente?

No llegué a nada concluyente en aquella tarde, pero sí que

caló en mí la hipótesis de que podría existir una gigantesca inteligencia que operase más o menos de la misma forma que la mía, es decir, con las mismas facultades o herramientas con las que esta parece funcionar: memoria, imaginación, deducción, etc., pero a otros niveles, a un nivel tan grande como la Vida misma, como la inmensidad de las especies y los individuos que la conforman. Esa "inteligencia" estaría por encima de los problemas particulares de cada uno de los sujetos; estaría, más bien "preocupada" por los problemas comunes a todos los hombres y por los problemas de la propia Vida por sobrevivir y por alcanzar aquellos objetivos que quizá tenga. Pero, ¿podríamos comunicarnos con ella? Desde luego no al nivel que nos comunicamos entre los humanos, pues no estaríamos en el mismo plano de realidad, ni tendríamos el mismo lenguaje, pero sí, quizá, podríamos compartir alguna lógica y algunos contenidos comunes, que nos permitieran una básica comunicación.

Serían, quizá, contenidos emocionales y conceptos muy generales, más que contenidos concretos sobre los objetos que se han generado a través de los sentidos, como los que maneja nuestra mente, pues no tendríamos la misma perspectiva. Al fin y al cabo, lo emocional es lo más básico y común en toda experiencia, o actividad vital, y es posible que conectemos todos, de alguna manera, en ese campo o dimensión universal.

Veía cierta similitud entre la manera de funcionar del pensamiento humano y la manera de desarrollarse del mundo natural, sobre todo en los seres vivos. Veía memoria en las herencias genéticas de la reproducción, que se encargan de conservar y regenerar las estructuras de los seres que les han precedido. Los seres vivos actúan en parte "de memoria", es decir, por lo que tienen grabado. Un árbol, por ejemplo, sabe cuándo y cómo florecer y dar su fruto; en su "memoria" tiene el comportamiento a seguir en relación a las estaciones; tiene, también, las mejoras introducidas por sus antepasados y que han resultado exitosas, frente a situaciones o medios peligrosos para su existencia. Es decir, los seres vivos, todavía mucho más los del reino animal, parecen reproducir, de alguna manera, lo que se ha generado con experiencias anteriores.

Veía, también, "imaginación" en el modo en el que esas estructuras genéticas varían, mediante constantes mutaciones, experimentando nuevas posibilidades sobre sus composiciones anteriores, algunas, completamente disparatadas e imposibles, que dan lugar a abortos y monstruos, pero también a mejoras que se consolidan y aportan evolución a las especies, a modo de cómo nuestra mente se recompone y fantasea con los contenidos de la memoria, para crear hipótesis y predicciones que posibilitan el conocimiento y nos preparan para el futuro. Podríamos decir que la variabilidad que se da en la reproducción genética puede tener una similitud funcional con la variabilidad de ideas y pensamientos que genera la imaginación.

También, quizá, habría una especie de "intuición", ejercida

sobre cuáles podrían ser aquellas variaciones genéticas que tuvieran mayores posibilidades de éxito, a modo de las hipótesis que plantea nuestro intelecto ante un problema o un proyecto. Las experiencias vividas y las condiciones del medio en el que se desenvuelve la vida afectan a los rangos de la variabilidad fenotípica que se da en la reproducción de las células, es decir, determina la expresión de sus caracteres. Esto, aunque no supone una variación en los genes, si podría estar influyendo, como una especie de *"intuición"* a la hora de realizar las mutaciones genéticas.

Por otra parte, se aprecia también en la Biología algo así como la dialéctica que nuestra inteligencia emplea con las abstracciones, o conceptos generales. Éstas se generan, en su mayoría, extrayendo de la experiencia lo común, lo esencial que encontramos entre múltiples entidades concretas, parecidas, pero no iguales. Nos quedamos con el esqueleto, con la definición, desnudándolas de lo particular y superfluo. De esta manera, nuestro intelecto puede comprender mejor su manera de ser y establecer causas y efectos. También puede reproducir, a partir de esos conceptos, en la mente o incluso materialmente, nuevas sustancias como aquellas, pero con elementos circunstanciales diferentes. Así, también, en la Naturaleza, las células madre y los genotipos, por ejemplo, desarrollan células e individuos concretos a partir de patrones esenciales que figuran en sus códigos genéticos básicos, siendo quizá, esos patrones esenciales y comunes, algo extraído anteriormente de experiencias vitales concretas y diversas.

Es posible que hubiera, además, una capacidad de planificación, una proyección al futuro, como hace nuestro pensamiento para adelantarse y conseguir sus más difíciles fines e intenciones. Esto parece evidente en las organizaciones sociales de determinadas especies, como las hormigas o las abejas, que almacenan alimentos, planifican su reproducción y han prolongado su desarrollo orgánico más allá de los individuos, teniendo diferentes y complejas funciones y organizaciones sociales, que los humanos, en nuestro caso, hemos atribuido a nuestra inteligencia.

También, las propias asociaciones de órganos y funciones que se dan dentro de un mismo cuerpo, por ejemplo del de cada uno de nosotros, con su complejidad y soluciones ante problemas venideros, parecen haber obedecido, en su evolución, a algún plan de mejora más intencional que la simple selección natural.

Por otro lado, en las reproducciones que se generan en la evolución de las especies, también parecen regir determinadas reglas lógicas que se imponen, por ejemplo, a los errores inviables de algunas mutaciones, depurándolas como disparates sin sentido antes de que puedan desarrollarse. Por el contrario, se consolidan, con la inestimable ayuda también de la selección natural, aquellas estructuras genéticas exitosas que hacen que perduren multitud de generaciones por su gran adaptación; a modo de como nuestra Razón sigue también reglas lógicas y categorías del pensamiento que han sido impuestas por la adaptación a la realidad que pretendemos conocer e interpretar, tamizando y limpiando el desordenado producto de la imaginación. Muchas de esas reglas y categorías básicas de la Razón pueden ser, precisamente, estructuras mentales y fisiológicas heredadas de nuestra evolución biológica.

Era como si todo fuera fruto de unas mismas funciones y facultades que aplicasen tanto en el ámbito intelectual como en el ámbito físico y biológico, quizá por la acción de fuerzas universales que influyeran en el modo de ser de toda la Naturaleza, o al menos, en la de los seres vivos.

Por tanto, los individuos y especies, así como sus relaciones entre sí, los ecosistemas, serían composiciones generadas por un tipo de lógica o gramática compleja, desarrollada por una "mente universal" que, con sus ensayos y errores, sus éxitos y afirmaciones, sus proyecciones, sus consolidaciones y demás, fuera componiendo un universo, como hace nuestra mente con sus objetos; o más bien, nuestra mente lo haría como la Vida en su desarrollo natural, pues ésta sería una realidad más original que aquella. ¿Qué grado de inteligencia podría alcanzar algo tan grande y complejo que parecía estar por todas partes?

A su vez, el universo de las sensaciones seguiría su curso paralelo e integrado en cada hecho o situación. Las mutaciones genéticas que tuvieran éxito y se consolidaran sentirían una satisfacción parecida a la que conlleva el alcance de sentido en nuestra mente. En el momento en que vemos claramente algo que estaba difuso para nuestro entendimiento, o cuando, después de indagaciones y reflexiones, se logra una nueva teoría o explicación a un problema, sentimos un gran placer intelectual. Cuando esto ocurre, algo adquiere un orden y estructura que no tenía antes y sus partes alcanzan coherencia y fortaleza frente al resto que lo rodea. Ese crecimiento conlleva intrínsecamente un estado "sentimental" placentero; sutil y ligero, pero que nos conforta y reafirma en nuestro ser.

De ese modo, entidades tan variadas como pudieran ser las percepciones puntuales, los individuos concretos, las especies, los géneros, y por otro lado los conceptos, las teorías, los paradigmas, etc., que situamos en dos "mundos" diferentes: el físico, o material, y el ideal, o espiritual; mundos que son tan difíciles de unir como de separar, como lo ha demostrado la historia de la filosofía, desde Platón hasta Hegel y nuestros días, podrían tener el mismo fundamento y origen: la acción de una misma Voluntad en búsqueda permanente de Sentido, de Verdad y de mayor Bienestar, que vendrían a ser lo mismo.

Por tanto, si fueran ciertas esas similitudes y comunes facultades entre mente humana y "mente universal", quizá no fuera tan descabellado pensar en aquella comunicación que yo había sentido tan real tan solo unos minutos antes. Pero, ¿cómo podría darse esa posible comunicación entre dos entidades aparentemente tan distintas y tan distantes? No lograba verlo. Sin embargo, después de unos breves revoloteos analíticos por esas ideas abstractas, intentando encontrar algún nexo, pensé que, en cierto modo, ya se estaba dando algún tipo de diálogo entre distintas formas de "pensamiento", y eso estaba ocurriendo muy cerca y a diario en nuestras mentes.

Entre la razón, o pensamiento lógico más consciente, y aquellos otros procesos, más opacos e instintivos, que se dan en el subconsciente y en la mente más profunda, ya entablamos habitualmente ciertas conversaciones. "¡Serás gilipollas, tío, ya has vuelto a meter la pata! Tienes que ser más cauto, hombre", es uno de mis reproches internos típicos, o el de "¡Tienes que ser más sociable, joder, que la timidez no lleva a ninguna parte", o "algo me decía que aquello no estaba bien" y así cientos de ellas que denotan comunicación entre una parte consciente, que utiliza argumentos para defender sus decisiones, y otra que, aunque desconocida y no "visible", la reconocemos con una cierta lógica, una "manera de ser" que también toma decisiones y en mucha mayor medida que nuestra parte consciente.

Esa parte sumergida tiene, seguramente, el mayor peso en lo que llamamos nuestra "personalidad". Allí abajo, además de los instintos heredados en el carácter, los sentimientos asociados a muchísimas experiencias que han pasado a ese plano subyacente cocinan constantemente respuestas a nuestros estímulos y problemas, sin que sepamos muy bien por qué; y esto es algo que debemos aprender a gestionar desde la parte racional, como proclama la reciente disciplina llamada Inteligencia Emocional.

La combinación de la lógica racional, que se da en la mente

consciente, con esa otra, que surge de la mezcla del cerebro "reptil", o instintos heredados, y de la mente subconsciente, dirigen nuestra conducta. La comunicación entre ellas es constante y fundamental para el desarrollo de cualquier individuo. La falta de entendimiento entre ambas, que la hay en muchas ocasiones, es fatal para el conjunto de la persona.

Aprender a escuchar a nuestro cuerpo y a nuestro subconsciente debería ser una de las tareas primordiales para encontrar el equilibrio y la realización personal de cada uno. También, por supuesto, completar la comunicación en el sentido opuesto, con discursos racionales que ejerciten la coherencia de nuestros actos y la búsqueda de los porqués, "educando" a la lógica más sentimental, o pasional, para que se adecue de la mejor manera posible a las necesidades de nuestro ser en su totalidad.

Estos discursos, como ya descubrieron los psicoanalistas, aunque no se aprecie explícitamente, llegan a esos subniveles de la mente y calan poco a poco, facilitando, a su vez, los canales y la fluidez necesaria para el discurrir, hacia la superficie consciente, de pensamientos y emociones que han podido quedar enredadas y reprimidas en nuestro interior más profundo, así como corrigiendo comportamientos automáticos perjudiciales, que no tienen una base racional para el contexto y la situación actual, sino pasional y generados en problemas y situaciones distintas.

Entonces, ¿si se da cierta comunicación entre el pensamiento superior -por elaborado y convencional- y ese otro más "natural" -por heredado, en parte, y por espontáneo-, que forma parte, también, de nosotros mismos, por qué no ir un poco más allá y admitir también la posibilidad de una comunicación con partes aún más básicas de nuestro ser, aquellas que nos fundamentan y que, a su vez, estarían también, como hemos visto, en lo más común de la Naturaleza?

Todos los seres vivos compartimos en cierto modo los mismos fundamentos. Como individuos, tenemos nuestras circunstancias de vida concretas y también adquirimos ciertas características personales en el aprendizaje, aquellas que construimos en la parte más superficial y moldeable del cerebro, la corteza; pero esto es solo por un ratito, durante nuestra corta vida y en una parte pequeña de nuestro cuerpo; en el resto, en la mayor parte de nuestro ser, somos especie, mamífero, animal, organismo, en fin, el bagaje heredado durante miles de siglos y en cientos de miles de reproducciones que ha ido generando y reafirmando una "voluntad" firme de existir, que es la Vida.

Esa voluntad seguro que tiene algo que decirnos. Ahí, en lo más profundo de nuestro ser, se encuentran las razones y las lógicas más básicas e importantes de nuestra existencia, quizá también los secretos mismos del universo, aunque no le parezcan tan evidentes ni tan trascendentales al temporal y transitorio "sujeto" que creamos en cada mente y en cada vida particular, nuestro "yo".

La comunicación más básica es la transmisión de un

sentimiento, o de una emoción, es decir, la sensación en el receptor de tener conexión con un "otro externo" en una misma entidad de conocimiento o estado sentimental. La presión cálida de la mano materna en la carne del niño, o el abrazo de dos amantes en un reencuentro. ¿Qué otra comunicación podría resumir esa cantidad e intensidad de afectos?

El origen del lenguaje humano, tantas veces estudiado, tendrá mucho que ver con la morfología de la garganta y otros aspectos físicos, pero en sus fundamentos estará la sensación del emisor de que el receptor ha tenido una experiencia igual a la suya. Momentos especiales en los que se siente una conexión en determinados espacios sentimentales, o cognitivos, antes desconocidos, espacios vedados a la experiencia individual y que percibes que son de otra magnitud, que superan lo habitual y conocido. Es una experiencia de "común..i..cación", de compartir un mismo estado o sentimiento.

El origen del lenguaje, de cualquier lenguaje, está en la asociación de un gesto, de un sonido o de un signo, a un espacio común de entendimiento, que es a su vez un sentimiento compartido que puede ser evocado y representado a través de aquellas señales. La esencia de la comunicación, el contenido, ya ha tenido lugar, es previa. Por eso creo que puede haber comunicación a niveles muy básicos para los que aún no tenemos un lenguaje, ni siquiera simbólico.

A veces, ante una experiencia estética de extrema belleza, como puede ser el escuchar una música especial, leer una poesía, contemplar un espectacular paisaje, por ejemplo, sentimos una conexión intensa con algo que nos engloba y nos emociona, una dimensión superior con la que nos encontramos a gusto e identificados. Nuestro interior parece ensancharse y sentimos una profunda armonía. Es como un lugar sentimental nuevo, no cotidiano, aunque a la vez tenga algo de familiar, como un hogar casi olvidado al que se vuelve. En esos momentos, tenemos la sensación de no estar solos, de estar compartiendo la belleza y el bienestar con algo más grande de lo que somos.

También ocurre al revés; experiencias extremas que nos traumatizan, conductas propias de las que nos arrepentimos y que nos deprimen, sentimientos de estar alejándonos de nuestra casa materna, de nuestro sitio natural. El destino y el "yo" parecen tener sentidos y direcciones distintas. En esos momentos, sentimos una presión interna que nos oprime el alma, como si el espacio sentimental se encogiese y nos hiciera más pequeños y vulnerables. Ahí tampoco parece que estemos solos, sino que ese dolor parece sernos infringido por algo que nos supera y nos arrastra al fatal destino. También compartimos el dolor, aunque sea en el reproche o en la resignación.

En ambos casos, tanto en los de extrema felicidad, como en los de profunda desolación, hay un cierto diálogo interior. La consciencia percibe dos realidades distintas pero cercanas entre sí. La una, subyacente a una agrupación de experiencias y características que reconoce como su propia persona y sobre la que cree tener el control, la otra bajo una ingente multitud de fuerzas, devenires e intuiciones que, como una energía incontrolable, dirige nuestra vida y parece tener las claves de su destino.

Dependiendo de cada uno, esa fuerza es más "humana", más a nuestra imagen y semejanza, o más "física", más alejada de nuestros deseos y sentimientos, como si la riqueza de nuestras emociones estuviera limitada a nuestro cuerpo y se diluyera en un universo de energías y materia, algo con un carácter tan sólo físico, mecánico y frío. En cualquier caso, creo que esa entidad se nos hace presente a todos en la consciencia, como "hado" que tiene poder sobre nuestras vidas.

En las vivencias ordinarias andamos afanados en buscarnos la vida y en pasar las horas sin penalidades. Nos centramos en el entorno más cercano y cotidiano, ése que moldeamos a diario con nuestra conducta y en el que, a su vez, nos vamos dando forma a nosotros mismos.

Se podría decir que en ese nivel no salimos de nuestro caparazón ni de nuestra jaula. No salimos del sujeto que psicológicamente hemos construido, de ese ente transitorio y efímero con el que nos identificamos como individuos; tampoco salimos de su asociado entorno sentimental. Sin embargo, cuando vamos más allá de esa zona de "confort", de ese "habitat" cotidiano, voluntaria o forzadamente, volvemos a encontrarnos sumidos en una corriente que nos lleva y con una realidad más extensa e incontrolable que tiene su "vida" propia. A veces parece acariciarnos y llevarnos en brazos, otras parece azotarnos y dejarnos caer en un abismo. Nuestra consciencia humana ha sabido albergar ambas presencias, ambos flujos y voluntades, de manera que siente sus tensiones y conjunciones.

En ese espacio de la consciencia se produce un diálogo entre ambas, una comunicación. Allí hay mensajes, preguntas, afirmaciones y negaciones desde la otra parte, casi siempre sentidos en forma de anhelos, de miedos, de placeres y decepciones. Otra cosa, como dije, es que sepamos interpretar e hilvanar esos momentos en un discurso, es decir, darles una estructura secuencial y racional que se ajuste a lo que podría ser un lenguaje. Otra cosa, también, es que podamos y queramos prestarle el tiempo y la dedicación que requiere una dimensión que está más allá de las imprescindibles necesidades de nuestra personal subsistencia, pero los mensajes y la comunicación creo que existen.

Por mi parte, y volviendo a aquel momento crítico de la tarde de tormenta, creo que el fondo de mi oración llegaba a alguna parte, aunque no pudiera identificar en mayor medida a dónde. Quizá siempre quede en el terreno de las creencias, pero yo lo sentía cercano y sensible, familiar y profundo, como un comprensivo Padre.

También podría ser que no hubiera ningún interlocutor, ni ninguna meta que perseguir, nada que perder ni que ganar en el futuro que justificara aquellas oraciones. Lo único valioso, por tanto, sería el placer del momento y la subsistencia por sí misma. Sin embargo, no era eso lo que mi juventud tenía en su horizonte. Algo muy valioso parecía esperarme en alguna parte y me llenaba de ilusión y esperanza cada día al levantarme.

No sabía concretamente cuál era el camino, pero desdeñaba tener una vida simple y sin ideales. Me llamaba desde lejos alcanzar una realización personal indefinida pero plena, también la ilusión de un futuro de alegría, amistad, también una familia, con mucho amor, y un mundo mejor y más justo al que tampoco podía dar la espalda; no mientras estuviera vivo, pues el día que dejara de escucharlos, cerrando las ventanas con apatía, comenzaría a morir, no importando para nada el tiempo que durara esa agonía.

Quizá se podría pensar en instintos programados para asegurar la supervivencia, pero, en cualquier caso, no sería la mía personal, ya que también estaría programada mi muerte, lo cual sería un sinsentido. Habría que ir, como mínimo, a pensar en la supervivencia de la especie, o quizá más allá y pensar en una supervivencia de la Vida, con componentes de desarrollo y mejora de lo que ahora es.

Finalmente, el sueño empezaba a pesarme por la frente y los párpados. Ya llovía muy poco y, por el hambre que empezaba a sentir en el estómago, intuía que podía ser muy tarde, así que me dirigí hacia la bicicleta y continué aquel viaje que tantas sensaciones y reflexiones nuevas me había producido. No fue una tarde más. No fue una mera tormenta que pudiera reducirse al parte meteorológico del noticiero de esa noche. Había sido una especie de ceremonia de iniciación de mi adolescencia, en la que las fuerzas de la Naturaleza y las de mi interior se habían puesto frente a frente para finalmente entenderse y situar mi espíritu joven con otra mirada y energía frente al mundo. ¿Sería ese el camino de conocimiento del que había hablado Prometeo en su discurso del templo?

Una vez secado y cenado, antes de acostarme, volví a salir un momento a la calle. El cielo estaba nuboso pero tranquilo y bonito, con una estampa oscura y jaspeada por brillantes claros de luna. Corría una fresca y agradable brisa y el olor a tierra mojada animaba a hinchar los pulmones. Qué sensación tan placentera. Las moléculas de humedad del agua, los minerales y nutrientes de la tierra entrando por la nariz y activando recónditos estímulos en mi cerebro. Todo mi cansado cuerpo parecía conectarse con algo muy básico pero fundamental, quizá con los orígenes de la vida en aquel medio, el barro. Quizá se estaba produciendo, en aquél momento, una conexión comunicativa de esas que alcanzan alguna dimensión fundamental de nuestra existencia, que aunque sumamente importantes para no desviarnos de nuestra esencia, pasan desapercibidas entre nuestros quehaceres y preocupaciones cotidianas, como esa noche, en la que mis pensamientos ya estaban planificando la diversión con mis amigos del día siguiente.

Lejos quedaban aquellos momentos en los que el poderoso

aparato eléctrico había puesto de relieve el antagonismo de las diversas fuerzas de la Naturaleza. En aquellas explosiones y descargas había habido una batalla más entre el Ser y la Nada, entre el Orden y el Caos, entre esa naturaleza que busca integrarse y organizarse para crecer, como la Vida, y lo que fuerza a la destrucción y el desorden, la desafección y el azar caprichoso: la muerte fría. Había habido una lucha entre el Bien y el Mal.

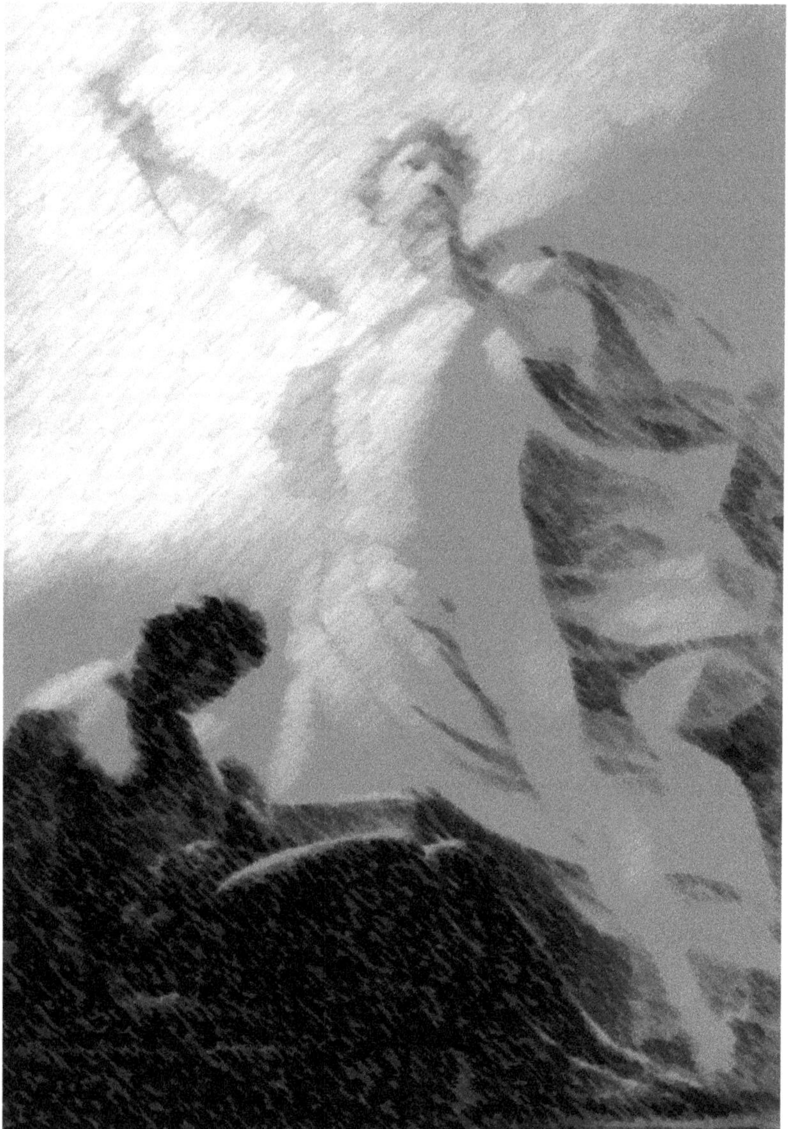

La Fiesta

Las ráfagas del aire fresco que se ha levantado esa mañana golpean, como las olas en un acantilado, el tenso rostro de Mariano, haciendo mover violentamente, para un lado y para otro, su pelo desordenado. Abstrayéndose de todo ello, su mirada se mantiene fija en un grupo de piedras de granito y unos matorrales que hay debajo, muy debajo, como a unos veinte metros bajo sus pies.

Subido en lo alto de una peña, a la que ha llegado caminando desde el pueblo vecino que está en fiestas, mantiene desde hace un rato una expresión inamovible de tristeza y desesperación. Los jadeos iniciales, fruto de su rápida ascensión, son ahora respiraciones profundas y tensas, requeridas por el pulso acelerado que sus pensamientos provocan en el corazón.

Durante los tres kilómetros que había realizado andando desde ese pueblo, camino del suyo, lo había tenido muy claro; incluso, esa loca idea había ido tomando más cuerpo, a medida que iba organizando sus razones y repasando sus recuerdos. Así, cuando a mitad del camino para llegar a Imón, vio la senda que subía a las peñas junto al medieval castillo de La Riba, no lo dudó ni un momento, la cogió con paso acelerado hacia el pico más alto de todos ellos.

En este momento, sin embargo, con la cabeza más fría y una vez que el torrente de sangre que ha corrido por sus venas, durante la subida, le ha oxigenada algo el cerebro y despejado la mente de parte del alcohol que se ha bebido en la fiesta, le entran algunas dudas. Está justo al borde del abismo. Mira hacia abajo y siente, de un golpe de adrenalina, invisible pero intenso, la trascendencia de la decisión. A tan sólo un movimiento el final de su vida, el final de todo su mundo y de sus proyectos, la evaporación en un instante de cualquier esperanza o ilusión, pero también, el final del desengaño, del punzante sentimiento de desprecio, hacia todo y hacia todos, que le está oprimiendo el pecho, el final de ese profundo sufrimiento.

Unas horas antes, en la plaza de Valdelcubo, la noche estaba fresca, demasiado, incluso para lo que acostumbra a hacer por allí en esas fechas finales del verano. Las notas estentóreas de una cumbia rebotaban por las paredes del frontón y las casas de la plaza, retumbando también por las calles y callejones aledaños. Era un ruido superlativo para el habitual sosiego del pueblo; un brutal contraste que lo inundaba todo de un carácter extraordinario, de una sensación impactante de derribo de las invisibles barreras que imponía el sagrado silencio de aquellas tranquilas calles.

Ese ruido ayudaba también a romper, poco a poco, como el ariete que choca contra la puerta de un castillo, la estructura de vergüenzas y rubores que el día a día, de todos los días del año, había ido construyendo en cada uno de los vecinos, con las censuras y los rumores propios de una comunidad pequeña. Era un torrente de ondas que en su poderío se llevaba por delante las palabras, e incluso los pensamientos. Una avalancha que, por otra parte, si se cabalgaba debidamente, te llenaba de alegría y de libertad.

No obstante, todavía era algo pronto. Sólo unas pocas parejas maduras se exponían a las atentas y curiosas miradas de la gente mayor del pueblo, que rodeaba la pista de baile en el medio de la plaza.

Allí estaban los "Satanás", la mismísima música *rockera* del diablo, transmitida por unos mozos de Almazán que tocaban de todo, y casi todo bien, pero que ahora, en el tiempo de pasodobles y chachachás, justo al comenzar la segunda sesión de baile, después del parón que se hacía para la cena, les parecían a Javier y a sus amigos casi como monaguillos llamando a confesión; así que los cuatro, que estaban también como pasmarotes mirando al centro de la plaza, y se estaban quedando *atiricios**(1) de frío, se hicieron un gesto con la cabeza y se fueron al bar, a tomar un cubata.

La barra estaba abarrotada, había gente de otros pueblos y muchos desconocidos, así que echaron mano del Pepe y parte de la pandilla, que estaban al fondo, para unirse al grupo y pedir algo que les entonase. Al poco rato se organizó una partida de futbolín y calentaron músculos bebiendo alcohol y haciendo un poco el burro, que para eso tenían dieciocho años y la sangre como vapor a presión corriendo por sus venas. Las hormonas, en plenitud de forma, iban y venían por esa corriente sanguínea multiplicando las células

---

*(1) *Atiricio*: mal empleo de la palabra "aterido" (helado y encogido de frío) que se usaba por estos pueblos.

de todo su cuerpo y tensionando sus músculos y sentidos como preparándolos para la caza.

Con muñequillas, retruques y otras artes de pelea en el mundillo del futbolín de madera, animaron también a parte del bar, que hicieron corrillo a su alrededor. Les cantaban los goles y se iban incorporando otros jugadores, por parejas, en un típico 'pierde paga', es decir, la pareja que gana se queda y la que pierde echa moneda y se larga.

Fue en uno de esos momentos de pose, tan característicos de ese mini deporte de bares y salones de juego, en el que Javier se encontraba apoyado en las barras de hierro que sostenían al portero y la defensa; estaba marcando el gesto de estirar los músculos después de unos intensos momentos de concentración, cuando por primera vez esa noche se cruzaron sus miradas.

Aquellos ojos verdes, con una expresión paralela de desafío y complicidad, emocionaron profundamente a Javier y se convirtieron en el polo de atracción de sus pensamientos y de su conducta durante el resto de la noche. La chica, que formaba parte de un grupo de amigas, no era del pueblo, y no le parecía haberla visto antes por allí. Morena de cabello, pero con la piel blanca y tersa, parecía una chica de ciudad, como además delataban sus modernos pantalones vaqueros y su blusa. Seguramente, habría venido, como él mismo, a pasar unos días de fiesta y veraneo por algún pueblecito cercano. Le sacó de su momentánea abstracción un golpe que el cabronazo del David imprimió, desde el otro lado del futbolín, a una de las barras, justo la que sujetaba a la delantera contraria y que se quedó a un centímetro de darle, con la punta dura y metálica, en todos los huevos.

A partir de aquél momento, instintivamente, Javier comenzó a moderar sus gestos y a refinar sus expresiones, aunque sin bajar el nivel de atención y competencia en el tema del futbolín, pues ahora, además de la honrilla con los compañeros, se empezaba a jugar la cresta de "gallito" ante aquella nueva hembra del corral.

Logró mantener la concentración, incluso cuando la bola de madera pegó en un defensa y salió violentamente del futbolín, describiendo una bonita parábola que terminó en el interior del escote de la Paqui. La "hostia" que le propinó ésta a Daniel, cuando iba a introducir la mano entre sus tetas para cogerla, la vio Javier como se veían las jugadas más importantes del fútbol en la moviola: a cámara lenta. La mano abierta de Paqui impactaba de lleno en los mofletes de Daniel, que tenía congelada su expresión en una mueca de asombro. Con grandes risas por parte de todos y con parte de la cara de éste como un pimiento *colorao*, se reanudó la partida.

Javier y su compañero echaron a unas cuantas parejas rivales de la competición, aunque la vista y la cabeza se le iban a Javier constantemente, y sin querer, hacia aquel nuevo punto de atención: aquella pantera negra que irradiaba belleza y se movía con pausada elegancia entre el grupo de chicas que charlaban y reían en corro junto a la barra.

Ya empezaba a cavilar cómo podría acercarse y captar, aunque fuera sólo un poco, la atención de aquella chica, cómo poder arrancarle una sonrisa y que ella le mirara con aquellos ojos tan bonitos, y que leyera también su deseo en los de él. Sin embargo, al cabo de un rato las chicas se fueron, como gran parte del personal que había en el bar, y a Javier se le empezaron a hacer interminables las partidas.

-¡Vamos a la plaza, chicos!-, dijo Javier a sus amigos, casi como aliviado de perder aquella última partida, mientras dejaba una moneda sobre la repisa del futbolín para que la pareja ganadora jugase la próxima.

Ya más animados y calientes volvieron a la plaza como una manada de lobos que ha olido lana en el ambiente. -¡Joder, tío!, ¿has visto a esa?-, dijo uno, -¡está buenísima!-, -¡joder, y ésa!- Todo el mundo allí se movía ya en plan frenético, bailando sueltos; en parte algo también para quitarse el fresco de encima.

-¡Mira!, el Joaquín, ¡vamos para allá!- Hicieron un gran corro. Todos se miraban riendo y haciendo gracias. -¡Qué punto, tío!, vaya pedo que lleva el Felipe, y esto casi no ha empezado-, ¿qué?, no me comas el oído, que no estoy sordo -le dijo a uno que le estaba gritando en la oreja porque había visto a las chicas del bar-.

Salió uno al centro del corro que se había formado espontáneamente, salió otro, y otro, chocaban y se empujaban, reían como locos; los demás empezaron a girar y a bailar con más ganas. La sangre corría deprisa por sus venas y los músculos estaban cogiendo tono. Los Satanás tocaban la canción del verano: "Un rayo de Sol" que, aunque algo tombolera, era animada y alegre. Todos la llevaban ya dentro a esas alturas del verano, repitiéndola sin cesar, quizá como una manera de estirar la estación del calor y las vacaciones.

Después de un buen rato de canciones marchosas, de hacer y deshacer corros, de saltos y guitarreos virtuales, sonaron las notas de una canción romántica, con un ritmo suave y lento, como para dar una tregua a tanto derroche de energía. Era la hora de bailar "*agarrao*".

La pista se quedó casi vacía durante un momento, hasta que poco a poco se fueron incorporando parejas que se cogían de la cintura y los hombros y daban vueltas despacio, al ritmo de la música.

Los cuatro amigos se quedaron al borde de la pista, echando un vistazo a los que bailaban, pero sobre todo a las chicas que quedaban sueltas también alrededor de la pista. Tarea difícil, pues apenas se distinguían entre el pelotón de mozos que las solicitaban. –Joder, que mal está el tema-, dijo uno de los amigos, viendo como las chicas "pasaban", displicentes, de los chicos que intentaban parecerles graciosos y convencerlas de que bailaran una canción con ellos. -¡Puf!,… pero que muy chungo!- dijo otro, al que le había entrado pánico de ver como un grupito de chicas se reían a carcajadas de dos que estaban intentando vacilar con ellas. Meneaban la cabeza, como divertidas, negando la solicitud, pero siguiéndoles un poco el juego. Al lado de ellos, unos cuantos hombres maduros, mirando también hacia la pista, se decían:

-¡*Cagüen Diole**(2), Fede, hay que ver como tiran un par de tetas!

-¡Y que lo digas!; más que dos carretas.

-¡Joder, ya lo decía el tío Esteban -saltó el Epifaneo- : De esta vida sacarás, lo que metas, nada más -¡ja, ja, ja!, rompieron en risas todos los de alrededor-.

La chica morena estaba allí, no muy lejos de ellos. En realidad, Javier no le había perdido el rastro desde que habían llegado a la plaza. Hablaba con una amiga, como indiferente a lo que pasaba a su alrededor. De la misma forma, con aire de desinterés y ajena al flirteo general que había entre los jóvenes en aquel momento, había despachado muy amablemente al parecer, a un par de chicos que se habían acercado a hablar con ellas.

A Javier le empezó a subir un hormigueo desde el estómago. Le gustaba mucho, y estaba llegando el momento de la verdad si quería tener algo con ella. "Tendría que ir y sacarla a bailar ahora mismo" –pensó- "pero qué le digo; ¿y si le parezco un estúpido?; me va a decir que no y me voy a que-

---

*(2) *Cagüen Diole*: Contracción muy popular por estos lares de "Me cago en el Dios Le Baco" (el dios Baco)

dar como un espantapájaros ahí en medio, ¡hostia qué vergüenza!, pero como siga ahí sola, lo mismo se aburre y se va, o se enrolla otro con ella; con lo que me gusta". Eran unos momentos tensos, serios, de profunda lucha interior.

Por un lado, el deseo empujaba desde dentro, desde el cerebro más básico, donde residen los instintos, pero, por otro, las conductas de defensa, débilmente desarrolladas en su joven mente, le hacían encontrarse inseguro, y el temor al fracaso y el ridículo, que siempre habían sido un gran componente de su carácter, le retenían ante la eventual batalla.

Miraba hacia el escenario de los músicos, el cual estaba montado junto a la alta pared de la iglesia que servía de frontón y de espadaña. Miraba pero con percepción hueca, sin ver ningún contenido, sumido como estaba en su interior dilema. Subió la mirada, hacia el campanario, al lado del cual, en el oscuro firmamento, brillaba la Luna, perfectamente definida, blanca y redonda. "La Luna" - pensó- "se mantiene ahí permanentemente atraída por La Tierra, pero alejada de ella por su camino circular, por fuerzas centrífugas que la apartan de su destino. Si no fuera por eso se abalanzaría en línea recta sobre ella. El resultado sería seguramente fatal para las dos, al menos en un principio, ni qué decir tiene para nosotros, que somos unas simples hormiguitas pegadas a su superficie, pero eso parece ser lo de menos en la naturaleza, lo básico es la atracción que se tienen, inexorable y duradera".

-Qué fuerzas tiene la naturaleza -le dijo Javier a Juanma, mientras seguía mirando hacia arriba-. Los seres del Universo se atraen o se repelen, pero parece que cada uno debe seguir su forma de ser, sea cual sea el resultado. Qué más da que sea la gravedad, que sea el magnetismo o que sea el amor; se atraen o se repelen y punto. Es tan complejo de entender.., pero a la vez tan simple, si se quiere. La naturaleza sabrá, y seguramente tenga sus razones para que tenga que ser así, ¿no te parece, Juanma?

-Mi padre siempre lo ha dicho -le contestó éste- hay que seguir los dictados de la naturaleza y aprender de ellos, pero no oponerse. Hay que estar siempre dispuestos a que una granizada te arruine la cosecha, porque si no, te pasas la vida maldiciendo, y si no es una granizada puede ser una plaga, y si no, pues cualquier día te puede *dar un aire**(3) y te quedas ahí, rodeado de mies como para hartarte, pero más tieso que un lagarto seco.

-Joder, qué razón tienes, Juanma, no sirve darle demasiadas vueltas a las cosas, si algo tiene que pasar pues pasará, y nosotros pasaremos también, nos pongamos como nos pongamos.

Casi de repente, Javier se encontró más ligero. Un flujo de confianza empezó a correr por sus venas. Todo en su cabeza cobraba sentido y era coherente. No había espacio para el conflicto, ni para temores sin fundamento; no había, pues, por qué preocuparse. El suave placer del conocimiento le

---

*(3) *Dar un aire*: morir de repente, por infarto o por alguna otra causa desconocida.

había situado en un nuevo estado anímico.

Sucede en el mundo de lo psíquico como constantemente sucede en el mundo de lo físico: se producen saltos cuánticos, cambios no progresivos, sino instantáneos. Igual que un salto cuántico cambia el estado y situación de una partícula, un sistema psicológico puede cambiar de estado mediante un salto instantáneo producido por múltiples conexiones de las neuronas de un cerebro. Miles y miles de neuronas, con ramificaciones sueltas y vibrantes por la ansiedad de encontrar una respuesta, de repente, conectan sus dendritas y encuentran el nexo lógico que, disipando toda la tensión eléctrica y energía que tenían acumulada, crean una estructura de relaciones diferente a la anterior, elevando la consciencia a una dimensión nueva.

A veces decimos que se nos enciende una bombilla cuando se nos ocurre una idea que da solución a un problema enquistado, pero hay otras veces que es como si se hiciera de día en mitad de la noche, dada la claridad que se extiende cuando, en un momento dado, durante una reflexión, todo nuestro mundo encaja de una manera diferente y desconocida.

Esto también ocurre en el plano sentimental, cuando, después de una caricia determinada, un beso, o una conexión especial con alguien, sentimos como si hubiéramos subido un peldaño, como si la relación con esa persona hubiera alcanzado un nuevo nivel de unión e intimidad, desde el que todo se ve ya de una manera diferente. La realidad no es única ni fija, sino que se compone de numerosas dimensiones superpuestas, algunas de las cuales recorremos con la consciencia durante nuestra efímera vida.

A un nivel menos filosófico y con menos trascendencia, pero con la misma dinámica, las reflexiones de Javier le habían cambiado el ánimo y la manera de ver las cosas esa noche. "Mi naturaleza", pensaba, "me atrae fuertemente hacia esa chica. Debo acercarme y ver si la atracción es mutua, si no es así pues no pasa nada, 'a otra rosa mariposa', será que no encajamos, que hay alguna parte de nuestros seres que se repele, o bien, que ha ocurrido un enlace fallido, como tantos que ocurren a diario en el mundo de la química, o de la biología. Me voy y punto, sigo bailando y pasándolo bien con mis amigos". Esto le relajó mucho psicológicamente y le dio el valor suficiente para decidirse a hablar con la muchacha. Quedaba la parte del qué le digo, pero ahí también se mostró confiado: "¡Bah!, ya se me ocurrirá cualquier cosa".

El panorama de la pista había cambiado y ahora la chica estaba bailando un pasodoble con una amiga. Quizá, aunque nunca era seguro, esperando que algún chico entrara en acción. Javier le dijo a Jaime: "vamos a sacar a esas dos, que están pidiendo guerra", y se lanzó al ruedo.

Después de dar unos pasos y acercarse a las chicas, se giró y vio que Juanma se había quedado clavado, sin atreverse a salir. "¡Cagón!, me has dejado solo", pensó para sus adentros, pero ya no había marcha atrás. Las separó sonriendo y diciéndole a la amiga:

-¿Me permites que te robe la pareja por un momento, tú ya la conoces mucho, y al fin y al cabo en una pareja de baile tiene que haber un chico, ¿no?

Según decía esto, cogía la mano de su objetivo y la levantaba a la posición de baile, a la vez que la desplazaba un poco hacia él y colocaba la otra mano en la cintura. La chica no opuso resistencia, aunque la amiga forcejeó un poco, no queriendo soltar la otra mano de Alicia, que así se llamaba el imán que tiraba de Javier desde hacía un buen rato. Finalmente, la amiga aflojó y se retiró a un lado, al ver como aquella sonreía divertida.

Javier se estiró, como veía que hacían los más mayores, abandonando ese aire ligeramente encorvado que tienen muchos adolescentes a su edad y poniendo la espalda y los hombros rígidos. Tomando el mando, como parecía que era su deber masculino en este baile tradicional, intentó llevar a la pareja, acompasada y sin brusquedades, de un lado para otro de la pista, como buenamente entendía que podría ser el pasodoble.

Le costó no perder la concentración en estos movimientos, mientras pensaba algo que decir que pudiera resultar simpático a la muchacha:

-Tú písame, no te preocupes, que en este pueblo las chicas bonitas como tú pueden pisar donde quieran.

-¡Ay, perdona!, ¿te he pisado?

-No me digas que no te has dado cuenta de que la plaza no se mueve, sino que vas montada en mis zapatos.

-Ja, ja, ja ¡qué exagerado!

-¿Exagerado?, ¡menos mal que sólo es un pasodoble, que si llega a ser una jota me dejas los pies planos y estirados como los de un pato!

-Anda, anda, que…, pato y hasta patoso ya pareces tú de normal, ¡a que te piso de verdad!

-Todos los pisotones que quieras. Los tomaré como besos. Aunque mejor, de los de verdad y en todas partes de la cara los quisiera.

-¡Si hombre, con la cantidad de cara que tienes!, ¿no eres un poco fresco?, ¿te crees que yo le doy un beso a cualquiera?

Mientras habían tenido esta breve conversación, Javier ya se había llevado dos codazos y un empujón de otras parejas que vagaban a toda velocidad, como ellos, por una pista que más parecía la de los coches de choque de una feria. Novatos como él, que intentaban hacer lo que veían en las parejas de los más veteranos, además de los patosos por naturaleza, que también los había a puñados, empujaban y tiraban de la compañera sin mucho orden ni concierto, en vez de dirigirla. Con un brazo de cada componente estirado a la altura del hombro, a modo del palo *bauprés* que llevan los barcos en la proa, las parejas se balanceaban de un lado a otro como embarcaciones a la deriva en una terrible tormenta.

Era una situación de sálvese quien pueda, es decir, de sálvese el equilibrio y la compostura entre tanto empujón y desconcierto. Javier estaba concentrado en qué decirle a Alicia, para resultar lo más gracioso posible. Giró a su izquierda y chocó con alguien rocoso y de gran envergadura, que ni se inmutó con el golpe, sino que le hizo salir rebotado y precipitarse contra la chica. Giró la cabeza sorprendido, para ver quién era el armario con el que había chocado, reconociendo a un primo de su padre, fuerte como un roble, que bailaba muy animado con su mujer. Grave error. Esa mirada hacia la izquierda, mientras intentaba recuperar el equilibrio y sujetar a la chica con un gesto caballeroso, le impidió ver el ataque por la derecha de otro conocido vecino que, pequeño como era, se había colado con su pareja en ese espacio y giraba en ese momento para cambiar de dirección, clavando su tacón de fijación precisamente en el pie de Javier, que intentaba afianzar el suyo. Un aullido salió de su boca, ¡Aaaahhhh!, justo en el momento en el que el cantante comenzaba de nuevo la estrofa del estribillo: "Aaaamericanoooos, vienen a España gordos y sanos…", lo cual le llevó a sentirse acompañado en el sonido y seguir el compás como si nada hubiera pasado, aunque el pie le dolía como si le hubieran clavado un pico.

La chica se partía de risa, "¡menos mal!" -pensó Javier, pues a él le estaba costando una paliza-. "¿No querías pisotones?, pues parece que te los están dando, y no soy yo" -le dijo ella, entre risas-. Siguieron bailando, ahora un poco más agarrados, y con Javier conduciendo los giros y pasos, medio disimuladamente, para irse a un extremo de la plaza, más libre de posibles embestidas, aunque más expuesto a las curiosas miradas de los espectadores que la rodeaban.

-Muy bien paisanos, ¡Qué buenas parejas!, ¡Qué bonito pasodoble!,- comentó el cantante por su micrófono- y ahora, vamos a seguir agarraditos, con más cariño si cabe, con una preciosa canción.

Javier no soltó a Alicia, y ella tampoco hizo ademán de irse, sino que ambos se mantuvieron agarrados y mirando al escenario para empezar a bailar la siguiente canción.

-No te había visto antes por aquí-, le dijo Javier.

-Mis padres son de Imón, pero hace tiempo que no venía -contestó ella-.

-Pues vaya lo que nos estábamos perdiendo en la comarca. Eres muy guapa; y muy simpática.

-¿Y tú?, ¿eres de este pueblo?

-Sí, aunque vivo en Madrid, desde hace mucho tiempo. Vengo todos los veranos. Es un pueblo muy divertido, ¿no te lo parece?

-Sí, me parece muy divertido, aunque un poco peligroso, ¿no?

-¡Buah!, ¡que va!, movidito si acaso, ¿y lo *agustito* que se está ahora? -dijo Javier, aprovechando para apretar un poco a la chica y poner la cabeza en su hombro-. Ella se despegó un poco, pero no rompió del todo el abrazo.

A medida que fueron bailando y hablando, sus músculos y sus posturas se fueron relajando, siendo el baile un abrazo prolongado dentro de una gran burbuja de melodía musical. Así estuvieron varias canciones, hasta que los acordes de un rock-and-roll rompieron todas las parejas y lanzaron a la pista a un montón de chavales que se mantenían expectantes fuera. Ellos dos se quedaron separados pero cerca, sin saber que hacer por un momento. Javier cogió de las manos a Alicia y la llevó hacia delante y hacia atrás al estilo del baile americano. Ella enseguida cogió la idea y acompañó, realizando incluso alguna vuelta sobre sí misma. Se lo estaban pasando bien y se notaba en sus alegres caras.

"Saaaaaaabado a la noche...", cantaba el guitarrista y vocalista de Satanás, por encima de unos puros acordes de rock, una y otra vez, moviendo lo más joven de los espíritus bailarines. Javier y Alicia se soltaron y bailaron por separado, el uno al lado del otro, saltando y tocando unas guitarras imaginarias al ritmo del grupo de música. Había de nuevo empujones, pero Javier había notado cierta intencionalidad en algunos que había recibido desde atrás, por lo que miró al grupito que, aparentemente, estaban a lo suyo detrás de ellos. No los conocía, salvo a uno, que parecía sonarle su cara. Siguió bailando. Sin embargo, recibió el golpe de uno de ellos que se abalanzó contra él desde atrás.

-¡Eh!, pero ¿qué haces? -le dijo Javier, cogiéndole de la camisa-

-¿Qué haces tú?, ¡que me sueltes! -le dijo el otro-.

Inmediatamente, otro del grupo se lanzó sobre Javier y le propinó un puñetazo en el costado. Este se revolvió dolido y, tirando al que tenía cogido por la camisa al suelo, se fue a por el que le había dado el puñetazo. Se engancharon, intentando tirarse el uno al otro. La chica empezó a gritar y rápidamente la gente abrió un hueco en el lugar de la pelea. Javier logró tirar a su oponente al suelo y estaba encima de él, para darle un puñetazo, cuando recibió un golpe por detrás del que le había golpeado al principio, que se había levantado del suelo. Casi sin intervalo de tiempo entraron Juanma y otro amigo de Javier en la pelea. Estaban cerca de allí y habían reconocido a su amigo peleándose con los forasteros. Inmediatamente, también, se metieron por medio, para separar, numerosos mozos del pueblo y los hombres adultos que estaban por allí cerca. Javier estaba muy alterado y quería pegar al que le había propinado el golpe por la espalda, pero ahora estaba sujeto por los dos brazos y apenas podía moverse.

No entendía por qué le habían atacado aquellos dos que, encima, ahora le estaban acusando de empezar la pelea.

-Son de Imón -dijo uno del pueblo- que vienen a las fiestas de aquí a armarla, ¡vamos a darles una buena!

-Estaos quietos, hostias, vamos a pasar la fiesta en paz -dijo un hombre mayor- ¡venga, todos a seguir bailando!

Hubo algún conato más de engancharse, pero, poco a poco, se fue calmando la cosa y el poder de la música, que se reanudó después del parón que había tenido con el revuelo, transmitió de nuevo buenas vibraciones a toda la plaza.

Javier empezó a bailar entre sus compañeros, que le estaban de momento rodeando, como para protegerle, y buscó a Alicia entre los grupos que bailaban alrededor. La encontró hablando con uno de los que le habían atacado un momento antes; con el que le dio el puñetazo en el costado. La chica parecía reprenderle con fuertes movimientos de las manos, mientras él miraba al suelo con gesto compungido. "Joder, son de su pueblo", pensó, "lo mismo es su novio; pero no parecía que estuviera con nadie; estaba con la amiga, no con ningún novio". Les dejó que siguieran hablando y se puso a bailar con sus amigos. Ya tendría tiempo de enterarse de qué iba la historia.

Sonó una flauta, con unos acordes bastante típicos de danza celta, y todo el mundo empezó a saltar con energía, levantando los brazos y moviéndolos de un lado para otro.

Con la misma ceremoniosidad que el pueblo se había entregado a la fiesta religiosa durante la mañana, asistiendo a misa y acompañando a su Virgen en la procesión y demás liturgias, se lanzaba ahora, con este ritmo, a otra fiesta tribal y pagana que canalizaba la alegría y la fuerza del grupo a través de un torrente de brincos sincronizados y risas desenfadadas. Así calentaron el ambiente y los músculos durante otras cuantas canciones del mismo tipo que siguieron a ésta, confraternizando en el sentimiento de juventud y ganas de vivir.

Para cuando llegó la fase de "pachanga", que solía cerrar el baile, toda la plaza se encontraba en un estado de trance emocional de amistad y solidaridad que dejaba muy lejano cualquier recuerdo de conflicto, de manera que se formaron pasacalles, corros concéntricos y filas de gente agarrada unos a otros al ritmo del "tractor amarillo", "la conga", "Paquito el chocolatero" y otras canciones por el estilo. Aquello era una explosión de alegría y amistad, como una tribu bailando alrededor de la hoguera. Se reían unos con los otros y se intercambiaban los abrazos y enganches para formar un tren, una fila y lo que hiciera falta.

Era como ir montado en un carrusel de energía desbordada que se retroalimentaba con el calor de los propios pasajeros y del que nadie quería bajarse. Tuvieron que tocar tres pachangas más y terminar con una canción lenta para que el personal se calmase definitivamente y accediera a ir abandonando la plaza.

El asunto entre Javier y Alicia, que tan buenamente había comenzado, había quedado en un paréntesis de indefinición que a él le mantuvo durante todo el resto del baile en una especie de intranquila espera. Saltó y bailó con unos y con otros, disfrutando del ambiente festivo de toda la gente del pueblo, pero no dejó de acordarse ni un momento de la tierna sensación que había tenido al abrazarla durante aquellas breves canciones en las que se habían conocido.

Pasaron cerca el uno del otro, en los pasacalles, y Javier la había mirado a los ojos con desesperada curiosidad. Por las miradas y sonrisas que pareció devolverle, Javier creyó que algo había quedado en ella de su complicada y fugaz relación; que aquella expresión de complicidad parecía ser sincera, no una simple burla. Por eso, cuando definitivamente el grupo de música calló, se apagaron las luces del escenario y él y su pandilla enfilaron para la peña, no dejó de mirar hacia atrás para ver si la chica y su grupo venían también.

000

En un rincón de la peña, Mariano fumaba desesperadamente. Estaba sentado en el suelo, sin querer arrimarse al grupo de chicos y chicas de su pueblo que bebían y bailaban al otro lado de la oscura sala. La peña era una antigua choza para ganado que había sido limpiada y acondicionada por los mozos del pueblo. Conservaba el suelo de tierra prensada y el tejado de vigas de madera y carrizo.

Durante el verano les había servido a los jóvenes para reunirse y escuchar música por las noches. Antes de las fiestas se afanaron poniendo tela de sacos para ocultar los desconchones y huecos de las paredes y pintando con cal las piedras y adobe del resto. Las flojas bombillas rojas y algún poster de los grupos de rock de moda, estratégicamente colocados, ayudaron como lo que más a ocultar cualquier indicio de ruina, dándole al lugar una luz tenue muy homogénea y un aspecto propio de local nocturno.

De la diáfana nave habían segregado un pequeño apartado a base de cortinas de tela de esterilla, sacada también de sacos viejos, en el que varias parejas se besaban y bailaban con más intimidad que en el resto.

Mariano estaba sumido en aquellos manoseados recuerdos que siempre repasaba cuando quería infringirse esa especie de castigo que, aunque doloroso, le proporcionaba el extraño placer de sentirse activo en una parte de su ser que estaba como escondida, como aletargada, pero que quizá estaba situada en lo más próximo al núcleo central de su existencia, del que brotaban sensaciones fuertes e intensas.

Sí, sabía que le hacían sufrir, pero también le hacían sentirse más vivo, con más sensibilidad. Eso era mejor que el vacío que sentía al pensar en un mundo sin ella.

Era una mañana de verano, siendo los dos aún casi unos niños. Ella bajaba la calle desde la plaza y él estaba sentado en el poyo de su casa, afilando unos cuchillos para su madre. Su manera de andar le había gustado desde que jugaban en la calle casi nada más dejar de gatear, pero ahora había incorporado aquella sonrisa y aquella manera de mirar que le habían despertado nuevas sensaciones hasta entonces desconocidas.

Su pelo, siempre negro, había tomado ahora ciertos reflejos azulados que al caerle sobre los hombros parecían reflejar sobre su cara tonalidades celestes. Venía directa hacia él y los dos se mantuvieron la mirada durante un tiempo. ¡Qué sensación!, ¡qué hormigueo por todo el cuerpo! Sólo se suspendió por un momento al sentir la afilada hoja de un cuchillo en su piel.

Hablaron un poco. Hacía tiempo que no se veían. Ella estaba en Madrid y no había vuelto desde el verano anterior. Después jugaron por el camino de las salinas, rescatando a un gorrión que había caído al suelo, seguramente por salir del nido antes de poder volar por sí mismo. Ella reía como siempre y le hacía bromas por ser tan poco hábil con los animales. Se despidieron como lo amigos que habían sido siempre y Mariano se quedó un largo rato sentado allí, por encima de los grandes y rectangulares estanques que se extendían, como un mar blanco, por todas partes de las grandes y antiguas salinas de su pueblo, acariciado por el suave sol de la mañana, sintiéndose como si estuviera sentado a la derecha del Dios Padre, es decir, en la Gloria.

No sabía por qué, ni siquiera se lo planteaba en su tierna inteligencia, pero Alicia le gustaba, le gustaba mucho. Algo inconsciente, mucho más básico que cualquier pensamiento, le decía que en ella había un futuro prometedor para su vida.

Era una especie de señal biológica que se encendía en su cuerpo en forma de excitación y aumento de las pulsaciones, de ruborización ante su mirada y de largos sueños a su lado cuando ella no estaba.

Le gustaba su cara, sus expresiones, la manera de reírse y de hablarle gastándole bromas. Le gustaban todas esas cosas que hacen que quieras estar con una persona durante todo el tiempo. Son esos aspectos que garantizan, más que otros de carácter más superficial y efímero, la duración de las relaciones, pues están basados en sentimientos básicos y sencillos de las relaciones cotidianas. Le gustaba esa sensación de sentirse cómodo y a la vez atraído por matices desconocidos. Era como un continuo juego y él quería ser su compañero durante todo ese juego que durara la vida entera.

La cara es el espejo del alma y lo que mejor refleja el conglomerado de emociones que componen la persona. Después de aquellos años de infancia, las hormonas le llevaron a fijarse también en otras partes del cuerpo de las chicas. Les miraba los pechos y las piernas y el deseo sexual le hipnotizaba, ocultando, de manera inconsciente, cualquier otro aspecto que en principio pareciera no gustarle, pero que pasaba enseguida a un segundo plano por el deslumbramiento de los momentos prometedores de placer que empujaban desde dentro. Estaba equivocado y lo supo después de varias relaciones decepcionantes que no duraron mucho.

El brillo de su pelo, la profundidad de sus ojos y la textura de su piel, todo en ella le transportaba, con su sola presencia, hacia un mundo de naturaleza acogedora y placentera, aunque estuvieran en un cigarral en pleno mediodía veraniego.

Le gustaba también su olor, y sobre todo sus expresiones, su manera de reír, abierta y sinceramente, su manera de andar y de saltar cuando jugaban entre las flores. Esa atracción se le presentaba con la fuerza que en la pubertad tienen estas cosas, lejos de los factores de disipación que introducen posteriormente los prejuicios culturales y sociales, o incluso las dudas y los juicios de interés que produce la propia razón, lo que muchas veces acalla o reprime el básico juicio de la biología.

Aquél y otros muchos recuerdos pasaban y volvían a pasar por su memoria; también aquella noche en el rincón de aislamiento voluntario que Mariano se había impuesto en mitad de la fiesta. Eran recuerdos de una misma época, de unos años en los que Alicia había frecuentado el pueblo durante el verano; de unos años de despertar juvenil por ambas partes y en los que Mariano había albergado esperanzas de futuro, tanto para sus deseos carnales, cada vez más exigentes, como para su proyecto de vida, tal y como éste se dibujaba en los modelos tradicionales de que disponía.

Después, Alicia desapareció durante algunos años en los que, según decían, había ido a veranear a la playa con sus padres y el resto del verano lo habría pasado estudiando para los exámenes de septiembre. Ahora, ella había vuelto, pero la había encontrado muy cambiada. Estaba más adulta, más mujer. Bella como siempre, o incluso más, pero su mirada y forma de comportarse con él le parecía más distante, más fría.

En el apartado de atrás de la peña, el separado del resto por unas cortinas de sacos, Javier y Alicia bailaban una canción romántica de los Bee Gees. Había apenas otras tres parejas bailando y alguna otra besándose sentadas en el suelo.

-Aquí, si me pisas, ya tiene que ser con toda la mala intención -le dijo él- mirando todo el espacio que tenían alrededor y meciéndose con lentitud al ritmo de la canción.

-Debería de pisarte, y fuerte, por el poco caso que me has hecho en la plaza -le contestó ella-.

-Pero, ¿qué querías que hiciera?, si creía que estabas con el energúmeno de tu novio. Yo no soy de los que piensa como Oscar Wilde, que decía que el matrimonio es una carga tan pesada que ha de llevarse entre tres.

-Oye, rico, lo primero que esto no es un matrimonio, ni siquiera llega a conocidos, de momento, lo segundo, ya te he dicho que no es mi novio, ni tampoco lo ha sido antes. Tan solo somos buenos amigos, aunque no sé yo si ahora querrá seguir siéndolo de mí, después de la bronca que le he echado por lo de la plaza; y también por aclararle lo que creo que no tenía claro.

-Pero, él sí que estaba celoso, como si fuera tu novio.

-Ya, porque hemos sido muy buenos amigos cuando éramos más pequeños, pero él nunca me ha gustado en ese sentido; y no creo haberle dado esperanzas para ello, la verdad. Teníamos mucha confianza el uno con el otro, y nos divertíamos mucho jugando en el verano. Es muy buen chico, no te creas. Lo de esta noche es porque le han calentado también sus amigos del pueblo, ¡los muy imbéciles! Mañana hablaré otra vez con él, ¡pobrecillo!

La atracción entre Alicia y Javier sí era mutua. No quizá tan profunda como la de Mariano hacia Alicia, al menos de momento, pero sí les empujaba a ambos para juntarse cada vez más el uno al otro y pasar a regalarse con caricias cada vez más tiernas. Terminaron besándose apasionadamente al cobijo de la débil luz que apenas llegaba al fondo del cuarto.

En la barra de la peña, unos cuantos hombres ya mayores y casados, tomaban la última copa antes de irse a su casa. Llevaban una buena guasa encima, engordada durante toda la noche de fiesta, que les hacía reírse por cualquier cosa. Uno de ellos se dio una vuelta por los rincones de la peña y al volver les dijo a los otros:

-Hay que joderse con las chicas, cuando son pequeñas para que no se caigan, y de mayores para que no se acuesten, siempre tienes que estar detrás de ellas-. Todos los que lo oyeron de alrededor soltaron una carcajada.

-Me *cagüen la órdiga* -salto otro- peor es que sea chico y se te acueste, como le pasó a uno de Atienza; al final, se le fue a Madrid, por aquellas calles oscuras, y no le levantaban ni con grúa.

-¡Ja, ja, ja -rieron todos-.

-¡Joder! -salto otro-¿y si no sabes ni lo que es?, porque con estos pelos que me llevan ahora…, y todos echados por la cara…, el otro día me crucé yo con uno que no sabía si iba "*palante*" o "*patrás*". ¡Ja, ja, ja! -rieron de nuevo todos a la vez-.

Después, uno se animó y contó un chiste verde, le siguió otro con uno de por el estilo, y así se lanzaron casi todos a contar los suyos, empalmando un chiste tras otro durante un buen rato.

-Si es que la jodienda no tiene enmienda. Ya lo decía mi abuelo -dijo uno de ellos- el cariño verdadero entra por el agujero -ja, ja, ja, rieron todos-.

Entremedias, tuvieron que dejar el cachondeo por un momento para acudir a sujetar a un borrico mozo de Barahona, fuerte como un buey de tiro, que quería levantar el poste central de la choza, el cual sujetaba todo el tejado. Menos mal que sólo pudo moverlo un poco, que si no, hubiera podido desmontar media choza y tirar vigas y tejas encima de la gente que allí estaba. Como pudieron, le apartaron del poste y le sentaron sobre un banco. Resoplaba como un animal y tenía la cara completamente roja del esfuerzo y del alcohol que debía haber digerido. Al cabo de un breve tiempo se relajó y se quedó dormido.

Mariano estuvo prácticamente todo el rato en el mismo sitio, ahogando su dolor en cubatas y tabaco. Algunas de esas bebidas le eran llevadas a su rincón por una amiga de su pueblo que sí que le quería como pareja y a la que le hubiera gustado que tales aflicciones fueran por ella. Esa chica estuvo consolándole gran parte de la noche, y en buena medida logró que Mariano dejara de recordar escenas que le hacían bastante daño, centrándose sus pensamientos en los problemas de las parejas y otros temas más genéricos, que la chica le argumentaba como salida a los rompecabezas del amor.

Las primeras luces de la mañana entraban ya por la puerta y por las ventanas de la peña. Mariano estaba agotado psicológicamente y también sentía que cada vez le faltaba más el aire. Miró, por última vez, hacia el interior del apartado y vio que la pareja de sus desvelos seguía entrelazada y acaramelada sin dar signos de cansancio. Se lanzó a la luz en busca del aire fresco de la mañana. Sus pasos no eran nada seguros, como los de muchos de los que deambulaban por la peña y sus alrededores.

Con alguna "ese" en el recorrido y después de chocar con otro joven, justo en la entrada, alcanzó la calle. Un aroma de hierba fresca y húmedo rocío le acarició la cara. Respiró profundamente, alegrándose de salir de aquella cueva. Miró al horizonte, por el hueco que se abría hacia el campo entre algunas casas, viendo la silueta de las sierras bajas que bordean la carretera que lleva a Sigüenza. Era el camino de su casa. No lo pensó más. Buscó la salida del pueblo y se puso a andar. A sus espaldas oyó la voz de uno de sus compañeros del pueblo, con los que había venido:

-¡Eh!, Mariano, ¡espera!, comete un choricito, que están de miedo.

Alrededor de unas ascuas, un grupo de jóvenes asaban unos chorizos y unas patatas, para asentar un poco el estómago, después de tanto castigo.

-Ofrécele, si acaso, el chocolate que tomaremos después, cuando recojamos los bollos, casa por casa -dijo uno del grupo-, para que endulce las penas…, o para que moje el churro, ¡ja,ja,ja!, que falta le hace.

Todos rieron; por eso y por otras gracias que siguieron después, pues estaban en un estado de hilaridad que cualquier cosa les hacía reír sin parar. Tenían, después de tantas horas de juerga y de vigilia, una sensación de irrealidad y de liberación que les hacía reírse de todo y, sobre todo, de sí mismos. El abandono mismo era divertido. En él surgían chispas de ingenio, librada la imaginación de cualquier presión psicológica, pero también torpezas cometidas por unos cuerpos y mentes cansados y confundidos por el alcohol. Torpezas propias y ajenas que, cuanto más gordas, más hacían reír al colectivo.

Mariano les oyó cada vez más lejos, siguiendo con su caminar decidido. Les entendía perfectamente, era la fiesta, como tantas veces la había vivido. Pero él no podía evadirse. Hoy no. Una herida abierta le escocía sin cesar y no podía pensar en otra cosa. Con la espalda encorvada, cobijando la cabeza entre los hombros y con las manos metidas en los bolsillos, al final de sus largos brazos estirados, aceleró el paso camino abajo. Sus pies iban ligeros, como para dejarlo todo atrás.

000

Las ráfagas de aire se revolvían cada vez con más fuerza en las alturas de aquellas peñas. Los bruscos cambios de sentido del viento empujaban para uno y otro lado el cuerpo atenazado de Mariano al borde del precipicio. La mañana parecía anunciar lluvia en las grises nubes que se acercaban por encima de los montes, al otro lado del ancho valle del río Salado.

Todo esto, sin embargo, era bastante ajeno a la consciencia de Mariano, el cual estaba sumido, como dentro de un remolino poderoso y absorbente, en los recurrentes recuerdos que se agolpaban en su mente. Imágenes y sensaciones con una gran carga pasional que iban y venían por su cabeza de una manera caótica y descontrolada.

Primero, la imagen del camino de los huertos, con aquella perspectiva lineal, donde los troncos y las copas de los olmos se jalonaban apuntando hacia un lugar central del horizonte, desde cada lado de la vía. También las cunetas, con su broza verde y floreada, y hasta las blancas nubes, que vagaban desperdigadas por el cielo, parecían confluir en aquel único punto lejano. Esa imagen, mil veces repetida, acompañaba siempre, con su gran riqueza de colores, al sentimiento de dulzura que había quedado en su corazón durante aquellos paseos de la infancia, donde las risas y los comentarios intrascendentes servían de adorno a un fondo de profundas e inexplicables emociones.

Primaba entre ellos un fuerte sentimiento de complicidad. Por un lado, se sentían próximos y acompañados frente al mundo complejo y opresivo de los mayores, por otro, se agitaban también por la emocionante curiosidad que ambos sentían hacia el sexo opuesto, el cual empezaba ya a aflorar en sus primeros estadios de desarrollo. ¡Qué huella tan profunda habían dejado aquellas sensaciones en su corazón! Sentía que la quería…, que la querría siempre.

Por un instante, su ser se tranquilizaba y se llenaba de esperanza. Algún día podría estar con ella, desarrollar todos aquellos proyectos y vivir todas aquellas situaciones que tantas veces se había imaginado. Entonces, levantaba la cara al cielo y dejaba que fuera acariciada por los vaivenes del viento. Su rostro, como un navío que surca los mares, transmitía la firmeza de su espíritu, navegando con rumbo fijo entre el empuje del oleaje.

Después, irremediablemente, con la fuerza de un volcán que escupe su lava ardiente, ideas y recuerdos dolorosos subían desde lo más hondo de su ser y se apoderaban de su mente. Eran esas caras sonrientes y seductoras que ella le ponía a aquel extraño; esos besos en la oscuridad que le herían y le escandalizaban, como la más sangrienta de las tragedias; esos reproches que ella le dirigió en la pista de baile. En esos momentos miraba peligrosamente cabizbajo, hacia el infierno en forma de rocas que yacían a muchos metros por la pared abajo.

Así, una y otra vez, se sucedían recuerdos y pensamientos placenteros con otros de lo más doloroso. El alma de Mariano estaba desgarrada por la tensión que producen las dos potentes fuerzas que acompañan al desamor. La una tirando hacia el deseo de repetir lo felizmente vivido, profundamente arraigado por la experiencia o sublimado por la imaginación, la otra tirando hacia la represión de ese deseo, por despecho, por venganza, o por inconveniencia percibida por la razón. Ese conflicto parecía estar batallando en cada una de las células de su cuerpo, pues sentía una angustia y una intranquilidad que le mantenía tenso como una cuerda a punto de romperse.

Finalmente, después de un buen rato de deliberaciones infructuosas y de abandonos pasionales en la imaginación, Mariano se encontró muy cansado y con frío, por lo que se acurrucó en el hueco de una roca al refugio del viento. En poco tiempo se quedó dormido. El sueño relajó sus neuronas agotadas y destensó sus músculos casi agarrotados, devolviéndole un placentero sentimiento de paz que, aunque de una manera no consciente, percibió en su interior profundo.

Al despertar, unos rayos de sol se abrían paso entre las nubes. La fuerza de la mañana estaba disipando la concentración de humedad en el aire y en el cielo oscuro. El calor de aquellos rayos solares rozándole la piel le devolvió a Mariano a los placeres del reino de la vida. Miró a su alrededor e intentó ordenar las ideas. Rápidamente recordó por qué estaba allí y parte de lo que había ocurrido aquella noche. Sin embargo, todo retornaba bastante descargado del dramatismo que había tenido unas pocas horas antes. "Vaya borrachera que pillé anoche…, y qué a lo tonto…En el fondo, lo de Alicia lo venía venir…, estaba muy rara, había cambiado mucho de cuando era pequeña… En fin, ahora ya lo sé y no me tengo que hacer más ilusiones ni pajas mentales…, no soy yo su tipo…, pues vale…, seguro que la pilla algún gilipollas de Madrid y la hace una desgraciada…, ella verá…, por mí que la den por saco…, me voy a dormir a casa y que me prepare mi madre un caldito caliente…, me voy a estar en la cama hasta mañana por la mañana sin levantarme ni a mear."

El día iba haciéndose cada vez más soleado y el aire venía más cálido. Mariano bajó de las alturas y se lavó la cara en el arroyo de agua fresca y clara que pasaba bajo un puente de piedra que le conducía hasta su pueblo. Arriba, las verticales y amenazantes peñas quedaban atrás. Ahora iba despacio, le apetecía pasear entre la naturaleza próxima y sentirse como un ser vivo más entre ella. Se sentía de alguna manera distinto, como renacido en un ser más adulto.

Caminaba como un convaleciente que aún tiene recientes las heridas, pero que se alegra de volver a realizar las tareas de antes, aunque sean muy sencillas. Se reconocía en su soledad y no se encontraba del todo a disgusto. No sabría explicarlo, pero era otra manera de sentirse en el mundo. Hasta entonces, casi desde que pensaba por sí mismo, sus pensamientos, sus planes de futuro, sus sorpresas ante algo curioso o maravilloso eran vividos con la sensación de compartirlos, de alguna manera, con Alicia.

En forma de "la traeré a ver este paisaje cuando venga", o "voy a estudiar este tipo de plantas y quizá las cultivemos en casa algún día", o "también son bonitos los días de lluvia para pasear bajo un paraguas", etc., ella estaba presente en casi todas sus experiencias, por lo que, ahora, sentía un gran vacío psicológico al pensar u observar cada cosa. Supo que tendría que completarlo con una buena dosis de amor propio y esperanza, pero era joven y le gustaba su entorno, así que pensó que si alguien que mereciera la pena quería compartirlo con él, allí estaría y, si no llegara nadie, se lo quedaría para disfrutarlo todo él, quedándose con su parte.

Pronto serían las fiestas de su pueblo y, quién sabe, la ruleta del amor y la fortuna gira para bien o para mal en todas partes. Entró por la senda que le llevaba directamente a su casa, con una canción que había oído en la fiesta metida en la cabeza, dándole vueltas sin parar y no dejando ya mucho sitio para más palabras muertas.

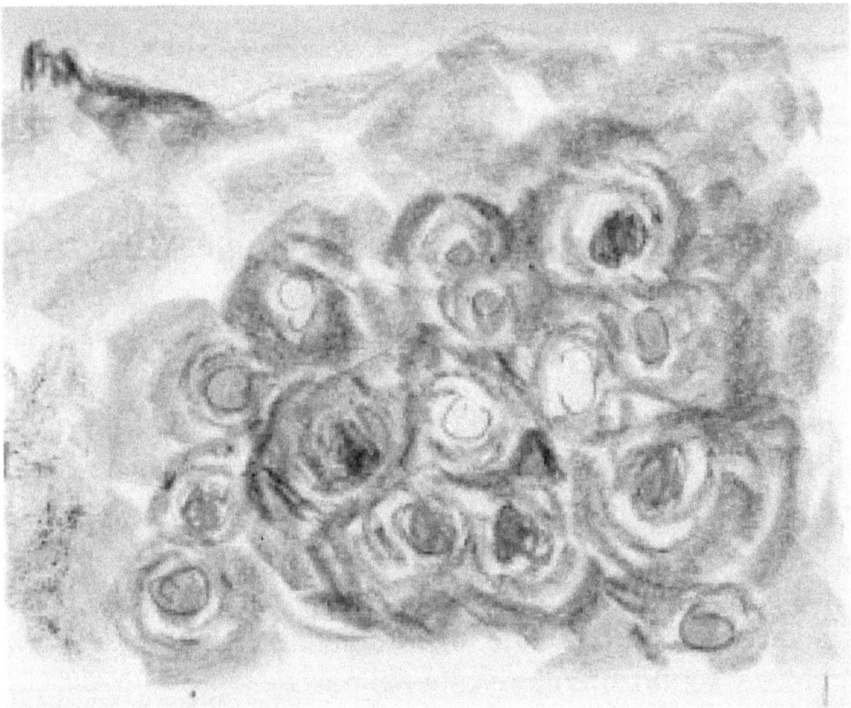

El molino

Aquel molino siempre había estado rodeado de cierto misterio. Desde muchos metros antes de acercarte a él, se empezaba a sentir algo especial que no se experimentaba en ningún otro sitio del pueblo.

En el mapa emocional de colores que yo podría haber pintado sobre los espacios o parajes de por allí, ese mapa que todos podríamos componer sobre los lugares que frecuentamos y que reflejara el poso de sutiles y diferentes sensaciones que nos transmiten con la sola presencia en ellos, esta zona habría tenido un color dorado muy clarito y brillante, expresando, si eso fuera posible con colores, la sensación de energía y fuerte curiosidad que me transmitía.

Estaba situado en la parte alta del valle, junto al reguero de chopos que dibujaba la trayectoria del río al bajar desde el manantial del que surgía, unos centenares de metros más arriba. Por encima de ello, un manto de encinas y robles remataba un paisaje que colocaba al molino como una parte más de la naturaleza del lugar. Parecía haber estado allí siempre y ser un simple resalte del paisaje.

No obstante, aunque integrado en ese marco natural y salvaje, tampoco pasaba desapercibido el aporte especial que la creatividad del "sapiens" confiere a todo lo que le rodea y que allí se podía presentar en el ambiente y en los detalles del entorno próximo: un colmenar de piedra en forma de choza pequeñita, un corrillo de frutales regados por una acequia, algún rosal abrazando el muro de un pequeño huerto y cosas así.

Cuando me acercaba, todos los sentidos se ponían en estado de alerta, pero no para huir o defenderse, sino para que, desde la sensación de tranquilidad y confortabilidad que nos producen aquellos lugares que nos gustan, disponerse a la sorpresa de una estética diferente, o al reto intelectual de entender los enigmas que se pueden presentar cuando se abren ante nosotros nuevos espacios de conocimiento.

Un aire decadente sobrevolaba el pétreo edificio, que conservaba sus antiguas fachadas tal y como habían sido desde su origen. Estaba rodeado, además, entre altas y silvestres hierbas, por los restos abandonados de las estructuras, herramientas y utensilios de su antigua actividad molinera. Se podían ver las compuertas oxidadas de la presa, alguna piedra de moler desgastada, un carro grande de madera agrietada y seca y otros detalles que llevaban la imaginación hacia el pasado. Sin embargo, a pesar de esto, había también parterres con flores de colores muy bien combinados, trozos de jardín con setos bien cuidados y, entre ellos, por aquí y por allá, algunas esculturas de arte contemporáneo, las cuales introducían un contraste estético y de sensaciones que le daban un cierto toque vanguardista.

La personalidad de la mujer que habitaba ese singular lugar alimentaba una curiosidad excitante. A veces, se la veía con ropas extrañas en posturas también extrañas, en las que permanecía inmóvil durante largos ratos. Ni siquiera el paso de la gente por el cercano camino la alteraba o la hacía cambiar de posición. Mucha gente del pueblo la tenía por una loca, pero algunos otros pensábamos que quizá, simplemente, su cabeza funcionaba algo diferente.

Cuando la veía en esas posturas, que suponía de yoga y meditación, me venía a la memoria, aunque no tuvieran mucho que ver, las que adoptaba yo mismo, algunas veces, cuando era niño. Por ejemplo, durante ciertas noches de verano, tirado en un banco del parque con la cabeza colgando del asiento, y las piernas hacia arriba, agarradas al respaldo, miraba el mundo desde una óptica a ras del suelo y todo era diferente a la visión habitual. Unos enormes zapatos portaban un hombre diminuto, una hormiga gigante intentaba arrastrar un enorme tronco entre unos minúsculos edificios que se vislumbraban al fondo... En fin, con ese y otros enfoques extraños las cosas no parecían lo mismo. Dejaba vagar la imaginación y los sentimientos por los derroteros que ellos quisieran. A la vez, disfrutaba del estiramiento y la relajación de músculos y tendones que andaban olvidados por algunas partes de mi cuerpo, lo cual me producía un extraño y desconocido bienestar.

Para una mente joven y abierta, ávida de experiencias nuevas, aquello era una diversión casi necesaria en aquellos momentos muertos de inactividad, tan necesarios para los mayores, pero tan angustiosos y aburridos para los pequeños. Aquellos ratos, en los que mis padres bajaban al parque cercano, buscando un poco de brisa refrescante que les ayudase a terminar las duras y calurosas jornadas de los veranos de Madrid, eran aprovechados por mí para dejar que calaran en el alma las desconocidas sensaciones de la noche y las diferentes formas de ver las cosas desde otras perspectivas.

Permanecía así durante largos ratos, hasta que mi madre me reprendía:

-¡Chico, no te pongas así!, que se te viene toda la sangre a la cabeza y no es bueno, ¡siéntate como las personas!

Me sentaba como las personas y escuchaba sus conversaciones, entrando de nuevo en el mundo estructurado y socialmente construido que, para mí, era entonces bastante ininteligible, la mayoría de las veces, y casi siempre muy aburrido.

Todavía recuerdo algunas fuertes sensaciones de aquellos años. Sensaciones y sentimientos que no podría explicar o transmitir ahora con precisión, pues, aparte de haberse apagado, o medio olvidado, están en el terreno de lo puramente subjetivo, de esa experiencia personal que no tiene referencias comunes que compartir con otros y que sólo podemos aproximarnos a comunicar, levemente, a través de la poesía y la estética artística. Eran sentimientos muy completos, no obstante, que llenaban todo el momento de vivencia en el que se daban, inundando el interior de mi persona.

Yo buscaba repetirlos siempre que podía, en el refugio de

intimidad que posibilitaba la ausencia de compromisos que tenía la vida infantil, en la que siempre había momentos para abstraerse, mientras los mayores estaban a sus quehaceres. Ese mundo propio, particular, es muy grande a esa edad, está lleno de vivencias no ubicadas todavía dentro de la realidad común, ese territorio de "única verdad" que se va construyendo a través de las relaciones sociales.

La mayor parte de tu mundo, a esa edad temprana, lo has vivido tú y lo has interpretado tú solo, en tu mente, a tu manera, con tus confusas herramientas. No tienes todavía el manual para catalogar muchas de las experiencias; no, al menos, con el catálogo oficial del espacio común, como algo que es vivido por todos del mismo modo. Si pudiéramos expresarlo con palabras, ese mundo tendría un lenguaje incomprensible para los demás, sería particular e ininteligible para las mentes adultas que han estructurado ya su mundo en la lógica de la experiencia común y en las verdades socialmente asumidas.

Es un mundo, ése de cada infancia, que está también recién estrenado, que la mayoría de las veces, por su frescura, es muy emocionante, pero que otras, por la falta de contenidos lógicos, de estructuras axiomáticas que lo soporten y le den seguridad, se hace tremendamente angustioso, a veces aterrador y algunas otras bastante deprimente. En esos casos, sólo el calor del regazo familiar y la protección del cariño, nos aportan la verdad suficiente para sostenernos frente a los abismos del intelecto.

Aquel día, mientras subía por el camino, ya como adolescente crecidito, pensaba en la cantidad de cosas que se decían de la extraña moradora del molino y lo poco que se hablaba, sin embargo, de esos estados sentimentales singulares que todos tenemos en nuestra particular e íntima relación con el mundo, de esas otras sensaciones que quedan casi siempre en lo más profundo de nuestra intimidad, relegadas a una categoría de casi irrealidad.

Recordaba, por ejemplo, aquél mirar infantil al cielo estrellado en las noches de verano, con los ojos puros del que se asoma por primera vez al balcón de una inmensidad infinita, sin ningún prejuicio o conocimiento previo. Esa curiosa mirada, generaba en todo mí ser una sensación de vértigo que me arrastraba, que por momentos me proyectaba hacia ese vacío enorme y oscuro.

Era, por definirlo de alguna manera, una sensación paralela de expansión por el espacio, de viaje vertiginoso en múltiples direcciones y, a la vez, de una intuición muy cercana de la eternidad del tiempo, algo así como sentir la existencia que lo abarca todo, la existencia en sí misma, más allá de las circunstancias pasajeras y de las cosas concretas. Duraba apenas unos segundos, los que tardaba en perder la concentración y preguntarme qué habría detrás de aquella oscuridad, o qué nombre tendría aquel conglomerado de estrellas que parecían tener una forma tan curiosa, pero aquél era un momento muy intenso y emocionante, tan alejado de la experiencia ordinaria y cercana de la vida cotidiana, que a veces me daba miedo y terminaba eludiéndolo, refugiándome en pensamientos más comunes y seguros.

Recordaba, también, las especiales sensaciones que experimentaba al pasear entre la densa vegetación de las riberas del pueblo, o al jugar, tirado en el suelo, con el barro de las huertas. Aquél contacto físico con la tierra, sin pensar en nada más, me imprimía un sentimiento muy familiar y cercano a la masa de nuestro planeta, a esa inmensa y dura extensión sobre la que se desarrollaba mi vida. Los olores arcillosos, el tacto con la arena, todo imprimía un sentir especial, un sentimiento pesado, húmedo, muy arraigado y profundo, casi vegetal.

En la infancia, las sensaciones y los sentimientos son más fuertes e intensos que en la edad adulta; están más asociados a las partes profundas de nuestro sistema nervioso básico y ancestral, el más apegado a los orígenes y principios de la vida, a aquellas formas de ser que, en los comienzos de la evolución, debimos tener. Después, según vamos creciendo, la sensibilidad se va anestesiando por el peso que toman en la experiencia los modelos que la mente va construyendo con el aprendizaje diario. Es decir, lo que se percibe por los sentidos va entrando en una especie de moldes que se van estableciendo y que le dan forma, acomodándolo a la "realidad" percibida anteriormente y ya organizada. La mayoría de lo que "vemos" en nuestro entorno habitual tiene ya un significado previo y unas emociones asociadas que lo han tipificado y "familiarizado", quitándole la fuerza y riqueza de sus primeras apariciones.

El cerebro superior y más "moderno" va conformándose y tomando el mando. Esto nos aporta tranquilidad y seguridad para desenvolvernos en un entorno natural casi siempre peligroso; también nos aporta rutinas de comprensión y conducta que nos liberan tiempo suficiente de nuestra atención para dedicarnos a "otras cosas", por ejemplo, al desarrollo intelectual, a generar habilidades y nuevos modelos que nos sirvan para el futuro, dejando de prestar esa atención inmediata a situaciones cotidianas para las cuales hemos automatizado ya unas respuestas.

Sin embargo, y por otra parte, aunque es sumamente útil, toda esa construcción intelectual puede llegar a autoalimentarse y a alejarse excesivamente de las referencias originales. Se puede desviar tanto nuestra atención de las sensaciones, que perdemos capacidad e intensidad emocional de lo que vivimos, empobreciendo los registros de la sensibilidad. Si nos alejamos de la experiencia más radical y completa, la que está en la base de nuestro ser, nos podemos alejar también de nuestro verdadero rumbo en la realidad que nos comprende, la realidad más directa y pura. Volver a la naturaleza, con frecuencia, con los poros abiertos y ligeros de equipaje es la mejor manera de no perder la verdadera senda.

Nos hemos centrado, en general los animales y los seres humanos, como es natural, en aquellos estímulos y sensaciones que más han servido para la supervivencia, y con ellos hemos construido nuestro "mundo", pero ¿qué podemos estar dejando en el camino?, ¿qué tipo de sensibilidades podríamos desarrollar si buscáramos otras satisfacciones menos inmediatas, menos materiales y utilitaristas, ahora que nuestra especie parece tener asegurada la subsistencia?, ¿qué mundos podríamos descubrir si prestáramos más atención a determinadas sensaciones agradables que, sin embargo, hemos dejado relegadas y abandonadas?

Los sentidos de los seres vivos evolucionan como antenas que se orientan y proyectan hacia aquellas zonas oscuras de la realidad de las que quieren recibir información que les ayude a controlar ese nuevo espacio. Cuando logran percibir nuevas sensaciones, los seres vivos integran esa característica o aspecto del entorno, que no conocen ni controlan hasta entonces, en su sistema de respuestas o conocimiento, integrándolo también en su forma de ser y sentir. Lo hacen por aumentar su seguridad en ese medio, pero también por su desarrollo como seres más completos y con mayores niveles de satisfacción.

Tentáculos que se mueven y se alargan, por ejemplo, en los insectos. En su extremo un ojo, un punto de tacto, un receptor de olfato o de degustación; moviéndose en todas direcciones, curioseando. Esos sentidos persiguen acercar lo lejano, ensanchando y agrandando el mundo propio, el conocido, y hacer más pequeño el otro, el oscuro y desconocido. Así consiguieron integrar la luz y el color en su mundo, por ejemplo, una dimensión de la realidad antes desconocida.

El mundo que "conoce" cada ser vivo es proporcional y a medida de los registros internos que consigue en su relación con él, es decir, a medida de sí mismo y de su desarrollo. Así, el mundo de una ameba, por ejemplo, será, únicamente, el formado por un conjunto de respuestas para los estímulos frente a los que reacciona y para los que tiene registrada una pauta de conducta, alguna transformación estructural o reacción química de los elementos que la componen. No irá más allá, seguramente no albergará objetos, ni colores, ni situaciones complejas. Se desenvuelve en ese mundo simple y para ella no hay nada más allá. A medida que el sistema es más complejo y es capaz de componer mayores y variadas estructuras orgánicas, registrando más estímulos recibidos y las respuestas adecuadas para ellos, el mundo externo será también más complejo y proporcional a ese desarrollo propio.

Nuestro mundo, el de los seres humanos, es más rico que el de otros seres vivos menos desarrollados porque somos capaces de registrar y almacenar muchas más sensaciones de nuestros potentes sentidos, y reproducirlas de algún modo después, pero también es limitado y relativo a esas sensaciones y proporcional a las capacidades de interpretación de nuestra mente. El mundo "real", el completo, puede tener muchos más aspectos, que nuestros sentidos no captan. Kant lo llamaba el "noúmeno" y, por definición, no puede ser conocido porque está fuera de nuestra sensibilidad y categorías de conocimiento. Es decir, el mundo que conocemos está construido, por y a medida, de nuestros registros sensibles y facultades intelectuales, seguramente, en un estado de desarrollo superior al de una ameba, pero que no tiene por qué ser ni lo último de la evolución ni lo más completo. Por tanto, debe de haber mucho más ahí fuera, de lo que no tenemos ni siquiera noticia.

Hemos logrado conocer, mediante aparatos y ciencia, otros campos y aspectos de la realidad que no logran captar los sentidos directamente, como la gravedad, o el campo electromagnético, e incluso aprovecharlos para transmitir imágenes, películas y demás, salvando distancias enormes, pero aún parece que seguimos limitados, en última instancia, por nuestras bases sensoriales, a las que tenemos que traducir cualquier efecto y que siguen determinando las dimensiones y aspecto de nuestro mundo.

Sin embargo, creo que no todos los aspectos, o dimensiones de la realidad, los percibimos bajo las sensaciones estructuradas de los sentidos formales y consolidados que conocemos, sino que algunos aspectos los percibimos como intuiciones o sensaciones sutiles de baja intensidad, que nos llegan de una manera indefinida y aún no canalizada, como ondas que no encajan todavía en nuestros rangos de sintonía, pero que a veces nos conmueven, nos ponen en alerta, o simplemente nos cambian el estado de ánimo sin saber por qué.

El sentido estético, tan bello y desconocido, que se da en las múltiples manifestaciones del arte, o algunas experiencias paranormales, todavía inexplicables, o la propia intuición de lo trascendente a nuestra fugaz existencia, que se expresa en el sentido religioso y espiritual, común a todas las culturas, parecen ser ejemplos de esas zonas oscuras para los sentidos comunes y hacia las que se dirige la atención de la sensibilidad en casi todos nosotros en algún momento.

Algunos congéneres de nuestra especie tienen mayor curiosidad y quizá mayores cualidades naturales para ir cultivando esa sensibilidad y ampliar el espectro de dimensiones percibidas, mientras que otros tienen una total falta de interés por ello. En aquellos, más que en éstos, esas débiles, y difíciles de ubicar, "antenas", estarían agudizándose y "estirándose" en alguna parte de sus seres, quizá en las capas más superficiales del cerebro, allí donde se dan esas ramificaciones neuronales flexibles, versátiles y en constante alerta ante cualquier estímulo, que parecen ocupar un espacio de transición entre lo que encasillamos como material y espiritual.

Los seres humanos, como he dicho antes, hemos sido capaces de ampliar nuestro espectro de observación apoyándonos en aparatos de alta tecnología, e incluso en hipótesis matemáticas que predicen aspectos de la realidad no observables todavía, las cuales nos han llevado a tener relación con conceptos tales como la materia oscura, el entrelazamiento cuántico y otros así de sofisticados. Sin embargo, en nuestro vivir cotidiano seguimos bastante anclados en un mundo muy material y limitado.

000

A pocos metros de la entrada todavía se encontraba un cartel de pizarra abierto en tijera sobre el suelo, como esos que se colocan en las entradas de muchos bares para anunciar el menú del día. Allí ponía, con tiza: "Hoy pan…chitos, de segundo pan…ceta, de postre pan...de higo (si no sabes cómo se hace, yo te lo digo, y si quieres... me lo como contigo), todo con pan y vino" y debajo, en letra algo más pequeña, "No vale protestar, que por mucho pan no es mal año. *Pa* tí no hace daño y *pa* mí hace el apaño". El cartel era muy antiguo y estaba ya muy deteriorado. Era una reliquia mantenida todavía en honor al humor de los antiguos propietarios del molino, una familia muy querida en todo el pueblo que, además del molino, tenían la panadería más famosa de la comarca.

Hacía mucho tiempo que yo no subía por allí y parecía haber bastantes novedades, así que seguí caminando, despacito, intrigado y mirando hacia todos lados. En la entrada del pequeño jardín, que daba acceso al viejo molino, había un tablón de madera fijado sobre un árbol. En él, con letras labradas laboriosamente y en relieve, se podía leer: *"¿Qué es lo que es?"*. Me quedé un rato mirando, extrañado por la simplicidad de la pregunta y por el hecho de que estuviera ahí, tan elaborada y como formando parte del decorado.

-¿Tú qué crees, muchacho? -me preguntó una voz serena y con tono amigable desde la puerta de entrada a la casa-. Era la señora Angela, vistiendo una camisa blanca y ancha que colgaba por fuera de unos también anchos pantalones- ¿podrías decirlo sin dudar apenas? -Su rostro reflejaba bondad y confianza, y su paso reposado, mientras se acercaba a mi lado, era una invitación a una charla amigable-

-Bueno, parece fácil, ¿no?, todo el mundo cree saber lo que son las cosas -le respondí, también con tono amigable y un acento un poco socarrón-.

-Parece…, pero no es tan fácil. Cuando se quiere "capturar" el ser de algo, para definirlo, de una manera lógica y permanente, parece escaparse como el agua entre las manos. No se deja retener, no se deja aislar, tampoco. Los atributos que ubicamos en las cosas son más bien categorías y facultades de nuestra forma de conocer, no de "ellas". En fin, nuestro conocimiento de los "seres" que forman el mundo nos funciona para desenvolvernos en él según nuestras necesidades vitales, pero cuando nos preguntamos más allá, surgen muchas incógnitas.

-Bueno -le contesté, mirando hacia una hermosa rosa roja que destacaba en el jardín- hoy día sabemos, por ejemplo, que el ADN determina qué son las rosas, cómo se van a desarrollar y cómo se van a presentar a nuestros ojos. También sabemos la estructura de las moléculas que la componen, etc.

-Sí, la ciencia va descifrando cada vez más los misterios de la realidad, pero ante la pregunta del ser, todavía quedan muchos interrogantes. Por ejemplo, en biología, ¿cuándo se considera que una cadena de ADN forma un ser vivo?, ¿es un virus un ser vivo? Esas cadenas de ADN que los conforman, aunque no puedan realizar las funciones vitales por sí mismas, es decir, nutrirse y reproducirse, sí parecen pelear por su supervivencia y desarrollar funciones que posibilitan su reproducción, aunque sea parasitando células de otros; por tanto, tienen una forma de "ser vida". Pero, qué es "ser" vida. En física y química, por otra parte, hemos logrado leer, e incluso predecir, el comportamiento de las partículas y las estructuras que componen los diferentes objetos que nos rodean, pero no sabemos por qué se organizan como lo hacen.

Trabajamos con conceptos de materia, fuerza, energía, etc., que son completamente teóricos y relativos a los resultados de los experimentos, pero sin un conocimiento directo de qué "son". Y lo peor de todo, no sabemos casi nada de nuestro "ser". Vivimos en la creencia de tener una personalidad fija, una manera de ser sólida y permanente, algo esencial y fuertemente arraigado que está muy por encima de las circunstancias, pero la verdad es que no sabemos en qué consiste ese "yo", ese "ser" que damos por hecho."

-Así dicho… -le contesté- parece que a la ciencia le queda mucho que aprender todavía, ¿no? En fin, es verdad que de algunas cosas sabemos bastante poco.

-Pasa, si quieres, y hablamos un poco más de ello -me dijo, señalando una parte más cerrada del jardín. Me dirigí hacia allí, reflexionando todavía sobre lo que me acababa de decir-.

En el pórtico de ese corral había otro cartel tallado de madera, en el que ponía: "La verdad es práctica. Se siente, más que se piensa".

-¿Ese cartel lo has puesto tú?, ¿piensas realmente eso?

-Si" -me dijo- ¿por qué?

-Porque eso es irracional -le dije sorprendido, después de la disertación filosófica que me acababa de dar-.

-Lo he puesto yo y no es tan extraño e irracional. Si tienes tiempo y quieres te lo puedo demostrar con una sesión de meditación que suelo hacer todas las tardes, hoy la puedo adelantar un poco e irte guiando.

-Bueno..., la verdad es que estaba dando un paseo sin rumbo por aquí y, ahora que lo dices, siempre he estado interesado en ese tipo de ejercicios.

-Pues vamos a ponernos allí, donde está dando el sol, que ya calienta más levemente y nos hará sentirnos confortables.

Nos sentamos en unas colchonetas que tenía preparadas en una especie de corral de bajas paredes de piedra. Plantas aromáticas y enredaderas crecían libremente por todo su perímetro. Había, también aquí, carteles colgados por varios sitios. Con las frases axiomáticas que contenían, parecía estructurarse el esquema de alguna especie de guion místico, como para elevarse a otros niveles de pensamiento y espíritu.

"Toma conciencia de la consciencia", decía el cartel que me señaló Ángela en primer lugar. Angela era una mujer que había nacido en un pueblo cercano a éste y que, después de salir a estudiar y trabajar por varias ciudades y países del mundo, había regresado a la zona, instalándose en este viejo molino que iba arreglando y acondicionando cada día. Tendría entre cuarenta y cincuenta años; no podría ser más exacto pues, aunque su pelo empezaba a blanquear y su estructura ósea adoptaba ya las formas de una mujer madura, su piel y, sobre todo, su expresión facial, reflejaban todavía la chispa vital y la frescura de la juventud.

-¿Sabes qué es la consciencia? -le pregunté con interés-.

-Bueno…, tengo una teoría. No sé si será cierta, pero llevo mucho tiempo pensando en ello.

-Siempre me ha interesado el tema -le dije-. Me parece algo maravilloso, sin lo cual el mundo sería absurdo, aburrido, sin alma.

-Estoy de acuerdo, muchacho. Me gusta que pienses así. La curiosidad es fundamental para apreciar la belleza, y la consciencia la tiene. Es una belleza rodeada de misterio. Sin misterio no hay emoción, ni aliciente para la vida, ¿verdad? No hay nada más absurdo y aburrido que la simple visión determinista y mecánica del mundo, como si todo se limitase a unos hechos rutinarios y sin alternativa, bajo unas leyes materialistas y sin finalidad alguna, pues nuestra vida no es así realmente, tenemos emociones y no nos da todo igual. La consciencia parece escaparse de esa apisonadora implacable y fría de los que quieren reducir la vida a algo mecánico. Te diré…, aunque es algo largo de explicar -y comenzó a exponerme- lo primero es la reproducción -levantando el dedo índice y apoyándolo sobre su nariz, en actitud pensativa-.

-¿La reproducción? –respondí-

-Si. La función básica y diferenciadora de la vida es la reproducción. Desde la primera célula que pudo duplicarse, que algunos llaman la célula "replicante", aunque quizá sólo fuera una cadena de ADN, aún más simple, ¿quién sabe?, la cual pudo después multiplicarse de manera exponencial hasta ahora; ésa ha sido la función que ha posibilitado la supervivencia y el desarrollo de todo lo orgánico.

Se duplican, o reproducen, células y organismos, pero también determinadas estructuras dentro de ellos, como son, por ejemplo, las estructuras de las redes neuronales de los cerebros, esas que posibilitan que retengamos vivencias del pasado y las volvamos a vivir. También se reproducen, por mor de ello, las conductas, dando lugar a los hábitos, que repetimos de manera casi automática. La vida tiene esa facultad, esa obsesión, que es también su gran arma para cumplir su principal misión, luchar contra la desorganización, la desintegración total; en definitiva, luchar contra la Nada.

-Ahora, situémonos en el cerebro -continuó hablando-, un órgano que ha superado el estadio del par estímulo-respuesta inmediato, sin más, que rige en muchos organismos más simples, logrando retenerlos, asociarlos y reproducirlos de nuevo, aisladamente de la experiencia, componiendo con ellos mapas espacio-temporales que representan situaciones que pueden darse en el futuro y para las que tendrá preparadas las mejores respuestas. Con ello compone unos patrones de conducta que le ayudan para mantenerse frente al medio en el que vive. Esos recuerdos, o reproducciones, son, a su vez, como nuevos estímulos para el cerebro, que generan también nuevas respuestas, nuevas conexiones y relaciones que van mapeando la realidad experimentada, pero ahora con entidades más abstractas y simplificadas de contenido, más aplicables a multitud de situaciones y experiencias, filtradas, además, por el tamiz del valor emocional que se les haya conferido.

Quitando lo superfluo -continuó- y lo que tiene menos valor, se van creando otras capas de relaciones que, aunque no pierden el contacto con las anteriores, están más cohesionadas y relacionadas entre sí, formando una especie de estructura piramidal en la que las capas altas, más simbólicas y generales, interpretan y dan sentido a las más bajas o apegadas a la experiencia. Esto es posible por otra función esencial de la vida: la integración.

-¿Integración, has dicho? -pregunté con extrañeza-.

-Sí. La vida se mantiene y se desarrolla integrando en sus

estructuras, en sus organismos y en los sistemas que genera, otros componentes del exterior. De esta manera recupera la energía perdida en la reproducción y también avanza en lograr mayor organización en su lucha contra el desorden y la desintegración. Está en sus fundamentos y, por tanto, se produce también desde sus orígenes, desde aquellas mínimas estructuras que lograron por primera vez repetirse, copiarse a sí mismas.

La alimentación es una expresión de esa función integradora esencial. Se metabolizan sustancias externas, incorporándolas al ordenamiento interno y haciéndolas parte de sí mismo. La integración busca incorporar algo nuevo a lo ya establecido, partiendo de alguna parte en común con aquello, o de alguna relación que lo complementa. Integrar es encajar en lo que ya hay, enlazar algo nuevo que lo enriquece y lo amplía; no es simplemente aglutinar o sumar sin orden.

Nuestra vida también, como humanos, busca desde el primer momento adaptarse e integrarse con lo que nos rodea. Nuestra vocación es relacionarnos con el entorno para estar cada vez más adaptados y cómodos, y nuestro objetivo final sería el de relacionarnos con él como con nuestro propio cuerpo, fruto de anteriores integraciones en la cadena evolutiva.

Generamos hábitos de conducta y relaciones que nos van familiarizando con lo que nos rodea, con el conjunto de objetos y seres con los que interactuamos en nuestra actividad diaria. Poco a poco, vamos ampliando y haciendo nuestra más parte del mundo con el que interactuamos; controlándolo, dominándolo y cogiéndole cariño; pasando por esas fases sentimentales que están también asociadas a la integración, como todo, pues la sensibilidad y afectividad acompaña todos nuestros actos y pensamientos. Así, hasta llegar al amor, o sentimiento extremo de unidad e identidad, que es la expresión máxima de la integración.

Lo sentimos, en primer lugar, por nuestro propio cuerpo y persona, el "amor propio", fruto de la función integradora de toda una "evolución" que ha llegado hasta nosotros, pero que sigue proyectándose constantemente para sentirlo por nuestros familiares, amigos, pertenencias y por todo nuestro ámbito cercano de actuación y de extensión. El crecimiento de ese mundo integrado bajo el sentimiento del amor es también nuestro crecimiento, nuestro desarrollo como seres.

-Pero..., volvamos a nuestro cerebro, o mejor, a nuestra mente –prosiguió– a ese conjunto de reproducciones, más o menos abstractas, de lo vivido. Ésa es la realidad que podemos conocer, ese es nuestro "mundo", el cual quizá sea tan sólo una parte mínima del realmente existente; una parte relativa a nuestra dimensión espacio-temporal y a nuestros rangos de sensibilidad y percepción, por mucho que hayamos ampliado nuestros medios de observación últimamente.

Esa realidad, en cualquier caso, es una realidad dinámica, no una imagen o un sistema teórico y estático. Es dinámica como debe ser el mundo externo que pretende representar y entender, un mundo al que hay que dar respuesta sin parar y forzosamente, pues en ello nos va la vida; un mundo que, de alguna forma, nos va moldeando, a la vez que nos vamos adaptando a él.

La realidad que construimos es una representación compleja que se va edificando con un compendio de relatos, más o menos conexos y más o menos coherentes que se reproducen en nuestra mente, en diversas capas o niveles de abstracción o significado, dependiendo de su situación en esa especie de pirámide de contenidos que asciende desde lo más concreto e inmediato hacia lo más genérico y consolidado conceptualmente.

También podría valernos el símil de una esfera que evoluciona hacia adentro, en su camino de simbolizar y simplificar la complejidad de la experiencia que se acumula en sus capas exteriores. Con esas representaciones, o reproducciones, que recorren las diversas capas, se estructura, se organiza y, por tanto, se da sentido al flujo de información sensorial e invertebrada que proviene de la superficie, de lo más cercano a los sentidos.

Pues bien, mi teoría es que la consciencia es básicamente un "sentimiento" asociado a las facultades reproductora e integradora de la mente, que se produce cuando un relato que sucede en las capas superiores de la mente, "mira" hacia algún relato que sucede en capas inferiores de la misma, con esa mirada integradora, o interpretativa, que alumbra lo que se le presenta para encajarlo en su mecano de significados. Es un sentimiento glorioso, superior, que trasciende a otros sentimientos vitales más básicos, pues éste es la expresión de nuestro "ser", una gran fuerza integradora.

Y la conciencia de la consciencia es un sentimiento también, una emoción que se da en la flexión de la atención sobre sí misma, en la mirada sobre la "mirada", en el poner la acción comprensiva sobre su obra, sobre el "barrido" continuo y dialéctico que ejerce sobre los contenidos mentales. El foco se vuelve sobre sí mismo y la visión adquiere otra perspectiva.

Nuestro "mundo" se ve a sí mismo en ese discurrir de imágenes, sensaciones, conceptos y demás contenidos mentales relacionados, pues los relatos de la mente pueden ser paralelos y darse al mismo tiempo.

Mientras estoy pensando, por ejemplo ahora, para decirte todo esto, están llegando a mi mente percepciones y sensaciones más directas, como son las imágenes del corral, de las plantas, la sensación agradable del Sol sobre mi piel, etc., las cuales están siendo interpretadas por la mente, aunque de una manera inconsciente, o más débil en cuanto a la atención que les presto, incluso me fluye algún recuerdo o asociación que no he buscado en este momento, desde algún otro rincón de la memoria, todo ello al mismo tiempo, como películas paralelas, con contenidos de distintos niveles de abstracción o elaboración mental previa.

Todo ocurre bajo la acción de una voluntad que trata de integrarlas y organizarlas en una unidad, en un relato único, que es lo que les da sentido. El sentido, es decir, el conocimiento, está asociado a esa facultad de integrar, de unificar organizadamente, y en ese afán incluye incorporar hasta su propia acción.

La toma de distancia que toma esa voluntad, al volver su atención sobre sí misma, genera unas dimensiones en las que surgen y se experimentan el "sujeto" y el "objeto", el "pasado", el "futuro", y demás características de "nuestro mundo", que no podrían darse en un enfoque plano, de una sola secuencia, de una sola dimensión, sin referencias, como debe de darse en algunos sistemas nerviosos menos desarrollados que el humano.

-¿Entonces, dices que es un sentimiento? -le pregunté-.

-Sí, bueno, una dimensión sensible, no sé cómo la podríamos llamar. Para mí es el sentimiento de integración, un sentimiento de unidad de otras diversas sensaciones que se dan en el cerebro y que, desde el punto de vista de la mente, estaría también asociado a la unidad de información, que sería, también, la unidad del ser.

No te extrañes. Todo se puede reducir a sentimientos. Para mí, la sensibilidad es más básica y original que cualquier otro concepto construido por la mente. Antes de tener un cerebro capaz de componer ideas y representaciones de la realidad ya teníamos sensaciones. La sensibilidad, desde sus estados más básicos de placer, o dolor, pasando por sensaciones y sentimientos más complejos, es una dimensión básica que acompaña a cualquier experiencia. Es más evidente en las experiencias que provienen más directamente de los sentidos y parecen concentrarse en el cerebro, pero también se dan en aquellas que provienen de las representaciones o composiciones generadas por la mente y que también se manifiestan en el cerebro. Todo conlleva una sensación, por débil que sea.

El sentimiento de la consciencia, para mí, se da en ese momento en el que experimentamos la tensión del sujeto y el objeto de nuestro pensamiento o experiencia, esa energía básica de la facultad de integrar, de unir. Es algo que está por encima, e independientemente, de los contenidos concretos que se estén dando en nuestra mente. Es un sentimiento que se da en el núcleo psicológico de nuestro cerebro, en la esencia de lo que configura nuestra mente y que está asociado a la función de integración de todo nuestro ser.

Sensibilidad, sentimiento y sentido parecen tener incluso la misma raíz en el lenguaje, pues provienen todas de la palabra latina *sentire*. La sensación de la consciencia tiene que ver mucho con la experiencia del "sentido", que no es más que la sensación de una unidad, de algo que se siente, y a la vez se entiende, como una unidad. A escala, o desde el punto de vista de nuestra mente, podemos entender que es una unidad de información, la unidad "coherente" del pensamiento, pero desde el punto de vista de la sensibilidad, ese "sentido" puede reflejar algo más básico y subjetivo, la unidad del "ser" que lo experimenta. Es decir, la construcción del conocimiento es también la construcción de nuestro ser.

Es más -continuó- yendo un poco más allá en esto de la sensibilidad, yo diría que, en el grado que sea, es común a todo lo que "es", es decir, que puede trascender a los seres vivos y darse, aunque sea con mínima intensidad, en cualquier cosa. Sería, precisamente, la unidad de la existencia, aquello por lo que "algo" acciona o reacciona en su relación con algo externo a él. Esto puede ser algo muy mecánico, por simple y estadísticamente previsible, como en determinados objetos o sistemas físicos, o algo muy complejo e imprevisible, con mayor autonomía, como los organismos vivos superiores. Para mí, esto forma parte de una dimensión básica de la realidad que subyace a todo lo que está mínimamente organizado.

Lo que "es" de alguna forma, es decir, lo que acciona, o reacciona, con algo exterior, lo podemos considerar un "sistema". Un sistema requiere de información, o lo que es lo mismo, conexión entre sus partes, lo que le da la unidad de acción y reacción. Esa unidad se da, en su aspecto más básico, en la dimensión de la sensibilidad, y esto afectaría a todo en la Naturaleza.

En nuestro caso, es lo que mantiene unidos nuestros órganos y les da coherencia. Si mantuviéramos sedado constantemente, por ejemplo para evitar el dolor, a alguno de nuestros órganos, esa falta de sensibilidad e información terminaría causando su mal funcionamiento y segregación del resto del cuerpo, e incluso un trastorno grave para todo él.

Esa sensibilidad también es fundamental para la unidad de entidades y estructuras que conforman la mente. El "sentido", o conexión de contenidos mentales que se da en el conocimiento, es también una integración "sentimental" bajo una misma entidad conceptual.

A escala subatómica, por otra parte, la mecánica cuántica está postulando la unidad de acción entre partículas distantes, independientemente de los cientos o miles de kilómetros que las separen, contradiciendo el principio axiomático de localidad para los efectos causales de la física clásica. Esto podría ser por la misma "causa" de la que hablamos, es decir, porque estén unidas en esa dimensión "sensible" subyacente, que tiene otras claves diferentes a las que ha tenido en cuenta, hasta ahora, la física clásica y la escala de los cuerpos con los que ha trabajado.

Esos sistemas cuánticos estarían más aislados del "ruido" o "interferencias de sensibilidad" que se dan por la influencia de unos sistemas en otros, lo que les permitiría mantenerse en esa unidad sensible básica, es decir, entrelazados. En la escala de nuestra observación natural, sin embargo, los sistemas estarían más influidos por sus relaciones de intereses y las diferencias que esto introduciría en cada uno, lo que fundamentaría la propiedad de "localidad" o efecto causal directo de sus interrelaciones. O sea, la propiedad de "localidad" de la física clásica no se daría, en sus fundamentos, por la ubicación o medidas de los sistemas en sí, sino por sus dependencias, estados y variabilidades en la dimensión de lo sensible.

Es decir, la unidad básica del "ser" podría ser la identidad en el estado de sensibilidad, en esa dimensión de Bien-Mal, Placer-Dolor, polarizados que le mueven a transformarse y superarse. En seres complejos, como nosotros, la identidad entre unos y otros es mucho más difícil por esas interferencias o interrelaciones con otros sistemas, pero la unidad de nuestro "ser" radicaría también en el sentimiento que unifica la información, que le da coherencia y organización y que subyace a los estados sensibles de cada una de las partes que nos componen: el "amor" que los integra y que les da unidad de acción y de pasión.

Esto podría también explicar el nexo que se da entre hermanos gemelos que tienen, en muchas ocasiones, sensaciones y experiencias comunes, sintiendo una comunicación especial, a pesar de las distancias que puedan separarles, teniendo, también, comportamientos comunes ante el mismo tipo de situaciones. Idénticas organizaciones "físicas" tendrían idénticas sensibilidades, y viceversa, pues esa sensibilidad, eso que sienten, es precisamente lo que son entre lo demás. También tendrían una unidad de acción independiente de las distancias, pues ésa sensibilidad pertenece a otra dimensión diferente a la del espacio de la física tradicional, y por tanto, no necesitada de una transmisión causal localizada.

-¿Hablas de una Naturaleza con formas de ser, o sustancias, como hacía Aristóteles?, ¿eso no fue desterrado de la ciencia con el cartesianismo? –le pregunté-.

-Sí, en cierto modo hablo de recuperar para el desarrollo del conocimiento humano las ideas de formas de ser en la Naturaleza, en el sentido de cierta intencionalidad o dirección de las acciones, todo ello asociado a la dimensión de la sensibilidad. ¿Por qué no iban a regir en el resto de la Naturaleza las dinámicas que rigen en nosotros mismos? En cierto modo, sí, se trataría de revertir la visión tan mecanicista y determinista de la Naturaleza que incorporó la física y la ciencia del siglo XVII, pero sin caer en subjetivismos y creencias infundadas, sino manteniendo los criterios de objetividad que han posibilitado el desarrollo de la ciencia en los últimos siglos.

000

Hablábamos plácidamente y los últimos rayos del sol de la tarde nos envolvían en un halo dorado y templado. Se sentó con las piernas cruzadas y la espalda recta e invitó a que yo adoptara la misma postura.

-Relájate y aíslate del mundo exterior. Respira profundamente durante unos minutos y suelta las tensiones musculares que, sin querer, ejercemos sobre diversas partes del cuerpo. Empieza, por ejemplo, de arriba hacia abajo;

relaja la cara, el movimiento de tus ojos, el cuello, los hombros. Afloja cualquier fuerza que puedas estar ejerciendo en ellos. Deja que tus brazos caigan por su propio peso y busca una postura cómoda que no te obligue a mantenerlos en tensión. Respira llenando pulmones y abdomen y relaja los músculos del vientre y de la espalda. Por último, suelta cualquier tensión que puedas tener en las piernas. Puedes hacerlo en cualquier postura que te resulte cómoda, no tiene por qué ser tumbado. Ahora que estás sentado, pon tu espalda recta, que la columna sujete todo tu cuerpo sin hacer esfuerzo, sólo estando en equilibrio.

Angela me iba hablando lentamente y yo cerré los ojos para relajarme más fácilmente.

-Cuando tu cuerpo haya liberado las tensiones físicas -continuó- y sientas el placer de habitarlo; cuando oigas tus pulsaciones y sientas fluir la sangre, con esa sutil y agradable sensación de ser una máquina orgánica bien engrasada, entonces, concéntrate en la mente. Trata de atrapar el tiempo, sintiendo el momento básico de consciencia, enfocando hacia el interior. Toma conciencia de ello, flexionando o doblando la mente sobre sí misma.

-¿Atrapar el tiempo?" -pregunté, con tono incrédulo-.

-Sí, -siguió hablando, mientras yo me relajaba y concentraba cada vez más en sus palabras- el tiempo, como te he dicho antes y me repita, no existiría para nosotros sin la consciencia, sin la tensión o relación entre referencias mentales asociadas, igual que el espacio no es nada sin referencias de puntos entre sí. Esas referencias temporales están en la mente gracias a la memoria, como hemos visto.

El cerebro es capaz de retener experiencias en lo que llamamos memoria y, además, las puede reproducir posteriormente, es decir, volver a experimentarlas, aunque con un tono más débil o borroso, y lo puede hacer en paralelo a las vivencias que tengamos en el momento, o sea, como en modo multiproceso, que dicen en el mundo de las computadoras. No solo eso, sino que va generando un cuerpo de redes neuronales y estructuras psicológicas que sirven de continente para recibir, con forma y con significado, a las experiencias del futuro. Sin esas estructuras previas, que serán como el esqueleto sobre el que se sostiene el cuerpo del conocimiento, lo que estás percibiendo ahora, el torrente de sensaciones que está ahora mismo impresionando tu cerebro, es decir, lo que te llega desde los oídos, desde la piel, desde los propios pensamientos, no tendría sentido. Lo tiene cuando encaja sobre aquellas estructuras y recuerdos del pasado; desde el pasado biológico más ancestral hasta el pasado más inmediato de hace un rato. O sea, miramos el presente con los ojos del pasado. Las claves de nuestro tiempo están en ese juego de referencias que se establecen en la mente y en sus facultades.

El motor eléctrico del cerebro no para de recoger estímulos de los sentidos, ni de recorrer las estructuras neuronales generadas en experiencias anteriores, de manera que se nos presentan a la mente, sin tregua, multitud de imágenes, sensaciones y relatos que a veces controlamos voluntariamente y a veces no.

-Ahora, acércate a tu sentimiento más inmediato -continuó, después de dejar pasar un rato, quizá para que yo asentara todo aquello que me había dicho- concéntrate en tu respiración y en los latidos de tu corazón,… en el instante presente. No recuerdes, no imagines, no pienses, no dejes que ningún otro contenido entre en tu momento básico de consciencia, sólo la sensación pura, la percepción más original posible. Desecha cualquier pensamiento que aparezca en la mente y quédate sólo con luz, una luz blanca y agradable. Siente el bienestar básico de estar vivo, la sangre fluyendo por todo tu organismo y el oxígeno alimentando todas tus células. Siente también el poder de esa voluntad que se concentra en sí misma; esa voluntad que está en la base de la propia mente, disciplinando su enfoque, buscando sentido. Acerca con ella los polos y dualidades que puedan presentarse y atrapa el tiempo. Reduce la distancia entre lo que interpretas que sientes y lo que sientes, hasta que sea puro sentimiento.

Es grandioso el momento, pues ahí está lo más básico de tu ser. Esa energía, ese pulso que es común a todo lo vital, es la esencia que ha venido empujando la evolución de la vida, desde la primera célula que pudo replicarse, dando lugar al resto de seres vivos, hasta nuestro complejo cerebro. Es algo que supera tu particularidad, tu individualidad y aspiraciones concretas, es universal y quizá conecte con otras dimensiones de la realidad, para nosotros desconocidas.

En ese momento sentí expandirme enormemente, formar parte de algo mucho más grande. Era una sensación muy intensa y agradable, en la cual mi voluntad se fue abandonando y dejándose llevar. Desapareció la tensión de los momentos anteriores en los que tuvo que luchar con la dinámica eléctrica del cerebro, que no dejaba de presentarme imágenes y contenidos triviales a la atención de la mente. Ahora, el sentimiento profundo de esencia vital lo inundaba todo, diluyendo cualquier tensión o distracción impertinente; sólo paz y bienestar, sensación de totalidad e integración en el universo, en todas las dimensiones.

No sé el tiempo que pude estar en ese estado, pues al volver la atención, poco a poco, al entorno del corral en el que nos encontrábamos, me sentía muy descansado y enérgico, con la sensación de haber vivido un paréntesis largo de tiempo. No obstante, el sol estaba aún casi en el mismo sitio, calentando suavemente mi piel en su lento descenso vespertino. Todo a mí alrededor parecía lo mismo de antes. Yo también parecía el mismo, en la misma posición y en el mismo sitio; sin embargo, la experiencia me había cambiado en algo y tenía una sensación espiritual diferente, más serena y confiada.

-Deja, ahora, fluir libremente los pensamientos que llegan a tu mente -me volvió a hablar, con tono suave y pausado- la energía del cerebro necesita realizar su ejercicio. Míralos desde arriba, desde la consciencia de "ser sujeto", el "lector" que los interpreta. Acabas de concentrarte y sentir la energía básica, el fundamento de cualquier pensamiento, ahora debes sentir el producto de su trabajo: tu persona. Eso es lo que yo llamo también la diferencia entre la consciencia y las conciencias.

Toma conciencia de ti mismo:

-Piensa, ahora que estás dejando vagar tus pensamientos, en qué eres, en qué consiste tu "yo", esa entidad que todos tenemos por sujeto de nuestra actividad y conducta. Tu mente viajará por la memoria, trayendo imágenes de tu infancia, de tus mejores actos, de tus logros, de tu cuerpo en el espejo y de lo que crees que piensan de ti los demás seres que te rodean. En resumen, lo que conocemos de nosotros mismos, aparte de la documentación que nos soporta, es un compendio de imágenes, de representaciones y de conceptos, más o menos indefinidos y secuenciados, sobre unas vivencias del pasado y unas expectativas o proyectos para el futuro.

La mente ha construido una "realidad" que incluye también nuestra propia persona, pero de una manera muy curiosa, pues, por una parte, es un "mundo" en el que aparecemos como un objeto más de los que lo pueblan y, por otra, es un "mundo" del que somos sujeto único de las sensaciones y sentimientos que en él se dan, pues sólo podemos vivir "nuestro mundo" personal: todo se da en ese sujeto. Somos el sujeto de las frustraciones, de los miedos, de los placeres, de la belleza y de todo lo demás que acompaña cada hecho de "ese mundo", el único realmente existente para nosotros, el de nuestras vivencias y nuestros pensamientos.

Es un mundo cargado emocionalmente. No hay nada neutro en nuestra mente en cuanto a los sentimientos. Ni siquiera los conceptos más abstractos, o las teorías más científicas que circulan por nuestra mente están exentas de cierta emoción o sentimiento cuando las pensamos. Así pues, tanto nuestra conducta, como la construcción de toda esa "realidad", se ha generado condicionada por una voluntad que, desde el principio, ha buscado satisfacer sus anhelos de bienestar, cuyos fundamentos desconocemos.

En qué radica el placer, el bienestar que dirige a la energía de la vida; ¿qué busca?, ¿qué desea? No lo sé, pero, por aportar alguna respuesta a nuestra necesidad de conocimiento, intuyo que se puede relacionar con las funciones de control, de integración y de creación de unidad, es decir, aquello que hace que algo sea un "sistema"; algo que "acciona" y "reacciona", que lucha por "ser", frente a la disolución, frente a la "nada". Quizá nunca lo sepamos, en el sentido racionalista que hasta ahora hemos manejado, pues "queremos", más que "sabemos", es decir, nuestra verdad está relacionada con nuestros anhelos. No se trataría pues, de saberlo teóricamente, sino de conseguirlo sentimentalmente, a lo místico.

Por eso es muy importante que ahora escuches tus sentimientos. Deja fluir tus pensamientos por todo el pasado relacionado con tu persona y presta atención a lo que sientes. Si algo te hace sentirte mal es que hay alguna herida que estará perjudicando el sentimiento general, el "mundo feliz" en el que quieres vivir. Busca las razones de ese sentimiento de malestar. Debes curar la herida, solucionar el problema. Si fue responsabilidad de otros, y en eso sé objetivo y honesto, esfuérzate por perdonar, por entender sus causas, piensa que ahora estás a salvo y deslígalo de tu persona. Seguramente obedecieran a alguna mecánica irracional que se cruzó en tu camino y que no merece la pena seguir odiando. Si fue responsabilidad tuya, encuentra las causas y justificaciones y proponte seriamente enmendarlas. Repara los daños en lo que puedas. Deben llegar a ser realmente hechos del pasado, algo saldado, de otra persona anterior a la que ahora eres. Debes pasar por allí como el que recuerda una prueba dolorosa que le ha hecho superarse, sintiendo orgullo de haber cambiado, no dolor. Tu persona actual está por encima de todo aquello y ya no te sientes mal al recordarlo, sino bien; más sabio y elevado. Este ejercicio deberá reportarte satisfacción, pero no de un modo egoísta e inmediato, sino a la luz del resto de conciencias que veremos más adelante y con el ejercicio, repetido y constante, de la meditación.

Después, piensa en el futuro. Cómo te ves en los años venideros, qué anhelos tienes, en qué vas a trabajar y a mejorar. Como sistemas que somos, necesitamos estar integrados y cohesionados, por ello debemos trabajar la coherencia de nuestro pasado, de nuestro futuro y de los dos entre sí. Si nuestras expectativas no son coherentes con nuestro pasado, ni con nuestras capacidades y esfuerzos en el presente, esas dos partes de nuestro "yo" se irán disociando, pudiéndonos hacer sentir, por ejemplo, frustrados por no alcanzar los desmesurados objetivos impuestos o, por el contrario, vacíos y deprimidos, por habernos quedado cortos y no tener nada por lo que luchar. El flujo de contenidos mentales, hacia atrás y hacia delante, en el tiempo psicológico que conforma nuestro sentimiento de ser una persona, debe ser un continuo integrado que nos haga sentirnos bien, que nos reponga de energía para seguir caminando en la dirección correcta.

Tener proyectos personales alineados con los de la Vida, que nos completen como individuos y nos trasciendan, es tener alimento para esa voluntad que, sin ellos, se encontraría vacía y sin sentido. Todo carecería de valor y la depresión psicológica conllevaría también el deterioro fisiológico.

Ahora se están desarrollando fármacos que estimulan partes del cerebro que recuperan el ánimo y anulan los efectos de la depresión pero, creo que, como las drogas tradicionales, sólo servirán de ayuda transitoria. Aliviarán el dolor y recuperarán el ánimo, dando una tregua a la persona, pero la raíz es psicológica y sólo con la recomposición de los contenidos mentales, tanto referidos al pasado, como al futuro, recuperará la persona la fuerza de la voluntad que necesita para luchar y disfrutar de la vida plenamente humana.

Creo que el placer y la satisfacción están asociados al logro, a la consecución de mayores estados de integración y comunicación. En la parte fisiológica se han ido consiguiendo mayores estados de placer con el desarrollo de seres cada vez más complejos y con el ejercicio de coordinación y desarrollo de todas sus partes. En la parte psicológica, el placer, o felicidad, también se ha ido consiguiendo con el logro de los anhelos de futuro, la realimentación de las ilusiones y la coherencia del yo frente al pasado y al futuro. No ha sido gratis, ni en la parte fisiológica ni en la psicológica, sino fruto de un esfuerzo anterior.

Creo que ha sido lograda por una evolución alineada con alguna finalidad que debe de haber en la dimensión de lo sensible, de lo emocional y sentimental, la cual desconocemos bastante. La sustitución duradera de esa felicidad a través de fármacos o drogas, por tanto, sólo sería posible anulando la parte psicológica de la persona y reduciéndola a su bagaje fisiológico, con el riesgo adictivo y de deterioro personal que conlleva. Es decir, reduciendo a la persona casi como a un animal carente de estas conciencias de las que estamos ahora hablando. Estas conciencias, basadas en la reflexión y en la proyección al futuro, son las que han hecho posible la elevación del ser humano en la naturaleza.

Toma conciencia de ser social:

-Sigue elevándote en la mirada. Toma perspectiva también sobre las vivencias de ese sujeto que has identificado como tu persona. Su mundo es social. Muchas de las experiencias que acudirán a tu mente estarán relacionadas con otras personas. El ser humano individual no es un sistema aislado; es un complejo de órganos que se prolongan más allá, en una organización que supera su cuerpo: el grupo social. Desde el nacimiento, dependemos de este órgano para sobrevivir, primero con la familia, después con la comunidad.

La especie humana, como todas, además, sobrevive y evoluciona, tanto a través de lo que aportan los individuos particularmente, como lo que aporta el cuerpo común de su herencia biológica. Lo común aporta las características y funciones básicas necesarias y lo individual aporta las mejoras para la adaptación y el desarrollo. A través de su acción en el medio y de la reproducción, los individuos mantienen la especie, que es lo que perdura.

Se podría decir que las sociedades son como organismos constituidos por células separadas físicamente, pero que mantienen una unidad por la función común a la que sirven: el mantenimiento y desarrollo de aquellos. Lo que consigue un individuo mejora de alguna manera a la especie y lo que se transmite de ella se replica progresivamente en el resto de individuos. Es como un mismo cuerpo con distintas expresiones. Quizá también pueda haber un mismo "alma".

-Esa parte de tu "mundo" -continuó hablándome, con seguridad y lentitud- parece estar más al margen de tu capacidad de maniobra, pero igualmente te afecta, y tus actos le afectan a ella. Lo sentirás como un todo coherente que te hace más feliz y más fuerte, o lo sentirás como un conflicto que te hace más pequeño e inseguro. Un ambiente social desagradable perjudicará tu estado de conciencia y una mala acción social de tu parte dañará el "estado anímico común de la sociedad". Las principales emociones y sentimientos están asociados a nuestra condición de seres sociales, a nuestras relaciones con nuestros semejantes y, principalmente, con los más cercanos, como la familia y nuestros círculos de amistades.

Toma altura y observa el grado de afecto en el entorno social en el que vives. Escucha tus sentimientos según vas planeando por los mapas sociales que compartes, por los grupos y situaciones sociales que te salgan a la mente. Sentirás satisfacción, orgullo, paz, pero quizá también sentirás miedos, recelos, incluso odio. Busca en los orígenes de esos sentimientos negativos que no están basados en relaciones directas con otras personas, sino en prejuicios temerosos y en la excesiva protección de tu vida privada. Piensa que la plenitud va más allá de los límites de tu vida particular y transitoria. Esto te hará sentirte en una realidad más grande y placentera. Trabaja por mejorar, al máximo que puedas, dentro de tus posibilidades, esa parte común que sufres y disfrutas, que es tu comunidad; solo así caminarás en la dirección correcta y crecerás junto con ella.

Lo mejor y más fácil para seguir ese camino, prosiguió, es cuidar tu entorno más cercano, tu familia, tus amigos, tu comunidad; sobre todo tus hijos pequeños y la juventud que te rodea, pues esa es la siembra que dará unos frutos u otros.

Y no me estoy refiriendo únicamente durante los años de tu influencia, de tu vida, sino más allá, en el futuro de la especie.

La vida, según yo la observo, se mueve buscando satisfacción a las necesidades que tiene de todo tipo. Su móvil es el placer, en sentido amplio; sentirse bien, y cuando lo consigue lo quiere atrapar, mantener y reproducir en el futuro, de manera que esto alimenta el deseo. El "bien" logrado hoy se proyecta al futuro en forma de deseo. Y, si la vida es un continuo, por encima de los individuos particulares, el deseo se transmite, de alguna manera, en la reproducción de nuevos seres de la especie; también los miedos y duelos. Por eso, es importante, y es nuestra misión en este mundo, generar felicidad en nuestros hijos y jóvenes, para que alumbren seres que alcancen estados superiores de sentimientos buenos, los deseen, los cultiven y los superen aún, en esa escalada hacia no sabemos dónde, pero que nos llama y nos orienta como aquel estado que nos hará sentirnos mejor y plenamente felices.

La vida, cuando interacciona con lo que le rodea, experimenta placer y dolor. Sigue patrones adquiridos, que han tenido éxito anteriormente, y otros en los que se aventura, aprendiendo de ello. Las conductas placenteras y exitosas en su conjunto son repetidas hasta crear hábitos, los cuales terminan heredándose como instintos que se van consolidando. Y, como digo, el motor es el deseo, que está implícito en la herencia, en la "memoria" de anteriores placeres. Lo conseguido en el nivel emocional no es algo perdido. Igual que el músculo adquirido con el ejercicio se ha convertido en una masa de tejido superior a la que había anteriormente, cuando ha habido un estado sentimental fuerte, también queda un poso, un logro que quiere permanecer, como todo por lo que lucha la vida: la permanencia y el desarrollo en estados sentimentales placenteros.

-No entiendo muy bien esto, Angela, ¿a qué te refieres?

-Lo que quiero decir es que la dinámica de la vida está muy clara para mí, y no se le pueden poner barreras teóricas conceptuales para entender su evolución y desarrollo. La evolución es un continuo encadenamiento de logros que son conseguidos por una voluntad de alcanzar superiores estados de bienestar, y esa continuidad no puede ser obstaculizada por un teórico corte en la transmisión reproductiva. Lo logrado en la vida de un individuo debe pasar, de alguna manera y cantidad, a la prole. No será una herencia visible directamente con nuestros medios actuales, ni en un grado que cumpla la función de manera inmediata, pero sí suficiente como para incorporar algún logro a los individuos y conductas posteriores.

En la teoría de la evolución creo que estamos en un estadio bastante inicial; como pasó con la Física de Newton, que servía, y sigue sirviendo, en determinados rangos de tamaño del universo, pero no en los mucho más grandes, ni en los mucho más pequeños. Por eso se necesitaba la física de Einstein y la mecánica cuántica. Incluso ahora, se precisa de una nueva perspectiva que pueda unificar completamente esas dos principales teorías. En el estudio de la evolución de la vida no podemos quedarnos en el momento actual, ni en el estrecho rango de observación en el que se mueve nuestra especie. Y nuestra principal rémora quizá sea la materia. Sólo vemos la materia, el concepto más apegado a la experiencia sensorial, pero hay otras cosas. En física hablamos de fuerzas, de masas que se hacen energía y viceversa, de antimateria, en fin, de cosas teóricas pero muy reales, al menos tan reales, en cuanto a concepto, como aquélla, pues, sin las cuales, no podríamos interpretar la realidad que vivimos. En evolución creo que hay que hablar de deseos y miedos, de ideas que se materializan y materia que se volatiza, etc.

-¿A dónde quieres llegar? -le pregunté yo, que estaba ya con los ojos abiertos y pensando en todo aquel flujo de ideas nuevas que se estaban exponiendo. La relajación seguía siendo bastante profunda, pero ya había dejado de mirar desde la perspectiva de una consciencia elevada sobre los pensamientos y estaba, por el contrario, fuertemente concentrado en ellos. Quería entender el entramado teórico que Angela me estaba exponiendo-.

-Creo en un proceso que yo llamo de "cosificación" del espíritu. Cuando tienes, por ejemplo, la idea de una herramienta y la llevas a cabo, estas materializando algo que antes no era material; también ocurre con todo tipo de proyectos y con algunos deseos.

Es decir, puede haber un cierto traspaso desde una clase de realidad a otra.

Así, más o menos, creo que funcionan también algunas dinámicas de integración y consolidación en el mundo biológico. Creo que lo que llamamos materia es una parte de la realidad, pero no la única, y que la diferencia o cualidad principal es su mayor grado de concentración, de permanencia y consolidación, respecto de la parte más volátil, dispersa y etérea, que podríamos llamar espiritual, por ser diferente y no conocer su naturaleza. Creo que hay una voluntad universal, que se expresa más claramente en la Vida, que persigue la Unidad, la Integración, frente a la dispersión y la Nada. Cuando un "espacio de la realidad", por decirlo de alguna forma, consigue un nivel de placer o satisfacción, quiere mantenerlo, quiere retenerlo, frente al vaivén destructor y desorganizador de la otra "fuerza" que parece imperar en la realidad, la Nada, el "no-ser".

-Así -continuó- esos puntos de energía concentrada, que luchan por permanecer en sí mismos, me refiero a las partículas de materia, por ejemplo, quarks, electrones, protones, fotones, etc., se empiezan a organizar en estructuras más complejas, alcanzando mayores niveles de bienestar en sus estados. Mediante esas asociaciones e integraciones, se van formando sistemas, o estados, más fuertes, frente a la desintegración, y más felices, con estados más ricos y complejos. Seres organizados en sistemas cada vez más complejos y con mayores medidas de protección y conservación frente a la desorganización; atados por fuertes lazos físicos y químicos, pero también emocionales, pues vendrían a ser lo mismo.

Pues bien, en la Vida, y termino con esto, ese proceso se da también "cosificando" o "materializando", poco a poco, lo que en principio podría estar en modo inmaterial. Lo material es más fuerte; está menos expuesto a la desintegración por acciones externas; por eso es buscado por la Voluntad Universal. Y, además, cuanto más organizado, cuanto más articulado y sistematizado, mejor. Una muestra, o ejemplo, de esta dinámica, es la actividad de nuestro cerebro, donde se han ido organizando sentimientos, ideas y demás contenidos, ligados entre sí, los cuales han pasado, o bien, a ser hábitos de conducta, con la repetición, y pueden consolidarse en instintos transmisibles, o bien, en edificios de conocimiento cada vez más fuertemente ligados, algo que es cada vez más físico, más estable y permanente.

Desde el cerebro más primitivo, también llamado "cerebro reptiliano", se ha ido desarrollando una masa neuronal que ha recogido esas experiencias. Se podría decir que el espíritu se ha hecho carne; que algo intangible como pueden ser determinadas sensaciones y representaciones se han asociado y consolidado para perpetuarse y transmitirse, a través de múltiples generaciones, para ir formando un conjunto de células que hoy pueden verse y tocarse en la anatomía de un cerebro actual.

-Nuestro cerebro –continuó – tiene una parte "dura", consolidada, donde radican los instintos y el control de las funciones básicas del organismo; vamos, algo parecido a la memoria ROM de los ordenadores, y tiene una parte "blanda", volátil, moldeable, donde se ubican las experiencias más recientes y las relaciones que construyen el conocimiento de nuestro "mundo" actual, como la parte RAM, digamos, de una computadora. Esta última es más vulnerable y transitoria, pero también más libre y adaptable. Estructuras de esta última pasarán a ser fijas y permanentes cuando alcancen el nivel de éxito suficiente.

-Pero, ¿estás diciendo que los caracteres adquiridos pasan a la descendencia, como decía Lamarck? Eso es contrario al darwinismo genético, que es la teoría científicamente aceptada.

-No digo así, ni tan automáticamente, pero sí digo que tiene que pasar algo de los logros de los seres vivos a su descendencia. Y es cierto lo que dices; la comunidad científica actual, aunque no toda, reconoce una barrera insalvable para pasar desde el lado somático hacia el lado germinal, es decir, la información sólo iría desde los genes a las células y nunca al revés, es decir, no llegaría a la cadena de ADN que se transmite en la reproducción. Es la llamada barrera Weismann. Según este darwinismo, la evolución sería sólo fruto de la variación azarosa y la selección natural, sin ninguna posibilidad de intervención en la dirección de esa evolución por parte de los individuos o de la especie; sería solo el medio natural, con su selección de quién sobrevive y quién no, el que dirige. Sin embargo, a mí me parece que esa barrera va en contra de lo que veo con claridad en la experiencia de la propia vida, en la mía y en la de otros seres vivos.

Es cierto, -continuó Ángela defendiendo- , que moldeamos nuestra conducta mediante el ensayo y el error, aprendiendo a base de equivocarnos con acciones azarosas, pero también es cierto que nos servimos de una cierta intuición y que la probatura se limita a determinadas situaciones completamente novedosas, guiándonos en el resto por lo aprendido anteriormente.

La vida de los individuos de una especie funciona rentabilizando de alguna manera los logros que consigue. Su conducta recoge el aprendizaje de la experiencia y consolida patrones que se decantan exitosos. Tampoco parte de cero, viene con patrones de serie que le permiten desenvolverse básicamente y también tener intuiciones, miedos, deseos y demás, que le permiten guiarse en su conducta. No actúa aleatoriamente; no le da lo mismo hacer una cosa que otra, no se siente igual haciendo cualquier cosa; dirige su conducta hacia dónde cree que será más satisfactoria, no lo deja al azar, ni mucho menos.

Se ha descubierto -continuó- una cierta adaptación de la función de los genes al medio ambiente en el que se desarrollan, es decir, con la misma información de ADN se pueden desarrollar expresiones distintas; distintos fenotipos para el mismo genotipo. Las experiencias del individuo pueden modificar la expresión de los genes y de sus mutaciones en las reproducciones celulares. Es lo que estudia la llamada epigenética. Por otra parte, las células madre son capaces de adaptarse a funciones específicas de otras células, si es necesario. También, los órganos del cuerpo se adaptan en la medida que pueden para mejorar sus funciones. El cerebro es capaz de reorientarse y reorganizarse, de una manera bastante flexible, ante la pérdida de alguna de sus partes. Es decir, hay una intencionalidad de la vida por dirigir sus pasos. ¿Por qué, entonces, en el momento de la reproducción de las células sexuales, el más importante para consolidar genéticamente lo conseguido en la experiencia y vida anterior, va a ser sólo el azar, barajando posibilidades en las mutaciones de un sistema aislado del resto del organismo, el que rija su desarrollo, sin tener en cuenta nada de los estadios anteriores de sus vivencias?

Las células, sobre todo las reproductoras, tienen herramientas para cambiar, cortar o añadir secuencias de ADN en las mutaciones que generan durante su multiplicación. Esto es la causa de muchas enfermedades, pero también es la fuente de la variabilidad que posibilita la evolución, estableciendo los cambios que pueden conllevar nuevas funciones o facultades. Es el momento para empujar en determinada dirección; para influir e intentar orientar los cambios. Yo veo que los animales, en la medida de lo que pueden, eligen sus parejas para la reproducción, también los gametos se aparean después de una elección o selección entre muchos de ellos, por tanto, supongo que habrá alguna intención o criterio en esas elecciones; no parecen hacerse meramente al azar. Entonces, ¿por qué no puede haber una cierta elección, o intencionalidad, en el proceso de composición de la nueva cadena de ADN que determinará las facultades futuras de los siguientes individuos de ese continuo que es la vida?

Otra cosa es el grado de intervención, el porcentaje que puede deberse al azar y el que puede atribuirse a esa voluntad de dirigir el cambio, o sea, el poder que puede tener la voluntad de un sistema complejo, como sería el conjunto del ser humano, sobre los subsistemas que lo componen y que tienen sus propias dinámicas establecidas. Será algo así como el poder de un líder sobre una comunidad: influye en mayor o menor medida en sus conductas, pero no puede determinar completamente su modo natural de vivir. Y ahí es donde entra el poder de lo intangible, de los valores que no se observan en el microscopio.

Igual que el pegamento y la fuerza para que mejore una comunidad humana depende de la confianza en sus instituciones y en sus líderes, de la esperanza que tengan en su futuro, del afecto que se tengan entre sus miembros y de los valores trascendentes a su propia vida, así también, determinados estados sentimentales influyen en la mejora de los órganos y sistemas que componen un individuo, en su futuro y, por ende, en el de la especie.

El optimismo, la ilusión, la esperanza, son motores de la vida conocidos por todos. Nos ayudan a superarnos como personas y a afrontar trabajos y dificultades que nos hacen progresar. El amor y el cariño son un bálsamo para el dolor y el lubricante que facilita la coordinación de todos nuestros órganos y sistemas. La educación de la voluntad en conductas saludables y virtudes también nos genera felicidad a largo plazo. Por eso creo que son reales; tan reales como lo que vemos bajo el microscopio, y que su influencia se transmite a cada función de nuestro ser, también, por qué no, a la función reproductora.

Una infancia feliz y rica en valores genera hombres y mujeres felices y en progreso, tanto económico como intelectual. Una infancia infeliz y traumática genera hombres y mujeres infelices y conflictivos, con peor salud y con retroceso en todos los aspectos. Por ello es tan importante lo que te decía al principio: cuida tu conciencia personal, social y universal, pues es tu misión como componente de la especie humana y de la vida.

Habrá sentimientos que también te harán crecer y sentirte bien en algún momento, como el poder sobre los demás, o el orgullo de ser el mejor de todos pero, esos sentimientos, aun siendo buenos, en cierta medida, para motivar la superación y el desarrollo individual, del cual se nutre también el desarrollo colectivo, cuando exceden cierto umbral, como es el de romper la integración del cuerpo social, la suma del conjunto de la especie, que se compone de la unión libre y participativa de cada uno de sus miembros, son perniciosos y destructivos, tanto para ese hábitat superior que la sustenta y la comprende, como, a la larga, para la propia persona.

Lecturas de esto hemos tenido en la historia de la humanidad, con muchos megalómanos y dictadorzuelos que han vendido la salvación desde posturas excluyentes y supremacistas, anulando la libertad y la aportación de muchos de los mejores componentes de la especie. Todo individuo puede aportar algo, por poco que sea, incluso sin verlo ni saberlo, por mera transmisión biológica. Humildes intelectuales, discapacitados físicos y etnias minoritarias han sido masacrados por ese tipo de visionarios dementes que han podado quizá las mejores ramas de la humanidad, además de introducir dolor y odio en el "cuerpo" social del que todos formamos parte.

Conciencia del cosmos:

-Después, amigo mío, debes tomar conciencia universal. Siguiendo con tu meditación, debes elevarte aún más y sentir la energía del cosmos. Todo está conectado y nosotros somos una parte del universo. Frágil, sí, y a merced de cualquier cataclismo o apocalipsis, o simplemente de una leve variación de las condiciones climatológicas de nuestro sensible planeta, pero con una esencia fuerte, que ha sido capaz de desarrollarse en este sistema y que lo hará en cualquier lugar donde se den las mínimas condiciones para ello. Eso requiere una voluntad muy fuerte y universal, a la que estás conectado. Esa voluntad de la que has sido consciente al principio de la meditación.

Como personas, con un nombre y apellidos concretos, con un cuerpo y una historia determinada, somos realmente vulnerables, delicados y extremadamente efímeros, pero esa voluntad, esa fuerza que se transmite de corazón en corazón y que está en nuestra base, forma parte del universo y no es tan fácil de doblegar.

Piensa en grande y no le pongas límites a tu imaginación. La escala de tamaño en la que nos encontramos es sumamente desconocida. Las galaxias descubiertas no son más que una parte tan pequeña como queramos imaginar del universo. Sólo vemos esa pequeña parte del universo de la que nos ha llegado la luz, pero se sabe que hay muchísimo más. Podríamos ser tan pequeños como una mota de polvo en mitad de un desierto, y si miramos hacia abajo, hacia lo más pequeño, encontramos también una infinidad de dimensiones espaciales que se pierden a nuestra observación microscópica. En esas diminutas dimensiones, nuestro cuerpo comprendería, a su vez, una infinidad de mundos y estructuras, de las que no somos, tampoco, conocedores. Así pues, el carácter pasajero y perecedero del "yo" no nos debe preocupar en exceso, pues es sólo una mínima parte de lo que en el fondo somos, de lo que participamos.

La materia y los sentimientos que componen ese "yo" son parte de algo mucho mayor, algo que ha estado y estará, aunque aquel desaparezca. Ese mismo "yo", que creemos uniforme y estable, tampoco es el mismo que hace unos años, ni siquiera unas horas. Ha cambiado el cuerpo y ha cambiado su composición psicológica, incluso la percepción de sí mismo. Es cierto que, por la facultad de lucha por permanecer en lo que se es, la cual posibilita nuestra formación, crecimiento y supervivencia, como hemos visto, nos formamos una idea de nuestra persona como eterna y finita, pero lo cierto es que esa idea no es más que un momento de transición en el desarrollo de algo más grande, algo que tiene una finalidad que nos supera.

De esa realidad superior participamos y creo que la sensibilidad, lo que sentimos en cada momento, es como un estado de ese "campo" universal que, a modo de como los campos magnéticos, cuánticos, etc., se manifiestan, o expresan en un punto concreto, este se da en esa dimensión, en nuestra persona y en ese momento. Esa dimensión de la realidad sería la más básica y fundamental del universo, la que empuja de verdad todos los cambios. Por supuesto, también los nuestros.

-¿Quieres decir que sería como un "campo" energético especial, donde se daría el placer y el dolor? -le pregunté-.

-Bueno, algo así. Cuando digo campo quiero decir que sería como otra dimensión de la realidad que afectaría todo, pero, sin embargo, no sería como los campos de nuestras teorías físicas, sino algo independiente del marco espacio-temporal en el que ubicamos toda nuestra representación de la realidad. Los valores de esta dimensión estarían en el grado de dolor o placer, con todas sus expresiones y variantes en los que se da la sensibilidad, es decir, lo que sentimos, pero de manera independiente del lugar y del tiempo, es decir, el mismo valor puede darse en cualquier lugar y en cualquier momento, siendo siempre lo mismo.

Esto puede parecer inverosímil para nuestro conocimiento, pero hay que tener en cuenta que el espacio y el tiempo son dimensiones asociadas a nuestra forma de conocimiento y de relacionarnos con nuestro mundo.

Si bien la dimensión sensible está en todo lo que se da en la consciencia, el conocimiento humano ha ido diferenciando sensaciones, sobre todo las que se perciben a través de los sentidos que más intervienen en nuestra relación con el entorno físico que nos rodea, tales como los colores, los sabores, las texturas, etc., relacionándolas y asociándolas de manera que ha generado objetos, después conceptos cada vez más generales y abstractos, de manera que ha compuesto un "mundo" con el que interactúa y en el que se mantiene y desarrolla su vida.

No obstante, el conocimiento humano no deja de ser una reducción de la realidad en sí, incluso de la realidad propia experimentada por nosotros. Los modelos teóricos que construimos han vaciado casi por completo el componente de sensibilidad que acompaña a la experiencia, siendo cada vez más abstractos, más ideales y enfocados a reproducir y predecir las leyes y regularidades que gobiernan ese mundo con el que interactuamos. Sin embargo, la realidad en sí tiene ese componente sensible que se escapa a esa objetivación del conocimiento. Se da en otra dimensión que no es la del marco espacio-temporal de aquellas composiciones teóricas.

No es lo mismo, por ejemplo, sentir un fuerte dolor que

explicarlo mediante descargas eléctricas de los nervios, o mediante reacciones químicas o transmisiones hormonales y cosas por el estilo. Una cosa es el modelo funcional y otra la experiencia misma, que es subjetiva y limitada al ser que la experimenta. Lo más parecido a aquel dolor sería su recuerdo, pero no el discurso lógico compuesto por las objetivaciones de la mente.

-Pero –le respondí- conociendo cómo funciona el cuerpo, podemos modificar nuestras sensaciones y sentimientos y, por ejemplo, aplacar el dolor con medicamentos.

-Sí, claro –continuó- la sensibilidad esta relacionada con nuestro cuerpo y el conocimiento que tenemos de él. También por eso todos los seres vivos, a lo largo de la evolución, hemos aprovechado las sensaciones placenteras de los sentidos y evitado las dolorosas para dirigir nuestras conductas. Por ejemplo, hemos seguido los deseos y placeres asociados a la alimentación, la reproducción y demás, así como hemos evitado los dolores asociados a los golpes, las agresiones, etc., pero eso no significa que no desconozcamos la naturaleza real de esa dimensión sensible, sino sólo que nos guiamos por ella, buscando sus mejores valores o estados.

Yo creo que esa dimensión nos comunica con el universo que supera nuestras limitadas circunstancias como seres individuales y en un marco espacio-temporal concreto. Un universo, no obstante, completamente relacionado con nuestro cuerpo y con la totalidad de nuestro ser. Digamos que la sensibilidad es una dimensión del Ser y el espacio y el tiempo son dimensiones de los seres y sus interrelaciones e interferencias mutuas.

En esa relación entre la dimensión sensible, las partículas, los sistemas y organismos, más o menos integrados, sí influye el ámbito o nivel en el que se esté. Por ejemplo, en nuestros, si te fijas, el placer o dolor corporal es más fuerte e intenso, en principio, que el intelectual o el espiritual, pero también es más pasajero, más apegado a los cambios de ese cuerpo. Sin embargo, el placer asociado a la conciencia de ser persona, con el componente psicológico que conlleva, es más duradero y general, supera la circunstancialidad y la fugacidad del cuerpo. Así, también, el placer que sentimos con la integración social es más completo y duradero que el personal, y el de la conexión con el cosmos es aún mayor. Cuando se alcanzan esos placeres, se pueden superar las esclavitudes y dependencias de los placeres más fisiológicos, los más ligados a la "masa" física, a órganos más viscerales del cuerpo, placeres que, por sí solos y sin control, pueden llegar a producir dolor y destrucción del mismo.

Cada rango de esa sensibilidad se corresponde con la parte de la persona que sintoniza. No obstante, no se sienten de modo aislado, sino superpuestos, siendo la más fuerte y básica la del cuerpo y por encima, como por capas, las demás. Así que, como te he dicho, procura, con la meditación y con los hábitos apropiados, aumentar el grado de satisfacción en todas esas capas y lograrás llegar a un estado superior que, en cierto modo, te enlazará con la infinitud y la eternidad del universo, o si no, al menos, te recompensará con grandes momentos y una vida que habrá merecido la pena.

-Pero –volví a comentarle- con fármacos y drogas también podemos manipular y alcanzar esos estados anímicos, esos sentimientos de felicidad.

-Sí, es verdad que hay esa relación entre lo fisiológico y lo sentimental, como acabamos de ver, pero esa manipulación artificial y externa de los sentimientos no la veo tan factible. Sí creo que los fármacos y las drogas, cuando hablamos de sentimientos complejos, muy ligados a la actividad psicológica de la persona, pueden dar una tregua a la persona y calmar angustias, ansiedades o depresiones, pero sólo hasta que se recupere la voluntad y se le ponga remedio a través de la actividad psíquica de la propia persona, pues, como hemos visto en los distintos estados de conciencia, hay una felicidad y bienestar que está asociado a la integración de nuestra persona y al logro de objetivos.

Según creo, en esa dimensión sensible de la que llevamos un rato hablando, los estados placenteros están asociados al logro de esa integración, de esa superación del ser frente a la nada. En el desarrollo del ser humano, la parte más fisiológica necesita del dolor, como información de sus problemas de integración y coordinación entre sus partes. La sedación sólo puede ser una ayuda transitoria hasta que el cuerpo se reorganice, pero, si permanece en el tiempo, genera descoordinación y desajustes en su funcionamiento.

Ese sistema de placeres y dolores ha sido forjado en los logros de la larga evolución que nos ha precedido. La parte más "blanda" o psicológica, también tiene su sistema de placeres y dolores basado en los logros de las conciencias como persona, como ser social y como ser universal, con sus consecuentes reflejos en determinadas zonas del cerebro, pero nunca podrá ser sustituido por la manipulación de la parte física de éste, que tendría sólo un efecto temporal y transitorio, salvo que se redujera la persona a un cuerpo sin alma y sin conciencia, a puro mantenimiento animal.

Por otra parte, en el terreno de la sensibilidad hay mucho campo para lograr mayores estados de felicidad que los todavía experimentados, lo cual creo que es nuestro deber en este mundo y que sólo se pueden lograr mejorando y superando los estados de conciencia hasta ahora alcanzados.

También nos queda mucho por ahondar en esos sentimientos que no tenemos controlados ni identificados de ninguna forma, aquellos que no están asociados a sensaciones de los órganos sensoriales básicos ni a órganos corporales internos.

Hay gran parte de sensaciones y sentimientos que se nos escapan al conocimiento. El caudal de sensaciones y sentimientos que fluyen cuando estamos conscientes, incluso cuando estamos dormidos, es mucho mayor que el conjunto de representaciones y modelos con los que interpretamos la realidad. Es decir, hay una inmensa parte que, aunque nos impacta de alguna manera, se nos escurre.

Es cierto que, como sensibilidad, no podremos reducirla al conocimiento teórico, como hemos visto anteriormente, pero sí al menos conocerla en sentido práctico y mejorar su experiencia. Las religiones, las aventuras espirituales, el arte, la filosofía y demás indagaciones en ese terreno tratan de aprehender esa parte de la realidad, en su dimensión sensible, que queda fuera de nuestro control.

Por eso, amigo, lo que debemos y podemos hacer, es cumplir nuestros fines, como seres fugaces que somos y contribuir a ese fin universal que perdura después de nuestra muerte parcial. Es decir, lograr estados superiores de felicidad que potencien ese campo emocional.

Ahí, también, radica la libertad personal. Los diversos valores que generan las conciencias que desarrolla la mente humana ponen, sobre la conducta de la persona y sobre su proyección hacia el futuro, una serie de posibilidades sobre las que elegir. Los placeres inmediatos frente a los futuros, los de carácter físico frente a los más psicológicos o espirituales, etc. "Me lo como yo todo ahora, o disfruto de compartirlo con mis amigos", por ejemplo, "sigo durmiendo, o me levanto para ver ese hermoso amanecer en el mar".

La conducta humana no se basa sólo en un sistema básico de respuestas, fundamentado en necesidades fisiológicas de sus organismos corporales, sino en uno más complejo de valores, formado en el entramado psicológico de interpretaciones, afectividades y sutiles sensibilidades que van conformando a la persona y con el que se toman constantemente las decisiones.

-Entonces, -le dije- ¿crees que somos libres en las decisiones que tomamos y que no estamos determinados por nuestras circunstancias?, ¿no crees que todo podría preverse de antemano?

-A ver, creo que somos todo lo libres que se puede ser formando parte de una realidad interrelacionada, y partiendo de unas condiciones ya dadas. Lógicamente, nos vemos influidos por nuestro físico y por nuestra historia, pero, como hemos visto, la consciencia nos puede situar por encima de todo eso y posibilitar que objetivemos las circunstancias para tomar distancia de ellas, para verlas desde otro plano. Desde esa perspectiva, las facultades mentales del ser humano planifican el futuro de lo que perciben como su "yo" y organizan sus valores.

Reproducimos con la imaginación los posibles hechos y situaciones futuras y establecemos unas "valoraciones", que se tienen en cuenta a la hora de decidir nuestra conducta. Nos reconocemos a nosotros mismos como un sujeto que interactúa con el exterior teniendo en cuenta un sistema de valores que se ha ido gestando y desarrollando a la par que nuestro físico y resto de aspectos individuales.

Tú, por ejemplo, estás ahora en ese proceso de rebeldía, propio de la adolescencia, contra todo lo que sientes como impuesto. En tu afán por constituirte como "ser" y desarrollarte, mediante esas facultades de reproducción e integración que ya hemos visto antes, tu sistema quiere coger el mando y tomar sus propias decisiones. Cree que tiene la información suficiente para ser libre y se rebela contra toda imposición. Seguramente, también estarás condicionado por las experiencias anteriores al tomar una decisión, pero creo que en el acto de rebelarse, de no conformarse con lo ya establecido y tomar distancia, desde una postura entendida como propia, ya existe libertad. Ser libre no es ser azaroso, imprevisible, sino obrar con convencimiento en todo aquello que esté a nuestro alcance, sin condicionamientos, y creo que las personas tenemos mucho margen y facultades para ello. Cuanto más conozcamos y reflexionemos, cuanto más y mejor ascendamos por los diversos niveles de conciencia, más libres podremos ser, pues más independientes seremos respecto de las circunstancias concretas que pretendan condicionarnos, incluso las de nuestro propio cuerpo, por difícil que sea.

Así que, si quieres ser realmente libre, sigue este camino de reflexión y no otros de pura rebeldía sin fundamentos.

-Muchos deberes, me parece que me has puesto, y creo que no me he enterado de la mitad -le dije-.

-No te preocupes, si quieres repetiremos otros días, charlando y practicando ejercicios, mejor que con tanta teoría de golpe. Además, a mí también me vendrá bien revisar y criticar todas estas creencias que te he dicho, pues con tu juventud y tu visión externa podremos ver lo que se sostiene y lo que no, después de unas cuantas pensadas más.

-De acuerdo. A mí me ha gustado mucho la experiencia y sí que me gustaría discutir contigo alguna cosa que no veo tan clara.

Me levanté de aquella colchoneta y al incorporarme me sentí muy ligero y relajado. La cabeza aún bullía de ideas pero buscaba ya un descanso. Sentí renovada la esperanza en el futuro y en la especie humana, también la ilusión por conocer más a fondo los misterios de la vida y de sus fundamentos.

Al salir, me quedé un poco mirando el agua que salía por el desagüe del molino y continuaba su camino río abajo. Angela, que me seguía, acompañándome hasta la salida, me dijo:

-¡Que atracción!, ¿verdad?, el agua; quizá sea porque es la fuente de la vida.

-Así que, como has dicho -le dije, pensativo- la vida es un fluir continuo que no se detiene en ninguno de nosotros, no es así. Desapareceremos, entonces, como desaparece el agua de este río entre los matorrales, o como se pierde en el mar, viniendo otra nueva del manantial, y así continuamente.

-Sí, así es, pero igual que este molino ha aprovechado el río para producir harina y otras cosas, extrayendo su fuerza, canalizándola y potenciándola, a través de su turbina, el árbol de transmisión y los engranajes, de manera que ha posibilitado alcanzar bienes de otro nivel superior a la mera satisfacción de nuestra sed; así, la "consciencia" del ser humano aprovecha, y puede aprovechar aún más, la energía de la Vida y su flujo constante, para, como hace este molino, desde un plano que se sitúa por encima, extraerla y transformarla.

Mediante la consciencia y las facultades asociadas de la mente trascendemos ese flujo pasajero y efímero de experiencias que es nuestra vida y nos elevamos a otros planos más duraderos y eficientes, tocando la eternidad".

-¿Y crees -le pregunté- que pueda haber espíritus de personas que hayan muerto, como dicen algunos? -le dije esto acordándome de Herminia y del espíritu de Aurelio-, ¿crees que puede haber una vida después de la muerte?, ¿o crees que todo se acaba para siempre?

-No lo sé -me contestó- como te he dicho antes, el conocimiento humano es bastante limitado, de momento, según creo yo, para alcanzar estas cosas. Creo que una vida como ésta, o parecida, manteniendo nuestra identidad personal, como proponen algunas de esas creencias, es imposible después de la muerte, entre otras cosas porque, como he dicho antes, nunca somos los mismos, ni siquiera en vida; estamos en constante transformación, pero es que, además, nuestra parte material, en las dimensiones y escalas en las que se da, nos condiciona fuertemente, tanto para conocer ese tipo de experiencias, como para librarnos de sus leyes físicas.

-Pero no somos sólo materia, ¿no? -le dije-.

-No, no, incluso ese concepto ahora ha evolucionado mucho para los físicos, tanto a raíz de las teorías de Einstein, como de la física cuántica. La masa, o materia, se puede definir también como energía en forma de baja frecuencia, es decir, se puede transformar en energía y viceversa, siendo todo mucho más continuo y relativo de lo que parece. No obstante, sus estructuras son relativamente estables y sus leyes, a nuestra escala, parecen implacables en el sentido de la destrucción irreversible de nuestros cuerpos, una vez que se produce la muerte, es decir, una vez que se rompe la ligazón que mantiene unidos nuestros órganos. También, esa misma materia, nos condiciona a la hora de conocer la realidad, como hemos estado viendo a lo largo de esta tarde, y por eso la necesidad de elevarnos sobre sus imposiciones y trascenderla".

-Entonces, ¿no puede haber nada más allá? -volví a insistir-

-Yo no he dicho eso. Es más, cuando hemos estado hablando de la consciencia, he mencionado una voluntad universal que transcendería los contenidos concretos del cuerpo y de la mente, dándoles unidad y dirigiendo su desarrollo. Esa energía, o lo que sea, puede estar en otra dimensión que sea más independiente de los cambios que se producen en la dimensión "material", puede estar en la dimensión de lo sensible, lo que a veces se ha llamado "espiritual". Sin embargo, no creo que este constructo de experiencias que es el "yo" psicológico, la identidad personal, tan apegado a las vivencias de nuestro cuerpo, permanezca por mucho tiempo como tal, después de la destrucción de éste.

-Pero, ¿has oído hablar de apariciones de espíritus, de personas que tienen la facilidad de contactar con ellos, relacionados con gente muerta, de presencias inmateriales que algunas personas perciben en determinadas circunstancias? También hay gente que ha vuelto de un coma, o de una situación de muerte clínica, que dicen haber visto su cuerpo, y el mundo que le rodeaba, desde fuera, dando detalles concretos que no podrían saber de ninguna otra forma, incluso ha habido casos en los que estas personas, en esos momentos, han hablado con espíritus de otras personas conocidas que habían fallecido, dando también detalles que era imposible que ellos conocieran.

-Sí, claro que he oído hablar de esos fenómenos, sí, y pienso que tiene que haber algo de cierto en todo ello. No creo que sean invenciones, aunque haya también en ello mucho impostor. Pienso que, precisamente en esta etapa del desarrollo humano, deberíamos volcar nuestros esfuerzos en conocer esas zonas más ocultas de la realidad. Si la propia ciencia habla del carácter relativo del espacio y el tiempo, desde Einstein, incluso de la independencia del lugar entre dos hechos causales, desde el conocimiento del entrelazamiento cuántico, por qué no vamos a abrir la imaginación y el estudio a realidades que superen los corsés clásicos.

La naturaleza de la sensibilidad es diferente y más rica que la reducción intelectual que fabricamos en nuestra mente para interpretar el mundo en el que nos movemos. La mente ha ido descomponiendo la realidad percibida en objetos tratables y despojándola de toda aquella información y sensaciones que no han sido útiles para los fines de supervivencia y comodidad física, pero, ahora puede ser un momento diferente y quizá podamos sacar más tiempo y energía científica para intentar conocer la realidad completa.

Quizá determinados estados de consciencia, determinadas experiencias en su "dimensión sensible", puesto que ésta es independiente del espacio y el tiempo, queden como "suspendidas", estando ahí siempre y en cualquier lugar, por encima de los cambios de nuestro cuerpo, que condicionan tan fuertemente los parámetros o categorías del conocimiento y de la construcción de nuestra "realidad.

Todos sabemos que el tiempo psicológico es relativo y que depende mucho de nuestras emociones. Un día puede parecer un año y una hora nos puede parecer un minuto, dependiendo de nuestras vivencias. Necesitamos de referencias externas, como el giro de la Tierra, el movimiento de los relojes o el propio reloj biológico del cuerpo, para fijar y pautar esa dimensión tan relativa y dependiente de nuestro estado de ánimo, como es el tiempo.

Parece, por tanto, que la dimensión emocional, en sí misma, no es dependiente de ese tiempo absoluto y reglado que encasilla nuestra realidad cotidianamente, fruto de las necesidades del cuerpo, sino que se mueve en otros parámetros. Quizá, entonces, en determinadas circunstancias, cuando esas necesidades se relajan, o desconectan, como pueden ser estados de coma, situaciones cercanas a la muerte o de alteración de la consciencia, se pueden establecer zonas de intersección, o contactos con aquella otra "realidad" que puede estar "ahí", atemporalmente y en todo lugar, sin las restricciones e interferencias que impone el cuerpo y su desarrollo físico.

Y digo en todo lugar pues igual puede ocurrir con el espacio. La idea de un espacio absoluto en el que cada cosa tiene su sitio, o en el que los hechos ocurren, además, con una relación causal de "contacto" entre sus partes, choca con la experiencia de la conciencia y la unidad que tiene el "sentido" o entendimiento de lo que percibimos, el cual se presenta como una unidad completa, algo más que el conjunto de las partes, algo que está en otro nivel y que supera esa "localidad" y esa "secuenciación". La dimensión emocional en la que se da la "verdad" que sentimos en el entendimiento, es diferente a un mundo de objetos que interaccionan entre sí; no contempla referencias espaciales o causalidades mecánicas, sino unidades totalmente integradas.

Como he dicho antes, creo que la dimensión de lo sensible, lo emocional, es una dimensión del Ser, y que el contexto espacio-temporal, sin embargo, es una dimensión de los seres y de sus relaciones entre sí, por eso, podría ser que, cuando los "seres" en cualquier nivel, o escala, interfieren entre sí, diferenciándose del "otro" surgen las dimensiones de espacio y tiempo, pero, cuando están sintonizados, hermanados, no hay interferencias y se encuentran en la dimensión única del Ser, anulándose el espacio y el tiempo.

Es decir, quizá hay, tanto al nivel de partículas, como parece apuntar la física cuántica, como a niveles mayores, sintonías o identidades que anulan el marco espacio-temporal y superan las diferencias que sólo se producen cuando nos situamos frente al "otro". En la física cuántica tenemos los misterios de interferencia de la "observación" sobre el efecto onda-partícula, la superposición y, también, el del entrelazamiento de partículas, que desafían nuestra lógica, pero en el rango de nuestro mundo de personas tenemos esos otros misterios que tú has mencionado, los cuales bien podrían estar relacionados y vinculados a esa dimensión universal que te digo, la cual está por encima de las individualidades.

- ¿Esas experiencias que quedan fuera de nuestro espacio y tiempo podrían ser los espíritus? -dije yo-.

-No lo sé, pero no lo desprecio, al revés, creo que mediante la meditación y la apertura de nuestra mente y de nuestros sentidos, incluso los que no son habituales, debemos prestar atención a esa realidad amplia y rica a la que pertenecemos y a la que volveremos.

Tampoco descarto –continuó- que haya una "inteligencia universal", o mejor, una consciencia universal, en la que quepan todas las experiencias particulares de los individuos. La Naturaleza parece tener las mismas facultades de reproducción, integración, proyección hacia el futuro y lógica deductiva que tiene nuestra mente. Y la Naturaleza es muy potente, mucho más que nosotros, que no somos más que un pequeño producto de ella, por lo que podría también caber una memoria universal de experiencias y que nuestros "yos" particulares no fueran más que pequeños órganos interconectados, o partes de una mente superior de la que participamos y a la que podemos ascender en estados elevados de consciencia.

Los individuos, de cualquier especie, pueden no ser más que una estrategia de desarrollo de algo superior y universal; algo que no sólo debemos de pensar en términos de magnitud física, sino en todas las dimensiones que haya, incluidas la de la consciencia y la de la mente, pues ésta no es una invención o creación nuestra, como a veces, pretenciosamente, creemos los seres humanos, sino de la Naturaleza.

Es decir, creo que es posible que estemos participando de una consciencia y mente universal y que, en estados de parada de la actividad mental, como los que se producen en individuos que han muerto por unos momentos y después vuelven a "su" vida, puedan haber estado "viendo" el mundo desde esa dimensión universal, antes de desintegrarse como individuos, e incorporar, al volver, esas experiencias a su bagaje personal, hasta que desaparezca como tal y pase a formar parte, definitivamente, de ese flujo o dimensión común desconocida. Eso explicaría que algunos puedan dar detalles de hechos sucedidos mientras estaban clínicamente muertos.

-No entiendo qué quieres decir con esto, Ángela -le contesté, desbordado por la extrapolación explosiva que había hecho desde nuestras facultades mentales a una escala más universal.

-Ya, bueno, es largo de desarrollar -me dijo- no te preocupes, vente otro día y lo hablamos tranquilamente, ¿vives por aquí?

-Sí, estoy en el pueblo, pero sólo me quedaré hasta después de la fiesta, después me iré para Madrid.

-Ah, así que eres veraneante. Bueno, sube cuando quieras. Yo estaré por aquí. Salgo poco últimamente. Además de darle vueltas a la cabeza, intentando descubrir esas cosas racionalmente, debemos indagar con la práctica, como hemos visto.

Cuando has estado meditando te he llevado hacia esa energía original y limpia de interferencias. Esa energía o voluntad es el nexo de todas nuestras experiencias, la fuerza reproductora e integradora que posibilita la consciencia y las posteriores visiones o conciencias de nuestro mundo.

Generamos inteligencia y también desarrollamos una sensibilidad más rica, que nos permite alcanzar otras dimensiones, proporcionándonos niveles superiores de felicidad, de los cuales "todo" se beneficiará, pues formamos parte de ello; como los múltiples beneficiarios de este molino, que ha estado dando de comer a tantas generaciones de estas tierras.

Como individuos no somos gran cosa, pero participamos de una realidad superior grandiosa. Recuerda lo que hemos hablado y siente la consciencia universal, no solo la personal.

Asentí con la cabeza y le di las gracias a Ángela por aquella tarde de enseñanzas y experiencias tan especiales. Bajé de nuevo por el camino hacia el pueblo. Mi mente ya descansaba y sólo disfrutaba de lo que percibían mis sentidos, del tono añil del cielo, de los árboles y de las huertas, de los rastrojos y los matorrales. Todo oscureciendo y adquiriendo el tono grisáceo y monótono de los últimos momentos del día. Sin embargo, aunque sin mirar atrás, percibía que a mis espaldas, un tono dorado, ligero, como polvo de oro muy fino, lucía allí arriba, cerca del monte, donde se encontraba el molino.

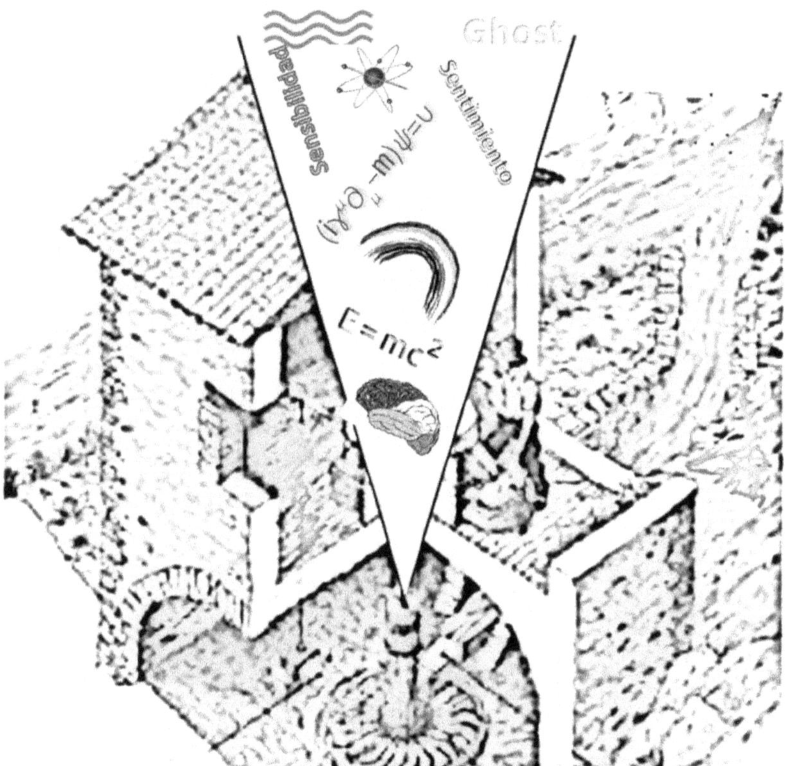
Ghost
Sentimiento
Sensibilidad
E=mc2

Relación de Ilustraciones

Pág.	Ilustración
1	Portada. "Espigas". Esther Ruiz Chércoles
37	"A golpes de hoz". Esther Ruiz Chércoles
43	"Cabra inexpresiva". Esther Ruiz Chércoles.
53	"Calle alante". Esther Ruiz Chércoles.
60	Mapa con situación del frente. Composición del autor
74	Degradado de fotografía del castillo de La Riba.
101	Degradado de fotografía. Catedral de Sigüenza. Torre del campanario. Biblioteca Nacional.
106	Degradado de fotografía. Catedral de Sigüenza. Escombros de torre. Biblioteca Nacional
119	Degradado de fotografía. Catedral de Sigüenza. Estado interior. Biblioteca Nacional
128	"Reencuentro". Esther Ruiz Chércoles
140	"Horror", sobre grito de Munch. Esther Ruiz Chércoles
153	Degradado de fotografía de un autobús Leyland Comet
215	"Cerdo-guernika". Composición del autor
224	Degradado sobre fotografía de mula
246	"Fusión de almas". Esther Ruiz Chércoles
260	Degradado de cartel película Ghost
304	Degradado del cuadro de Heinrich Friedrich "Prometeo"
341	"Noche de fiesta". Esther Ruíz Chércoles
413	"Molino" Composición del autor